직관과 비유의 힘

어른을 위한 어린이책이야기 16

직관과 비유의 힘

2018년 2월 13일 1판 1쇄 발행 / 2018년 12월 9일 1판 2쇄 발행

지은이 황수대 / 펴낸이 임은주
펴낸곳 도서출판 청동거울 / 출판등록 1998년 5월 14일 제406-2002-000128호
주소 (10881) 경기도 파주시 문발로 115 (파주출판도시) 세종출판벤처타운 201호
전화 031) 955-1816(관리부) 031) 955-1817(편집부) / 팩스 031) 955-1819
전자우편 cheong1998@hanmail.net / 네이버블로그 청동거울출판사

Written by Hwang, Soo-dae.
First published in Korea in 2018 by CheongDongKeoWool Publishing Co.
Printed in Korea.

ISBN 978-89-5749-200-0 (03800)

이 도서의 국립중앙도서관 출판시도서목록(CIP)은 서지정보유통지원시스템 홈페이지
(http://seoji.nl.go.kr)와 국가자료공동목록시스템(http://www.nl.go.kr/kolisnet)에서
이용하실 수 있습니다. (CIP제어번호: CIP2018004188)

어른을 위한 어린이책이야기 16

직관과 비유의 힘

황수대 평론집

아동청소년문학에 입문한 지도 어느덧 스무 해가 넘었다. 책이 좋아서, 아이들이 좋아서 시작한 어린이도서관. 그곳에서 무릎에 딸아이를 앉히고 그림책을 읽어준 것이 바로 어제의 일처럼 생생하기만 한데, 그 딸아이가 어느새 훌쩍 커서 성년이 되었다. 생각해 보면 어떻게 그 오랜 시간을 아동청소년문학과 함께 하면서 싫증 한 번 내지 않았는지 그저 신기하고 놀라울 따름이다.

이 책은 두 번째 펴내는 비평집으로 2007년부터 비교적 최근까지 여러 지면에 발표한 글을 모은 것이다. 사실 처음 비평을 시작할 때만 해도 이렇게 두 번째 비평집을 낼 수 있으리라고는 생각하지 못했다. 글쓰기에 자신이 없었고, 지식의 양도 턱없이 부족했기 때문이다. 그래서 글을 쓰면서 문장 하나하나가 늘 조심스러웠고, 텍스트에 대한 오독으로 저자들에게 결례를 범하지 않을까 해서 매번 살얼음판을 걷는 기분이었다. 그런데도 그동안 쓴 글을 이렇게 한 자리에 모아 놓고 보니, 그냥 덧없이 시간을 축내지만은 않았다는 생각에 조금은 위안이 된다.

동시에 관한 글만 모은 첫 번째 비평집과 달리 이 책은 동시와 청소년시, 동화와 청소년소설에 관해 쓴 글을 모두 포함하고 있다. 1부는 1930년대 활동했던 목일신과 강소천을 비롯해 권태응, 송완순, 박방희, 오지연의 동시가 지닌 문학적 가치와 의의를 분석한 시인론을 실었다. 2부는 최근 새로운 장르로 떠오르고 있는 청소년시의 특징을 다룬 글과 최근에 출간된 동시집을 해설한 글로 이루어져 있다. 3부는 최근 청소년소설의 흐름과 전망을 살펴본 글과 이현주, 윤기현, 이금이의 작가론, 그리고 생태동화에 관해 분석한 글을 실었다. 4부는 푸른문학상에 당선된 동화 및 청소년소설에 관한 단평들을 실었다.

이처럼 이 책은 그 나름의 체계를 갖추고는 있으나, 각기 성격이 다른 글이 한데 어우러져 있어 다소 산만한 느낌이 든다. 그리고 비평의 초점이 분명하지 못하고, 작품의 분석이 정확하고 치밀하지 못한 글들도 더러 눈에 띈다. 또한, 대부분 청탁을 받고 글을 쓴 까닭에 더 많은 작품을 다루지 못한 아쉬움도 크다. 그래서인지 책을 펴내는 기쁨 못지않게 숙제를 잔뜩 받아든 것처럼 마음이 무겁다.

지금까지 비평하면서 가장 신경을 쓴 것이 바로 독자와의 소통과 공감의 방식이다. 모든 글쓰기가 그렇듯이 비평적 글쓰기도 생각과 느낌을 전달하는 행위인 만큼 소통과 공감이 전제되지 않으면 안 된다. 더욱이 어린이와 부모 그 모두를 상대로 이루어지는 아동청소년문학 비평에서 소통과 공감은 아무리 강조해도 지나치지 않는다는 것이 평소 생각이다. 그리고 이는 앞으로도 변함이 없을 것이다. 그런 점에서 이 책에서 다소 부족하게 느껴지는 소통과 공감의 문제는 지금부터 더욱 열심히 공부하고 노력해서 하나씩 보완해 나갈 것을 약속드린다.

이 책이 나오기까지 도움을 주신 분들이 많다. 먼저, 좋은 작품을 읽을 수 있게 해준 시인과 작가들에게 감사드린다. 또한, 부족한 제자에게 언제나 힘과 용기를 주시는 이혜원 교수님, 힘들고 외로울 때마다 따스하게 손을 잡아주시는 아동청소년문학계의 선후배님들, 그 존재만으로도 항상 마음에 위로가 되는 가족에게도 감사드린다. 마지막으로 어려운 여건에서도 흔쾌히 이 책의 출간을 도와주신 도서출판 청동거울의 조태봉 사장님과 편집부 여러분께 진심으로 고맙다는 말을 전한다.

2018년 2월

황수대

1930년대 강소천 동시 세계와
문학사적 의의

1. 들어가는 말

　강소천(姜小泉)[1]은 흔히 박목월과 함께 초기 한국동시의 전통적 패턴을
헐어내고, 현대적 의미의 동시를 개척한 시인으로 평가받고 있다. 하지
만 지금까지 나온 강소천 동시에 관한 연구를 검토해 보면, 그와 같은
명성이 민망스러울 정도로 부실하기가 이를 데 없다. 실제로 그동안 발
표된 연구 성과물을 살펴보면 강소천의 동화를 연구한 학위논문이 8편
인 데 반해, 동시와 관련된 학위논문은 아직 단 한 편도 없는 실정이다.
또한 학술 논문도 불과 2편[2]밖에 되지 않는다. 그 외는 작품집에 딸린 해
설 및 특정 작품에 관한 단평들이다.

---

1 강소천(1915~1963)은 함경남도 고원에서 태어나 고원공립보통학교와 함흥영생고보를 졸업했
　다. 그는 1931년 『신소년』에 동요 「봄이 왔다」와 「무궁화에벌나비」를 발표하면서 작품 활동을
　시작했으며, 1937년 『동아일보』에 소년소설 「재봉선생」을 발표한 이후에는 동화창작에도 관심
　을 기울여 동시집 『호박꽃 초롱』(1941), 동화집 『조그만 사진첩』(1952), 『꿈을 찍는 사진관』
　(1954), 『인형의 꿈』(1958), 『대답 없는 메아리』(1960), 소년소설 『토끼 삼형제』(1961) 등 많은
　작품집을 남겼다.
2 이재철, 「한국아동문학가 연구(2)─윤석중과 강소천」, 『국문학논집』, 단국대학교 국어국문학과,
　1983; 노경수, 「소천시 연구─『호박꽃 초롱』을 중심으로」, 『한국아동문학연구』, 2008.

더욱이 신현득이 지적하고 있는 것처럼, 강소천이 1930년『아이생활』
에 동요「버드나무 열매」가 당선되었다는 설과 1930년『조선일보』에 동
요「민들레와 울아기」가 당선되었다는 설 등 확실하게 밝혀지지 않은 정
보들이 사실인 양 소개되고 있어 혼란을 주고 있다.[3] 실제로 이재철의 저
작을 포함한 대부분의 아동문학 이론서에는 강소천이 1930년『아이생
활』과『조선일보』에 당선되었다고 소개하고 있다.[4] 하지만『아이생활』에
발표했다는「버드나무 열매」는 현재 그 진위를 확인할 수 없으며, 1930
년『조선일보』신춘문예에 당선되었다는 정보는 사실이 아니다.

본 연구자가 확인한 바로는 1930년『조선일보』신춘문예 당선자 발표
는 모두 세 차례에 거쳐 이루어졌다. 그런데 그 어디에도 강소천의 이름
과 당선작으로 알려진「민들레와 울아기」에 관한 내용은 보이지 않았다.
이에 대해 남미영은 자신의 논문에서 "本人의 조사에 의하면 1930年
『조선일보』신춘문예 次席이며 제목은「문들래와 울애기」이고 假名은
金順妃로 되어 있음.(朝鮮日報 50年史, 588쪽)"[5]이라고 밝힌 바 있다. 하지만
이 역시 사실이 아니다. 실제로 본 연구자가『조선일보 50년사』를 확인
해 본 결과「민들레와 울아기」가 당선된 연도는 1930년이 아니라 1939
년이다.[6] 이는 이재철의『한국아동문학연구』(개문사, 1983)에 부록으로 딸
린 '한국아동문학인 연도별 등단 일람표'(329쪽)에서도 확인이 가능하
다. 다만, 이재철의 자료에는「민들레와 울아기」가 동화·소년소설 당선
작으로 표기되어 있다.

3 신현득,『호박꽃 초롱』해설, 교학사, 2006, 319쪽.
4 이재철,「한국현대아동문학사」, 일지사, 1978; 이재철,「한국아동문학작가론」, 개문사, 1983; 석
   용원,「아동문학원론」, 동아학연사, 1982; 이상현,「한국아동문학론」, 동화출판공사, 1976.
5 남미영,「강소천연구」, 숙명여자대학교 대학원 석사학위논문, 1980, 7쪽.
6 남미영이 강소천의 가명이라고 말한 김순비(金順妃)는 1938년『매일신문』신춘문예 당선자 발
   표기사에 작문〈서울언니〉의 당선자로 이름이 올라 있다. 그런데 작품과 함께 소개된 인적 사
   항을 보면 진흥공보(진흥공립보통학교) 6학년으로 표기되어 있어, 강소천과 김순비가 동일인
   일 가능성은 거의 없다.

또한, 지금까지의 연구만으로는 강소천 동시의 성격을 규명하는 데 어느 정도 한계가 있다. 왜냐하면, 강소천은 1941년 첫 동시집을 엮으면서, 1930년대에 발표했던 작품 가운데 약 28편을 누락했기 때문이다. 그리고 기존에 발표했던 작품들을 『호박꽃 초롱』(박문서관, 1941)에 싣는 과정에서 많은 수정을 가했기 때문이다. 신현득은 『호박꽃 초롱』에 관해 "어린이 잡지에 발표되었던 작품 가운데 「닭」, 「지도」, 「달밤」, 「전등과 애기별」을 제외한 나머지 작품들은 문학성이 낮다는 이유로 싣지 않았다. 33편의 동요·동시 가운데 29편을 새로운 작품으로 채운 것이다."[7]라고 말하고 있다. 하지만 이는 사실과 다르다. 『호박꽃 초롱』에 실린 33편의 동요·동시 가운데 「순이무덤」, 「호박줄」, 「소낙비」, 「엄마소」, 「언덕길」, 「가을의전신줄」, 「봄바람」, 「풀벌레의전화」, 「그림자와 나」를 제외한 24편이 이미 여러 잡지와 신문에 발표된 것들로, 시집을 엮으며 새롭게 채운 작품은 9편이다. 「가을하늘」은 「三月 하늘」(『동화』, 1937년 4월호), 「숨박꼭질」은 「꽁 - 꽁 - 숨어라」(『아이동무』, 1935년 10월호)의 제목이 바뀐 것이다.

따라서 전집과 특정 시집에 실린 작품만을 연구대상으로 삼은 기존의 연구로는 강소천 시세계 전반을 살펴보는 데에는 무리가 있다. 이 논문에서는 강소천이 1930년대에 발표한 작품만을 대상으로 초기 강소천의 시세계를 고찰함으로써, 그의 동시가 갖는 문학사적 의의를 조명해 보려고 한다.

---

7 신현득, 앞의 글, 323쪽.

2. 시적 사유의 변화

1) 현실주의적 경향의 동시

강소천은 어린이의 인권 옹호와 아동문학의 발전에 많은 노력을 기울였을 뿐만 아니라, 약 30년의 창작활동을 통해 260여 편[8]의 동요·동시와 140여 편의 동화·소년소설, 그리고 6편의 동극과 12편의 수필 등을 남겼다. 그는 등단 초기에는 주로 동요와 동시를 창작했다. 그리고 1937년부터 동화와 소년소설로 창작범위를 넓혀 한국아동문학의 발전에 커다란 영향을 끼쳤다.

특히 동시 분야와 관련해서 강소천은 이재철로부터 "尹石重이 시도한 시적 동요를 계승 심화시켜 동시의 출현에 결정적인 노력을 기우린"[9] 시인, "아동문학의 특수성을 정확하게 인식하고 자기만의 독특한 표현의 변화를 추구"[10]이라는 평가를 받은 바 있다. 실제로 강소천은 1930년대에 활약했던 다른 시인들의 동시와는 구별되는 시세계를 보여주고 있다. 즉, 내용적으로는 현실의 문제를 다룬 것부터 순진무구한 동심의 세계를 담아낸 작품까지 주제가 다양할 뿐만 아니라, 사물에 관한 직관적 조응과 동화적 사고를 바탕으로 창작된 작품이 많다. 그리고 형식적으로는 문답법을 시적장치로 활용한 작품이 자주 눈에 띈다. 하지만 강소천 동시의 그와 같은 특징은 1930년대 초기에 발표한 작품보다는 중반 이후에 발표한 작품들에서 두드러지게 나타난다.

---

8 강소천의 전집 가운데 동요와 동시를 묶은 『호박꽃 초롱』에는 231편의 작품이 수록되어 있다. 여기에 본 연구자가 새롭게 발굴한 28편을 포함하면 강소천의 동요와 동시는 모두 259편이다.
9 이재철, 앞의 글, 133쪽.
10 노경수, 앞의 글, 209쪽.

길ㅅ가엣 어름판은 밉기도하지
물동의를 이고가는 새악씨들을
마음대로 탕-탕 넘어트리는
길ㅅ가엣 어름판은 밉기도하지

—「길ㅅ가엣어름판」 부분[11]

얼골은 몰으지만
저절노 생각히는
그것이 참다우신
동무인가 하오니
영원히 품은뜻을
변치말아 주소서

—「얼골몰으는동무에게」 부분[12]

이들은 강소천이 1931년에 발표한 작품으로, 그의 초기 작품이 어떠했는지를 알게 해준다. 먼저 「길ㅅ가엣어름판」은 7·5조의 정형률을 지닌 작품으로 겨울철 길가의 얼음판을 노래하고 있다. 그런데 내용과 형식이 1920년대의 작품들과 별반 차이가 없을 뿐만 아니라, 그 수준도 높은 편이 아니다. 「얼골몰으는동무에게」는 총 12행으로 이루어져 있는데, 각 행의 글자 수가 모두 7자로 균일하게 맞추어져 있다. 내용은 한 번도 만나지 못하고, 얼굴조차 모르는 친구에게 "영원히 품은뜻을/변치말아 주소서"와 같이 당부의 말을 전하는 것으로 되어 있다. 그런데 "나리는 밤이면은/저절노 그리우네", "그것이 참다우신/동무인가 하오니"에서 보는 것처럼, 표현이 서툴 뿐만 아니라 감정이 절제되어 있지 않은 등 아직 일정한 수준에는 도달하지 못하고 있다.

---

11 『아이생활』, 1931년 3월호, 38쪽.
12 『아이생활』, 1931년 7월호, 54쪽.

신현득은 강소천의 동시에 관해 "창작동요성장기에는 역량을 나타내지 못하였다."[13]고 지적한 바 있다. 실제로 강소천의 초기작 가운데는 그의 명성에 걸맞지 않는 작품들이 다수 발견된다. 또한, 강소천의 초기작에서 발견되는 재미있는 사실은 그가 『신소년』과 『아이생활』에 「무궁화에벌나비」, 「이압집,저뒷집」, 「울어내요불어내요」 등 현실주의 경향이 짙은 작품들을 발표했다는 점이다.

이몸은 무궁화에 나비랍니다
고은꽂 피여나라 춤을추면서
이꼿서 저꼿으로 날러다니는
조고만 무궁화에 나비랍니다.

우리의 노랫소리 들리건만은
귀여운 무궁화는 피지안어요
그몹쓸 찬바람이 무서웁다고
귀여운 무궁화는 피지안어요.

— 「무궁화에벌나비」 부분[14]

부자아들 배불너서
머슴아들 배곱파서
울어내요 불어내요.

부자아들 학교슬허
머슴아들 학교못가

---

13 신현득, 「한국동시사연구」, 단국대학교 대학원 박사학위논문, 2001, 103쪽.
14 『신소년』, 1931년 1월호, 54쪽.

울어내요 불어내요.

—「울어내요불어내요」 부분¹⁵

「무궁화에벌나비」는 같은 지면에 발표한 「봄이 왔다」와 함께 지금까
지 확인된 강소천의 동시 가운데 발표연도가 가장 빠른 작품이다. 강소
천의 초기작은 대부분 정형동시의 모습을 띠고 있는데, 이 작품도 7·5
조의 율격에 총 3연 12행으로 구성되어 있다. 우선 이 작품은 "이몸은
무궁화에 나비랍니다"에서 보듯이, 벌과 나비를 시적 화자로 삼고 있는
것이 흥미롭다. 또한 "그몹쓸 찬바람이 무서웁다고/귀여운 무궁화는 피
지안어요."에서처럼, 당시로서는 금기시되었던 무궁화를 시적 소재로
활용하여 일제의 강압통치에 대한 저항의식을 보여주고 있는 점이 이채
롭다. 「울어내요불어내요」는 4·4조로 이루어진 정형동시로 총 4연 12행
으로 이루어져 있다. 이 작품은 당시의 계급적 모순을 작품의 주요 소재
로 삼고 있다. 각 연의 1, 2행은 "압집애가 소리질너/뒷집애가 눈물흘
녀"와 "압집애는 부자아들/뒷집애는 머슴아들"과 의미상 서로 대립을
이루는 시구들을 배치해 계급 간의 갈등을 드러내고 있다. 하지만 그 표
현이 너무 단조롭고, 직설적이어서 작품성 면에서는 수준이 많이 떨어
진다.

이압집 기와집 전등불켠집
저뒷집 초가집 등잔불켠집
밝은집 어둔집 둘이잇다우

이압집 밝은집 전등불켠집

---

15 『아이생활』, 1931년 10월호, 49쪽.

콜-콜 잠자는 보기실흔집

잘먹어 배불너 잠만잔다우

저뒷집 어둔집 등잔불켠집

열심히 일하는 복스러운집

잘먹썬 못먹썬 일만한다우

—「이압집,져뒷집」전문[16]

「이압집,져뒷집」은 6·5조로 이루어진 정형동시이다. 이 작품은 "이압집"과 "저뒷집", "기와집"과 "초가집", "밝은집"과 "어둔집"과 같이 의미의 대립쌍을 이루는 시어들을 사용하여, 「울어내요불어내요」와 마찬가지로 계급 간의 갈등을 노래하고 있다. 강소천은 이 작품을 『신소년』 (1931년 4월호, 55쪽)에도 발표했는데, 『신소년』에 발표한 작품은 위 작품과는 조금 다르다. 즉, "이압집 기와집 보기실흔집/저뒷집 초가집 복스러운집/미운집 고운집 둘이잇다우"가 마지막 연에 추가되어, 총 4연 12행으로 이루어져 있다. 특권계급을 상징하는 기와집을 "콜-콜 잠자는 보기실흔집", 민중을 상징하는 초가집을 "열심히 일하는 복스러운집"으로 표현하는 등, 당시 강소천의 사회의식이 어떠했는지를 알게 해준다.

2) 동심주의적 경향의 동시

하지만 이러한 강소천의 동시는 1933년을 전후로 변모를 보이기 시작한다. 내용적으로는 이전의 현실주의 경향이 사라지는 대신 순수하고 깨끗한 아이들의 마음을 노래한 작품들이 주를 이루고, 형식적으로는

---

16 『신소년』, 1931년 3월호, 55쪽.

자유동시의 형식을 갖춘 작품들이 부쩍 등장한다. 다음의 작품은 모두 『아이생활』에 발표한 것으로, 앞서 살펴본 작품과 비교해 보면 강소천 동시가 내용적으로나 형식적으로 얼마나 달라졌는지를 쉽게 확인할 수 있다.

> 연기야
> 연기야
> 어서 올라 가거라
> 머리 풀고 춤추며
> 하늘 높이 더높이
> 어서 올라 가거라

—「연기야」 부분[17]

> 까치야 까치야
> 너 웨 그 낡에다
> 집을 질려구 그러니
> 그 낡엔
> 밑에 가지가 많단다
> 후여! 후여!

—「까치야」 부분[18]

그런데 여기서 주목할 것은 이들이 모두 입선동요로 뽑힌 작품들이고, 그 선자(選者)가 바로 1933년 한국 최초의 창작 동시집 『잃어버린 댕기』 (계수나무회, 1933)를 펴낸 윤석중이라는 점이다.[19] 윤석중은 1930년대 들어

---

17 『아이생활』, 1933년 1월호, 51쪽.
18 『아이생활』, 1933년 5월호, 35쪽.

와 전통적 동요에 시적 요소를 가미하여 기존의 동요보다 한 차원 높은 예술적 동요를 개척하는 데 큰 공헌을 한 시인이다. 이런 사실로 미루어 볼 때 강소천 동시의 변화에는 어느 정도 윤석중의 영향이 있었을 것으로 짐작된다.

또한 강소천의 그와 같은 시적 변화에는 윤석중 외에도 일본 근대아동문학[20]의 기원을 연 『붉은새(赤い鳥)』의 영향이 있었던 것으로 보인다. 『붉은새』는 타이쇼오시대(大正期, 1912~1925)를 장식한 잡지로, 일본에서는 이 잡지의 창간을 일본 근대아동문학의 기원으로 보고 있다. 『붉은새』의 동인은 일본 근대문학의 유명한 작가와 시인들로, 이들은 통속물과 관제창가를 거부하고 예술로서 진정한 가치가 있는 동화와 동요 운동을 제창했다.[21] 최태호는 강소천이 「닭」을 창작했을 무렵 "그는 일본의 동시 운동의 선두에 선 '적조'의 키타하라에 사숙하였고, 동화로는 하마타와 오카와에 깊은 흥미를 가졌으나, 사회주의를 사상으로 하는 하마타보다는 오카와의 환상적인 동심 세계에 더 많이 공명한 것 같다."[22]고 말하고 있다.

그러나 본 연구자가 보기에 강소천 동시의 변화에 가장 큰 영향을 끼친 것은 시인 백석으로 판단된다. 백석은 1936년 시집 『사슴』을 간행한 후 다니던 조선일보를 그만두고 강소천이 재학 중이던 함흥영생고보의

---

19 강소천은 『아이생활』 1932년 12월호에 「가을 바람이」, 1933년 1월호 「연기야」, 1933년 2월호에 「가랑닢」과 「우는 아가씨」가 입선동요에 뽑혔다. 그런데 공교롭게도 이들 네 작품을 뽑은 사람이 바로 윤석중이다.

20 가라타니 고진는 「아동의 발견」에서 "아동문학사가들은 일본에서 「진정한 근대 아동 문학이」이 탄생한 것은 오가와 미메이 무렵이라는 데 거의 일치된 견해를 가지고 있다."고 말한다. 오가와 미메이(1882~1961)는 일본 근대 아동 문학 초기의 대표작가로, 사회적 정의감을 바탕으로 환상적, 낭만적 경향의 작품들을 썼다. 그의 작품집 『빨간 배』(1910)는 일본 아동문학 사상 최초의 예술적 창작집으로 평가되고 있다.(가라타니 고진, 박유하 옮김, 『일본근대문학의 기원』, 민음사, 1997, 151쪽 참조.)

21 원종찬, 「한일 아동문학의 기원과 성격비교」, 『아동문학과 비평정신』, 창작과비평사, 2001, 52~53쪽 참조.

22 최태호, 「소천의 문학 세계」, 『강소천 아동문학전집 5』, 교학사, 2006, 305쪽.

영어교사로 부임한다. 그리고 영생고보에서 문학청년들을 지도했는데, 그 가운데에 강소천이 있었다는 기록이 있다.[23] 이러한 정황으로 보아 함흥에 있던 강소천이 서울에 있던 윤석중이나 일본의 『붉은새』보다는 백석으로부터 더 직접적인 영향을 받았을 것으로 생각된다.

물한모금
입에물고
하늘한번
처다보고

또한모금
입에물고
구름한번
처다보고

—「닭」 전문[24]

실제로 강소천의 동시는 1933년을 기점으로 이전에 발표한 작품과 이후에 발표한 작품 간에 많은 차이를 보인다. 위 작품은 강소천의 대표작으로 꼽히는 「닭」으로, 그가 1935~36년 영생고보를 휴학하고 외삼촌이 사는 간도 용정에서 지낼 때, 윤석중으로부터 『소년』이란 잡지를 하니 동요 한편 보내달라는 부탁을 받고 고국 하늘을 생각하며 쓴 작품이다.[25]

---

23 근대문학 100년 연구총서 편찬위원회, 『약전으로 읽는 문학사1(해방 전)』, 소명출판, 2008, 454쪽 참조.
24 『소년』, 1937년 4월호, 11쪽.
이 작품은 동시집 『호박꽃 초롱』에 "물/한 모금/입에 물고//하늘/한번/처다 보고//또/한 모금/입에 물고//구름/한번/처다 보고"와 같이 4연 12행의 형식으로 변형되어 실려 있다.
25 강소천, 「故國의 하늘과 「닭」」, 『동아일보』, 1963.05.07 참조.

비록 총 2연 4행에 불과한 소품이지만, 이 작품은 군더더기 없는 깔끔한 형식에 '하늘'과 '구름'으로 상징되는 무한한 꿈과 이상의 세계를 담아 내어 많은 평자로부터 좋은 평가를 받고 있다.

나는 이 작품의 작품적 성과보다는 이 시상이 가지는 의미를 통하여 그가 평생을 두고 빚게 될 문학세계의 大本을 암시한 사실이 더욱 중요한 것이라 여겨진다. 하늘 – 영원하고 유구하고, 아름답고, 무궁한 것, 그것을 진리라 해도 좋고, 인간이 추구해 마지않는 꿈(理想)의 세계라 해도 좋을 것이다. 또한 그 하늘에 떠도는 구름은, 그 진리나 이상을 갈구하는 불타는 이념과 그것을 싸안은 변화무쌍한 정서를 상징한 것이라 믿어진다.[26]

사람들이 예로부터 높이 생각하던 하늘, 비와 눈과 바람이 있는 하늘, 해와 달과 별이 있는 하늘을 쳐다본다는 것 하나에도 우리들은 그 무슨 생각을 갖게 된다. 그런 하늘을 쳐다보는 닭을 보았을 때, 무언지 모르게 닭들에게도 생각하는 순간이 있을 것같이 느껴진다.[27]

음수율을 지키면서 이야기성보다 이미지에 중점을 둔 강소천의 「닭」은 시적 동요, 곧 동요시의 정점을 이룬 작품이다. 닭이 물을 먹는 형상을 이미지로 포착한 이 동요시는 4·4조를 취하고 1, 2연과 3, 4연이 대구 짝을 이루고 있지만, 단순 간결 명쾌하면서 참신하게 시적 형상화를 이루어 놓았다. 그것은 시인 자신이 동심의 직관을 통해 대상을 유추적으로 발견한 결과이다. 이처럼 이미지는 사람이 감각을 통해 체험한 것을 언어로 재현하여 사물의 구체적인 세계를 보여주는 것이다.[28]

---

26 박목월, 『강소천 아동문학독본』 해설, 을유문화사, 1961, 2~3쪽.
27 이원수, 『아동문학입문』, 소년한길, 2001, 273쪽.
28 김용희, 「윤동주 동시의 한국 동시문학사적 의미」, 『아동문학평론』, 2010년 가을호, 41쪽.

위 인용문은 박목월과 이원수, 그리고 김용희의 「닭」에 관한 평가이다. "하늘 – 영원하고 유구하고, 아름답고, 무궁한 것, 그것을 진리라 해도 좋고, 인간이 추구해 마지않는 꿈(理想)의 세계"라는 박목월의 말과 "비와 눈과 바람이 있는 하늘, 해와 달과 별이 있는 하늘을 쳐다본다는 것 하나에도 우리들은 그 무슨 생각을 갖게 된다."는 이원수의 말, "시인 자신이 동심의 직관을 통해 대상을 유추적으로 발견한 결과"라는 김용희의 말처럼, 이 작품은 물을 먹을 때의 닭의 모습 즉, 닭의 생물학적 특성과 하늘과 같은 미지의 세계를 동경하는 아이들의 심리를 결합해 끝없이 상상력을 불러일으키고 있다.

> "달강 달강 달강………"
> 아모리 가지고싶어도 가질수없는
> 저 오동나무방울!
> 올라갈랴니 미끄럽고
> 돌을던질랴니 장독이무서워.
> 「아가바람아! 아가바람아!
> 그방울 나하나만 따주럼아!
> 넌 거게많지안니 –
> 나 하나만 따주럼아!
> 웅, 야! 야! 웅?」
>
> —「오동나무방울」부분[29]

> 하늘은 바다,
> 구름은 육지,

29 『아이동무』, 1936년 1월호, 36쪽.

거 누가
그리나,

이름도 모를 나라
지도를.

—「지도」 전문[30]

　이들 작품은 자유동시의 형태를 띠고 있을 뿐만 아니라, 순진무구한
아이들의 마음을 잘 형상화하고 있다. 「오동나무방울」은 한 달 뒤 『동아
일보』(1936.02.02.)에도 발표되었는데, 오동나무에 달린 방울을 갖고 싶은
아이의 마음을 재미있게 표현하고 있다. "아모리 가지고싶어도 가질수
없는/저 오동나무방울!"에서 보는 것처럼, 이 작품에서 오동나무방울은
시적 화자에게 그저 단순한 하나의 사물이 아니라 반드시 소유해야 할
대상이다. 화자는 자신이 그토록 갖고 싶은 오동나무방울을 얻기 위해
갖은 궁리를 해보지만, "올라갈랴니 미끄럽고/돌을던질랴니 장독이무서
워." 그만 실패하고 만다. 그러자 결국엔 바람에게 오동나무방울을 하나
만 따달라고 애원을 하는데, "응, 야! 야! 응?"에서 보듯이, 애걸복걸하
는 모습을 재미있게 묘사하고 있다. 「지도」는 3연 6행으로 구성된 짧은
작품이지만, 강렬한 인상을 주고 있다. 이 작품은 동시집 『호박꽃 초롱』
에 "하늘은 바다/구름은 육지//거 누가 그리나?/이름도 모를 나라 지도
를-"과 같이 2연 4행으로 변형되어 실려 있다. 이 작품에서 화자는 하늘
을 바라보는 것에서 시상을 전개한다. 먼저 화자는 하늘과 구름을 각각
바다와 육지에 비유하고 있다. 그런 다음 상상력을 더욱 증폭시켜 그것

---

30 『아이동무』, 1939년 2월호, 12쪽.

을 이름도 모를 나라의 "지도"라고 생각한다. 그리고 마지막엔 그와 같은 지도를 그린 사람이 누구인지 묻고 있는데, 그 발상이 매우 신선하면서도 아이답다는 생각이 든다.

호박꽃을 따서는
무얼만드나
무얼만드나

울애기 쬐꼬만
초롱만들지
초롱만들지

반딧불을 잡아선
무엇에쓰나
무엇에쓰나

울애기 초롱에
촛불켜주지
촛불켜주지

—「호박꽃 초롱」 전문[31]

보슬비가 보슬보슬
연못가에 나려와선
둥글둥글 둥그램이

---

31 『조선중앙일보』, 1935.09.03.

곱게곱게 그려놓소

그리면은 없어지고
없어지면 또그리고
하로종일 보슬보슬
연못에서 물 – 작란

—「보슬비」 전문[32]

「호박꽃 초롱」은 강소천의 첫 동시집 표제작이다. 이 작품은 7·5조의 정형률을 기본으로 하면서도 "호박꽃을 따서는/무얼만드나/무얼만드나"에서 보듯이, 매 연마다 같은 시행을 덧붙이는 다른 작품에서는 좀처럼 볼 수 없는 독특한 형식을 지니고 있다. 아기에게 줄 초롱을 만들기 위해 호박꽃을 따고, 반딧불을 잡는 어린 화자의 마음을 경쾌하면서도 아름답게 담아낸 작품이다. 「보슬비」는 4·4조의 정형동시로 2연 8행으로 이루어져 있다. 이 작품에서 화자는 연못에 떨어지는 보슬비를 보고 보슬비가 "연못에서 물 – 작란"을 하고 있다고 말한다. 연못가에 쪼그리고 앉아 연못에 빗방울이 떨어질 때마다 동심원을 그리며 퍼져 나가는 물결을 신기한 듯 바라보고 있을 화자의 모습에 슬며시 미소를 떠올리게 하는 작품이다. 이들 작품은 별다른 기교를 부리지 않았음에도 동심을 바탕으로 아이다운 생각과 느낌을 잘 살려냄으로써 깊은 감동을 주고 있다.

이처럼 강소천이 초기에 발표한 작품들은 대부분 정형동시의 형태를 띠고 있을 뿐만 아니라 다분히 현실주의 경향을 지니고 있다. 또한, 작품의 수준도 그리 높은 편이 아니다. 하지만 1933년을 전후로 이전과는 확연히 구별되는 시적 변모를 보여준다. 즉, 내용적으로는 현실주의에서

---

32 『동아일보』, 1935.05.12.

탈피하여 동심의 세계로, 형식적으로는 정형동시에서 자유동시로의 변화를 꾀하면서 작품의 수준도 이전보다 훨씬 향상된 모습을 띠고 있다.

3. 시적 형식의 변화

1) 동화적 사고의 시적 효과

강소천의 동시는 1930년대 중반 이후 다양한 시형을 선보이기 시작한다. 현실성보다는 예술성을 중시하기 시작하면서 강소천의 동시는 섬세한 관찰력을 바탕으로, 시적 대상에 관한 직관적 조응과 동화적 사고를 중시하는 쪽으로 방향을 선회한다. 아울러 시의 소재 역시 사회문제로부터 자연물로 급격히 대치된다. 게다가 그것을 꾸밈이 없는 아이들의 목소리를 활용해 소박하게 풀어냄으로써, 1920년대 요적(謠的) 동시와는 확연히 구별되는 독자적인 시세계를 만들어 나간다.

그 결과 정형동시보다 자유동시의 비중이 커지고, 불과 4행으로 된 단시로부터 30행에 이르는 장시까지 시의 형태가 무척 다양하게 나타난다. 그뿐만이 아니라 소재의 폭도 훨씬 넓어지고, 작품에 깃든 동심의 층위가 실제 아이들의 모습과 별반 차이를 느끼지 못할 만큼 가깝게 느껴진다. 따라서 상당수의 작품은 어른이 쓴 것이 아니라, 마치 천진난만한 아이가 쓴 것으로 생각할 만큼 소박하고 단순한 모습을 지니고 있다.

사실 동화적(童話的) 사고는 물활론(物活論)과 더불어 아이들의 심리적 특성을 설명하는 데 자주 쓰이는 용어이다. 아이들은 아직 세상 경험이 적은 탓에 자신들의 눈앞에 펼쳐진 자연 및 어떤 현상을 이성적으로 과학적으로 파악하지 못한다. 그 때문에 아이들은 어른들과는 다른 방식 즉, 물활론과 동화적 사고를 활용해 자신이 몸담은 세계를 이해하려는 특성을 보인다.

아동들에게 동화적 사고는 특이한 것이 아니다. 그것은 모든 아동들에게 통하는 사고이다. "왜 낙엽이 될까?"라는 질문에 아동들은 빨간 잎은 빨간 이슬을 마시고, 노란 잎은 노란 이슬(혹은 주스)을 마시기 때문이라고 말하며, 때로는 여름의 이슬은 녹색이고, 가을의 이슬은 빨강·노랑색이기 때문이라고 답한다. 이처럼 아동의 사고는 동화적이며, 내용 면에서는 한편의 시가 되기도 한다. 하지만 이런 시적 사고에 의한 대답 역시 아동 나름대로의 진지한 탐구의 결과라고 볼 수 있다. 성인들은 아동들의 이러한 반응을 비과학적인 것이라고 보고 그것을 바꾸려고 노력하는 경우가 많겠지만, 현 시점에서는 이것이 아동이 갖는 최대한의 사고이다.[33]

이 인용문은 아이들의 주요한 심리적 특성인 동화적 사고를 이해하는 데 중요한 정보를 제공하고 있다. 그와 더불어 성인문학과 달리 아동문학에 초자연적이고 비현실적인 이야기가 자주 등장하는 까닭이 무엇인지, 왜 하필 그 많은 수사법 가운데 의인법과 활유법을 사용하여 창작한 작품이 많은지를 설명하는 데에도 많은 도움을 준다.

보슬보슬 봄비는
새파란비지
그러키에 금잔디
파래지지요

보슬보슬 봄비는

---

33 허승희 외, 「아동기 상상력의 발달적 특성」, 『아동의 상상력 발달』, 학지사, 1999, 57쪽.

새파란비지
그러키에 버드나무
파래지지요

—「봄비」 전문[34]

이 작품은 사물에 관한 뛰어난 직관적 조응과 동화적 사고를 잘 보여
주고 있다. 이 작품에서 화자는 보슬보슬 내리는 봄비를 "새파란 비"라
고 말한다. 그래서 금잔디와 버드나무가 파랗게 된다고 진술하고 있다.
하지만 이러한 화자의 진술은 이성적·과학적으로 그 어떤 근거도 없는
허무맹랑한 것이다. 하지만 아이들은 아직 세상에 관한 경험이 부족한
탓에 동화적 사고를 통해 세상과 사물을 이해하려는 경향이 강하다. 이
작품의 묘미는 바로 그러한 아이들의 특성을 잘 포착하여 재미있게 표현
한 데 있다. 그런데 이 작품은 『동아일보』에 발표한 그다음 달 『아이생
활』(1938년 4월호)에 같은 제목으로 재발표되었다. 기본적인 발상은 처음
발표했을 당시와 별반 차이가 없지만, 그 형태는 "봄 비는/새파란 비지./
금 잔디 물 들이는/고운 비 지요.//봄 비는/새파란 비지./버드 나무 물
드리는/고운 비 지요."와 같이 처음의 모습과 차이가 있다. 1행과 5행에
서 "보슬보슬"을 과감히 생략하고, 3행과 7행을 "금 잔디 물 들이는"처
럼 고쳐서 발표했다. 그 때문에 형태와 표현이 더욱 간결하고 명료해짐
으로써, 오히려 처음 발표했던 작품보다 훨씬 시적으로 다가온다.

호박은 벌거벗구도
부끄러운줄도 몰라
배꼽을 내노쿠두

---

34 『동아일보』, 1935.04.14.

부끄러운줄도 몰라

─「호박」 전문[35]

보슬비에 얼골이

간즈럽다고

우리집 짜리아

고개수겻네

─「짜리아」 전문[36]

이들 작품은 모두 4행으로 이루어졌으며, 앞서 살펴본 작품과 마찬가지로 사물에 관한 직관력과 동화적 사고를 바탕으로 하고 있다. 「호박」은 『동아일보』에 처음 발표되었을 때에는 동시가 아닌 소화(笑話) 즉, '우스운 이야기'란에 소개되었으나, 『호박꽃 초롱』을 엮으면서 동시 안에 포함한 작품이다. 이 작품에서 화자는 호박을 보고 "배꼽을 내노쿠두" 부끄러운 줄 모른다고 말한다. 아마도 화자는 호박꼭지와 배꼽의 유사성에 착안해 그와 같은 상상력을 발휘하고 있는데, 주변에서 쉽게 볼 수 있는 사물을 아이다운 눈으로 재미있게 표현하고 있다. 「짜리아」는 7·5조의 정형률을 기본으로 창작한 작품이다. 이 작품에서 화자는 어느 비 오는 날 집 마당에 있는 '짜리아'가 고개를 숙이고 있는 것을 발견하고, 그것이 보슬비를 맞아 얼굴이 간지럽기 때문이라고 말한다. 아이들은 일상 속 작고 하찮은 일도 그냥 넘기지 않고 상상력을 통해 호기심을 충족하려는 경향이 있다. 이 작품은 그러한 아이들의 특성을 잘 잡아내고 있다.

---

35 『동아일보』, 1935.12.28.
　　이 작품은 『호박꽃 초롱』에 "호박은 벌거 벗구구/부끄러운줄도 몰라.//배꼽을 내 놓구두/부끄러운줄도 몰라."와 같이 2연 4행으로 되어 있다.
36 『동화』, 1936년 9월호, 14쪽.
　　『호박꽃 초롱』에는 이 작품이 "보슬 비에 얼굴이 간지럽 다고/우리집 따리아 고개 숙였네."와 같이 2행으로 변형되어 실려 있다.

바다는 쌀 함박
모래알은 쌀

크다란 쌀 함박을
기웃둥 기웃둥

퍼 - 런 쌀 뜨물을
처얼석 처얼석

바다는 하로 종일
쌀을 인다우.

—「바다」전문[37]

달밤.
보름 달밤.

우리집
새하얀 담벽에

달님이
고웁게 그려놓은

---

37 『동아일보』, 1937.11.14.
이 작품은 『호박꽃 초롱』에 "바다는 쌀함박/모래 알은 쌀//크다란/쌀함박을//기웃둥……/기
웃둥-//퍼어런/쌀 뜸물을//처얼석……/철석-//바다는/하로 종일/쌀을 인다우."와 형태가
약간 변형되어 수록되었다.

나무

나무 가지.

—「달밤」전문[38]

  이들 작품은 강소천이 1930년대 발표한 동시 가운데 비교적 수작으로
꼽힌다. 먼저 「바다」는 "바다는 쌀 함박/모래알은 쌀"에서 보는 것처럼
바다를 '쌀함박'에, 모래알을 '쌀'에 비유하고 있는데, 그 수법이 대단히
참신하다. 그뿐만 아니라 "크다란 쌀 함박을/기웃둥 기웃둥", "퍼-런
쌀 뜨물을/처얼석 처얼석"에서 보듯이, 상상력을 우주적 공간으로 확대
하고 있어 경이로운 느낌마저 든다. 그 때문에 7·5조를 기본으로 하는
정형동시임에도 마치 자유동시처럼 여겨진다. 「달밤」은 불필요한 시어
의 남발 없이 정제된 언어만을 사용하여 표현효과를 높이고 있다. 이 작
품에서 화자는 "새하얀 담벽에" 드리운 나무와 나뭇가지의 그림자를 발
견하고, 그것을 달님이 그려놓은 그림이라고 생각한다. 아이다운 상상력
을 발휘해 단순한 자연현상을 미적으로 형상화함으로써, 한 폭의 동양
화를 보듯 선명한 이미지가 인상적으로 다가온다. 하지만 동시집 『호박
꽃 초롱』에는 이 작품이 "달밤./보름 달밤.//우리집 새하얀 담벽에/달님
이 고웁게 그려 놓은//나무./나무 가지."와 같이 3연 6행으로 변형되어
실려 있는데, 오히려 그처럼 변형한 것이 처음 발표한 작품보다 형식미
에서 큰 손해를 보고 있다는 생각이 든다.

  달님 얼골에 얼눙이졌네

  고-은 얼골에 얼눙이졌네.

---

38 『아이생활』, 1939년 2월호, 13쪽.

어젯밤 내 – 나 검은연기
하늘에 가뜩 서리웠더니

달님 얼골에 얼능이졌네
고 – 은 얼골에 얼능이졌네.

—「달님 얼골에」 전문[39]

들국화 필 무렵에 가뜩 담궜던 김치를 아카시아 필 무렵에 다 먹어 버렸습니다.

움 속에 묻었던 이 빈 독을 엄마와 누나가 맞들어 소낙비 잘 오는 마당 한판
에 들어 내놓았습니다.

아무나 알아 맞춰 보세요.
이 빈 김치 독에 언제 누가 무엇을 가뜩 채워 주었겠나.

그렇다우. 이른 저녁마다 내리는 소낙비가 하늘을 가뜩 채워 주었다우.

조그맣고 둥그런 이 하늘에도 제법 고운 흰구름이 잘도 떠 돈다우.

—「하늘」 전문[40]

---

39 『아이생활』, 1934년 5월호, 42쪽.
40 『아이생활』, 1939년 8월호, 20~21쪽.
　　『호박꽃 초롱』에는 이 작품이 "들국화 필 무렵에 갓득 담궜든 김치를/아카시아 필 무렵에 다
　　먹어 버렸다//움 속에 묻었든 이 빈 독을/엄마와 누나가 맞들어/소낙비 잘 오는 마당 한판에
　　내놓았습니다./아무나 알아 맞혀 보세요./이 빈 김치 독에/언제 누가 무엇을 갓득 채워 주었
　　겠네./그렇다우./이른 저녁 마다 나리는 소낙비가/하늘을 갓득 채워 주었다우.//-동그랗고
　　조고만 이 하늘에도/제법 고-운 구름이 잘도 떠돈다우."와 같은 형태로 변형되어 수록되어 있
　　으며, 제목도 '조고만 하늘'로 바뀌어 실려 있다.

「달님 얼골에」는 3연 6행으로 이루어진 작품으로, 화자의 눈에 비친 달의 모습을 노래하고 있다. 이 작품에서 화자는 "달님 얼골에 얼눙이졌네"라고 말한다. 그리고 그것이 지난밤 하늘에 가득 서려 있던 검은 연기 탓이라고 말한다. 또한 「하늘」은 자유동시의 형태를 띤 작품으로, 문답법을 통해 시상을 전개하고 있다. 이 작품에서 화자는 마당 한복판에 놓여 있는 김칫독에 "언제 누가 무엇을 가득 채워 주었겠나."라고 묻는다. 그러고는 곧 "이른 저녁마다 내리는 소낙비가 하늘을 가득 채워 주었다우."라고 말한다. 이처럼 이들 작품에서 화자는 아이들의 특성인 동화적 사고를 바탕으로 자연현상을 파악하고 있다.

세상에 만일
거울이 없다면

나는 내 얼골이
어떠케 생겼는지를
몰랏슬 테지요.

세상에 만일
거울이 없엇다면

나는 나를
일허버렷슬런지도
모릅니다.

—「거울」 전문[41]

---

41 『아동문예』, 1936년 12월호, 20쪽.
　이 작품은 『호박꽃 초롱』에 "세상에 만일 거울이 없었다면/나는 내 얼골이/어떻게 생겼는지를

할미꽃 마나님 고개숙이고
오늘도 무얼그리 생각하셔요.

앞마을에 시집보낸 문들래아씨
잘있는지 소식몰라 답답하대요.

—「할미꽃」전문[42]

　이들도 앞의 작품과 같은 선상에 놓여 있는 작품이다. 「거울」에서 화
자는 세상에 만일 거울이 없었다면 자신의 얼굴이 어떻게 생겼는지 알
수 없었을 것이라고 말한다. 또한, 거울이 없었다면 "나는 나를/일허버
렷슬런지도/모릅니다."라고 이야기한다. 「할미꽃」에서 화자는 고개를
숙이고 있는 할미꽃을 보고 "오늘도 무얼그리 생각하셔요."라고 질문을
던진다. 그런 다음 할미꽃이 "앞마을에 시집보낸 문들래아씨"의 소식을
몰라 답답해한다고 말한다. 이들 작품에서 거울이 없었다면 자신을 잃
어버렸을지도 모른다는 화자의 진술이나, 할미꽃이 앞마을에 시집을 보
낸 민들레 아씨의 소식을 몰라 답답해한다는 화자의 말은 어른들이 보
기에는 비과학적이고 비현실적이다. 하지만 아직 이성이 발달하지 못하
고 상상과 현실의 구분이 명확하지 않은 아이들은 그와 같은 상상놀이
를 통해 호기심을 충족하고, 자신을 둘러싼 세상을 이해하려는 그들 나
름의 고유한 특성을 지니고 있다.
　이처럼 1933년 이후에 발표된 강소천의 동시는 사물에 관한 뛰어난
직관력과 동화적 사고를 바탕으로 창작되고 있다. 그 때문에 이들 작품
은 그가 활동 초기에 발표했던 현실주의 경향의 작품과 달리 분위기가

몰랐을 테지오.//세상에 만일 거울이 없었다면/나는 나를/잃어 버렸을런지도 모릅니다."와 같
이 2연 6행으로 변형되어 실려 있다.
42 『동화』, 1937년 3월호, 307쪽.

밝은 편이다. 또한 작품에 등장하는 아이들의 모습 역시 자유분방하고, 실제 아이들의 삶에 근접해 있다는 인상을 준다. 이런 사실은 곧 강소천의 동심관이 이전과는 근본적으로 달라졌다는 것을 말해준다. 실제로 1933년 이후에 창작된 강소천의 동시는 다분히 감상적이고 정형률이 중심이었던 당대의 작품들과 내용 및 형식 면에서 많은 차이를 지님으로써, 그 자신만의 독특한 시적 특성을 만들어내고 있다.

2) 문답형식의 시적 효과

1930년대 발표된 강소천 동시의 또 다른 특징으로는 문답법 형식을 들 수 있다. 문답법은 수사법 가운데 변화법의 하나로 글 속의 어느 문장을 문답형식을 빌려 전개해나가는 방법이다. 즉, 서술자가 둘 이상의 인물을 등장시켜 묻고 대답하게 하거나 혹은, 자문자답처럼 스스로 문제를 제기하고 스스로 해답을 내리는 것과 같이 글에 적절한 변화를 주어 일정한 효과를 거두기 위한 수사적 장치라고 할 수 있다. 이러한 문답법은 일반적으로 글의 단조로움과 지루함을 피하고, 독자를 화제 속으로 끌어들이고자 할 때 사용하는 것으로, 주로 서술과 대화로 구성되는 동화나 소설에서 흔히 볼 수 있다. 하지만 생각과 느낌을 짧은 형식 속에 압축해서 담아내는 시에서는 잘 쓰지 않는 수사법이다.

따라서 강소천의 동시에 이와 같은 문답법 형식을 활용해 창작된 작품이 많다는 것은 그 자체만으로도 관심을 끌 만하다. 물론 1920~30년대 발표된 동시 가운데 문답법 형식으로 된 작품이 없었던 것은 아니다. 가령, 1925년에 발표된 한정동(韓晶東)의 「두룸이」(『어린이』, 5월호)나 1934년에 발표된 홍구(洪九)의 「솔개미」(『신소년』, 3월호)와 같은 작품들도 문답법 형식을 취하고 있다.

하지만 이들 작품은 문답법으로 이루어져 있지만, 창작기법상의 주된 수사법으로 사용되지 않았을 뿐만 아니라 대부분 자문자답형의 형식으로 이루어져 있다는 점에서 강소천과 차이가 있다. 그만큼 강소천의 동시에 나타난 문답법 형식은 다른 작품과 구별되는 그 나름의 특성을 지니고 있으며, 1930년대에 발표한 52편의 작품 가운데 이미 앞서 살펴본 「호박꽃 초롱」과 「하늘」을 포함해 모두 11편이 문답법 형식으로 이루어져 있을 정도로 그의 동시에서 창작기법상의 중요한 수사법으로 사용되고 있다.

        까치야 까치야
        너 웨 그낡에다
        집을 질려구 그러니
        그낡엔
        밑에 가지가 많단다
        후여! 후여!

        까치야 까치야
        너 웨 그낡에다
        집을 질려구 그러니
        이마을엔
        나쁜애들이 많단다
        후여! 후여!

                              —「까치야」 전문[43]

이 작품은 1933년 『아이생활』에 발표한 것으로, 강소천의 동시에서

43 『아이생활』, 1933년 5월호, 35쪽.

문답법을 사용해 창작된 최초의 작품이다. 또한 당시 선자(選者)였던 윤석중에 의해 입선동요로 뽑힌 바 있다. 총 2연 12행으로 구성된 이 작품은 자유동시의 형태를 띠고 있으며, 1연과 2연이 거의 같은 구조의 자문자답의 형식으로 이루어져 있다. 즉, 이 작품은 "까치야 까치야/너 웨 그 낡에다/집을 질려구 그러니"와 같이 나무에 집을 지으려는 까치에게 화자가 질문을 던진 다음, "그낡엔/밑에 가지가 많단다"와 "이마을엔/나쁜 애들이 많단다"와 같이 스스로 답하는 내용으로 되어 있다. 자문자답의 형식으로 이루어진 것도 재미있지만, 무엇보다 앞으로 까치에게 닥칠 상황을 예견하고 까치를 도우려는 화자의 마음 씀씀이가 따뜻하게 다가오는 작품이다.

언니언니 어째서
오늘아침엔
붕글둥글 햇님이
아니뜹니까

올아올아 알앗수
이제 알앗수
오늘이 오늘이
노는날이죠

햇님도 오늘이
노는날이라
고단한몸 아즉껏
잠을자겟죠

—「흐린날아침」 전문[44]

이 작품은 7·5조로 이루어진 정형동시로, 화자가 언니에게 오늘 아침에는 왜 해가 뜨지 않느냐고 묻는 것으로 시상을 전개하고 있다. 그리고 해가 뜨지 않는 것이 오늘이 노는 날이기 때문이라고 스스로가 답하는 형식으로 구성되어 있다. "햇님도 오늘이/노는날이라/고단한몸 아즉껏/잠을자겟죠"에서 보듯이, 이 작품은 여느 날과 다르게 해가 뜨지 않는 것을 이상하게 생각하는 화자의 호기심을 동화적 사고를 통해 재미있게 표현하고 있다. 또한 "언니", "둥글", "올아", "알앗수", "오늘이" 등의 시어를 반복해서 사용함으로써, 단순히 읽는 것만으로도 노래가 될 만큼 리듬감을 잘 살려내고 있다.

삼월삼질 지난지도 벌서오랜데
강남갓든 제비들은 웨안올가요
웨안오나 산새더러 물어볼가요
웨안오나 멧새더러 물어볼가요

연못가의 실버들도 잎다폇는데
강남갓든 제비들은 웨안올가요
아 마 두 봄이온줄 모르는게지
아 무 두 꽃이핀줄 모르는게지

—「제비」 부분[45]

「제비」는 8·5조의 정형동시이다. 이 작품 역시 자문자답 형식으로 이루어져 있으며, 우리의 명절 가운데 하나인 삼월 삼짇날을 소재로 삼고 있다. 삼월 삼짇날은 음력 3월 3일로 봄을 맞아 강남 갔던 제비가 다시

---

44 『동아일보』, 1935.04.14.
45 『동화』, 1936년 6월호, 23쪽.

돌아온다는 날이다. 이 작품에서 화자는 삼월 삼짇날이 지났는데도 돌아오지 않는 제비를 애타게 기다리고 있다. 그리고 그와 같은 화자의 마음은 "웨안오나 산새더러 물어볼가요", "아 마 두 봄이온줄 모르는게지", "강남에다 꾀꼴새를 보내볼가요"에서 보듯이, 연이 거듭할수록 점차 고조되는 양상으로 나타난다. 그 때문에 제비를 기다리는 화자의 간절한 마음이 더욱 증폭될 뿐만 아니라, 독자로 하여금 작품에 몰입하도록 만드는 효과를 발휘하고 있다.

> 빨간 - 잠자리 한마리가
> 가 - 는 나뭇가지 끝에 날러와서
> 조곰 앉었다 가렵니까?
> 안돼요
> 조곰만 앉읍시다
> 안돼
> 조곰만
> 글세 안된다는데 그래.
> 앉을려다가는 못앉구
> 앉을려다가는 못앉구
> 그러다 그러다 잠자리는
> 다른곳으루 날러가 버렸습니다.
>
> ― 「잠자리」 전문[46]

> 그런데 아가등에 업은 아가
> 이름이며 - 유?

---

46 『아이동무』, 1935년 11월호, 47쪽.

벼개얘요.

그아간 몇 살이유?

네 살이얘요.

아유 그럼 아가하구 동갑이구먼-

네.

생일은 언제유?

섯달스므아흐랫날이얘요!

아유 참말 그럼 아가하구

쌍둥이구먼!

해……….

하……….

—「대답」 부분[47]

　이들 작품도 문답법을 활용해 시적 효과를 높이고 있다. 하지만 이들
은 앞의 작품들과 달리 자문자답의 형식이 아니라, 작품 속에 등장하는
사물 혹은 인물들이 직접 대화하는 방식을 채택하고 있다. 그래서인지
앞의 작품들보다 훨씬 재미있고 생동감 있게 다가온다. 「잠자리」는 잠자
리와 나뭇가지를 의인화한 작품이다. 이 작품은 "아주 단순한 내용을 묻
고 대답하는 형식으로 표현함으로써 리듬이 있는 재미난 시로 변화시켰
다."[48]는 이준관의 말처럼, 잠시 나뭇가지에 앉았다 가려는 잠자리와 그
것을 거부하는 나뭇가지가 실랑이하는 모습을 문답법을 써서 재미있게
표현하고 있다. 아마도 이 작품은 시인이 흔들리는 나뭇가지에 앉으려
고 애를 쓰다 결국 실패하고 다른 곳으로 날아가는 잠자리를 보고, 동화
적 상상력을 발휘해 창작한 것으로 생각된다. "조곰만 앉읍시다/안돼/

---

47 『아이동무』, 1935년 11월호, 47~48쪽.
48 이준관, 『동시 쓰기』, 랜덤하우스, 2007, 135쪽.

조곰만/글세 안된다는데"에 잘 나타나 있듯이, 잠시 앉기를 청하는 잠자리와 그것을 거부하는 나뭇가지의 팽팽한 신경전이 마치 실제 아이들의 모습을 떠올리게 하여 웃음을 자아내게 한다. 「대답」은 엄마와 아이가 대화하는 형식으로 이루어져 있다. 이 작품은 별다른 시적 기교 없이 엄마가 묻고 아이가 대답하는 문답법으로 되어 있는데도 재미가 있다. 이 작품에서 화자는 시적 상황에 전혀 개입하지 않고 단순히 관찰자의 입장에만 머무르고 있다. 그럼으로써 독자는 엄마와 아이의 대화에 더욱 집중하게 되고, "그런데 아가등에 업은 아가/이름이머 - 유?/벼개애요./그아간 몇 살이유?/네 살이애요."에서처럼 베개를 아기 삼아 엄마놀이를 하는 아이의 순진무구한 모습에 그만 미소를 띠게 된다. 이처럼 이 작품은 문답법의 형식만으로 엄마와 아이 사이에 오가는 따뜻한 사랑을 그려내고 있다. 하지만 이 작품은 「잠자리」에 비해 내용이나 형식이 정제되어 있지 못하다. 그래서인지 「잠자리」와 같은 지면에 실려 있으면서도, 동시집에는 빠져 있다.

애!
넌 오늘 어디가 멀 했니?
나?
길 거리에서 바람개비 돌렸지.
그래 넌 오늘
어디가 멀 했니?
난 오늘 공중에서
연 올렸지.
애!
오늘 밤엔 너 멀 할테냐?
나?

숲 속에 들어가 소롯이 자겠다.

난두

일찍이 자야겠다.

아 고단 하다

아 다리 아프다.

—「바람」 전문[49]

이 작품은 의인화 수법을 활용해 창작된 것으로 바람과 바람의 대화가 작품의 중심 골격을 이루고 있다. 이 작품 역시 화자의 개입 없이 "애!/넌 오늘 어디가 멀 했니?/나?/길 거리에서 바람개비 돌렸지"와 같이, 단지 바람 간의 대화를 길게 늘어놓고 있다. 온종일 바람개비를 돌리고, 연을 날리느라 몸이 고단한 바람을 아이들의 모습으로 환치하여 담아내고 있는데, 그 기법이 대단히 참신하게 느껴진다. 또한, 작품 말미의 "아 고단 하다/아 다리 아프다."에서 보듯이, 실제 아이들의 말투를 작품 안에 그대로 끌어와 더욱 생생한 동심의 세계를 만들어내고 있다.

그 결과 문답법 형식을 활용한 강소천의 동시는 상황의 극적 표현에 크게 일조한다. 또한, 기존의 동시와는 차별되는 새로운 시형을 창조해 냄으로써 자신만의 시적 개성을 확보하는 계기가 되기도 한다. 게다가 다른 시인들에게도 자극을 주어 1930년대 중·후반기에 다양한 시형의 작품이 출현하는 데 많은 영향을 끼친다.

---

49 『아기네동산』, 아이생활사, 1938, 130~131쪽.

4. 나가는 말

　지금까지 살펴본 바와 같이 강소천은 1930년대 초반부터 동시를 발표하기 시작하여, 당대의 다른 시인들과는 구별되는 자신만의 독특한 시세계를 구축했다. 즉, 그는 1920년대에 한국 동시의 정형성을 일정 부분 계승하면서도, 그것에 안주하지 않고 내용이나 형식면에서 그 나름의 독자적인 시세계를 창조하고자 많은 관심과 노력을 기울였다. 또한 1930년대에 발표한 52편 가운데 28편을 동시집을 엮으며 누락시켰을 뿐만 아니라, 동시집에 수록한 작품들 역시 많은 부분 개작을 했을 만큼 예술적 동시관이 투철한 시인이었다. 이는 강소천이 1930년대에 발표한 작품 전모를 살피는 과정에서 더욱 뚜렷이 드러난다.

　이미 앞서 살펴본 것처럼 강소천은 등단 초기작은 비록 동시의 형태를 갖추기는 했지만, 수준이 그리 높은 편이 아니다. 하지만 1933년을 기점으로 강소천의 동시는 변모하기 시작한다. 내용적으로는 현실주의 경향이 사라지고, 대신 그 자리에 자연과 순수한 아이들의 세계가 들어선다. 또한, 형식적으로는 정형동시 일변도에서 벗어나 점차 자유동시로 나아가게 되며, 1930년대 중반 이후에는 문답법을 활용한 시형의 작품들을 다수 발표한다. 그럼으로써 이전보다 훨씬 자유롭고 다양한 시형을 지니게 된다.

　강소천의 동시가 어떤 계기로 그와 같은 시적 변모를 겪게 되었는지는 아직 구체적인 자료가 발견되지 않아 확실하게 밝혀진 것은 없다. 다만, 윤석중이 시도한 시적 동요를 계승 심화시켜 동시의 출현에 결정적인 노력을 기울였다는 이재철의 말이나, 함흥영생고보 시절 백석의 영향을 받았다는 말이나, 일본『붉은새』의 영향을 받아 환상적인 동심 세계에 더 많이 공명한 것 같다는 김태호의 말에서 어느 정도 짐작해 볼 수 있다. 실제로 앞서 언급한 이재철과 김태호의 증언은 강소천의 시적 변모가 일어난 나타난 시기와 대체로 일치한다.

즉, 강소천의 첫 번째 시적 변모가 일어난 1933년은 윤석중이 『아이생활』의 선자(選者)로서 전해 12월부터 당해 2월까지 강소천의 동시 4편을 입선동요로 뽑아준 해이다. 또한, 윤석중이 우리나라 최초의 동시집 『잃어버린 댕기』를 펴낸 해이기도 하다. 따라서 어떤 식으로든 강소천의 동시가 윤석중의 영향을 받았을 것임은 분명해 보인다. 그리고 강소천의 두 번째 시적 변모가 일어난 1930년대 중반은 일본의 『붉은새』와 백석의 영향을 받은 시기로, 사물에 관한 뛰어난 직관적 조응과 동화적 사고를 바탕으로 창작된 작품들이 많이 발표되었다. 또한 요적(謠的) 요소보다 시적(詩的) 요소가 가미된 작품들이 두드러지게 나타난다.

결론적으로 1930년대 강소천의 동시는 내용은 초기의 현실주의 경향에서 탈피하여 순수하고 자유분방한 동심의 세계를 지향하고 있으나, 형식은 1920년대 정형동시의 틀을 유지하면서 자유동시를 추구하는 모습을 지니고 있다고 말할 수 있다. 아마도 그는 요적(謠的)인 요소를 중시하는 정형동시와 시적(詩的)인 요소를 중시하는 자유동시의 본질적 차이에 관해 일찌감치 간파하고 있었던 것 같다. 왜냐하면 1930년대 중반 이후에 발표한 그의 동시들에서도 여전히 그와 같은 양상이 반복되고 있기 때문이다. 그런 점에서 강소천은 1920년대 정형동시의 맥을 이어가면서도, 그와 별도로 자유동시를 추구하는 등 부단한 갱신을 통해 자신만의 시세계를 창조해낸 시인이라고 할 수 있다.

목일신 동시 연구

1. 들어가는 말

은성(隱星) 목일신(睦一信)[1]은 '숨은 별'이라는 자신의 호처럼 지난 100년의 한국아동문학사에서 크게 주목받지 못한 시인이다. 그는 한국인이라면 누구나 잘 알고 있는 동요 「자전거」를 비롯해, 「누가누가 잠자나」·「비눗방울」·「아롱다롱 나비야」·「자장가」 등 사람들에게 널리 사랑받은 작품을 많이 남겼음에도, 지금까지 제대로 된 연구가 이루어지지 않고 있다.

실제로 그동안 진행된 목일신에 관한 연구를 살펴보면 양과 질적으로 매우 부실하다. 물론 이재철과 이상현, 석용원과 유경환 등이 집필한 대

---

[1] 목일신(1913~1986)은 전남 고흥에서 태어나 고흥공립보통학교와 전주신흥중학교, 일본 관서대학에서 수학했다. 그는 신흥중학교 재학 중이던 1929년 광주학생사건으로 투옥된 바 있으며, 대학 졸업 후 경성방송국(JODK)에 근무하면서 동화(童話)를 소개하는 일을 했다. 이후, 그는 1943년 순천 매산중, 목포여중, 이화여고, 배화여중고에서 정년퇴직을 맞을 때까지 교직에 헌신했으며, 1986년 부천시 범박동에서 일흔넷의 나이로 생을 마감했다. 이처럼 시인으로, 항일애국지사로, 교사로 치열하게 살다간 목일신은 그 업적을 인정받아 1978년 국민포장, 1992년 건국훈장 애족장을 추서받았다. 또한, 그의 문학적 업적을 기리기 위해 1977년 모교인 고흥동초등학교에 〈누가누가 잠자나〉, 2000년 부천중앙공원에 〈자전거〉, 2003년 부천시 범박동에 〈누가누가 잠자나〉, 2009년 고흥종합문화회관에 〈자전거〉 등의 노래비가 세워졌다.

부분의 아동문학 연구서에는 그의 이름이 거의 빠지지 않고 등장하지만, 그 내용을 보면 하나같이 단평으로 일관하고 있다.[2] 그나마 이정석이 2011년 목일신의 작품 98편을 발굴해 학회에 소개한 것이 가장 나은 성과물이라고 할 수 있다.[3] 하지만 이정석의 연구는 목일신의 동요를 발굴하고 재평가를 시도한 점에서 큰 의미가 있지만, 목일신의 작품 전체가 아니라 일부만을 가지고 이루어진 연구라는 점에서 한계가 있다. 또한 목일신이 작품집을 발간하지 않았다는 것과 같은 사실이 아닌 내용을 포함하고 있다.

하지만 필자가 본 논문을 준비하면서 알게 된 것은 사실 목일신은 그처럼 오랫동안 우리 아동문학사에 숨어 있기에는 너무나도 큰 별이라는 점이다. 물론 그의 작품에는 비교적 어린 나이에 창작활동을 시작한 탓에 어색한 표현이 더러 발견되고, 지나치게 발표욕이 앞선 탓에 여러 작품에서 비슷한 시구들이 자주 눈에 띄는 등의 문제점을 지니고 있다. 하지만 그와 같은 약점에도 그의 동시는 동시대에 활동했던 시인들에 비해 수준이 떨어지는 편이 아니다. 이는 그가 생전에 남긴 210편의 작품 가운데 67편이 노래로 만들어진 것에서도 충분히 확인할 수 있다.[4]

---

2 이재철은 목일신을 다산의 동요시인으로 소개하면서, 목일신 작품의 특성을 로만적인 요소와 쉬이 발견되는 명랑·쾌활한 분위기라고 평하고 있다(『한국현대아동문학사』, 일지사, 1978). 이상현은 목일신이 아이들이 좋아하는 동요를 발표하여, 아동문학이 동요문학을 모태로 하고 있음을 보여주었다고 말하고 있다(『한국아동문학론』, 동화출판공사, 1976). 석용원은 이상현과 마찬가지로 목일신의 주요 작품을 소개하며, 목일신이 400여 편의 작품을 썼다고 밝히고 있다 (『아동문학원론』, 학연사, 1982). 유경환은 목일신이 신춘문예에 당선된 이후 활발한 작품 활동을 했으나, 1943년 교직생활로 들어간 다음부터 작품을 발표하지 않은 것을 안타까운 일이라고 말하고 있다(『한국현대·시론』, 배영사, 1979). 신현득은 목일신의 작품에 관해 다작이기는 하지만 작품 수에 비해 작품성이 두드러지지 못하였다고 지적하고 있다(「한국 동시사 연구」, 단국대학교 대학원 박사학위논문, 2001).

3 이정석, 「찌르릉! 목일신(睦一信) 동요 연구」, 『한국아동문학연구』 제20호, 한국아동문학학회, 2011.

4 목일신은 생전에 은성(隱星), 목옥순(睦玉順), 김소영(金素影) 등의 필명으로 활동하며, 동시·시·유행가사·교가·국민가요·산문 등 약 400여 편의 작품을 남겼다. 또한, 생전에 동요집 『물레방아』(국학도서출판관, 1957)를 펴냈으나, 현재는 그 소재를 알 수가 없다. 연구자는 본 논문을 준비하면서 유가족의 도움으로 목일신의 작품 356편을 찾아냈다. 이를 장르별로 소개

그럼에도 그동안 목일신의 동시에 관한 연구 및 평가가 제대로 이루어지지 않은 것은 한국아동문학의 커다란 손실이 아닐 수 없다. 사정이 이런 데에는 이미 다른 연구자들이 지적한 것처럼, 그가 1943년 교직에 발을 들여놓으면서 작품 활동을 거의 하지 않았다는 점, 오랫동안 지방에 머물러 있었던 점 등 여러 요인이 있었을 것이다. 그러나 연구자가 조사한 바로는 목일신이 작품 활동을 중단하게 된 가장 큰 원인은 교직에 들어서면서 교과목뿐만 아니라 운동선수들을 지도하는 데 전념했기 때문으로 보인다.[5] 그와 같은 목일신의 활동은 결국 창작활동의 가로막는 요인으로 작용해 1930년대에 쌓았던 그의 문학적 위상을 떨어뜨리는 한편, 한국 아동문학으로서도 재능 있는 시인을 잃게 하는 결과를 불러오지 않았나 생각된다.

본 논문은 흔히 동요의 황금기라 일컬어지는 1930년대에 많은 작품을 창작했을 뿐만 아니라, 좋은 동시를 많이 남겼음에도 이제껏 주목받지 못한 목일신의 삶과 작품을 소개하는 데 그 목적이 있다. 본 연구자는 우선 역사주의와 형식주의 비평 등을 활용해 목일신의 시세계를 살펴보려고 한다. 그런 다음 이를 바탕으로 목일신의 동시가 한국 동시사에서 차지하는 위상과 의의를 재조명해 보려고 한다. 본 논문에서는 연구자가 발굴한 목일신의 작품 210편 가운데, 1920~60년대 발행된 일간지 및 잡지와의 대조를 통해 그 실체가 정확하게 확인된 132편을 대상으로

하면 동시 210편, 동요 악보 67편, 시 18편, 교가와 국민가요 19편, 산문 40편, 기타 2편이다. 이는 유가족이 소장하고 있는 작품과 본 연구자가 새롭게 발굴한 작품을 합한 것이다. 그런데 이번에 찾아낸 동시 210편은 이정석이 발굴해 2011년 학계에 보고한 98편보다 무려 112편이나 더 많은 것이다.

5 목일신은 1943년 순천 매산중 교사로 부임한 이후 목표여중과 이화여고에 재직하면서 탁구와 정구선수들을 지도했다는 기록이 여러 곳에 남아 있다. 그는 학창시절 탁구와 정구선수로 활약했는데, 지도자의 능력도 탁월했던 것 같다. 가령, 1950년대 탁구 천재로 불리면서 아시아를 제패한 위쌍숙과 위순자 자매를 지도한 이가 바로 목일신이다(「아세아(아시아) 탁구의 여왕 위쌍숙 양과 위순자 양을 찾아서」, 『국민일보』, 1956.05.16 참조). 유가족의 증언에 의하면 당시 목일신은 시합 때마다 좋은 성적을 내야 한다는 부담감에 많이 힘들어 했으며, 이화여고에서 배화여중고로 직장을 옮긴 가장 큰 이유도 바로 그 때문이라고 한다.

논의를 진행하려고 한다.

2. 자연과 일상 속 밝고 건강한 동심

목일신은 고흥 공립보통학교 5학년에 재학 중이던 1926년에 훗날 전 국민의 애창동요가 된 「자전거」를 지었을 뿐만 아니라, 전주신흥중학교에 재학 중이던 1928년 『동아일보』에 「산시내」,[6] 『별나라』에 「새벽별」을 발표하는 등 일찌감치 뛰어난 문학적 재능을 발휘했다. 또한, 그는 1930년 『동아일보』와 『조선일보』 신춘문예에 「참새」와 「시골」이, 그 이듬해인 1931년 『조선일보』 신춘문예 다시 「물레방아」가 2등으로 당선된 바 있다. 그리고 1933년 월간 『영화시대』 유행가사 공모에 「낙화」, 〈오케 레코드사〉 유행가사 공모에 「명사십리」, 〈콜럼비아 레코드사〉 유행가사 공모에 「뱃노래」와 「청춘가」가 당선된 바 있다. 더욱이 1934년 『조선일보』와 1937년 『매일신보』 신춘문예에 유행가사 「새날의 청춘」과 「싻피는 靑春」[7]이 당선되는 등 동요와 유행가사 분야에서 뛰어난 솜씨를 발휘했다.[8]

---

6 이정석은 자신의 논문에서 「산시내」의 존재를 찾지 못했다고 밝히고 있다. 하지만 이 작품은 1928년 8월 1일 자 『동아일보』에 실려 있으며, 그 전문을 소개하면 다음과 같다. "깁흔산골작이 /흘러나오는/외줄기기다란/산시내물은/언제나고요히/흘러갑니다//잔잔히흘으는/산시내물은/물구경하려온/사람업서서/고요한꿈꾸며/흘러갑니다".

7 『매일신보』(1937.01.01.)에 '신춘현상문예당선발표' 기사에는 이 작품의 이름이 「싻피는 靑春」으로 표기되어 있다. 그런데 1937년 1월 15일 신문에 소개된 작품에는 그 이름이 영춘곡(迎春曲)으로 바뀌어 있다. 이러한 정황을 고려할 때 「싻피는 靑春」과 「영춘곡(迎春曲)」은 같은 작품으로 생각된다. 목일신은 「나의 습작시대 회고담」(『배화』, 1974)에서 1932년 『매일신보』 신춘문예에 「영춘곡」이 당선되었다고 말하고 있는데, 이는 사실과 다르다.

8 목일신은 훗날 「나의 습작시대 회고담」(『배화』, 1974)에서 "내가 이같이 아동 문학 작품이 아닌 작품에 손을 대게 된 것은 동요는 현상 당선된 것도 상금이 10원이었는데 레코드에 취입이 되면 한 편에 20원의 원고료를 받게 되거니와 그 당시 한 달의 식비가 15원 정도였으므로 학비에도 다소 도움이 되었기 때문이다."라고 밝히고 있다. 그런데 이러한 유행가사의 창작은 결과적으로 목일신의 위상을 떨어뜨리는 계기가 되지 않았나 생각된다. 왜냐하면 그 당시 유행가사와 국민가요 창작은 순수 문학인으로서는 금기의 것으로 여겨지는 분위기가 강했기 때문이다.

이처럼 1930년대 서막을 화려하게 장식하며 문단에 나온 목일신은 『동아일보』와 『조선일보』, 『매일신보』와 『조선중앙일보』, 『아이생활』과 『신소년』, 『아동문예』와 『신가정』 등의 일간지와 잡지에 많은 작품을 발표했다. 그 가운데 『조선일보』, 『동아일보』, 『매일신보』, 『아이생활』은 그가 집중적으로 작품을 발표한 곳으로, 그가 1930년대에 이들 신문과 잡지에 발표한 작품만 해도 100편이 넘는다.

특히, 목일신은 신흥중학교에 재학 중이던 1929년과 1930년에 많은 수의 작품을 창작하여 발표했다. 본인이 밝힌 바로는 "내가 작품을 가장 많이 썼던 시절은 중학교 2학년 때라고 생각되는데 그때는 하루에 보통 1, 2편의 작품을 꼭 지어왔으며 어떤 날은 3, 4편씩을 지은 때도 있었다."[9]고 한다. 이는 그의 작품이 발표된 연도를 분석한 결과와 그대로 일치한다. 즉, 1930년 한 해에만 발표한 작품이 모두 50편에 달하고, 심지어 같은 날 서로 다른 신문에 3편의 작품이 동시에 실려 있는 경우도 있다.

그와 같은 활동 덕택에 목일신은 당시 문단에서는 상당한 인기가 있었던 것으로 보인다. 그가 남긴 스크랩에는 출처가 불분명하나 이를 입증할 자료가 많이 남아 있는데, 그 가운데 몇 개를 소개하면 다음과 같다.

① 全南 永信學校 睦一信先生님 안녕하십니까? 어느 잡지나 신문을 보아도 先生님의 글이 없는데가 드물었읍니다. 더욱더욱 동요를 많이 써주시기 바랍니다.

② 睦一信 全德仁 梁尙鉉 盧榮根諸兄님이여! 書信으로라도 만히 사랑하여 주심을 바라고 住所를 알앗스면 조켓습니다.(慶山郡 河陽面 琴樂洞 四八番地 金聖道)

---

9 위의 책, 79쪽.

③ 睦一信兄의 주소를 가르켜 주십시요.

　　高原 姜小泉

④ 三五年에 活動한 作家를 봄

三五년에 조선아동문학을 위하야 활동한 분들은 어드런 분들인가 알어보기
로 합시다.

동요방면에는

윤석중(尹石重), 목일신(睦一信), 박영종(朴永鍾), 김성도(金聖道)

당시는 오늘날처럼 손쉽게 연락을 주고받을 만한 문명의 이기들이 발
달하지 못한 탓에 편지를 주고받으며 친분을 쌓는 것이 주된 교류의 방
법이었다. 앞의 셋은 신문이나 잡지를 통해 목일신의 작품을 접한 독자
와 시인이 목일신과의 교류를 원하는 내용이고, 마지막은 1935년에 활
동한 주요 작가를 소개하는 내용이다. 그런데 그 가운데 눈에 띄는 것은
목일신에게 교류를 청한 이들이 김성도(金聖道)와 강소천(姜小泉)같이 훗
날 한국아동문학사에 길이 남을 만한 뛰어난 작가들이라는 점이다. 또
한, 1935년에 활동한 주요 작가에 목일신을 윤석중(尹石重), 박영종(朴永
鍾), 김성도(金聖道)와 함께 언급하고 있는 점도, 당시 목일신의 위상이 어
느 정도였는지 가늠할 수 있는 좋은 정보이다.

하지만 그는 1940년대에 들어서면서 동시단에서 모습을 감추어 버린
다. 1940년 『동아일보』에 「하늘」과 「봄소식」, 1941년 『매일신보』에 「별」
과 「햇ㅅ님」, 1943년 『아이생활』에 「전보때」를 발표한 것을 끝으로, 더
이상 작품을 발표하지 않는다. 그 이후로는 동요가 아닌 산문을 주로 발
표하는데, 그 또한 대부분 자신이 근무하던 이화여고와 배화여중고의
교지에 실려 있다.

그렇다면 목일신의 시적 경향은 어땠을까? 결론적으로 목일신은

1920년대 동요의 경향을 비교적 충실히 계승하고 있다고 말할 수 있다. 즉, 그의 동시는 1930년대에 들어와 본격적으로 촉발된 동요와 동시의 구별 논쟁과는 일정한 거리를 유지한 채, 1920년대를 풍미했던 요적(謠的) 동시의 맥을 상당 부분 이어가고 있다. 그러면서도 내용적·형식적 측면에서 1920년대 동시와는 차별되는 자신만의 시세계를 선보이고 있는 점이 특징이다.

우선 목일신 동요는 내용 면에서 밝고 건강한 동심의 세계를 추구하고 있다. "작년에도 겨울날/눈오시는 날/사랑하는 동모가/써났습니다/터벅터벅 눈길로/써난 동모가/삽분삽분 소리마다/그립습니다"(눈오는 날」부분)나 "새파란 바다ㅅ물결/입을 버리면/물새들이 겁내여/울고단여요/물새들이 구슬피/우는 소리에/압바생각 그리워/늣겨웁니다"(「사공의 아들」부분)와 같이 애상적 분위기를 자아내는 작품도 더러 있지만, 많은 수의 작품이 자연 및 일상생활을 소재 삼아 밝고 건강한 동심의 세계를 노래하고 있다.

찌르릉 찌르릉 빗켜나셔요
자전거가 갑니다 찌르르르릉
저기가는 저영감 꼬부랑영감
어물어물 하다가는 큰일납니다.

찌르릉 찌르릉 빗켜나셔요
자전거가 갑니다 찌르르르릉
오불랑 꼬불랑 고개를넘어
비탈길을 스르륵 지나갑니다.

찌르릉 찌르릉 이자전거는

울아버지 사오신 자전거라오
머나먼 시골길을 돌아오실제
간들간들 타고오는 자전거라오.

—「자전거」 전문[10]

이 작품은 본래 1931년 『아이생활』에 발표한 것으로 알려졌으나, 당시 자료의 불충분으로 현재로서는 그 진위를 확인할 수가 없다. 하지만 『아이생활』 1935년 1월호에 위의 작품이 실려 있어, 지금과는 사뭇 다른 창작 당시의 모습을 엿볼 수 있다. 목일신은 「나의 습작시대 회고담」에서 이 작품을 창작하게 된 과정을 밝히고 있는데, 작품의 이해를 돕기 위해 그 내용을 소개하면 다음과 같다.

> 내가 보통학교 5학년 때에 미국 선교회에서 우리 아버지에게 아주 멋진 자전거 한 대가 기증되어 왔었다. 나의 아버지는 그 자전거로 각처의 교회를 순회하시며 교역의 일을 보셨는데 쉬시는 날은 그 자전거를 나에게 양보하여 주시어서 나는 시오리나 되는 보통학교를 그 자전거를 타고서 다니게 되었던 것이다. 하루는 자전거를 타고 갔다가 집으로 와서 지어본 것이 동요 '자전거'인데 그것을 '아이생활'에 발표한 것을 1년 후에 김대현 씨가 작곡한 것이다.[11]

지금이야 집마다 자가용을 보유하고 있는 까닭에 이동 수단으로서의 자전거의 역할과 가치가 많이 하락한 것이 사실이다. 하지만 마땅한 이동 수단이 없었던 1920년대의 형편을 고려해 볼 때, 그 귀한 자전거를 집에 소유하고 있다는 것 자체만으로도 친구들의 부러움을 한껏 받았을 것이다. 그런데 그런 자전거를 타고 시오리나 되는 학교에 다니게 되었

---

10 『아이생활』, 1935년 1월호, 30쪽.
11 목일신, 앞의 글, 78쪽.

으니, 어린 목일신이 그 당시에 느꼈을 감정이 어떠했을지는 쉽게 짐작이 가고도 남는다.

이 작품에는 그와 같은 어린 화자의 마음이 잘 나타나 있다. 이 작품은 7·5조를 기본 율격으로 하면서도 행마다 6·5조와 8·5조로 조금씩 율격이 변주되고 있음을 볼 수 있다. 또한, 연마다 시상이 조금씩 달라지는데, 1연의 경우 자전거를 타고 질주하는 화자의 당당한 모습이 "꼬부랑 영감"과의 대비를 통해 극대화되고 있다. 그리고 2연의 경우 "오불랑 꼬불랑 고개"와 "비탈길"을 거침없이 스르륵 미끄러져 가는 자전거의 편리함에 대한 경이로움, 3연의 경우 "울 아버지 사 오신 자전거라오"에서 보듯이 그런 귀한 자전거를 소유하고 있는 데서 오는 흐뭇함에 초점이 맞추어져 있다. 여기에 "찌르릉", "꼬부랑", "어물어물", "오불랑 꼬불랑", "스르륵", "간들간들"과 같은 유음과 비음이 포함된 어휘들이 잘 어우러져 시의 분위기를 더욱 밝고 경쾌하게 만들고 있다.

1.
뜰앞에 복사꽃이 빵긋웃으면
종달새 비리비리 노래하고요

먼산엔 아즈랑이 하안들한들
진달레 그늘속에 잠이듭니다

2.
은실같은 봄비가 촉촉이오면
잔디밭엔 뾰족뾰족 새싹나고

봄바람 소리없이 사알랑살랑

산넘고 들을넘어 봄이온다오

비누방울 날어라
바람타고 동, 동, 동,
구름까지 올러라
둥실둥실 두둥실

비누방울 날어라
집웅우에 동, 동, 동,
하늘까지 올러라
둥실둥실 두둥실

　이 작품들 역시 「자전거」와 마찬가지로 자연과 일상적 소재를 통해 밝고 건강한 동심의 세계를 표현하고 있다. 먼저 「봄노래」는 목일신의 동요 가운데 비교적 초기작에 해당하는 것으로, 그 제목에서 알 수 있듯이 봄을 맞은 기쁨을 노래하고 있는 작품이다. 뜰 앞에 피어난 "복사꽃"과 비리비리 노래하는 "종달새", 먼산의 "아즈랑이"와 "진달래", 그리고 은실같이 내리는 "봄비"와 잔디밭에 뾰족뾰족 솟아나는 "새싹" 등, 화사하고 정겨운 봄의 풍경이 선하게 그려진다. 목일신의 동요에는 이 작품 외에도 세 편의 「봄노래」가 더 있는데, 그 작품들도 하나같이 밝은 분위기를 지니고 있다. 하지만 이 작품은 "하안들 한들", "사알랑 살랑"에서 보듯이 지나치게 7·5조의 율격을 맞추려는 의도 때문인지 조금은 부자연

---

12 『동아일보』, 1931.02.27.
13 『동아일보』, 1935.10.13.

스러운 표현들이 눈에 띄기도 한다.

　반면에 「비누방울」은 불필요한 표현 없이 간결하게 동심의 세계를 노래하고 있다. 비눗방울 놀이는 아이들이 좋아하는 놀이 가운데 하나로, 바람을 타고 날아가는 비눗방울은 묘한 신비감을 자아낸다. 이 작품은 그와 같은 아이들의 심리를 섬세하게 그려내고 있는데, 비눗방울이 날아가는 모습을 "동, 동, 동,"과 "둥실둥실 두둥실"처럼 서로 다른 느낌을 주는 의태어를 절묘하게 활용하여 시적 재미를 배가시키고 있다. 즉, 작고 경쾌한 느낌을 주는 "동, 동, 동,"과 다소 무겁게 느껴지는 "둥실둥실 두둥실"을 통해 리듬감을 조성함은 물론 현실에 속박당하지 않고 자유롭게 뛰어노는 아이들의 모습을 잘 형상화하고 있다. 그래서인지 이 작품은 발표 후에 김성태와 이동수에 의해 노래로 만들어져 널리 애창되었을 뿐만 아니라, 1956년 초등학교 국어교과서에 실리기도 했다.

　　넓고넓은 밤하늘엔
　　누가누가 잠자나
　　하늘나라 애기별이
　　깜박깜박 잠자지

　　깊고깊은 숲속에선
　　누가누가 잠자나
　　산새들새 몽여앉어
　　꼬박꼬박 잠자지

　　　　　　　　　　　　　　　　　　—「누가누가 잠자나?」 부분[14]

─────────
14 『신가정』, 1935년 7월호, 88쪽.

아롱다롱 나비야

아롱다롱 꽃밭에

나풀나풀 오너라

붉은꽃이 웃는다

노랑꽃이 웃는다

앞뜰위에 홀로핀

복사꽃이 웃는다

너를보고 웃는다.

—「아롱다롱 나비야」 부분[15]

　이들 작품은 목일신이 전주신흥중학교를 졸업하고 이상(李箱)과 함께 김소운(金巢雲)이 발행하던 『아동세계』에 근무하던 시기에 지은 것이다. 이후, 이들 작품은 작곡가 박태현과 이홍렬에 의해 노래로 만들어져 널리 사랑을 받았는데, 요적(謠的)으로나 시적(詩的)으로 목일신의 작품 가운데 특히 수작으로 꼽힌다.

　「누가누가 잠자나?」는 총 3연으로 이루어졌으며, 각각의 연은 모두 4행으로 이루어져 전체적으로 안정감을 주고 있다. 그리고 각 연은 다시 "누가누가 잠자나"와 "깜박깜박 잠자지"에서 보는 것처럼, 묻고 답하는 구조를 취하고 있는 것이 특징이다. 더욱이 이 작품은 "밤하늘-숲 속-엄마 품", "넓고넓은-깊고깊은-폭은폭은"에서처럼 각각의 연에서 시선 및 공간의 이동이 일어나고 있는 점이 무척 흥미롭다. 즉, '원경에서 근경'으로, '넓고 깊음에서 포근함'으로 시선과 공간의 전이를 통해 시적 분위기를 더욱 아늑하고 밝게 만들어내고 있다. 여기에 "깜박깜박", "꼬박꼬박", "쌔근쌔근" 같은 의태어의 활용도 그와 같은 분위기를 만들

---

15 『신가정』, 1935년 7월호, 88쪽.

어내는 데 일조하고 있다.

「아롱다롱 나비야」[16]는 전체 2연 16행으로 이루어져 있으며, 각 행은 모두 글자 수를 일곱 자 즉, 4·3조로 통일시키고 있다. 이는 1920년대 성행했던 7·5조, 6·5조, 8·5조와는 조금 다른 시형으로, 노래로 부르기 쉽도록 의도적으로 그와 같이 글자 수를 배열한 것으로 보인다. 또한, 이 작품은 "붉은꽃이 웃는다", "노랑꽃이 웃는다"와 같은 대구와 "붉은 꿈을 꾸어라", "노랑꿈을 꾸어라", "오색꿈을 꾸어라"와 같은 열거 및 반복을 통해 리듬감을 조성할 뿐만 아니라, "아롱다롱"과 "붉은꿈", "노랑꿈"과 "오색꿈"과 같은 시각적 효과가 두드러진 시어들을 사용하고 있다. 그 때문에 이 작품은 내용적으로는 즐겁고 활기가 넘치고, 형식적으로는 견고하고 탄탄한 느낌을 준다.

돌-돌- 도라가는
물레방아는
보리방아 쌀방아
꽁꽁찌여서
동네방네 굶주린
가연집집에
골고로 놓아주면
조흘텐데요

---

16 목일신은 「나의 습작시대 회고담」에서 「아롱다롱 나비야」는 「누가누가 잠자나?」와 같은 날 지은 것으로, 『동아일보』에 발표한 것을 이홍렬씨가 작곡했다고 밝히고 있다.(82쪽) 하지만 『동아일보』를 확인한 결과 「아롱다롱 나비야」의 존재는 찾을 수가 없었다. 또한, 스크랩에 남아 있는 '목일신 약력'에는 「누가누가 잠자나?」의 발표연도가 1928년으로 되어 있는 등 일치하지 않는다. 본 연구자가 조사한 바로는 『신가정』에 실려 있는 작품이 발표연도가 가장 빠른 것이다. 「아롱다롱 나비야」는 『아이생활』(1937년 4월호)에 악보로 실려 있으며, 『아기네동산』(1938)에도 수록되어 있다. 그리고 「누가누가 잠자나?」는 『조선아동문학집』(1938)과 『박태현 동요 100곡집』(가야음악문화사, 1959) 첫째 권에서 그 모습을 확인할 수 있다.

아니 아니 물레방아
철을몰라서
하로종일 방아를
꽁꽁찌여선
배불으고 돈많은
부자집으로
퍼나려보내는게
얄미웁지요

—「물레방아」 전문[17]

　1931년『조선일보』신춘문예 당선작인 이 작품은 앞의 작품들과는 다른 관점에서 건강한 동심의 세계를 담아내고 있다. 7·5조를 기본 율격으로 쓰인 이 작품은 물레방아를 의인화해서 궁핍했던 당시의 사회상을 노래하고 있다. 이 작품에서 화자는 물레방아가 찧은 보리와 쌀이 "가연 집집"으로 보내지기보다는 배부르고 돈이 많은 "부자집"으로 보내지는 것을 안타깝게 생각하고 있다. 또한, 그와 같이 불합리한 일이 발생하게 된 원인을 철을 모르는 물레방아 때문으로 돌리고, 물레방아가 얄밉다고 말한다. 이처럼 이 작품은 앞서 본 작품들과 달리 자연 혹은 아이들의 일상생활이 아닌 불합리한 사회적 모순에 관한 문제의식을 담아내고 있다. 그러면서도 동화적(童話的) 사고를 기저에 깔고 있어, 비슷한 경향의 여느 작품들처럼 심각한 분위기를 만들어내지는 않는다.

　이처럼 목일신의 동요는 대체로 밝고 명랑한 분위기를 유지하면서도 때로는 힘들고 어려운 환경에 처한 사람들의 아픔을 외면하지 않는 넉

---

17 『조선일보』, 1931.01.01.

넉한 마음 씀씀이를 보여준다. 아마도 이것은 다음과 같은 목일신의 집안 내력과 어느 정도 연관성이 있지 않을까 싶다.

당시 평양 신학교에 재학 중이시던 아버지께서 돌연 학업을 중지하고 내려 오셨는데 까닭인 즉 그때 기미년 3·1운동에 가담하시어 평양과 서울에서 목이 쉬도록 만세를 부르고 오셨던 것이다.

또한 지방에서도 만세를 선동하였다고 하여 드디어 3년형의 감옥 생활을 치르셨는데 출옥 후에도 어린 우리들에게 때때로 나라를 빼앗긴 슬픔과 애국의 정신을 고취하여 주셨던 것이다. 그리고 그때는 일본말로 대화를 시키는 것은 물론, 학교에서 작문까지도 일어로 짓게 되었으나 나의 아버지는 될 수 있는 대로 우리말로 글을 지어 보라고 지도하여 주셨으므로 나는 때때로 우리말 작문이나 동요를 지어 보게 되었던 것이다.[18]

이 인용문은 목일신이 어떠한 집안 환경 속에서 성장했는지를 잘 보여준다. 그 당시 목일신의 부친은 기독교 목사이자 독립운동가로 만세 운동을 주도하다 3년형의 옥살이를 겪게 된다. 출옥 후에도 "나라를 빼앗긴 슬픔과 애국의 정신을 고취하여" 주었을 뿐만 아니라, 우리말과 우리글의 사용이 금지된 상황에서도 "우리말로 글을 지어 보라고 지도"하는 등 어린 목일신에게 정신적으로 많은 영향을 주었다. 즉, 목일신은 그런 부친으로부터 사상적으로는 기독교의 박애 정신을, 기질적으로는 어떤 환경에도 굴복하지 않는 강한 심성을 이어받은 것으로 보인다. 그리고 곧 그것이 작품의 창작과정에 투영되어 나타남으로써, 1920년대를 풍미했던 방정환의 감상주의적 경향이나 한정동의 애상적 경향과 구별되는 밝고 건강한 그 자신만의 독특한 동심의 세계를 창조해 낼 수 있었

---

18 목일신, 앞의 글, 78쪽.

던 것으로 보인다.

3. 음성 상징어를 활용한 경쾌한 리듬감

이전 시기에는 쉽게 발견할 수 없었던 밝고 건강한 동심의 세계가 목일신의 동요가 지닌 하나의 특징이라면, 음성 상징어를 활용해 경쾌한 리듬감을 조성하고 있는 점도 또 하나의 특징이라 할 수 있다. 앞서 설명한 것처럼 목일신의 동요는 기본적으로 노래로 만들어질 것을 염두에 두고 창작되고 있다. 이는 그의 동요 대부분이 7·5조의 형식으로 이루어져 있다는 점과, 비록 7·5조와 다른 형식이라 하더라도 일정한 내재율을 취하고 있다는 점에서 충분히 확인할 수 있다.

따라서 목일신의 동요에서 음성 상징어가 많이 발견되는 것은 어쩌면 당연한 일인지도 모른다. 음성 상징은 의성어나 의태어처럼 '어떤 음성이 그 말이 나타내는 실물과 밀접하게 결합하여 있는 관계'를 가리키는 것으로, 이러한 음성 상징어의 사용은 표현하고자 하는 대상에 대한 강조와 이미지·리듬감 등을 형성하는 데 아주 효과적인 방법이기 때문이다.

이정석은 "그의 작품을 소리 내어 읽으면 저절로 리듬감이 생겨 노래가 되고 만다. 의성어나 의태어를 사용한 목일신의 동요는 하나하나 전부를 열거하기 힘들다. 그의 작품 대부분이 이에 해당하기 때문이다."[19]라고 말하고 있는데, 실제로 목일신의 동요를 분석해 보면 음성 상징어가 쓰이지 않은 작품은 불과 몇 편밖에 되지 않는다. 그만큼 음성 상징어의 활용은 목일신 동요의 주된 특징일 뿐만 아니라, 그의 시에서 음악적인 효과를 불러오는 데 요긴한 창작기법으로 사용되고 있다.

---

19 이정석, 앞의 글, 119쪽.

봄바람이아장아장 사라지구요
햇볏치누엿누엇 느저가는봄
압산골노봄님이 써나갑니다

송이송이봄곳치 써러지구요
풀닙히다복다복 첫녀름마중
숩속으로녀름이 차저옵니다.

—「느진봄」전문[20]

　이 작품은 현재 『어린이』지에서 확인할 수 있는 목일신의 유일한 동요
이다. 당시에 『어린이』는 〈특집〉으로 이전에 자신들의 잡지에 작품을 발
표한 적이 있는 학생들을 소개한 일이 있는데, 이 작품은 그때 발표한
것이다. 목일신이 남긴 스크랩 자료에는 이 작품 외에 「첫가을」도 역시
1930년 『어린이』에 발표한 것으로 표기되어 있다. 하지만 자료가 소실
된 탓인지 정확한 발표 날짜는 확인되지 않고 있다.

　「느진봄」에는 "아장아장", "누엿누엇", "송이송이", "다복다복"과 같은
의태어가 네 차례씩이나 반복되어 쓰이고 있다. 그런데 이들이 배치된
모습을 찬찬히 분석해 보면, 무척 흥미로운 사실을 발견할 수 있다. 즉,
1연에서의 "아장아장"과 "누엿누엇"은 어떤 사물이 가볍고 천천히 걷는
모양 또는 해가 산이나 지평선 너머로 조금씩 넘어가는 모양을 가리키
는 말들로, 봄을 떠나보내는 화자의 아쉬움을 표현하고 있다. 그리고 2
연에서의 꽃이나 눈, 열매 따위가 낱낱이 따로 붙어 이루어진 작은 덩이
를 뜻하는 "송이송이"와 작은 풀이나 나무 따위가 여기저기 다 탐스럽
고 소복한 모양을 나타내는 말인 '다복다복'은 그러한 아쉬움 속에서도

---

20 『어린이』, 1930년 5월호, 45쪽.

설레는 마음으로 여름을 맞는 화자의 심정을 표현하고 있다. 이는 시인이 사전에 의도한 것인지 아니면 즉흥적으로 이루어진 것인지 알 수 없지만, 그와 같은 의태어의 배치는 결과적으로 계절을 보내고 맞이하는 화자의 심리를 간접적으로 드러낼 뿐만 아니라 음악성까지 높여주는 효과를 발휘하고 있다.

송이송이 눈송이 하얀꽃송이
하늘에서 나려온 매화꽃송이

나풀나풀 춤추며 나려와서는
마른나무 가지에 피는꽃송이.

—「눈송이」 부분[21]

아침이슬 조롱조롱
풀닢끝에 반 – 짝
거미줄에 맺친이슬
햇님보고 반 – 짝

우리애기 고까옷은
이슬밭에 누어서
두팔을 벌리고서
소리없이 잠자네

—「아침이슬」 부분[22]

---

21 『동아일보』, 1936.2.18.
22 『동아일보』, 1935.08.25.

위의 작품들도 의태어를 십분 활용하여 시적 효과를 극대화하고 있다. 「눈송이」는 하늘에서 내려오는 눈의 광경을 형상화하고 있는 작품으로, 전형적인 7·5조의 율격을 지니고 있다. 이 작품은 형식상 4연 8행으로 이루어져 있으나, 의미상으로는 1~4행과 5~8행이 각각 한 단위를 이루고 있다. 그리고 1행의 "송이송이 눈송이 하얀꽃송이"와 5행의 "송이송이 눈송이 은빛꽃송이"에서 보듯이, 각 단위의 행들이 서로 통사적 대응 쌍을 이루고 있어 시의 전체적인 구조가 견고하고 안정된 느낌을 준다. 여기에 하늘에서 내려와 쌓이는 눈의 모습을 형상화한 "송이"와 "나풀"을 반복하거나 조금씩 변화를 주어 사용함으로써, 전체적으로 맑은 이미지와 경쾌한 리듬감을 만들어낸다.

「아침 이슬」은 "이슬"과 "우리애기"와 같은 작고 밝고 순수한 어감을 주는 시어를 사용해 청명한 아침 풍경을 노래하고 있다. 또한, 이 작품은 중심 소재인 "이슬"을 서로 다른 느낌을 주는 음성 상징어를 통해 표현하고 있는 점이 재미있다. "조롱조롱"은 풀잎에 이슬이 많이 매달려 있는 모양을 나타낸 것으로, 표현상의 느낌이 작게 다가온다. 그에 반해 "방울방울"은 "조롱조롱"과 마찬가지로 풀잎에 맺힌 이슬을 표현하고 있음에도 그 느낌이 다소 크고 무겁게 다가온다. 이러한 어감의 변화는 일면 소소해 보이지만, 자칫 단조롭게 여겨질 수 있는 시적 분위기에 활력을 불어넣는 데 일조하고 있다. 그런데 이 작품은 1연의 "아침이슬"과 3연의 "아츰이슬"에서 보는 것처럼 표기법이 서로 다르다. 하지만 제목이 "아침이슬"인 것으로 보아 3연 1행의 "아츰이슬"이 잘못된 표기로 보인다.

유가족에 의하면 목일신은 생전에 서덕출의 「눈꽃 송이」가 자신의 「눈송이」를 표절했다며 무척 속상해했다고 한다. 실제로 "송이송이 눈꽃 송이/하얀 꽃송이/하늘에서 피어 오는/하얀 꽃송이"(「눈꽃 송이」 부분)에서 보듯이 두 작품은 첫 부분이 매우 비슷하다. 그런데 한정호가 엮은

『서덕출 전집』(경진, 2010)을 보면 「눈꽃 송이」는 유고동시집 『봄편지』(자유문화사, 1952)에는 실려 있으나, 세상에 발표하지 않은 작품으로 창작연대가 1934년 1월 23일이라고 밝히고 있다. 따라서 이와 같은 여러 정황을 고려해 볼 때, 목일신의 「눈송이」가 서덕출의 「눈꽃 송이」보다 먼저 창작되었을 가능성이 많다. 하지만 목일신이 1932년 『아이생활』에 발표했다는 작품이 발견되지 않아 그 진위를 파악하기는 어렵다.

> 아가야 귀연아가 어서자거라
> 구슬같은 두눈을 고요히감고
> 잠나라 꿈나라로 어서가거라
> 우리아가 착한아기 자장, 자장, 워리, 자장.
>
> 아가야 우지말고 어서자거라
> 뜰우에 강아지도 머리를묻고
> 엄마품에 고요히 잠이들었다
> 우리아가 에쁜아기 자장, 자장, 워리, 자장.
>
> —「자장노래」 부분[23]

이 작품은 아기를 재울 때 부르는 노래의 일종으로, 목일신이 지은 여러 편의 자장가 가운데 하나이다. 이 작품은 각 연의 앞부분 3행은 7·5조의 율격으로 화자가 아기를 재우기 위해 말을 건네는 내용이고, 마지막 1행은 우리 전승동요의 기본 율격인 4·4조의 노랫말이 후렴구처럼 붙어 있다. 그런데 여기서 눈여겨볼 대목은 그와 같은 후렴구의 형식으로 된 "우리아가 착한아기 자장, 자장, 워리, 자장."의 표현방식이다. 보

---

23 『아이생활』, 1934년 7월호, 8쪽.

통이라면 "자장자장 워리자장"이 되어야겠지만, 시인은 "자장, 자장, 워리, 자장"에서 보는 바와 같이 어린아이를 재울 때 조용히 노래하듯이 하는 말인 "자장"을 반점을 사용해 서로 떼어놓고 있다. 아마도 이것은 아기의 몸을 손으로 가볍게 토닥이며 잠을 재울 때의 박자를 고려한 것이 아닐까 싶다. 그리고 "자장" 사이에 평안도 지방에서 개를 부를 때 쓰는 말인 "워리"를 끼워 넣은 것도 신선하고 재미있게 다가온다.

> 쇠불쇠불 험한길을 돌고돌면은
> 산밋헨 올망졸망 초가집들이
> 서로서로 마주대고 잠을자지요
>
> 집집에서 울리는 방아의소리
> 엽집엔 탈그락탈각 배짜는소리
>
> 적적한 시골산에 해가지면은
> 일하려간 일군들 나무간머슴
> 차레차레 짐지고 도라오지요
>
> ―「시골」 전문[24]

이 작품은 1930년 『조선일보』 신춘문예 당선작으로 정작 목일신의 스크랩 자료에는 빠져 있다. 당시는 오늘날과 달리 당선작을 1편만 뽑는 것이 아니라 여러 편을 뽑았다. 「시골」은 총 5편의 당선작 가운데 하나이다. 그해 목일신과 함께 뽑힌 사람 가운데는 1920년대 『어린이』에 여러 편의 동요가 입선되었을 뿐만 아니라, 1930년을 전후로 『동아일보』

---

24 『조선일보』, 1930.01.04.

와 『시대일보』 등 주요 일간지의 각종 현상문예를 휩쓰는 등 뛰어난 작품 활동을 보이다가 한국전쟁 때 월북한 윤복진이 있다.

이후, 이 작품은 김병호(金炳昊)와 윤복진으로부터 "시골의 고요한 自然을머을기려낸것인대 田園詩에갓가운純眞한맛이잇다",[25] "「산밋헤 올망졸망 초가집들이 서로서로 마주대고 잠을자지요」가 觀察과表現이 妙하다 山村情景을스케취 한 田園의노래이다"[26]라는 평을 받는다. "田園詩에갓가운純眞한맛"이나 "山村情景을스케취 한 田園의노래"에서 보듯이, 이 작품은 깊고 한적한 산골 마을의 풍경을 정겹게 묘사하고 있다. 특히 "쇠불쇠불", "올망졸망", "탈그락탈각" 등의 음성 상징어와 "돌고돌면", "서로서로", "차례차례" 등의 부사어가 적절한 조화를 이루어, 시적 분위기와 리듬감을 한껏 고조시키고 있다.

산비들기 구구구
숲속에서 구구구
산넘어간 엄마를
기다리며 구구구
등넘어간 압바를
기다리며 구구구
뒷동산 숲속에서
구구구 구구구

숲속에서 포르르
산넘어간 엄마가
보고싶어 포르르

25 김병호, 『조선일보』, 1930.01.15.
26 윤복진, 「正月童謠檀漫評 (四)」, 『조선일보』, 1930.02.06.

등넘어간 압바를

찾어가며 포르르

뒷동산 숲속에서

포르르 포르르

—「산비들기」 전문[27]

「산비들기」는 비둘기의 울음소리인 "구구구"와 날아가는 모습인 "포르르"를 다양하게 활용해 음악적 효과를 극대화하고 있다. 더욱이 이 작품은 "산비들기 구구구"와 "산비둘기 포르르", "기다리며 구구구"와 "찾어가며 포르르"처럼, 두 음성 상징어가 같은 시행, 같은 자리에 기계적으로 배치되어 있다. 이는 이정석의 말처럼 "동요 창작에 임한 목일신의 주도면밀성"[28]을 엿볼 수 있는 것으로, 산비둘기의 따뜻한 가족애를 더욱 선명하게 느끼도록 해준다.

이 외에도 목일신의 동시에는 "한들한들", "뾰족뾰족", "너눌너울", "보슬보슬", "옹실봉실", "살랑살랑", "살금살금", "팔랑팔랑", "아장아장", "사뿐사뿐", "너풀너풀", "퍼억퍼억", "펄펄펄", "터벅터벅", "오르르", "팔락팔락", "부루루", "둥실둥실", "팔딱팔딱", "출렁출렁", "동동", "감실감실", "간들간들", "우뚝우뚝", "깡충깡충", "또르르", "터벅터벅" 등의 의태어와 "닐니리랄랄", "비리리종종", "졸졸졸", "주룩주룩", "지지배배", "매암매암", "우루루룽", "와그르르", "쓰르르르", "후여후여", "싸르르", "도란도란", "개골개골", "차알싹찰싹", "찌르르르", "돌돌돌" 등의 의성어가 자주 등장한다. 이러한 음성 상징어의 활용은 목일신의 시에서 표현하고자 하는 대상을 더욱 구체화하고, 작품의 분위기를 밝게 만들어준다. 게다가 작품의 구조적 안정성 및 경쾌한 리듬감을 조성

---

27 『동아일보』, 1935.06.30.

28 이정석, 앞의 글, 120쪽.

하는 데에도 크게 일조하고 있다.

4. 다양한 분행과 분연 통한 형식미

이미 앞에서 살펴본 것처럼 목일신의 동요는 4·4조, 7·5조, 8·5조 등 정형률을 지닌 작품이 많다. 이는 애초 작품을 창작할 때 노래로 불리게 될 것을 염두에 두었기 때문으로 보인다. 물론 목일신의 동요 가운데는 '자유동시'의 형식으로 된 작품도 더러 있다. 하지만 이들 작품은 그 수가 적고, 대체로 감정의 노출이 심해 다른 작품들에 비해 문학성이 많이 떨어진다. 가령, "이셩에/녀름이온다기에/안개찐 저산물낭이만/바라보앗더니/어느듯 여름비가되여/퍼나려오더이다"(「녀름」부분)나 "봄비는/고요히/흐르고 나리네,/폭은한 봄의大地우에/소리없이 촉촉이/나리는 보슬비/오! 生命水와도같이/흐르고/나리네!"(「봄비」부분)가 그 대표적인 작품들이다. 그런 점에서 목일신의 동요는 3음보의 7·5조를 기본 율격으로 삼았던 1920년대 동시의 경향을 비교적 충실히 계승하고 있다고 말할 수 있다.

'우리 것을 잃어버린 내일의 주인공인 2세에게 우리 말, 우리 글로 된 노래를 부르게 하자'는 方定煥, 韓晶東, 劉道順 등 일련의 20년대 아동문화운동가들의 주장은 삽시간에 한반도를 휩쓸었다. (중략) 그것은 3·1운동 이후 온 나라에 퍼져있던 그저 억울하고 슬픈 亡國의 회한과 답답하고 암담한 국권 상실의 원통한 심정을 당시의 동요들이 일종의 감정적 배설구 구실을 도맡은 카타르시스 작용을 했고, 또 자아의 각성에 의한 민족 의식의 고양이 국권 회복의 장래를 걸머진 아동들에게 눈길을 돌리게 됨으로써, 손쉬운 동요짓기와 동요부르기가 우리의 얼·말·글의 수호 수단처럼 생각되었기 때문이다.[29]

위 인용문은 한국아동문학의 뿌리가 곧 요적(謠的) 동시이며, 1920년대 동요의 성격이 어떠했는지를 잘 보여준다. 즉, 당시의 동요는 답답하고 암담한 국권 상실의 원통한 심정을 동요를 통해 해결하고, 민족의 장래를 책임질 아이들에게 민족의식을 고양하려는 문화운동 차원에서 이루어졌다. 이는 목일신이 목사이자 독립운동가인 아버지에게 우리말로 된 글을 지어보라는 지도를 받고 동요를 창작하게 되었다고 밝힌 내용과 일치한다. 그런 점에서 목일신의 동요에 정형률이 많은 것은 아마도 그와 같은 1920년대 동요의 영향을 받았기 때문으로 보인다. 그러면서도 목일신의 동요는 형식적인 면에서 이전과는 다른 특징을 지니고 있다. 그것은 다름 아닌 다양한 분행(分行)과 분연(分聯) 통한 형식미의 추구라고 할 수 있는데, 이는 신현득과 이정석이 선행 연구에서 이미 언급한 바 있다.

은하수
강물가에
어린별들이

옹기종기
모혀안저
무엇을하나

버레까지
잠자는
깁흔이밤에

---

29 이재철, 『아동문학의 이론』, 형설출판사, 1983, 271~272쪽.

수근수근
모혀안저
무슨말하나

—「어린별」부분[30]

　이 작품은 순수하고 천진난만한아이의 시선으로 밤하늘에 떠 있는 별을 노래하고 있다. "버레까지/잠자는/깁흔이밤에"와 "캄캄하고/무서운/깁흔이밤에"에서 보듯이, 화자는 밤이 깊은 시각 하늘에 총총히 떠 있는 별에 대해 호기심을 갖고 상상력을 동원해 그 해답을 찾고 있다. 하지만 마땅한 해답을 찾지 못한 화자는 "말업시/가만가만/숫곱질하나"와 같이 결국 자신이 이해할 수 있는 범위에서 궁금증을 해결하는데, 그 과정이 참 재미있게 그려져 있다.

　그런데 이 작품에서 특별히 눈여겨볼 대목은 일찍이 다른 작품에서는 쉽게 볼 수 없었던 독특한 행갈이를 하고 있는 점이다. 이 작품은 2연과 4연이 8·5조로 되어 있지만, 3음보의 7·5조 율격을 중심으로 이루어져 있다. 따라서 일반적이라면 "은하수 강물가에 어린별들이"와 같이 7·5조를 1행으로 처리하거나, 아니면 "은하수 강물가에/어린별들이"와 같이 2행으로 나누어 처리하는 것이 자연스럽다. 하지만 "은하수/강물가에/어린별들이"에서 보는 것처럼, 이 작품은 음보에 맞춰 3행으로 구분[31]함으로써 기존의 행갈이와는 다른 방식을 취하고 있다.

---

30 『아이생활』, 1931년 3월호, 41쪽.

31 1920년대 작품 가운데 음보에 맞춰 행갈이를 하고 있는 작품이 전혀 없는 것은 아니다. 가령, 안평원의 "란초님/노－란님/햇볏테/졸지요."(「란초」 부분, 『신소년』, 1927년 2월호)와 송완순의 "달ㅅ밤에/부는피리/날날이피리//노래하든/버레들이/노래ᄉ치고"(「피리」 부분, 『신소년』, 1928년 9월호)도 본래 7·5조의 정형동시임에도 음보에 따라 행갈이를 하고 있다. 하지만 이들 외에 1920년대에는 정형동시임에도 음보에 맞춰 행갈이를 한 작품은 찾아보기 어렵다.

음보를 여러 행으로 배열하는 변형이 이미 암시하듯이 시행들이 리듬에 의해서만 반드시 통제되지도 않으며 통제되어야 할 필요도 없다. 여기서 자유시에 있어서 행 분할의 문제가 정면으로 제기된다.

사실 시에 있어서 분행과 분련 자체는 근본적으로 표준언어 또는 일상언어를 파괴하는 '낯설게 하기'의 기교에 해당한다. 같은 구문을 분행했을 때와 그렇지 않는 경우 사이에는 의미의 차이가 발생하고, 이 의미의 차이는 운문과 산문의 차이가 되는 것이다.[32]

이 인용문은 시에서 행과 연의 배열이 얼마나 중요한지를 말해주고 있다. 특히 "시에서 분행과 분연 자체는 근본적으로 표준언어 또는 일상언어를 파괴하는 '낯설게 하기'의 기교에 해당한다"는 말이 매우 인상적인데, 실제로 「어린별」의 경우 분명 7·5조의 동요임에도 "시각적으로 편안하고 자유분방하게"[33] 보임으로써 오히려 자유동시에 훨씬 가깝게 느껴진다. 물론 자유시가 주류인 오늘날의 시각에서는 그와 같은 행갈이는 사실 큰 사건이 못 된다. 그렇지만 4·4조와 7·5조의 율격이 동시의 관례처럼 굳어져 있던 당시로서는 대단히 참신한 시도였을 것으로 생각한다.

우리애기
이뿐애기
엄마보고
웃는다
젓, 꼭지를
만지면서

---

32 김준오, 『시론』, 삼지원, 1982, 151쪽.
33 이정석, 앞의 글, 122쪽.

방끗 웃는다.

—「우리애기」부분[34]

〈유년동요〉로 발표한 이 작품도 「어린별」과 마찬가지로 독특한 행갈
이를 보여준다. 약간의 변형이 가해지고 있지만, 이 작품은 기본적으로
4음보의 4·4조 율격을 지니고 있다. 따라서 의미상의 단위를 고려한다
면 "우리애기 이쁜애기 엄마보고 웃는다"와 같이 1행으로 처리하거나,
"우리애기 이쁜애기/엄마보고 웃는다"와 같이 2행으로 처리하거나, 아
니면 "우리애기/이쁜애기/엄마보고/웃는다"와 같이 4행으로 처리하는
것이 보통이다. 하지만 이 작품은 각 연의 1행에서 4행까지는 음보에 따
라 4행으로, 다음 행은 음보에 따르지 않고 그냥 3행으로 나누고 있다.
거기에 "젓, 꼭지를"과 "내가, 저의"에서 보듯이, 의도적으로 반점(,)을
삽입해 "젓"과 "내가"를 강조하는 등 당시에는 좀처럼 보기 어려운 형식
으로 되어 있다.

언덕우엔 실버들
한들한들 춤추고
버들가지 봄피리
빌늬리날날

복송아꽃 살구꽃
방끗방긋 웃으면

---

34 『아동문예』, 1935년.
　　이 작품은 목일신이 남긴 스크랩에 있는 작품이다. 목일신은 이 작품을 1935년 『아동문예』에
　　발표한 것이라고 표기하고 있다. 하지만 몇 월호에 발표되었는지는 당시 자료가 남아 있지 않
　　아 확인하지 못했으나, 목일신 동시의 특징 가운데 하나인 분행과 분연을 잘 보여주는 작품이
　　라고 판단되어 분석 대상으로 삼았다.

봄나비도 흥겨워

날아들고요

아즈랑이 산우에

아롱아롱 종달새

하늘우엔 종달새

비리리종종

―「봄노래」부분[35]

    반면에 이 작품은 흥겨운 봄의 정취를 노래한 것으로 총 3연 16행으로 이루어져 있다. 1연과 3연은 각 행의 글자 수가 '7-7-7-5'의 4행으로 되어 있고, 2연은 '7-7-7-5'가 두 번 반복된 8행으로 되어 있다. 그런데 이러한 분연 방식은 당시에는 극히 드물었다. 1920년대 동시는 시적(詩的) 요소보다는 요적(謠的) 요소를 중시했던 터라 글자 수는 물론 각 연의 행수도 통일하는 것이 관례였다. 물론 당시의 상황을 고려하면 그와 같은 분연 방식이 편집 과정의 실수가 아니었을까 하는 의구심이 생기기도 하지만, 이미 앞에서 살펴본 「가마귀학교」와 「시골」, 그리고 다음에 살펴볼 「은구슬 금구슬」 등의 분연(分聯) 체계를 보면 그저 단순한 실수라고는 생각되지 않는다.

아가 말소린 은구슬

엄마 말소린 금구슬

마듸마듸 아름다운

구슬이어라

---

35 『동아일보』, 1935.05.05.

방울방울 우슴띄운

구슬이여라

조롱 조롱

은실에 꿰어-

금실에 꿰어-

햇빛에 반-짝 은구슬방울

달빛에 반-짝 금구슬방울

은구슬은 에쁜구슬

아가의마음

금구슬은 곻은구슬

엄마의마음

—「은구슬 금구슬」 전문[36]

이 작품은 목일신의 동요 가운데 가장 파격적인 형식을 지니고 있다. 총 5연으로 이루어져 있는데, 1연과 4연은 2행, 2연과 5연은 4행, 3연은 3행으로 되어 있다. 글자 수 역시 1연은 '7-7', 2연과 5연은 '8-5-8-5', 3연은 '4-5-5', 4연은 '10-10'으로 구성되어 있다. 즉, 이 작품은 7·5조의 변형인 8·5조를 기본 율격으로 하면서도 그 앞뒤에 다양한 율격을 지닌 연을 배치함으로써, 동요보다 동시에 훨씬 더 가까운 시형을 취하고 있다. 그러면서도 1연의 "아가 말소린 은구슬"와 "엄마 말소린 금구슬", 2연의 "마듸마듸 아름다운"과 "방울방울 우슴띄운", 3연의 "은실

---

36 『신가정』, 1935년 5월호, 74쪽.

에 뀌어"와 "금실에 뀌어", 4연의 "햇빛에 반-짝 은구슬방울"과 "달빛에 반-짝 금구슬방울", 5연의 "은구슬은 에쁜구슬"과 "금구슬은 굟은구슬"에서 보는 것처럼, 각각의 행이 대구를 이루거나 통사 단위의 비슷한 시구를 반복해서 음악적인 효과뿐만 아니라 형식미까지 살리고 있다.

런못가에 새로핀
버들닙을 짜서요
우표한장 붓쳐서
강남으로 보내면
작년에간 제비가
푸른편지 보고요
됴선봄이 그리워
다시차저 옴니다.

―서덕출, 「봄편지」 전문[37]

귀신숨둣숨고서 쏘봅시다고
능청스런달님은 볼수업지요
숨박쏙질잘하는 선수달님은
어느듯구름나라 려행햇다오.

구름나라지나온 색씨달님은
엡분얼골내노며 쌩긋웃지요
맘조리든도련님 울고잇다가
색씨달차젓다고 깃버쒑니다.

―김태오, 「숨박쏙질」 전문[38]

---

37 『어린이』, 1925년 4월호, 34쪽.
38 『조선동요선집』, 박문서관, 1928, 12쪽.

노랑나븨 흰나븨

고흔나븨들

훨훨훨 춤을추며

어듸가시나

노랑꼿 흰꼿들이

곱게핀곳에

무도회 열닌다게

그곳엘가네

—전광인, 「나븨」 전문[39]

내가부는피리는

갈닙의피리

어듸어듸까지나

들니울까요

어머니가신나라

멀고먼나라

거긔까지들닌다면

조흘텐데요

—한정동, 「갈닙피리」 부분[40]

　이들 작품은 1920~1930년대의 분행과 분연 방식을 살펴볼 수 있는 좋은 사례이다. 즉, 「봄편지」는 분행과 분연의 구분이 모두 일어나지 않는다. 그리고 「숨박꼭질」은 분행은 없으나 분연이 일어난다. 또한, 「나

---

39 『신소년』, 1930년 4월호, 37쪽.
40 『어린이』, 1926년 5월호, 5쪽.

븨」는 분연은 없지만, 음보에 따른 분행이 일어난다. 마지막으로 「갈닙
피리」는 분행과 분연이 모두 일어나고 있다. 그런데 이와 같은 네 가지
형태는 1920년대 동요에서 가장 널리 사용되던 분행과 분연의 방식이
었다. 그런 점에서 목일신의 동요가 기존과 다른 방식의 분행과 분연을
통해 형식의 변화를 꾀하고 있는 것은 한 번쯤 주목해 볼 필요가 있다.

5. 나오는 말

이처럼 목일신은 1930년대에 활동했던 시인으로, 10여 년의 짧은 기
간 동안 200편이 넘는 많은 동시를 발표했을 정도로 왕성한 활동을 펼
쳤다. 그리고 오늘날에도 여전히 많은 사람이 그의 동요를 애송하고 있
을 만큼 뛰어난 작품을 많이 남겼다. 그럼에도 지금까지 그는 한국 동시
사에서 크게 주목받지 못하고 있다. 사정이 이렇게 된 데에는 물론 여러
가지 요인이 있겠지만, 그것은 앞서 언급한 것처럼 그가 1940년대에 들
어서면서 거의 작품 활동을 하지 않았기 때문으로 생각된다.

하지만 목일신의 동시는 이미 살펴본 바와 같이 1920년대 동요의 맥
을 비교적 충실히 계승하면서도 다른 시인과 변별되는 자신만의 시세계
를 구축하고 있다. 즉, 자연과 일상 속에서 얻은 소재를 밝고 건강한 동
심의 세계를 통해 구현함으로써, 1920년대 동요의 주된 정조였던 애상
성을 극복하고 있다. 그리고 다양한 음성 상징어를 활용해 경쾌한 리듬
감을 조성함으로써, 요적(謠的) 효과를 극대화하고 있다. 게다가 독특한
분행과 분연을 시도해 형식미를 추구함으로써, 기존의 작품과는 색다른
모습을 선보이고 있다.

비록 목일신의 작품에는 지나치게 발표욕이 앞서 정제되지 않은 상태
로 작품을 남발해 더러 어색한 표현들이 등장하고, 여러 작품에서 비슷

한 시구가 발견되는 등의 문제점이 발견되지만 동시대에 활동했던 시인들에 비해 결코 수준이 떨어지는 편이 아니다. 그리고 문학 외적인 요소와 상관없이 단순히 1930년대의 활동만을 놓고 평가한다면, 그는 한국 동시사에서 흔히 동요의 황금기라 일컬어지는 1930년대를 주도한 중요한 시인으로 자리매김하기에 전혀 손색이 없다고 판단된다. 그런 점에서 앞으로 목일신의 동시에 관한 관심과 연구가 더욱 활발히 이루어져야 할 것으로 보인다.

본 논문은 목일신의 작품 210편 가운데 일간지 및 잡지와의 대조를 통해 실제로 확인된 동시 133편만을 대상으로 논의된 까닭에 일정한 한계를 지니고 있다. 따라서 연구의 기초가 되는 1차 자료 및 아직 그 존재가 파악되지 않고 있는 동시집이 추가로 발굴된다면, 목일신 동시의 전반적인 성격과 의의를 더욱 분명하게 밝혀낼 수 있을 것이다. 많이 부족하지만 본 논문이 목일신의 동시 연구와 한국 동시사 연구에 조금이나마 보탬이 되기를 바라며 이상으로 연구를 마친다.

권태응 동시의 특성과 의의

1. 들어가는 말

동천(洞泉) 권태응(1918~1951)은 일제강점기와 해방공간, 그리고 한국전쟁으로 이어지는 우리 근현대사의 격동기를 온몸으로 부딪치며 살다간 독립운동가이자 시인이다. 비록 짧은 삶을 살았지만, 그는 그 누구보다 조국과 민족, 자연과 아이들을 사랑했던 맑고 강직한 정신의 소유자였다. 또한, 한국전쟁 당시 폐결핵 3기의 불편한 몸으로 떠난 피난처에서도 동시 쓰는 일을 멈추지 않았을 만큼 엄청난 창작열을 지녔던 시인이었다. 실제로 그가 남긴 작품에는 그와 같은 정신이 오롯이 담겨 있다.

하지만 안타깝게도 권태응의 동시는 아직 세상에 그 모습을 완전히 드러내지 못하고 있다. 여전히 많은 작품이 미발표작의 형태로 남아 있다.[1] 그 결과 지금까지 그의 작품에 관한 논의가 여러 차례 진행되었지

---

[1] 권태응은 약 350여 편의 동시를 남겼다. 그 가운데 1948년에 간행된 『감자꽃』(글벗사)과 1995년 같은 이름으로 간행된 『감자꽃』(창비)에 수록된 94편만이 세상에 발표되었을 뿐, 그가 생전에 시집 형태로 엮어놓은 『송아지』(1947), 『우리시골』(1947), 『어린 나무꾼』(1947), 『하늘과 바다』(1947), 『물동무』(1948), 『우리동무』(1948), 『작품』(1949), 『동요와 또』(1950), 『산골마을』(1950) 등의 작품집에 실린 250여 편은 아직 세상에 모습을 드러내지 못하고 있다. 미발표집에

만, 그 어느 것도 만족할 만한 수준에는 이르지 못하고 있다. 대부분의 논의가 작품 전체가 아닌 일부만을 상대로 이루어지거나, 그 평가 역시 지나치게 일부 관점에 의존해 있어 권태응 동시의 전반적인 성격을 명확히 규명하는 데에는 일정한 한계가 있다.

그동안 권태응의 동시에 관한 논의는 대체로 두 가지 측면에서 진행되었다. 하나는 주제론적 접근방식으로 "자연과의 교감 속에서 작품세계를 형상",[2] "농사꾼과 농사꾼 아이들의 삶을 보여주는 작품",[3] "고귀함과 숭고함의 미학을 이룩한 민족주의"[4]에서 보듯이, 주로 자연 혹은 농촌과의 관련성에 주목하고 있다. 다른 하나는 형식론적 접근방식으로 "전래동요보다는 창작동요에 더 가까운 형태",[5] "우리 전통의 율격을 동시와 접목시켜 나름대로 참신하고 진취적인 시의 리듬을 성취"[6]에서처럼, 전통의 계승과 발전이라는 차원에서 고찰하고 있다.

이 글에서는 그와 같은 기존의 논의를 통합·확장하여 권태응 동시의 전반적인 성격에 관해 살펴보려고 한다. 먼저, 권태응 동시의 특성을 '농촌의 풍경과 공생의 미학', '민족공동체를 바탕으로 한 이상 세계', '전통적인 율격의 계승과 발전'로 구분해 논의를 진행하려고 한다. 그런 다음 이를 바탕으로 권태응의 동시가 지닌 문학적 의의를 알아보려고 한다. 또한, 이 글에서는 권태응의 작품 가운데 『감자꽃』(창비)과 『농사꾼 아이들의 노래』(소년한길, 2001), 그리고 『청주문학』(1999년 여름호)에 수록되어 있는 작품만을 상대로 논의할 것이다.

수록된 작품들은 이오덕의 『농사꾼 아이들의 노래』(소년한길, 2001)와 『청주문학』(1999년 여름호)에서 그 실체를 확인할 수 있다.
2 이재철, 「해방공간의 비판적 리얼리즘」, 『청주문학』, 1999년 여름호, 115쪽.
3 이오덕, 『농사꾼 아이들의 노래』, 소년한길, 2001, 19쪽.
4 김태석, 「동심으로 일궈낸 민족애와 지킴의 미학」, 『한국현대아동문학작가작품론』, 집문당, 1997, 112쪽.
5 남지현, 「권태응 동요의 형식적 특징과 시적 공간 '동네'의 의미」, 『충북작가』, 충북작가회의, 2011년 상반기, 142쪽.
6 박민, 「권태응 동시 연구」, 고려대학교 대학원 석사학위논문, 2010, 51쪽.

2. 농촌의 풍경과 공생의 미학

권태응이 언제부터 동시를 창작했는지는 분명하지 않다. 일각에서는 그가 일본 유학 중이던 1930년대 말부터 동시를 창작했을 것으로 추정하기도 한다. 하지만 지금까지 확인된 바로는 1947년 5월 『소학생』에 실린 「땅감나무」가 권태응의 작품 가운데 발표시기가 가장 빠른 작품이다. 이후, 그는 1950년 4월까지 이 잡지를 비롯해 『진달래』와 『소년』, 『아동구락부』에 동시를 발표한다.[7] 이러한 정황을 고려할 때 권태응이 동시를 창작한 기간은 아무리 길게 잡아도 대략 10년 정도에 불과하다.

그럼에도 권태응은 그 짧은 기간에 350여 편에 달하는 동시를 남겼다. 더욱이 폐결핵 3기의 불편한 몸으로 그와 같이 많은 작품을 생산한 것을 생각하면 그저 놀라울 따름이다. 그렇다면 권태응의 시적 경향 및 수준은 어땠을까? 기본적으로 그의 동시는 농촌의 풍경을 맑고 순수한 동심의 눈으로 담아낸 작품이 다수를 차지하고 있다. 이와 더불어 자연의 섭리에 순응하고 주변 생물과의 공생을 중시하는 시골 사람들의 삶을 세련되게 그려낸 작품들이 많다.

> 지붕엔 성기성기
> 박 덩굴 퍼지고.
> 　하양 꽃이 만발.
> 　아기 박이 둥글.
>
> 울타리엔 엉기엉기
> 호박덩굴 퍼지고.

---

7 김종헌, 『동심의 발견과 해방기 동시문학』, 청동거울, 2008, 189쪽.

노랑 꽃이 만발
아기 호박 동굴.

우리 집도 옆집도
오곤자곤 똑같이
  지붕엔 박 농사
  울타리엔 호박 농사.
                    —「박 농사 호박 농사」전문

여름날의 들밥은
나무 그늘 밑

매미 소리 들으면서
맛이 나고.

가을날의 들밥은
따슨 양지쪽

햇볕 쨍쨍 쪼이면서
맛이 나고.
                    —「들밥」전문

　이들 작품은 모두 서정적인 필치로 농촌의 풍경을 담아내고 있다. 「박
농사 호박 농사」는 과거 시골에서 흔히 볼 수 있었던 풍경을 노래한 작
품으로, "하양 꽃"과 "노랑 꽃"의 선명한 색채 대비를 통해 시각적 효과
를 높이고 있다. 또한, "성기성기", "엉기엉기", "오곤자곤"과 같은 음성

상징어를 적절히 활용해 리듬감을 살리고 있다. 「들밥」은 그 제목에서
보듯이, 들에서 일하다가 밥을 먹는 장면을 노래하고 있다. 바쁜 농사일
로 시간을 아끼느라 끼니조차 들에서 해결해야 하는 힘든 삶이지만, "매
미 소리"와 "햇볕" 같은 소소한 것에도 감사할 줄 아는 시골 사람들의
소박한 마음이 잘 나타나 있다. 이처럼 농촌의 풍경을 노래한 권태응의
작품은 특별한 기교 없이 쉽고 간결하게 표현하고 있는 것이 특징이다.
그러면서도 그의 작품은 하나같이 진솔하게 다가온다. 이는 그 자신이
농촌에 살면서 경험한 내용을 있는 그대로 노래했기 때문이다.

시계 시계
꽃 시계.

똑딱 소린 못 내도
척척 시간 맞추고.

나팔꽃이 피며는
언니 학교 갈 시간.

해바라기 고개 들면
소죽 퍼서 줄 시간.

분꽃이 웃으면
엄마 저녁 할 시간.

―「꽃 시계」 부분

그 점은 이 작품도 예외는 아니다. 이 작품에는 자연현상을 통해 하루

동안의 시간을 알아내는 시골 사람들의 지혜가 잘 나타나 있다. 나팔꽃이 피면 학교에 가고, 해바라기가 고개를 들면 소에게 죽을 먹이고, 분꽃이 피면 저녁을 준비하는 등, 시골 사람들은 자연의 섭리를 체득하고 그에 순응하며 살아왔다. 이는 동양의 전통사상인 '상의상관(相依相關)' 즉, 일체의 만물은 서로 유기적으로 결합하여 있다는 것을 오랜 세월 관찰과 경험을 통해 터득한 결과이다. 시골에서 나고 자란 탓인지 권태응의 작품 저변에는 동양의 전통적인 자연관이 짙게 배어 있다. 그래서 인간을 포함한 모든 자연물은 쉽게 동화되고, 그 자체로서의 가치보다는 다른 존재와의 공생 속에서 더 높은 가치와 의미를 지닌다.

> 혼자서 떠 헤매는
> 고추잠자리,
> 어디서 서리 찬 밤
> 잠을 잤느냐?
>
> 빨갛게 익어 버린
> 구기자 열매,
> 한 개만 따먹고서
> 동무 찾아라.
>
> —「고추잠자리」 전문

> 우리 집 할아버진
> 병환으로,
> 맛난 음식 보시고도
> 못 잡수니 걱정.

이웃집 할아버진

가난해서,

세 끼 음식 제대로

못 잡수니 걱정.

─「틀리는 걱정」 전문

「고추잠자리」는 전형적인 7·5조의 정형동시이다. 이 작품에서 화자
는 고추잠자리에게 서리가 내린 그 추운 밤에 어디에서 잠을 잤느냐고
걱정스레 묻고 있다. 그리고 구기자 열매를 따 먹고 동무를 찾아가라고
말한다. 「틀리는 걱정」은 2연 8행으로 이루어진 작품으로, 화자는 병환
과 가난으로 음식을 못 먹는 자신의 할아버지와 이웃집 할아버지를 걱
정하는 내용을 담고 있다. 이처럼 이들 작품에는 인간과 인간, 인간과 자
연물 사이에 그 어떤 경계도 존재하지 않는다. 다들 어렵고 힘들게 살아
가면서도 서로 위하고 나눔을 실천하는 공생의 미학이 내재해 있다.

그 때문에 권태응의 동시는 하나같이 그 울림의 폭이 크다. 또한, 그
저 피상적으로 농촌의 풍경을 그려낸 다른 시인들의 작품과는 그 수준
이 다르다. 무엇보다 그의 작품에는 자연과 사람에 대한 진솔한 마음
과 애정이 짙게 묻어난다. 이것은 그가 태생적으로 농촌에 삶의 뿌리
를 두고 있는 탓이기도 하지만, 이 땅의 아이들이 서로 합심해 해방기
의 혼란을 슬기롭게 극복해 나갔으면 하는 마음이 그만큼 간절했기 때
문이다.

3. 민족공동체를 바탕으로 한 이상 세계

권태응의 동시에서 농촌 풍경을 노래한 작품들 다음으로 눈에 자주

띄는 것은 분단을 극복하고 민족공동체를 건설하고자 하는 염원을 담아
낸 작품들이다. 익히 잘 알려진 것처럼 권태응은 동시대에 활동했던 윤
동주에 비견될 만큼 민족정신이 투철한 시인이었다. 그는 제일고보 재
학 중에 친일학생을 구타한 사건으로 종로경찰서에 구금되었을 뿐만 아
니라, 와세다 대학 유학 시절에는 항일운동을 한 혐의로 퇴학당하고 1년
간 일본 스가모 교도소에 갇히기도 했다.

　이처럼 권태응은 그 누구보다 조국을 사랑하고, 민족의 장래를 염려한
시인이었다. 그런 그에게 해방기 자유주의와 사회주의를 두고 벌어진
정치적·사회적·문화적 대립과 갈등은 큰 충격이었을 것이다. 실제로
그의 동시에는 그와 같이 현실에 대한 원망을 동심을 빌려 직간접적으
로 피력한 작품이 여럿 등장한다.

　　우리가 어서 자라
　　어른 되면은
　　지금 어른 부끄럽게
　　만들 터예요.

　　같은 형제 동포끼리
　　총칼질커녕
　　서로 모두 정다웁게
　　살아갈래요.

　　우리가 어서 자라
　　어른이 되면
　　지금 어른 부러웁게
　　해놓을 터예요.

38선 엎애치고
삼천만 겨레
세계 각국 누비며
뻗어 갈래요.

—「우리가 어른 되면」 전문

이 동시는 그 가운데 대표적인 작품이라 할 수 있다. 이 작품에서 화자는 어른이 되면 같은 동포끼리 총칼질을 하지 않고, 38선도 없애버리겠다고 말한다. 그래서 지금의 어른들을 부끄럽게 만들겠다고 다짐하고 있다. 그런데 이러한 진술은 비록 어린 화자의 입을 통해 이루어지고 있지만, 사실 어렵게 되찾은 나라를 분열과 혼란으로 이끈 어른들에 대한 권태응의 날 선 비판이자 자기반성이다. 이는 "내가 서투른 노래나마 부끄럼을 무릅쓰고 꾸며 내놈은 무거운 마음을 조곰이나마 풀어 볼까 함에서이지만"[8]과 같은 말에서도 쉽게 확인할 수 있다.

밥 얻으러 온 사람
가엾은 사람.
다 같이 우리 동포
조선 사람.

등에 업힌 그 아기
몹시 춥겠네.
뜨순 국에 밥 한술

---

8 이 글은 미발표 작품집 『우리 동무』의 머리말 중 일부이다.
이오덕, 위의 책, 411쪽 재인용.

먹고 가시오.

—「밥 얻으려 온 사람」 전문

북쪽 동무들아
어찌 지내니?
겨울도 한 발 먼저
찾아왔겠지.

먹고 입는 걱정들은
하지 않니?
즐겁게 공부하고
잘들 노니?

너희들도 우리가
궁금할 테지.
삼팔선 그놈 땜에
갑갑하구나.

—「북쪽 동무들」 전문

일제강점기 자신의 안위보다 조국의 독립을 먼저 생각했던 권태응의 눈에 비친 당시의 정세는 그야말로 절망이었을 것임은 너무도 자명하다. 하지만 폐결핵 3기의 병약한 몸으로 그가 할 수 있는 일이란 많지 않았을 것이다. 그런 점에서 동시 쓰기는 권태응이 조국을 위해 봉사할 수 있는 마지막 선택이었을 것이라는 생각이 든다. 즉, 어린이에게 주는 노래인 동시를 통해 어린이들이 밝고 씩씩하게 자라 누구나 즐겁고 평화롭게 살아가는 나라를 건설하는 데 힘을 쏟는 것이다. 위의 작품들은 그와 같은 바람이 잘 나타나 있다. 빈부나 이념의 차이를 뛰어넘어 같은 동포임을 자각하여, 분단의 현실을 극복하고 민족공동체를 이루어 나가기를 소망하는 마음이 담겨 있다.

푸른 푸른 하늘엔
별님 동무 살고,
반짝반짝 밤마다
얘기하고 놀고.

푸른 푸른 바다엔
고기 동무 살고,
철썩철썩 날마다
헤엄치고 놀고.

별님 동문 바다까지
내려오고 싶고,
고기 동문 하늘까지
올라가고 싶고.

— 「별님 동무 고기 동무」 전문

하지만 권태응이 바라는 궁극적인 세계는 단순히 민족공동체의 회복에만 국한되지 않는다. 그는 이 작품에서 하늘에 사는 별과 바다에 사는 고기가 동무가 되어 함께 노는 세상을 꿈꾼다. 앞의 작품에서 노래했던 공동체 의식은 이제 남과 북을 뛰어넘어 하늘과 바다로 그 공간을 확장해 나간다. 이는 농촌과 자연 풍경을 통해 인간과 인간, 인간과 자연물 사이의 경계를 없애 공생의 미학을 추구했던 작품들과 그 맥을 같이 한다.

"산 샘물이 넘처 흘러/산 또랑물.//산 또랑물 모여 흘러/산 개울물.//산 개울물 나려 흘러/들판 강물.//들판 강물 구비 흘러/넓은 바다."(「산 샘물」전문)는 권태응이 한국전쟁이 한창이던 1950년 7월 피난처인 수양 골에서 쓴 작품으로, 미발표 작품집인 『산골 마을』에 수록되어 있다. 이 작품의 말미에는 "산샘물이 흘러흘러 바다까지 가는 것을 몇 번이고 생 각다가 잠이 소롯 들었다."[9]라는 권태응의 자서가 달려 있다. 그는 이처 럼 생사를 넘나드는 그 와중에서도 모두 하나되는 평화로운 세상을 간 절히 꿈꾸었던 시인이었다.

4. 전통적인 율격의 계승과 발전

권태응이 작품 활동을 펼친 1940년대 후반은 한국 동시사에서 '자유 동시 형성기'에 해당하는 시기이다.[10] 1920년대 한국의 동시는 4·4조와 7·5조의 율격을 지닌 정형동시가 주류를 이루었다. 그러다가 1930년대 에 들어와 예술 동시에 관한 자각이 점차 싹트면서 자유시형의 작품들 이 서서히 그 모습을 드러내기 시작한다. 그러다가 1940년대 초반 김영 일 등에 의해서 본격적으로 자유동시 운동이 전개되면서, 이전과는 사 뭇 다른 형식의 작품들이 등장하게 된다.

그 점은 권태응의 동시도 예외는 아니다. 자유동시의 형성기에 활동한 시인답게 권태응 역시 다양한 시형의 작품을 선보이고 있다. 그러면서

---

9 한국민예총 충북지회문학위원회, 『청주문학』, 1999년 여름호, 135쪽.
10 신현득은 자신의 논문에서 한국 동시사를 전승동요시대(1908년 이전), 창작동요시대
(1908~1945), 자유동시시대(1945~1960)로 나누었다. 그런 다음 그는 다시 창작동요시대를
'창가 개발기'(1908~1923), '창작동요 성장기'(1923~1935), '창작동요 쇠퇴기'
(1935~1945)로, 자유동시시대를 '자유동시 형성기'(1945~1960), '자유동시 성장기'
(1960~1975), '자유동시 발전기'(1976~현재)로 구분하여 논의를 진행했다.(신현득, 「한국 동
시사 연구」, 단국대학교 대학원 박사학위논문, 2001)

도 그의 동시는 동시대에 발표된 다른 시인들의 작품과 구별되는 독특한 형식을 취하고 있다. 가령, 같은 정형동시라 하더라도 권태응의 동시는 기존의 4·4조와 7·5조의 율격을 고수하지 않는다. 그러면서도 분절과 대구와 같은 여러 장치를 활용해 요적(謠的) 동시로서의 요건을 갖추고 있는 것이 특징이다.

> 자주 꽃 핀 건 자주 감자,
> 파 보나 마나 자주 감자.
>
> 하얀 꽃 핀 건 하얀 감자,
> 파 보나 마나 하얀 감자.
>
> —「감자꽃」 전문

> 둥둥 엄마 오리,
> 못 물 위에 둥둥.
>
> 동동 아기 오리,
> 엄마 따라 동동.
>
> 풍덩 엄마 오리,
> 못 물 속에 풍덩.
>
> 퐁당 아기 오리,
> 엄마 따라 퐁당.
>
> —「오리」 전문

이들 작품은 그와 같은 권태응 동시의 특징을 잘 보여주고 있다. 「감자꽃」은 권태응의 대표작으로 감자의 생태적 특성을 시적으로 형상화하고 있다. 이 작품은 2연 4행으로 이루어져 있으며, 각각의 행은 모두 글자 수가 9자로 통일되어 있다. 그리고 1연과 2연은 각각 대구를 이루고 있다. 그 때문에 따라 읽다 보면 리듬감이 형성되어 저절로 한 편의 노래가 된다. 그것은 「오리」도 마찬가지이다. 이 작품은 4연 8행으로 이루어져 있으며, 각각의 행은 모두 6자로 되어 있다. 그리고 1연과 3연, 2연과 4행이 의미상의 대구를 이룬다. 여기에 "둥둥"과 "풍덩", "동동"과 "퐁당"과 같이 서로 다른 느낌을 주는 어휘를 사용해 물에서 노는 엄마 오리와 새끼 오리의 모습을 정겹게 묘사하고 있다.

눈이 많이 오면
좋은 건 누구?

하얀 이불 얻어 덮는
보리싹들과
동네마다 눈을 뜨는
눈사람들.

눈이 많이 오면은
나쁜 건 누구?

굴에 갇혀 굶주리는
산짐승들과
나뭇길이 막혀지는
나무 장수.

—「눈이 많이 오면은」 전문

달 달 달팽이

뿔 넷 달린 달팽이

건드리면 옴추락

가만두면 내밀고.

달 달 달팽이

느림뱅이 달팽이

멀린 한 번 못 가고

밭에서만 놀고.

―「달팽이」 전문

그런가 하면 이들 작품은 외형상 자유동시의 형태를 띠고 있으면서도 분절과 대구를 활용해 요적(謠的) 요소를 살리고 있다. 「눈이 많이 오면은」은 문답법 형식의 작품으로, 1연과 3연, 2연과 4연이 대구를 이루고 있다. 일반적으로 문답법은 단조로움과 지루함을 피하고, 독자의 흥미를 끌어내기 위해 사용하는 수사법이다. 「달팽이」는 2연 8행으로 이루어져 있으며, 1연과 2연이 대구의 형식을 취하고 있다. 또한, "달 달 달팽이"에서 보듯이 언어의 유희를 통해 재미를 주는 동시에 리듬감을 살리고 있다.

이처럼 권태응의 동시는 다양한 형식을 지니고 있다. 정형동시의 경우 기존의 4·4조와 7·5조를 비롯해 2·4조, 3·4조 등의 음수율이 혼재하는 양상을 보인다. 그리고 정형동시와 자유동시 모두 분절과 대구를 이용해 리듬을 조성함으로써, 아이들이 노래로 부르기에 적합한 형태로 되어 있다. 이는 권태응이 요적(謠的) 요소를 중시한 전통을 계승하면서도, 1940년대에 등장한 자유동시 운동의 영향을 받아 새로운 시형을 창조하기 위해 부단히 노력했기 때문으로 생각된다.

5. 나오는 말

지금까지 살펴본 바와 같이 권태응은 한국의 역사에서 가장 고통스럽고 어두웠던 시기를 살다 간 시인이다. 비록 33살의 나이로 짧은 생을 마감했지만, 그는 항일 운동 혐의로 여러 차례 감옥에 갇혔을 만큼 애국 정신이 투철한 민족주의자였다. 또한, 오랜 시간 병마와 싸우면서도 죽음이 임박한 그 순간까지도 동시 창작을 멈추지 않았을 만큼 아이들을 사랑했던 참된 시인이었다.

권태응이 남긴 350여 편의 동시에는 그와 같이 치열하게 살다 간 삶의 흔적들이 잘 나타나 있다. 이미 앞서 살펴본 것처럼 그의 동시는 농촌의 일상 풍경과 자연을 노래한 작품이 다수를 차지하고 있다. 그리고 민족공동체 정신을 바탕으로 분단의 현실을 극복하고, 누구나 즐겁고 평화롭게 살아가는 세상을 염원한 작품이 많다. 또한, 그의 동시는 전통적인 율격을 계승 · 발전시켜 그 나름의 독특한 시형을 지니고 있다.

더욱이 권태응의 동시는 특별한 기교 없이 대체로 쉬운 언어로 간결하게 표현되어 있음에도, 하나같이 진솔하게 다가올 뿐만 아니라 감동의 폭이 크다. 게다가 그의 동시에 등장하는 어린이의 모습은 매우 현실적이고 구체적이다. 이는 권태응 자신이 실제 농촌에 살면서 경험하고 깨달은 내용을 있는 그대로 담아냈기 때문이기도 하지만, 본래 그의 마음 바탕이 그만큼 동심에 가깝기 때문이라는 생각이 든다.

그런 점에서 권태응의 많은 작품이 아직도 미발표작의 형태로 남아 있는 것은 실로 안타까운 일이다. 이는 권태응 개인뿐만 아니라 한국 아동문학에도 매우 불행한 일이다. 가까운 시일 안에 그의 동시 전체가 세상에 모습을 드러냈으면 좋겠다. 그래서 더 많은 사람이 권태응의 동시를 즐길 수 있게 되고, 그의 동시에 관해 더욱 다각적이고 심층적인 연구가 이루어졌으면 하는 마음이다.

송완순 동요의 특성과 의의

1. 들어가는 말

송완순은 일제강점기와 해방공간에서 주로 활동하다가 한국전쟁 중
에 월북한 아동문학가이자 평론가이다. 그는 1907년 대전군 진잠면 내
동리(현재의 대전광역시 유성구 원내동)에서 태어났으며, 1926년 『신소년』에
동요 「눈」이 입선되어 작품 활동을 시작했다. 이후, 카프의 맹원으로 활
동하며 송완순(宋完淳), 송소민(宋素民), 소민(素民), 구봉학인(九峰學人)과 같
은 필명으로 동요와 소년시, 동화와 소년소설, 시와 평론 등 대략 80여
편[1]의 작품을 발표했다.

그런데도 지금까지 송완순은 작가보다 비평가로 더욱 널리 알려졌다.
실제로 권영민은 『한국현대문학대사전』(서울대학교출판부, 2004)에서 그를 평
론가로 분류하고 있으며, 이재철은 『세계아동문학사전』(계몽사, 1989)은 그
를 계급주의 아동문학을 대표하는 이론가로 소개하고 있다. 이는 "계급주

---

1 필자가 조사한 바에 따르면 송완순은 동요 45편, 동화시 1편, 소년시 4편, 시 2편, 동화 6편, 소
년소설 4편, 평론 19편, 기타 4편을 남겼다. 월북 이후 그의 행적에 관해서는 아직 구체적으로
밝혀지지 않았다.

의 아동문학 비평을 선도적으로 주도했던 예각적인 비평 의식을 보여주는 평문이 아닐 수 없다."[2] 혹은 "드물게도 그는 아동관의 문제를 들어 당대 주류 아동문학의 과제를 분명하고도 설득력 있게 제시했다."[3]와 같은 평가에서 보듯이, 당대 그의 비평이 그만큼 탁월했다는 것을 말해준다.

그래서인지 송완순의 비평은 그동안 자주 거론되었지만, 그의 작품에 관해서는 아직 논의가 이루어지지 않고 있다.[4] 아마도 이는 그가 아동문학가이자 월북 작가이기 때문으로 보인다. 주지하다시피 한국문학에서 아동문학이 차지하는 위상은 그리 높지 않다. 실례로 정지용, 오장환, 윤동주, 백석, 박목월 등이 많은 아동문학 작품을 남겼음에도, 성인문학 작품과 달리 이들 작품에 대한 관심과 연구는 매우 부족한 편이다. 또한, 한국 아동문학 연구의 초석을 놓은 것으로 평가받고 있는 이재철의 연구는 대체로 월북 작가들에 관한 논의가 빈약하다. 이는 이들 연구가 아직 월북 작가들에 대한 해금조치가 이루어지기 전에 이루어진 것이기 때문이다.

하지만 앞서 언급한 것처럼 송완순은 탁월한 비평가인 동시에 주목받는 아동문학가이기도 했다. 실제로 그는 『신소년』을 중심으로 활동했는데, 당시 그의 작품은 많은 독자로부터 호평을 받았다.[5] 또한, 북한에서 발행된 현대조선문학선집에는 정지용, 한정동, 이원수, 윤석중, 박세영, 권환, 윤복진 등과 함께 1920년대를 대표하는 동요 작가로 소개되고 있다.[6] 따라서 이 글에서는 송완순의 동요를 대상으로 그의 작품세계를 살펴보려고 한다. 그런 다음 이를 바탕으로 일제강점기와 해방공간에서

---

2 이주형 외, 『한국 아동청소년문학 연구』, 한국문화사, 2009, 66쪽.
3 원종찬, 『북한의 아동문학』, 청동거울, 2012, 53쪽.
4 송완순의 비평과 관련해서 주목할 만한 연구로는 임성규의 「근대 아동문학 비평의 현실 인식과 비평사적 함의—아동문학 비평가 송완순(宋完淳)을 중심으로」(『인문과학연구』 제10집, 2008.)와 원종찬의 「일제강점기의 동요·동시론 연구—한국적 특성에 관한 고찰」(『한국아동문학연구』 제20호, 2011.) 등이 있다.
5 최미선, 「『신소년』의 서사 특성과 작가의 경향 분석」, 『한국아동문학연구』 27호, 2014, 219쪽 참조.
6 류희정 편찬, 『1920년대 아동문학집(2)』, 연문사, 2000.

그의 동요가 지닌 특성과 의의에 관해 알아보고자 한다.

2. 자연과 일상의 모습을 그린 노래

지금까지 필자가 확인한 송완순의 동요는 45편이다. 이들은 아동 잡지인 『신소년』과 『별나라』, 일간지인 『중외일보』, 『조선일보』, 『동아일보』에 각각 실려 있다. 또한, 이들이 발표된 연도를 살펴보면 절반이 넘는 29편이 1920년대에, 나머지 16편은 1930년대에 발표되었다. 그리고 1930년대에 발표된 16편 가운데 4편을 제외한 12편이 1932년 이전에 발표된 것이다. 이처럼 그의 동요는 1920년대와 30년대에 주로 발표되었으며, 1940년대 이후에 발표된 작품은 발견되지 않는다.

그런데 이와 같은 송완순의 동요는 대체로 4·4조 또는 7·5조의 정형률을 취하고 있다. 이는 그가 활동했던 1920~30년대가 오늘날과 달리 '시(詩)'보다는 '요(謠)'를 더욱 중시했기 때문이기도 하지만, 기본적으로 동요에는 어떠한 정형률도 고정되어 있지 않다는 그만의 '동요론'에서 비롯된 것이다.[7] 그리고 내용에서는 자연과 일상의 모습을 노래한 작품이 가장 많고, 그다음으로 카프 계열의 작가답게 계급주의 시각에서 무산계급 아이들이 처한 현실을 노래한 작품들이 많은 수를 차지한다.

또한 송완순의 동요는 어느 특정 시기 즉, 그가 몸담았던 카프의 노선 변경이나 해산에 따라 내용과 분위기가 크게 변모하는 양상을 띤다. 실제로 1929년 카프가 계급주의로 방향을 전환하기 이전에 발표한 작품

---

7 송완순은 「비판자를 비판—자기 변해와 신 군 동요관 평」(『조선일보』, 1930.2.19~3.19)과 「동시말살론」(『중외일보』, 1930.4.26~5.3)에서 동요의 정형률이 지닌 폐해에서 벗어나 자유율의 동시를 창작할 필요가 있다고 주장한 신고송과 양우정을 비판했다. 그는 동요에는 어떠한 정형률이 고정된 것이 아니므로 굳이 동요와 동시의 구별할 필요가 없다며, 대신 15세 이상의 아동이 지은 노래는 동요와 구별해서 '소년시'로 부르자고 주장했다.

은 대부분 자연과 일상의 모습을 노래한 것으로, 다양한 시적 분위기를 지니고 있다. 하지만 그 이후에 발표한 작품은 유산계급에 대해 노골적으로 적대감을 드러내는 내용이 많고, 그 때문에 시적 분위기도 전반적으로 어둡고 무거운 편이다. 그에 비해 카프 해산 이후에 발표한 작품의 경우엔 다시 자연과 일상의 모습을 밝고 경쾌하게 담아내고 있다.

눈! 눈! 오는 눈!
어듸로서 날어오나
다ㄹ님의 분가룬가
해ㅅ님의 소곰인가
눈! 눈! 오는 눈!
어듸로서 날어오나
날개 발도 다 업스며
날으기도 잘 나른다

―「눈」 전문[8]

비오면 거리마다 길거리마다
흰 검정 우산꼿이 곱게 핍니다

오든 비 그치면은 길거리마다
곱게 폇든 꼿들이 저버립니다

―「우산꼿」 전문[9]

이들은 1920년대 중후반에 발표된 작품으로 송완순 동요의 초기 모습

---

8 『신소년』, 1926년 2월호.
9 『중외일보』, 1927.8.18.

을 잘 보여준다. 먼저 「눈」은 1926년 『신소년』에 입선된 작품으로, 4·4조의 정형률을 지니고 있다. 이 작품은 하늘에서 내려오는 눈을 아이의 시각으로 형상화하고 있는데, 눈을 "다ㄹ님의 분가루"와 "해ㅅ님의 소금"에 비유한 것이 매우 인상적이다. 다음으로 「우산꽃」은 비 오는 날의 거리풍경을 노래한 작품이다. 총 4행으로 구성되어 있으며, 7·5조의 정형률을 지니고 있다. 또한, 1연과 2연이 대구를 이루고 전체적으로 안정감을 줄 뿐만 아니라, 우산을 폈다 접는 행위를 꽃이 피었다 지는 모습으로 그려낸 점이 재미있다. "날으기도 잘 나른다"와 "오든 비 그치면은 길거리마다"에서 보는 것처럼 지나치게 글자 수를 고려한 탓에 조금 어색한 부분들이 더러 눈에 띄지만, 두 작품 모두 비유를 주된 표현법으로 사용하여 맑고 순수한 동심의 세계를 잘 그려내고 있다.

> 낫에 나온 달님은 어엽분 달님
> 별아들 데불고서 서쪽 나라로
> 쌜리쌜리 가다가 미처 못 가서
> 햇님한테 붓들려 못 갓답니다
>
> 햇님한테 붓들린 엽분 달님은
> 가도오도 못하는 슲흔 서롬에
> 날마다 울으면서 속만 썩어서
> 얼골이 파리해서 하야탑니다.
>
> —「낫에 나온 달님」 전문[10]

> 캄캄한 어둔 밤에 바아삭 바삭

---

[10] 『조선일보』, 1927.8.27.

마당에서 누구가 바삭이는가

감기 든 할아버지 발이 압하서
잠간만 쉬어가랴 차저왓는가

집 일흔 어린 거지 집이 업서서
하로 밤 자고 가랴 들온 것인가

동생 일흔 아가씨 동생 차즈러
우리 집에 잇다고 차저왓는가

아니면 숨나라의 어머니쎄서
나보려고 오시는 발작 소린가

새 넘어서 불어온 거친 밤바람
갈닙하고 몸부림 치는 소릴레

—「밤바람」 전문[11]

이들 역시 1920년대에 발표된 송완순의 초기작이다. 두 작품 모두
'달'과 '바람'이라는 자연물을 시적 대상으로 삼고 있으며, 7 · 5조의 정
형률로 이루어져 있다. 「낫에 나온 달님」은 그 제목에서 알 수 있듯이,
낮달을 소재로 삼아 화자의 정서를 표현하고 있다. 그런데 "가도오도 못
하는 슮흔 서롬에/날마다 울으면서 속만 썩어서"에서 보듯이, 이 작품은

---

11 『중외일보』, 1927.12.03.

화자의 감정이 표면에 직설적으로 드러날 뿐만 아니라 분위기도 앞의 작품들과 달리 무척 애상적이다. 또한, 발상이나 표현기법이 그다지 세련되지 못하다. 그 점은 「밤바람」도 크게 다르지 않다. 이 작품은 어느 가을밤에 시적 화자가 마당에서 들려오는 소리를 듣고 상상을 펼치는 내용을 담고 있다. '감기 든 할아버지'로부터 출발한 상상은 '집 잃흔 어린 거지'와 '동생 일흔 아가씨'를 지나 '꿈나라의 어머니'에 도달할 때까지 계속해서 이어진다. 그리고 마지막 연에 이르러서는 "갈넙하고 몸부림 치는 소릴레"라는 진술과 함께 종결되는데, 사물을 대하는 화자의 태도가 지나치게 감상적인 탓에 그만큼 시적 감동이 덜하다.

이처럼 송완순의 초기 동요는 내용상으로는 자연과 일상을 노래하고, 형식상으로는 7·5조의 정형률을 지닌 작품이 많다. 그리고 앞서 살펴본 바와 같이 작품의 수준이 고르지 못하고, 시를 다루는 솜씨도 그리 뛰어난 편이 아니다. 그러나 그가 작품 활동을 시작한 1920년대 한국의 아동문학은 비록 방정환에 의해 오늘날과 같은 장르 체계가 마련되었다고는 하지만, 아직 본격문학으로서의 면모를 갖추지 못한 상태였다. 이와 더불어 당대에 활동한 동요작가 가운데는 정지용이나 권환, 유지영(버들쇠) 같은 전문작가들도 더러 있었으나, 대부분은 전문적으로 문학수업을 받은 적이 없는 즉, 아동 잡지나 일간지의 독자란에 글을 투고하던 10대 후반의 소년문사 출신이었다. 따라서 이들에게 높은 문학성을 기대하기는 애초 무리가 있다.

3. 계급의식의 고취와 무산계급 아이들의 삶

송완순이 언제 카프에 가입했는지에 대해서는 정확하게 알려진 바가 없다. 이재철은 그가 1927년부터 카프에 참가하여 해방 후 카프의 중앙

집행위원 및 아동문학부 위원, 조선문학가동맹 아동문학부 맹원을 거쳐 한국전쟁 중에 월북했다고 기록하고 있다.[12] 또한, 최미선은 그가 1927년 대전에서 서울 안국동으로 거처를 옮기면서 더욱 적극적인 활동을 펼쳤다고 말한다.[13] 실제로 연도별로 발표된 작품 수를 보면 그가 작품 활동을 시작한 1926년에는 2편의 동요가 발표되었으나, 1927년에는 15편의 동요가 발표되었음을 확인할 수 있다. 이런 정황들을 고려할 때 그가 카프에 가입한 것은 적어도 1927년 이후였을 것으로 짐작된다.

그런데 앞서 살펴본 것처럼 카프의 맹원이었다고는 하지만, 실상 송완순의 작품은 당시의 여느 작가들과 차이가 없다. 이는 1925년 카프가 프롤레타리아 계급운동을 전개하기 위해 결성되었다고는 하나 초기에는 활동이 제대로 이루어지지 않았다는 것을 말해 준다. 이런 사실은 1926년 6월 카프의 기관지 성격을 띠고 창간된 『별나라』에 실린 작가와 작품의 분석해 보면 더욱 확실하게 드러난다. 즉, 자료가 많이 유실된 탓에 그 모습을 온전히 파악할 수는 없지만, 현재 남아 있는 초창기 자료를 보면 주요한이나 한정동과 같이 카프와는 전혀 관련이 없는 작가들의 이름이 등장한다. 또한, 수록된 작품의 내용이나 형식도 다른 잡지들과 크게 다르지 않다.

하지만 여러 차례의 이론 논쟁을 거쳐 1929년 카프가 노선을 계급주의 문학운동으로 방향을 전환하면서, 송완순의 동요는 이전과는 사뭇 다른 모습을 띠기 시작한다. 이는 그동안 전개한 운동이 별다른 성과를 얻어내지 못했다는 카프 내부의 반성과 함께, "문학이 소기의 목적을 달성하기 위해서는 그 속에 담기는 목적의식과 그것을 반영하는 내용들도 중요하지만, 그것을 담아내는 구체적인 문학양식"[14]도 중요하다는 각성

---

12 이재철, 앞의 책, 185쪽.
13 최미선, 앞의 글, 218쪽 참조.
14 김영민, 『한국근대문학비평사』, 1999, 187~188쪽.

에서 비롯된 것이다. 그런 만큼 이 시기에 발표된 카프 계열 작가들의
작품은 계급주의 의식을 고취하는 내용이 주를 이룬다. 그 점은 송완순
의 경우도 예외가 아니었다.

　　우르르릉 비행긔가 잘도 날른다
　　놉흔 하날 구름 새로 잘도 날른다

　　휘이휘이 닭 차가는 솔개보다도
　　더 쌜르고 더 놉흐게 잘도 날른다

　　저러케 날르는 비행긔이니
　　그러면은 어듸든지 갈 수 잇겟지

　　그러커든 나래여라 가난하야도
　　학교 갈 수 잇는 곳에 데려다고

—「비행긔」 전문¹⁵

　　반듸ㅅ불 쌘작쌘작 새파란 초롱
　　풀-새로 나무 새로 반짝어리며
　　잠 잘 곳을 찾는가 쉴 곳을 찾나

　　밤도 그리 안 깁흐니 나하고 갓치
　　공장으로 돈벌너가 아즉 안 오신
　　울 아버지 마종이나 갓다가 오자

—「반듸ㅅ불」 전문¹⁶

15 『조선일보』, 1930.2.12.
16 『별나라』, 1930년 10월호.

이들은 1930년대 초반에 발표된 작품으로, 무산계급 아이들의 삶의 모습을 노래하고 있다. 형식에서는 별반 차이가 없으나, 내용에서는 이전 작품과 확연히 달라졌음을 확인할 수 있다. 「비행긔」는 4연 8행으로 이루어진 작품으로, 가난해서 학교에 가지 못한 아이의 아픔을 담아내고 있다. 높은 하늘 구름 사이를 솔개보다 빠르게 날아가는 비행기에 자신을 "가난하야도/학교 갈 수 잇는 곳"으로 데려다 달라고 말하는 화자의 모습이 안쓰럽게 다가온다. 「반듸ㅅ불」은 2연 6행으로 이루어진 작품으로, 돈 벌러 공장에 간 아버지를 기다리는 아이의 모습을 그리고 있다. 화자는 풀과 나무 사이를 날아다니는 반딧불에 "울 아버지 마종이나 갓다가 오자"라고 말하고 있는데, 밤이 늦도록 돌아오지 않는 아버지를 걱정하는 화자의 마음이 따스하게 느껴진다. 이처럼 이들 작품은 비록 계급주의에 기반을 두고는 있지만, 목소리가 생각했던 것만큼 과격하지는 않다. 또한, "쌘작쌘작 새파란 초롱"에서 보는 것처럼 어느 정도는 예술성을 확보하고 있다.

부자집 애들은 쩍국을 먹고
곡가까지 입고서도 안 쉬놀드라
너무나 먹어먹어 배가 불르고
곡가들 바릴까바 못 쉬어놀드라
너는너는 그래도 부자애들의
병신 가튼 그 짓이 퍽 부러우냐

애들아 가자가자 산으로 가자
공막댁이 들고들고 쉬면서 가자
우리들은 가난해도 부자애 가티
방속애만 처백혓는 바보 아니다

언제든지 긔운 차게 펄펄 쒸놀하
압바엄마 웃게 하는 대-장이다

―「공치러 가자」 부분[17]

뜰방에 우리들은 마당 아래로
누가누가 잘 뛰나 뜀내기 하네.

『펄-적 펄-적
하나 둘 셋.』

너는 한발, 나는 두발,
또 나는 세발.

지주 아들 뚱뚱보가 제일 못 뛰네.
밥 먹어 배만 배만 불려 뭣 햇나.

아하하하 웃읍다.
아하하하 멍생원!

―「뛰엄질」 부분[18]

  하지만 이들처럼 1930년대 초반에 발표된 작품 대부분은 미적 요소보
다는 계급주의 의식을 고취하려는 목소리가 더욱 두드러지게 나타난다.
그런 만큼 표현방식이나 기법 면에서 1920년대에 발표한 작품보다 수
준이 현저히 떨어진다. 「공치러 가자」는 3연 18행으로 이루어진 작품으

---

17 『조선일보』, 1930.2.16.
18 『신소년』, 1931년 6월호.

로, 동요치고는 비교적 시행이 긴 편이다. "너무나 먹어먹어 배가 불르고/곡가들 바릴까바 못 쉬어놀드라"에서처럼, 이 작품에서 화자는 노골적으로 부잣집 아이들에 대한 적개심을 드러내는 반면 가난한 집 아이들에게는 우호적인 태도를 보인다. 이는 "우리들은 가난해도 부자애 가티/방속애만 처백혓는 바보 아니다"에서 알 수 있듯이, 화자 자신이 바로 가난한 집 아이이기 때문이다. 이처럼 이 작품은 부잣집 아이와 가난한 집 아이를 대비하여 유산계급에 대한 반감을 조성하고 있는데, "병신"이나 "바보"와 같은 비속어를 그대로 사용하는 등 문학적 가치는 크게 떨어진다. 그 점은 「뛰엄질」도 마찬가지이다. 하지만 이 작품은 내용과 형식이 다른 작품들과는 차이가 많다. "지주 아들 뚱뚱보가 제일 못 뛰네"서 보는 것처럼, 이 작품 역시 무산계급의 입장에서 유산계급을 비판하고 있다. 하지만 『펄-적 펄-적/하나 둘 셋.』이나 "아하하하 우습다./아하하하 멍생원!"에서처럼, 행과 연의 배치가 독특할 뿐만 아니라 해학적 요소가 가미되어 있는 것이 특징이다. 이 외에도 「지주 아들 까마귀」(『신소년』, 1931년 5월호), 「잠자는 듸딜방아」(『신소년』, 1932년 8월호), 「하얀 차돌」(『중외일보』, 1930.5.12.) 등이 계급의식의 고취와 무산계급 아이들이 처한 현실을 노래한 작품들이다.

그런데 1932년을 기점으로 송완순의 문학 활동은 전면 중지된다. 그리고 1937년에 다시 작품을 발표하기까지 5년 동안의 긴 공백기를 거친다. 물론 이 시기에 2차에 걸친 일제의 탄압이 있었지만, 다른 맹원들이 1935년 카프가 해산될 때까지 지속해서 작품 활동을 전개한 것을 고려하면 의외라고 할 수 있다. 그가 무엇 때문에 그토록 오랫동안 작품 활동을 중단했는지에 대한 정확한 정보는 알 수 없지만, "宋完淳君이 福本主義의 批擊을 쓰다가 카푸를 中傷하엿다고 카푸에서 除名處分을 밧고 中外日報에 장문의 항의문을 보냇스나 당시 카푸 中央幹部들이 中外日報의 학예부에 잇섯든 관계 그것은 뽀이코트 당하고 말엇다."[19]와 같은 글에서 그 이유를 어느 정도는 짐작할 수 있다.

4. 다시 노래하는 자연과 일상의 모습

송완순이 작품 활동을 중단했던 1930년대 초중반은 한국아동문학사에서 특기할 만한 시기이다. 1910년대의 아동문학이 단순히 문학을 아동을 교화와 계몽하는 수단으로 인식했다면, 1920년대의 아동문학은 내용상으로는 어느 정도 계몽성을 탈피했다. 하지만 형식상으로는 여전히 정형률에서 크게 벗어나지 못하고 있었다. 그에 반해 1930년대의 아동문학은 초반에 벌어진 동시론 논쟁과 중반에 등장한 예술 동시론의 영향으로 이전 시기와는 비교할 수 없을 만큼 다양한 시적 내용과 형식을 갖게 된다.

특히, 1930년대 중반 강소천과 박목월이 주창한 예술 동시론은 아동문학의 발전에 크게 이바지하였다. "바다는 쌀 함박/모래알은 쌀//크다란 쌀 함박을/기웃둥 기웃둥//퍼-런 쌀 뜨물을/처얼석 처얼석//바다는 하로 종일/쌀을 인다우."(강소천, 「바다」 전문, 『동화』, 1936년 9월호)와 "빨간/공단 노올은/햇님 꼬리다//햇님 숨고/꼬리만 폈다//꽃불보다 곱다/목단보다 곱다//공작아 공작아/네 꼬리도 피어라"(박목월, 「저녁놀」 전문, 『소년』, 1938년 8월호)에서 보듯이, 이들의 작품은 내용과 형식면에서 여느 작가들과는 판이하게 달랐다. 참신한 비유와 선명한 이미지, 세련된 언어감각과 풍요로운 상상력은 오늘날의 동시와 비교해도 전혀 손색이 없을 만큼 뛰어난 예술성을 지니고 있다.

그 결과 강소천과 박목월의 예술 동시론은 다른 작가들에게도 많은

---

19 민병휘, 「文壇의 新人·캅프」, 『삼천리』, 1933년 10월호, 94~95쪽.

영향을 주었을 뿐만 아니라 한국 아동문학의 질적 성장에도 크게 공헌하였다. 실제로 1930년대 중반 이후 발표된 작품들을 검토해 보면 기존의 정형률에서 벗어나 자유로운 형식을 지닌 작품이 많이 발견된다. 또한, 예술성 차원에서 이전보다 한층 진일보한 작품의 수가 부쩍 늘어난 것을 확인할 수 있다. 이런 점에 비추어 볼 때 비록 송완순이 작품 활동을 중단하기는 했지만, 당시의 그와 같은 문학적 흐름을 모르지는 않았으리라 추측된다. 더욱이 카프의 해산으로 더는 계급주의 문학을 표방하지 못하게 된 현실적 상황에서, 어떤 식으로든 새로운 변화를 모색하지 않을 수 없었을 것이다.

거름마 거름마,
뒷둥뒷둥 하면서
한 발작 두 발작,
에- 잘 걷는다,
에- 참 용하다.

거름마 거름마,
벙긋벙긋 웃으며
갈지자로 걷는 꼴,
에- 참 우읍다,
에- 참 에쁘다.

거름마 거름마,
궁둥방아 찌허도
안 아픈 체 하는 양,
에- 참 씩씩타,

에- 참 훌륭타.

-「거름마」 전문[20]

이 작품은 송완순이 5년간의 긴 공백기를 마치고 처음 발표한 것으로,
이제 막 걸음마를 시작한 아이의 모습을 노래하고 있다. 총 3연 15행으
로 구성되어 있는데, 각 연이 유사한 통사구조를 지니고 있다. 그 때문에
전체적으로 안정감을 줄 뿐만 아니라, 리듬감이 살아 있다. 특히, 각 연
의 4-5행은 "에- 잘 걷는다./에- 참 용하다."에서 보는 것처럼, 후렴구
가 달려 있는 독특한 형태를 취하고 있다. 게다가 "뒷둥뒷둥", "벙긋벙
긋"과 같은 음성 상징어를 십분 활용하여 밝고 경쾌한 분위기를 자아낸
다. 따라서 1930년대 초반에 발표되었던 계급주의에 입각한 작품들과는
내용과 형식에서 많은 차이가 있다. 또한, 1920년대에 발표한 작품들과
유사한 듯하면서도 다른 점이 많다. 즉, 작품의 내용과 형식은 비슷하지
만, 표현방법과 기법 등에서 월등히 향상된 모습을 보여준다. 아울러 작
품의 분위기도 한층 밝아지는 등 전반적으로 수준이 크게 향상되었다.

찍어백이 호도야,
울퉁불퉁 호도야,

울 아기가 티어주는,
불알 맛도 꼬소트니,

아기 불알 닮은 너도,
꼬소꼬소 하고나야,

---

20 『동아일보』, 1937.11.14.

아이구 호호 얌얌얌,
아이구 맛나 얌얌얌,

─「호도」부분[21]

봄나드리를 왓드니
모도 다들 반가와서
진달레는 방싯방싯
「어서 옵쇼」 인사하고
할미꽃은 고개숙여
「안녕 합쇼」 절을 하고

봄나드리를 왓드니
모도 다들 즐거워서
종달새는 공중에서
「지롱지롱」 노래하고
제비들은 물을 차며
「비비 배배」 재조 넘고

봄나드리는 조코나
자미잇고 기쁘고
개나리꽃 그늘에서
주먹밥을 먹으면은
나비들도 날러 와서

---

21 『동아일보』, 1938.2.20.

홀홀 활활 춤춘단다

-「봄나드리」 전문[22]

  이런 사실은 이듬해에 발표된 이들 작품에서도 얼마든지 확인할 수
있다. 「호도」는 호두나무의 열매인 호두를 노래한 작품이다. 전체가 8연
16행으로 이루어져 있는데, 1연과 5연, 4연과 8연이 같은 통사구조로 되
어 있다. 여기에 "울퉁불퉁"과 "얌얌얌" 같은 음성 상징어가 적절하게
배합되어, 밝은 분위기와 경쾌한 리듬감을 지니고 있다. 게다가 "울 아
기가 티어주는,/불알 맛도 꼬소트니,//아기 불알 닮은 너도,/꼬소꼬소
하고나야,"에서 보는 것처럼, 해학적인 요소가 가미되어 재미를 유발하
고 있다. 「봄나드리」는 흥겨운 봄의 정경을 노래한 작품이다. 이 작품 역
시 "방싯방싯", "지롱지롱", "비비 배배", "홀홀 활활"과 같은 음성 상징
어를 많이 사용하여 리듬감을 조성하고 있다. 여기에 진달래와 할미꽃,
종달새와 제비, 개나리와 나비와 같은 봄을 상징하는 시어들이 어우러
져 더욱 흥겹고 정겨운 봄의 분위기를 만들어낸다.

  이처럼 1930년대 후반에 발표된 송완순의 동요는 이전과는 다른 양상
을 보인다. 굳이 동요와 동시를 구별할 필요가 없다고 주장한 작가답게
여전히 정형률을 취하고 있지만, 이 시기에 발표된 작품은 1920년대와
1930년대 초반에 발표된 작품보다 한층 분위기가 밝아졌다. 또한, 현재
까지 확인된 작품이 4편[23]에 불과해 속단하기는 어렵지만, 작품의 수준
이 크게 향상된 것만은 분명해 보인다. 그런데 안타깝게도 어떤 이유에
서인지 「봄나드리」를 끝으로 그의 활동은 해방을 맞을 때까지 또다시
중단된다. 그리고 해방 이후에는 주로 비평문을 발표할 뿐 더 이상의 작

---

22 『동아일보』, 1938.5.15.
23 1930년대 후반에 발표된 송완순의 작품은 총 4편이다. 「거름마」와 「호도」, 「봄나드리」와 「신
  문팔이」가 바로 그것이다. 하지만 「신문팔이」는 1938년 4월 6일자 동아일보에 발표되었다는
  기록은 남아있으나, 작품의 실체는 아직 파악이 안 되고 있다.

품은 보이지 않는다.

5. 나오는 말

지금까지 살펴본 것처럼 송완순은 1926년 등단하여 월북할 때까지 총 45편의 동요를 남겼다. 그 가운데 절반이 넘는 29편이 1920년대에 발표되었고, 나머지는 1930년대에 발표되었다. 그리고 1938년 이후에는 더 이상의 동요를 발표하지 않는다. 따라서 그가 동요를 창작한 기간은 12년 남짓이다. 그 가운데 약 5년의 공백기가 있었음을 고려하면, 그가 실질적으로 창작활동을 한 기간은 겨우 7년에 불과하다. 그런데도 이처럼 적지 않은 양의 동요를 남기고 떠났다.

송완순 동요의 특징은 시기에 따라 내용과 분위기가 크게 변화하는 양상을 보인다. 즉, 등단 초기에는 자연과 일상을 노래한 작품이 많고, 작품의 수준이 전반적으로 고르지 못하다. 또한, 1930년대 초반에는 유산계급을 비판한 작품이 대부분이다. 따라서 분위기가 어둡고 무거울 뿐만 아니라, 작품 수준도 많이 떨어진다. 하지만 1930년대 후반에는 다시 자연과 일상을 노래한 작품이 많고, 분위기도 한층 밝아진다. 아울러 작품의 수준도 이전보다 크게 나아진다.

그런가 하면 송완순의 동요는 등단 초기부터 계속해서 정형률을 고수하고 있다. 이는 동요에는 어떤 정형률도 고정되어 있지 않으므로 굳이 동요와 동시를 구별할 필요가 없다는 그의 동요론에서 비롯된다. 물론 이와 같은 주장은 일면 타당하지만, 결과적으로는 당대에 박목월과 강소천이 주장했던 예술 동시론보다 시대에 뒤떨어진 것만은 분명한 사실이다. 그런 한계에도 불구하고 그는 자신의 확고한 문학적 신념에 따라 그 누구보다 치열하게 진실한 아동의 감정과 정서를 담은 동요를 쓰기 위해 노력을 기울였다.

그 결과 송완순의 동요는 초창기 한국아동문학의 발전에 크게 이바지하였다. 비록 만족할 만한 수준은 아니지만, 그의 동요는 아동의 본성에 대한 진지한 탐색을 근간으로 하고 있다. 여기에 계급주의 문학운동을 통해 식민지 조선의 암울한 현실과 무산계급 아이들의 삶을 내버리지 않고 적극적으로 끌어안음으로써, 한국아동문학의 토대를 더욱 풍성하게 만들었다. 그런 점에서 일제강점기와 해방공간에서의 그의 동요가 지닌 의의는 절대 작은 것이 아니라고 말할 수 있다. 이 글을 계기로 송완순의 문학 전반에 대한 보다 다각적이고 심층적인 논의가 이루어지길 기대한다.

시적 감동과 창조적 정신

박방희론

1. 부단한 자기 갱신과 실험의식

모든 예술이 그러하듯이 문학은 저마다의 개성으로 승부하는 세계이다. 따라서 좋은 작품을 쓰기 위해서는 부단한 자기 갱신과 실험의식 즉, 창조적인 정신이 필수적이다. 이는 지난 100년의 우리 시사(詩史)를 장식하고 있는 시인들의 면면에서 쉽게 확인할 수 있다. 그런 까닭에 자신만의 개성을 지닌 시인을 만나면 우선 반갑고 흐뭇하다. 게다가 현실에 안주하지 않고 끊임없이 자신의 시세계를 확장하기 위해 노력하는 시인을 만나면 더더욱 그렇다.

최근 우리 동시 문단에서 많은 사람이 시인 박방희의 행보를 주목하는 것도 그런 이유에서이다. 어느 문예지를 펼쳐들어도 그 이름을 쉽게 발견할 수 있을 만큼 왕성한 작품 활동을 펼치고 있는 박방희의 동시는 매번 새로운 느낌으로 다가온다. 나날이 정밀해지는 시안(詩眼)과 섬세한 언어감각, 기존의 동시와는 다른 형식과 기법 등 그는 등단 이후 동시대의 다른 시인과는 차별되는 독특한 자신만의 시세계를 창조함으로써 우리 동시의 내적 깊이를 심화시키고 있다.

1946년 경북 성주에서 태어난 박방희는 1985년 무크지『일꾼의 땅』과 1987년『실천문학』등에 시를 발표하며 작품 활동을 시작했다. 이후, 그는 2001년『아동문학평론』에 동화,『아동문예』에 동시가 당선되면서 아동문학가로도 활동하며 제5회 푸른문학상, 제25회 새벗문학상, 제3회 불교아동문학작가상, 제20회 방정환문학상을 수상했다. 또한 2010년 문화예술위원회 창작기금 수혜자로 선정되는 등 현재 우리 아동문학을 대표하는 시인 가운데 한 사람이다.

그동안 박방희는 시집『불빛하나』(문학세계사, 1987),『세상은 잘도 간다』(물레, 1992)와 동시집『참새의 한자 공부』(푸른책들, 2009),『쩌렁쩌렁 청개구리』(만인사, 2010),『머릿속에 사는 생쥐』(문학동네, 2010)를 펴냈다. 다섯 권의 시집 가운데 동시집이 세 권을 차지할 만큼 최근에는 동시 창작에 더욱 열중하고 있다. 기본적으로 그의 동시는 어린이의 눈과 마음으로 바라본 세상에서 새롭게 발견하고, 경험하고, 깨달은 내용이 주를 이룬다. 여기에 그의 탁월한 언어감각이 더해져 더욱 풍부한 시적 감동을 선사하고 있다.

그만큼 박방희의 동시는 내용과 형식이 잘 어우러진 아름다움을 지니고 있다. 이 글에서는 그와 같은 박방희 시의 특징과 의의에 대해 살펴보려고 한다. 글의 전개는 우선 그가 지금까지 펴낸 세 권의 동시집에 공통적으로 드러나는 몇 가지 요소들을 통해 시적 특징을 알아볼 것이다. 그런 다음 우리 동시 문단에서 그의 동시가 갖는 의의가 무엇인지 이야기해 보려고 한다.

2. 유쾌한 말놀이 동시의 세계

말놀이는 말 그대로 '말을 주고받으며 즐기는 놀이'를 뜻한다. 이러한 말놀이의 유형으로는 새말 짓기, 끝말잇기, 소리 내기 힘든 말 외우기 따위가 있다. 말놀이 동시는 이와 같이 말이 갖는 어떤 성질을 이용해 언어의 유희적 측면을 부각시킨 작품을 가리킨다. 따라서 말놀이 동시는 기본적으로 의미보다는 재미를 우선시하는 속성을 지니고 있다. 하지만 지나치게 언어유희에만 초점을 맞추다 보면 그저 말장난으로 전락하여, 자칫 시의 본질인 자연과 인생에 대한 감흥·사상 등을 음률적으로 표현한 글과는 멀어지게 된다.

실제로 말놀이 동시를 표방하고 있는 작품 가운데 시(詩)로 나아가지 못하고 말장난 수준에 머물러 있는 경우가 많다. 박방희의 동시에도 말놀이 기법을 활용해 창작된 작품들이 세 권의 동시집 전반에 고르게 수록되어 있다. 그런데 이들 작품은 기존의 말놀이 동시들과는 다른 표현 기법을 사용하고 있어 색다른 재미와 감동을 준다.

산 속에서
쏙 빠져나오는
대가리
몸뚱이

뚱이
뚱이
뚱이
뚱이
뚱이
뚱이
뚱이

참 길다.

—「기차」 부분(『참새의 한자 공부』)

퐁

퐁

퐁

퐁

퐁

징검다리도 없이

내를 건넌다.

—「물수제비뜨기」 전문(『쩌렁쩌렁 청개구리』)

「기차」는 터널을 빠져나오는 기차의 모습을 형상화하고 있다. 말놀이 동시의 경우는 '눈(目)과 눈(雪)'처럼 말의 음성적 자질 즉, 동음어를 활용해 창작되는 것이 가장 일반적인 경향이다. 하지만 이 작품은 '기차'라는 사물의 형태로부터 말놀이 동시의 시상을 촉발시키고 있다. 특히 3연에서 보는 것처럼 화자는 시어 "뚱이"를 한 행에 하나씩 총 일곱 행에 걸쳐 늘어놓음으로써, 기차의 외형을 시각적으로 표현하고 있을 뿐만 아니라 경쾌한 리듬감을 획득하고 있다. 그 점은 「물수제비뜨기」도 마찬가지이다. 이 작품은 1연의 "퐁/퐁/퐁/퐁/퐁"에서 보듯이, 물수제비뜨기의 장면을 시각 또는 청각을 통해 구체적으로 형상화함으로써 또 다른 말놀이 동시의 재미를 만들어내고 있다.

뿔자가 뿔났다.

교과서나 숙제장 속에서

가로 세로를 재지 않고

컴컴한 장롱 밑이나

싱크대 아래를 들락거리며

굴러든 동전이나

머리핀 따위를 찾아야 하니

뿔자가 뿔났다.

찾는 것은 밀어 넣고

먼지 나부랭이나 뭉쳐오고

머리카락이나 꺼내오며

번번이 허탕질이다.

—「뿔자가 뿔났다」 전문(『참새의 한자 공부』)

반면에 이 동시는 동음이의어를 활용한 전형적인 말놀이 동시의 형태를 띠고 있다. 1행의 "뿔자가 뿔났다"에서 알 수 있듯이, 앞의 "뿔"은 '물건의 대가리나 겉쪽에 오똑 솟은 부분'을 가리키는 말이고 뒤의 "뿔"은 '성이 나다'를 속되게 이르는 말이다. 이처럼 이 동시는 소리는 같지만 뜻이 다른 두 낱말을 끌어와 '길이를 재는 도구'라는 본래의 쓰임새와는 다른 용도로 활용되고 있는 "뿔자"의 처지를 노래하고 있다. 특히 "컴컴한 장롱 밑이나/싱크대 아래를 들락거리며/굴러든 동전이나/머리핀 따위를 찾아야 하니"와 같이, 이 동시는 누구나 한 번쯤 경험해 보았음직한 익숙한 풍경을 해학적으로 그려냄으로써 그만큼 재미를 배가시키고 있다.

이와 같이 박방희의 말놀이 동시는 유사한 음성적 자질 또는 사물의 형태를 십분 활용해 유쾌한 말놀이 공간을 창조해 내는 것이 특징이다. 그러면서도 "썩고 냄새나는 물에/등 굽은 붕어며/눈 없는 피리/차마 못 먹어//가리가리/왜가리/산 넘고 들 건너/맑은 물 찾아가리./왜가리."(「왜가리」, 『참새의 한자 공부』)처럼, 그의 동시는 단순히 말장난에 그치는 것이 아니라 그 안에 자연과 삶에 대한 애정 및 통찰을 포개어 놓는다. 그 때문에 기존의 말놀이 동시와는 또 다른 층위에서의 재미와 감동을 선사해 준다.

3. 자연과 생명에 대한 날카로운 투시력

박방희 동시에는 자연과 생명에 대한 끝없는 애정과 사물의 표피를 꿰뚫는 날카로운 투시력, 순간순간 번뜩이는 재치와 감각적인 이미지가 돋보이는 작품들이 유난히 많다. 이것은 그의 감수성이 그만큼 예민할 뿐 아니라 오랜 삶의 경험에서 우러나는 깊고 폭넓은 사유와 무관하지 않음을 말해준다. "길바닥에 떨어진/하찮은 흙덩이도/씨앗을 품으면/앉음새가 달라진다./땅이 되어 앉는다."(「흙」, 『참새의 한자 공부』)처럼, 그의 동시 가운데는 아이들로서는 쉽게 받아들이기 어렵겠다고 생각되는 작품도 더러 눈에 띈다. 하지만 대부분의 동시들은 자연과 더불어 살아가는 생명체에 대한 친밀감에서 길어 올린 상상력을 바탕으로 수준 높은 미학을 구축하고 있어, 그 정서적 감응을 오래도록 지속하게 만드는 힘을 지니고 있다.

씨앗 하나 숨어들어
꽃을 피우니
구석은 구석이 아니고
중심이 되어 환해졌어요.
잠잠하던 그곳에
새 세상 하나가 생겨났어요.

― 「중심이 된 구석」 부분(『참새의 한자 공부』)

마을로 이어진
토끼 고라니 오소리 너구리 노루 멧돼지
발자국들

고픈 배를 안고
탁발에 나선
걸음마다

반짝반짝
햇살이
눈물처럼 어린다.

─「탁발」 부분(『참새의 한자 공부』)

　앞의 동시 「중심이 된 구석」은 6연 23행으로 이루어진 작품이다. "씨
앗 하나가 찾아왔어요"로 시작되는 이 동시는 화자가 자신의 집 담벼락
한쪽에 "파릇한 싹을/혀처럼 내밀고" 있는 어떤 꽃을 발견하는 것에서
시상을 전개하고 있다. 1연부터 4연까지는 하나의 씨앗이 담벼락 한쪽
구석에 자리를 잡게 된 과정을 회상하는 장면을 담고 있다. 5연은 그 씨
앗이 자라 꽃을 피우면서 "갑자기 구석이 밝아지고/벌들이 왔다갔다/분
주해"진 모습을, 마지막 6연은 그로 인해 "구석은 구석이 아니고/중심이
되어 환해"지고 "새 세상 하나가 생겨났"다는 새로운 발견에 대한 화자
의 놀라움을 이야기하고 있다. 그리고 뒤의 동시 「탁발」은 한 겨울 폭설
로 산짐승들이 먹이를 구하러 마을로 내려오는 광경을 묘사한 작품이
다. 화자는 "마을로 이어진/토끼 고라니 오소리 너구리 노루 멧돼지/발
자국들"을 보고, 그 짐승들을 스님들이 경문을 외면서 집집이 다니며 동
냥하는 일인 '탁발'에 비유하고 있는데 그 수법이 대범하고 참신하다.

게다가 이 동시는 "반짝반짝/햇살이/눈물처럼 어린다"에서 보듯이, 어려움에 처한 산짐승들에 대한 화자의 안타까운 마음이 잘 나타나 있어 생명의 고귀함을 각성시키고 있다.

비행기가 하늘에
쟁기질을 하며 길게 날아갔다.

무슨 씨 뿌렸을까?
구름이 도톰하게 이랑을 덮었다.

—「하늘농사」 전문(『참새의 한자 공부』)

네 소리
들으려고
온몸을 귀로 열고

네게만
말하려고
온몸 입으로 벌려

보아라!
온몸이 귀, 온몸이 입
나팔꽃이 피었다.

—「나팔꽃」 전문(『쩌렁쩌렁 청개구리』)

철새들이 날아간다.
줄지어 날아간다.

줄에는 힘이 있다.
꿈틀거리는 힘이 있다.

가없는 하늘-
줄이 철새들을 끌고 간다.

—「줄」 전문(『머릿속에 사는 생쥐』)

그런가 하면 이들 동시는 시인의 눈에 포착된 시적 대상에 대한 감각적인 인상을 순간의 번뜩이는 재치와 상상력을 통해 생생하게 그려내고 있다. 「하늘농사」는 하늘을 '밭'에, 날아가는 비행기를 '쟁기질'에, 비행기가 지나간 다음 생성된 구름을 '이랑'에 비유하고 있다. 비록 4행에 불과한 짧은 작품이지만, 서로 대립되는 공간을 자유롭게 넘나드는 사유의 진폭과 역동적인 상상력이 매우 인상적이다. 그리고 「나팔꽃」은 나팔꽃의 생김새에 착안해 동화적 상상력을 전개하고 있다. "네 소리/들으려고/온몸을 귀로 열고", "네게만/말하려고/온몸 입으로 벌"린다는 진술은 화자와 시적 대상 간의 교감 능력이 얼마나 뛰어난지를 보여준다. 게다가 「줄」의 경우에는 그동안 우리 동시에서는 좀체 느낄 수 없던 역동적인 힘까지 느낄 수 있다. "가없는 하늘-"을 날아가는 철새들의 모습에서 화자는 "줄"을 연상하고, 그 "줄"은 이내 "꿈틀거리는 힘"으로 변주된다. 그리고 마침내는 "줄이 철새들을 끌고 간다"는 고도의 상징으로 귀결된다.

이처럼 자연과 그 안에서 벌어지는 사건 및 현상들의 관조를 통해 창작되어진 박방희의 동시들은 대체로 활달한 상상력과 감각적인 이미지가 명징하게 드러나는 것이 특징이다. 특히 이들 작품들은 '중심과 구석'(「중심이 된 구석」), '산과 마을 혹은 산짐승과 인간'(「탁발」), '하늘과 땅'(「하늘농사」), '육지와 바다'(「기린의 목」)의 경계는 물론 현실과 상상의 세계를 자유롭게 넘나든다. 그런데 사실 이러한 경지는 쉽게 얻어질 수 있는 것이 아니다. 이는 자신을 둘러싸고 있는 자연과 생명에 대한 깊은 관심과 애정, 정밀한 관찰과 묘사가 뒷받침되지 않으면 안 된다. 박방희 동시의 매력은 바로 이와 같은 여러 요소들 간의 유기적인 결합에서 비롯된다.

4. 가족과 이웃, 순환적 사랑의 공동체

가족과 이웃은 사회공동체의 근간을 이루는 최소 단위이다. 따라서 사회공동체의 건강성은 곧 가족과 이웃 간의 원만하고 평화로운 관계와 밀접한 관련이 있다. 하지만 오늘날 갈수록 치열해지는 경쟁 속에서 개인의 삶은 점차 파편화되고, 그로 인해 가족 및 사회공동체는 화합보다는 분열의 양상으로 치닫고 있는 것이 우리의 현실이다.

그런데 박방희의 동시에는 자애와 연민의 정으로 개인의 삶을 지켜주고, 치열한 경쟁과 차별 속에서 고통 받는 이웃의 삶을 위무(慰撫)하는 작품들이 많이 등장한다. 각박한 사회일수록 자신에 대한 존중감과 타인에 대한 배려가 삶을 지탱하는 원동력임을 생각할 때, 그의 동시는 현대사회가 결여하고 있는 가족의 소중함 및 타인에 대한 이해와 포용의 가치를 선명하게 각인시켜 준다.

전방에는
눈 내리고
얼음이 얼었다는 뉴스.

할머니는
군대 간 막내삼촌 방에
군불을 땠다.

삼촌이 쓰던

빈 방은

겨우내 따뜻했다.

―「군불」 전문(『참새의 한자 공부』)

다림질하는

어머니 등에

피어난 땀꽃송이

송이송이

고운 무늬

옷 밖으로 배어난다.

살포시

눈감고 맡아보는

어머니 땀꽃 향기!

―「땀꽃」 전문(『쩌렁쩌렁 청개구리』)

이들 동시는 구체적인 형상을 통해 따스한 가족애를 그려내고 있다. 「군불」은 "전방에는/눈 내리고/얼음이 얼었다는 뉴스"를 접한 할머니가 군대에 간 삼촌의 빈 방에 군불을 때는 모습을 어린 화자의 입을 빌어 진술하고 있다. 별 다른 꾸밈이나 기법이 동원되지 않았음에도 자식을 향한 진한 모성이 강하게 느껴진다. 특히 마지막 연에서의 "삼촌이 쓰던/빈 방은/겨우내 따뜻했다"는 전언은 그 어떤 말보다도 강렬하게 다가온다. 반면에 「땀꽃」은 어머니에 대한 어린 화자의 사랑을 노래하고 있다. '내리사랑은 있어도 치사랑은 없다'는 말이 무색하리만큼, 이 작품은 각 세대 간의 끈끈한 순환적 사랑의 모습을 보여준다. "다림질하는/어머니 등에/피어난 땀꽃송이"나 "살포시/눈감고 맡아보는/어머니 땀꽃 향기!"와 같은 표현에서 묻어나는 화자의 심성은 가족 간의 사랑이 얼마나 돈독한지를 잘 말해 준다.

> 지하도 노숙 아저씨가
> 하룻밤 잘 집을 지었다.
> 종이상자를 뜯어 지은
> 네모반듯한 집
>
> 관처럼 보이는
> 종이집 속에 드니
> 배달되기를 기다리는
> 택배 화물 같다.
>
> 집 속에 누워서도
> 아저씨는 집을 짓겠지.
> 백 번도 더 지은 집
> 또 한 번 짓겠지.
>
> 고치 속 누에처럼
> 따뜻한 집 한 칸 짓다가
> 진짜 집이 그리워
> 울기도 하겠지.
>
> —「종이상자로 지은 집」 전문(『참새의 한자 공부』)

이웃집 송아지가
처마 밑 담벼락에 걸린
시래기를 먹어치웠다

지게작대기로
등때기를 때리려는데
할아버지가 말리셨다

"저도 얼마나 입이 궁금했겠냐!"

—「시래기」 전문(『머릿속에 사는 생쥐』)

앞의 두 동시가 정감 어린 시선으로 가족애를 노래하고 있다면, 이들 동시는 외롭고 고통스런 이웃에 대한 연민과 화해를 통한 공동체적 삶의 복원을 추구하고 있다. 「종이상자로 지은 집」은 지하도 노숙자의 애환을 담아낸 작품이다. 화자는 노숙자가 밤이슬과 추위를 피하기 위해 "종이상자를 뜯어 지은/네모반듯한 집'을 각각 "관"과 "택배 화물"에 비유한다. 여기서 "관"은 죽음을, 그리고 "택배 화물"은 집으로 돌아가고 싶은 욕망을 가리킨다. 가족의 품으로 돌아가고 싶지만 여타의 사정으로 노숙하며 위태롭게 하루하루를 연명해 가는 노숙자의 삶을 바라보는 화자의 안타까운 시선이 잘 드러나 있다. 「시래기」는 인간애를 뛰어넘어 보다 넓은 생명공동체의 나눔 의식을 지향하고 있는 작품이다. 이 동시에서 화자는 자신의 집 처마 밑에 걸린 시래기를 이웃집 송아지가 먹어치우자 지게작대기를 치켜들고 등때기를 때리려고 한다. 그런데 할아버지가 "저도 얼마나 입이 궁금했겠냐!"라며 화자의 행동을 제지하고 나선다. 이처럼 이 작품은 자신이 가진 것을 남과 함께 나누는 것이야말로 진정한 사랑이며, 사회를 보다 아름답게 만드는 첩경임을 넌지시 일러

주고 있다. 고도로 발전된 자본주의적 삶에 길들여진 결과 이기적이고 탐욕스런 소유적 실존양식이 팽배해 있는 현대인의 모습과 대비되는 넉넉한 마음 씀씀이가 고스란히 다가오는 작품이다.

5. 동시의 내적 깊이와 지평의 확대

시의 본질은 암시와 집약에 있다. 따라서 시에서의 언어는 의미의 전달보다는 비유적인 깊이를 지향하는 특징을 지닌다. 이것은 시가 어떤 사건을 순차적으로 나열하는 것이 아니라, 어느 한순간 지각되어진 인상을 짧은 언어를 이용하여 미학적으로 구현하는 것임을 가리킨다. 하지만 동시의 경우는 이와 같은 양식적 고려가 곧잘 무시된다. 이는 '아이들에게 들려주는 시'라는 동시의 장르적 특성을 많은 시인들이 계몽적 헌사쯤으로 잘못 이해하고 있기 때문이다.

그 결과 비록 시의 형식을 취하고는 있지만 어떤 감동도 주지 못하는 작품들이 의외로 많다. 이런 현실에 비추어 볼 때 이미 앞서 살펴본 바와 같이 섬세한 언어감각, 사물의 표피를 꿰뚫는 날카로운 투시력, 번뜩이는 재치와 역동적인 상상력, 넉넉한 품성을 무기 삼아, 공존과 화합의 세계를 지향하고 있는 박방희의 동시는 우리 동시의 내적 깊이와 지평 확대에 크게 일조하고 있다.

"초가집 처마 아래 다소곳이 집이 한 채/지푸라기와 진흙으로 다져지은 집 모양/보름날 울담 너머로 던져 넣은 복조리.//속에서 방긋방긋 피어나는 샛노란 꽃/네 마리 다섯 마리 제비새끼 입 꽃들은/어미가 올 때쯤이면 다투어 피어나네."(「제비 둥지」 전문) 이 작품은 동시조로서 그와 같은 박방희의 시적 특성을 잘 보여주고 있는 대표적인 예이다. 시조라는 정형화된 틀 안에 동심을 담아내고 있는데, 제비 둥지를 "복조리"에, 제비새끼들의 입을 "샛노란 꽃"에 비유한 표현은 매우 참신하게 다가온다.

비록 이 글에서는 다루지 못했지만 두 번째 동시집인 『쩌렁쩌렁 청개구리』에는 「제비 둥지」 외에도 꽤 수준 높은 동시조들이 여러 편 수록되어 있다. 또한 지금까지의 논의가 세 권의 동시집에 국한된 까닭에 아쉽게도 여기서는 미처 소개하지 못했지만 최근 문예지에 발표된 박방희의 우화동시들도 마찬가지이다. 이들 작품 역시 읽는 재미와 더불어 철학적 사유까지 가능하게 할 만큼 그의 동시는 다양한 스펙트럼을 지니고 있어, 늘 새롭게 그 모습을 드러낸다.

그 때문에 폭과 깊이, 내용과 외연을 넓혀가는 박방희의 작업은 많은 독자들로 하여금 주목의 대상이 되고 있다. 물론 오랫동안 성인시를 창작해 온 탓에 간혹 아이들에게는 어렵게 느껴질 만한 작품도 더러 발견되지만, 기본적으로 그의 동시는 이전 동시들에 비해 한 단계 높은 차원에서 창조되고 있는 것만은 분명하다. 또한 자신의 시세계에 안주하지 않고 끊임없는 도전과 실험을 통해 부단히 자기 갱신을 하고 있어 그만큼 큰 기대를 갖게 만든다. 따라서 지금과 같은 긴장감을 유지하면서 창조적 정신을 발휘한다면 더욱 감동적이고 의미 있는 작품들을 생산해낼 수 있을 것으로 생각된다.

언어를 섬기는 시인

오지연론

시 쓰기는 곧 나무 심는 일

시인 오지연은 2002년 '새벗문학상'을 수상하며 등단한 이래 지금까지 모두 두 권의 동시집을 펴냈다. 2006년에 발표한 『기억할까요?』(아동문예)와 2013년에 발표한 『알을 품은 나무』(푸른책들)가 바로 그것이다. 평소 좋은 시를 쓰려면 나무를 심을 때처럼 정성을 다해야 한다고 말하는 시인이라지만, 12년의 시력에 겨우 두 권의 동시집이라니. 시인들이 보통 이삼 년을 주기로 동시집을 펴내는 것을 고려할 때, 이는 그동안의 활동치고는 매우 적은 숫자임이 틀림없다.

그럼에도 아마 오지연처럼 오랫동안 꾸준히 평단의 주목을 받아 온 시인도 드물 것이다. 실제로 그는 탁월한 시적 재능을 바탕으로 줄곧 수준 높은 작품을 발표해 왔다. 또한, 2008년에는 '눈높이문학상'을, 2010년에는 '푸른문학상'을 연거푸 수상함으로써, 현재 가장 주목받는 시인 가운데 하나이다. 이는 『어린이책이야기』(2010년 여름호)와 『아동문학평론』(2012년 겨울호) 등의 문예지에서 이미 여러 차례 그의 작품을 집중 조명한 것에서도 쉽게 확인할 수 있다.

그런 점에서 오지연은 작품의 평가는 양이 아니라 질에 의해 결정된다는 것을 가장 잘 보여주는 시인이 아닐까 싶다. 그렇다면 이처럼 많은 작품을 발표하지 않았음에도 그가 평자들로부터 계속해서 관심을 받는 이유는 무엇인지, 그의 작품이 다른 시인들의 작품과 구별되는 내용적·형식적 특징은 무엇인지, 첫 번째 동시집과 두 번째 동시집 사이에는 7년이라는 긴 공백기가 있는데, 과연 이들 동시집 간에는 어떠한 변화가 있는지 내심 궁금해지는 대목이다.

이 글에서는 그 점에 주목해 오지연 동시의 전반적인 특징과 의의를 살펴보려고 한다. 먼저 그가 펴낸 두 권의 동시집을 대상으로 그의 시의식에 관해 알아볼 것이다. 그런 다음 이들 동시집에 실린 작품들의 내재적 분석을 통해 그의 동시가 지닌 특징과 그 변모양상을 살펴봄으로써, 그의 작품이 이루어낸 미학적 성과와 가치에 관해 더욱 자세히 검토해 보려고 한다.

받아쓰기, 그리고 아무도 걷지 않은 길

일반적으로 시의식은 '시를 대하는 시인의 견해나 식견'을 가리킨다. 따라서 적어도 시인이라면 누구나 저마다의 시의식을 갖고 있게 마련이다. 아울러 이러한 시의식은 시인의 의도와 상관없이 어떤 식으로든 작품에 반영되어, 작품의 완성도에 큰 영향을 끼친다. 그래서 어느 한 시인의 작품세계를 제대로 알기 위해서는 무엇보다 먼저 그가 어떤 시의식을 갖고 있는지를 파악하는 것이 중요하다.

하지만 사실 그 일이 생각처럼 쉽지만은 않다. 왜냐하면, 대개의 경우 시의식은 작품 속 화자의 목소리나 태도를 통해 그 모습이 드러나지만, 때로는 좀처럼 그 모습을 드러내지 않는 경우도 있기 때문이다. 그런데 오지연의 동시집에는 어렵지 않게 그의 시의식을 엿볼 수 있는 작품이 여러 편 발견된다. 그리고 이들 작품은 그의 작품을 이해하는 데 중요한 정보를 제공하고 있다.

시 쓰는
우리 할아버지 말씀이,
시인은
받아쓰기를 잘하는 사람이래.

바다와 하늘
꽃과 새들
물건과 사람들이
들려주는 말을

귀 쫑긋 세워
눈 반짝이며 듣고
썩썩 쓱쓱
자알 옮겨 쓰면 된대.

—「시인은」 부분

이 작품은 오지연의 시의식이 어떠한가를 잘 보여준다. 이 작품에서 화자는 "시인은/받아쓰기를 잘하는 사람"이라고 정의한다. 즉, "바다와 하늘/꽃과 새들/물건과 사람들"이 들려주는 말을 잘 옮겨 쓰는 사람이라고 말한다. 이어서 화자는 그와 같은 받아쓰기가 쉬울 것 같지만 "평생 동안 끙끙대면서/쓰고 또 써"야만 한다며, 그것이 얼마나 힘든 일인지를 이야기하고 있다. 그런데 여기서 시선을 끄는 것은 화자가 시인을 받아쓰기 잘하는 사람이라고 정의한 부분이다. 왜냐하면, 이는 창조자의 역할을 중시해 온 기존의 시인론과는 정면으로 배치되기 때문이다. 물론 받아쓰기를 잘하면 그만큼 좋은 작품을 쓸 가능성이 높은 것이 사실이지만, 그렇다고 모든 말을 받아쓴다고 해서 전부 시가 되는 것은 아니다.

음악가는 오선지 위에

미술가는 도화지 안에

작가는 원고지 칸 속에

모두들 빈 종이로 시작해요.

아무도 걷지 않은

눈 내린 하얀 들판

살며시 한 발 내디뎌요.

―「예술가」 전문

그래서일까? 이 작품의 화자는 앞과는 조금 다른 진술을 펴고 있다. 즉, 예술가란 "아무도 걷지 않은//눈 내린 하얀 들판"에 살며시 한 발을 내딛는 사람이라고 말한다. 이는 아름다움을 표현하고 창조하는 일에 목적을 두고 활동하는 예술가라면 모름지기 "빈 종이"로 상징되는 이전에 그 누구도 '걷지 않은 길'을 가야 한다는 것으로 정리할 수 있다. 따라서 이러한 화자의 진술을 앞의 '받아쓰기'와 결부해 본다면 결국 좋은 시인이 되기 위해서는 세상을 향해 온몸의 감각을 활짝 열어두어야 하며, 좋은 말과 그렇지 않은 말을 가려낼 수 있는 심미안을 갖추고 있어야 한다는 것을 강조하고 있는 것으로 이해할 수 있다.

이처럼 이들 작품은 오지연이 시의식이 어떠한지를 잘 말해준다. 그는 기본적으로 시인은 무언가를 지어내는 사람이 아니라, 세상이 들려주는 말을 잘 받아쓰는 사람이라고 생각하고 있다. 그와 동시에 좋은 시는 이미 누군가에 의해 다루어진 것이 아니라, 이제까지 경험하지 못한 새로운 내용과 형식을 지녀야 한다는 믿음을 갖고 있다. 그리고 그것을 창작 과정에서 몸소 실천하고 있다. 그 때문에 그의 작품은 매번 새롭게 느껴질 뿐만 아니라, 깊은 감동으로 다가온다.

'곰'이라 불리는 사람이 있었어.
그는 곰처럼 느릿느릿 움직이고
미련스럽게 한 우물만 팠대.

사람들은 그런 그를 영락없는 곰이라고 놀려 댔지.
연구를 마친 밤이면
곰을 닮은 사람은 굴속에서 잠을 청하며
곰곰이 자신을 뒤돌아봤대.

그러던 어느 날,
그에게 어려운 문제가 생겼지.
이리 뒤척 저리 뒤척 밤새 고민하던 그는
거꾸로 풀쩍 물구나무를 서 봤어.

그랬더니 놀랍게도

문

문

문

문이 보이는 거야.

곰을 닮은 사람은
그 문을 하나씩 열고
망설임 없이
뚜벅뚜벅 걸어 들어갔대.

—「곰과 문」 전문

이 작품은 앞서 언급한 오지연의 시적 특징을 잘 보여주고 있다. 우
선 이 작품에서 가장 먼저 눈에 띄는 것은 '곰'과 '문'을 활용한 말놀
이 방식을 사용하고 있는 점이다. 그 다음으로 눈에 띄는 것은 "미련스
럽게 한 우물만 팠대"에서 보듯이 화자가 제삼자에게 이야기를 들려주
는 방식을 취하고 있는 점이다. 그런데 이러한 표현방식은 이미 많은
시인이 사용한 것들로 전혀 새로울 것이 없다. 하지만 이 작품의 경우
는 한 작품 안에 그 둘을 결합한 방식으로 이루어졌을 뿐만 아니라, 여
기에 획일적인 삶과 사고방식에 파묻혀 살아가는 현대인의 모습을 비
판하는 내용의 사회성 짙은 메시지를 포개어 놓고 있다. 그 때문에 자
칫 내용과 형식이 어울리지 못하고 따로 겉돌 수 있는 위험성을 다분히
지니고 있음에도, 이를 잘 극복함으로써 이전에는 경험하지 못한 즐거
움을 주고 있다.

자연을 닮은 심성과 감각적 이미지

시는 본질상 이성이 아닌 감성에 호소하는 성격을 지니고 있다. 따라서 그 어떤 예술 장르보다 진솔하며, 인간적이다. 그 때문에 감성보다 이성이 중시되는 시대일수록 시는 곧잘 쓸모없는 것으로 취급받기도 했지만, 오히려 그럴수록 시는 더욱 강한 생명력으로 살아남아 자신의 존재 가치를 증명해 왔다. 그런 점에서 오늘날은 그 어느 때보다도 더욱 절실하게 시를 필요로 하는 시대라는 생각이 든다.

그러나 안타깝게도 현실은 그와는 정반대로 흘러가고 있다. 시는 넘쳐나도 절실하게 인간의 감성에 직접 다가서는 작품은 그리 많지 않다. 숱한 시집들이 쏟아져 나와도 지나치게 관념적이거나 형식적이어서 진정성이 느껴지지 않는 작품들이 대부분이다. 이는 동시의 경우도 크게 다르지 않다. 직접 체험해서 길어 올린 맑고 순수한 동심이 아니라 그럭저럭 머리를 굴려 만든 동심을 마치 진짜인 것처럼 포장한 작품이 너무 많다. 하지만 어른들은 잘 모른다. 아이들은 그들이 생각하는 것보다 훨씬 정직하다는 것을.

넘실대는 파도를 타고 와
한라산을 휘돌아 가는
거센 바람에도
끄떡 않는 제주 돌담
모난 돌멩이, 귀퉁이 잘린 돌멩이, 구멍 숭숭 뚫린 돌멩이
서로 어깨 붙들고 서서
햇빛도 지나게 해 주고
키 작은 들풀도 발 아래 품어줍니다.

―「돌담」 부분

그곳은 유독 물 빛깔이

푸르고 맑아

물 속 해초들이 겁게 잘 보이고

쉽게 고기들이 눈에 띄었지요.

전복이나 소라 미역이

아무리 가득 널려 있어도

젊은 해녀들은 거기 들어가 캐는 것을

부끄럽게 여겼대요.

—「할망바당」 부분

　이러한 현실에서 오지연의 작품이 소중하게 생각되는 건 너무나도 당연하다. 왜냐하면, 그의 작품은 실제 자신이 체험한 내용을 바탕으로 하고 있기 때문이다. 그래서 다들 하나같이 진실하고, 생동감이 넘치며, 따뜻하다. 위의 작품들이 바로 그 대표적인 예이다. 「돌담」에서 등장하는 넘실대는 '파도'와 한라산을 휘돌아가는 '거센 바람', 납작 엎드려 있는 '돌담'과 키 작은 '들풀'이 금방이라도 손에 잡힐 듯하다. 이는 「할망바당」도 마찬가지여서 푸르고 맑은 바닷속 '해초'와 '고기', 가득 널려 있는 '전복'과 '소라'가 눈앞에 생생하게 펼쳐진다. 또한, 거센 바람으로부터 여린 들풀을 보살피기 위해 서로 어깨를 두르고 서 있는 돌담, 나이 든 해녀를 위해 할망바당을 정해놓은 젊은 해녀들의 곱고 따스한 마음 씀씀이가 진한 감동으로 밀려온다.

　이 외에도 오지연의 동시에는 유난히 따뜻한 분위기를 자아내는 작품이 많다. 아마도 이는 그가 태어나 자라고, 지금도 여전히 생활하고 있는 제주도의 환경과 무관하지 않을 것이다. 그 자신이 "사람은/자기 사는 곳을 닮아간다"(「닮아간대요」)라고 노래한 것처럼 "오랫동안 모른 체하던 나에게/하얀 손 먼저 내밀어/악수를 건네는"(「내가 먼저」) 바다와 "뾰족뾰

족 서 있던/내 마음도/둥글게 둥글게 다듬어"(「오름처럼」) 주는 오름, "큰
놈 한두 개만 소쿠리에 담고/나머진 뒤에 올 사람들 위해 그냥 덮어"(「보
말줍기」)둘 줄 아는 사람들이 공존하는 제주도의 환경이 알게 모르게 그
의 심성에 커다란 영향을 끼쳤을 것임은 쉽게 짐작할 수 있다.

죽었나,
턱을 땅에 대고 웅크려
눈 감은 채 꿈쩍 않는
저 커다란 짐승.

가만, 들리니?

바람이 훑고 갈 때면
살랑 내 뺨을 간질이는
누런 갈기 밑으로
가만가만 들썩이는 숨 푸른 맥박 소리.

—「봄 오름」 부분

낮이 밤처럼 컴컴하고
꾸물꾸물한 날,

덩치 큰 하얀 개가
저보다 훨씬 큰
푸른 개의 등 위로
스을스을스을 기어오른다.

고물고물 꼬물꼬물
흰 구렁이처럼
커다란 등을 타고

—「안개가 고개를 넘는 날」 부분

　그에 못지않게 오지연의 동시에는 감각적 이미지가 돋보이는 작품이
많다. 이 또한 그가 삶의 터전으로 삼고 있는 제주도의 환경과 밀접한
관련이 있는 것으로 판단된다. 「봄 오름」은 제목 그대로 봄날 오름에서
의 경험을 노래하고 있다. 그런데 이 작품은 기생화산인 오름을 "턱을
땅에 대고 웅크려/눈 감은 채 꿈쩍 않는/저 커다란 짐승"으로 비유한 것
도 놀랍지만, "누런 갈기 밑으로/가만가만 들썩이는 숨 푸른 맥박 소리"
에서처럼 시각적·청각적 이미지를 통해 오름의 모습을 묘사한 장면은
그야말로 압권이다. 그 점은 「안개가 고개를 넘는 날」도 크게 다르지 않
다. 이 작품은 날씨가 궂은 날 안개가 산등성이를 타고 넘어가는 모습을
형상화하고 있다. 그런데 안개를 "덩치 큰 하얀 개"와 "흰 구렁이"로 산
등성이를 "푸른 개"로 비유한 것에서 보듯이 그 발상이 대단히 참신할
뿐만 아니라 그 표현도 맑고 깨끗하다.
　이처럼 오지연의 동시는 분위기가 따뜻하고, 이미지가 선명하다. 이는
천혜의 자연경관으로 칭송받는 제주도의 아름답고 풍광과 그런 환경에
순응하여 살아가는 순박한 사람들의 모습이 그의 심성 형성에 큰 영향
을 주었기 때문으로 생각된다. 그리고 그와 같은 심성이 창작과정에서
자연스럽게 작품에 스며들어, 그의 작품을 더욱 진솔하고 다채롭게 만
들었기 때문일 것이다. 그런 점에서 그는 좋은 시인이 될 수 있는 환경
과 조건을 타고난 행운아라고 할 수 있다.

시적 변모를 통한 다양한 시세계 창조

예술의 세계는 냉정하다. 언제나 낡은 것보다 새로운 것이 더 높은 대접을 받는다. 제아무리 뛰어난 재능을 지닌 사람이라도 현실에 안주해 버리면, 즉 더이상의 발전이 없으면 크게 인정받지 못한다. 따라서 예술에서의 과거 부정은 곧 새로운 가치를 창출하기 위한 절대적 조건이라 할 수 있다. 그런 만큼 훌륭한 예술가가 되기 위해서는 끊임없이 새로움을 추구해야만 한다. 이는 언어를 매개로 예술 활동을 하는 시인에게도 그대로 적용된다. 하지만 시는 많아도 좋은 시는 드문 것처럼, 무언가를 새롭게 발견하고 창조하기란 여간 힘든 일이 아니다. 매사에 촉각을 세워 주변의 사물이나 현상을 관찰해야 하고, 치열한 고민과 뼈는 깎는 자기반성이 선행되어야만 비로소 가능한 일이다.

그렇다면 오지연의 경우는 어떨까? 이제 겨우 두 권의 동시집을 펴낸 까닭에 섣불리 단정하기에는 아직 이르지만, 아마 그처럼 자기갱신을 위해 부단히 노력하는 시인을 찾기란 쉽지 않을 것이다. 이는 "동시를 쓰기 시작한 초기에는, 존경하는 시인처럼 잘 쓰고 싶다는 생각이 있었다. 하지만 10년이 지난 지금은 '작년의 나'보다 더 열심히 했는지, 더 나아졌는지 한 해의 끝 무렵이면 늘 되돌아보게 된다." (『아동문학평론』, 2012년 겨울호, 140쪽)라는 그의 고백에서도 확인할 수 있지만, 그가 펴낸 두 권의 동시집을 비교해 보면 더욱 확실하게 알 수 있다.

> 만약
> 바다에 섬이 없었다면
> 바다는 너무 외로웠을 거예요.

바다가 어깨 들썩이며
올 때면
섬도 따라 소리내어 울고

오늘처럼
섬이 환하게 웃는 날이면
바다도 은물결 일렁이며 얼굴이 빛납니다.

나도
가족이랑 친구랑,
서로 어루만지면서
섬처럼 바다처럼
그렇게 살고 싶어요.

―「섬처럼 바다처럼」 전문

좀 더 빨리빨리
좀 더 쉽고 편하게
지금은 초스피드 시대

하지만 사람들은
여전히 바쁘고 피곤하대
스트레스에 더 시달린대

이상하다 이상해
우리가 아껴 둔 시간들은

모두

어디로 갔을까?

—「시간들은 모두 어디로 갔을까?」 부분

    이들 작품은 오지연의 시적 변모양상을 살피는 데 유익한 정보를 제공한다. 「섬처럼 바다처럼」은 오지연의 첫 번째 동시집 『기억할까요?』에 수록된 작품으로, 활동 초기 오지연의 주된 관심사를 집약하고 있다. 마지막 연에 잘 나타나 있는 것처럼, 이 작품은 "바다"와 "섬"의 상호의존적 관계에 주목해 자신도 "가족이랑 친구랑/서로 어루만지면서" 살고자 하는 화자의 소망을 담아내고 있다. 그런데 이러한 소재와 주제는 비단 이 작품에만 국한되지 않는다. 즉, 이는 첫 번째 동시집 전체를 관통하는 핵심적 소재이자 주제이다. 실제로 그의 첫 번째 동시집에 실린 작품을 보면 바다와 가족에 관한 내용이 주를 이룬다. 하지만 두 번째 동시집 『알을 품은 나무』의 경우에는 그와 같은 내용이 대폭 줄어들고, 한층 다양해진 소재와 주제를 지닌 작품들이 대신 그 자리를 채우고 있다. 「시간들은 모두 어디로 갔을까?」는 현대인의 풍요로움 속에 감추어진 이면을 고발한 작품으로, 최근 그의 관심사가 무엇인지를 잘 보여준다. 이 외에도 이 동시집에는 「쿵!」이나 「보름달 빵」처럼 시사적인 문제를 소재로 한 작품과 「침묵의 음악」이나 「거울 속 나」와 같이 사유의 깊이를 보여주는 작품 등, 이전 동시집에서는 볼 수 없었던 내용을 지닌 작품이 많은 수를 차지하고 있다.

할머니는 흥미진진한 역사책이에요.

난리 때 산으로 굴로 피해 숨던 일

해녀 시절 만난 커다란 돌고래 이야기

함지박만한 전복 도로 바닷속에 두고 온 얘기

영화보다 드라마보다 더 실감나지요.

─「할머니책」 부분

초록 도롱뇽 한 마리
푸른 혀를
날름거리며
꿈틀꿈틀 올라갑니다

앞다리를
쑥쑥 내밀며
뒷다리를
쭉쭉 뻗으며.

바람 불 때마다
초록 비늘이
출렁대며
반짝입니다.

─「담쟁이」 부분

　그런가 하면 이들은 형식면에서 오지연의 시적 변모양상을 잘 보여주는 작품이다. 「할머니책」은 첫 번째 동시집에 실려 있는 작품으로, 화자는 제주도 역사의 산증인인 할머니에 관해 노래하고 있다. 이 작품은 총 4연 21행으로 이루어져 있어 동시치고는 시행이 제법 긴 편이다. 또한, "난리 때 산으로 굴로 피해 숨던 일/해녀 시절 만난 커다란 돌고래 이야기"에서 보듯이, 표현도 다소 투박하고 부자연스럽다. 그런데 이러한 특징은 첫 번째 동시집에 실린 다른 작품에서도 공통으로 발견된다. 아마도 이는 오지연의 초기 작품이 대체로 이야기 형식을 취하고 있기 때문으로 짐작된다. 하지만 두 번째 동시집에 오면 이러한 형식과 표현은 좀처럼 찾아보기 힘들다. 작품 대다수가 짧은 시행으로 이루어져 있고, 표현도 한층 세련되고 정제되어 나타난다. 「담쟁이」는 그 대표적인 작품으로, 상당한 수준의 미학적 성취를 보여주고 있다. 담쟁이를 "초록 도롱뇽"에 비유한 참신한 발상, "푸른 혀"와 "초록비늘"과 같은 선명한 이미지, "쑥쑥"과 "쭉쭉" 같은 리듬감 있는 음성상징어, 군더더기 없는 간결한 시어 등 이 작품은 그와 같은 다양한 요소들의 절묘한 조화를 통해 하찮게 인식되었던 담쟁이를 아름답고 생명력이 충만한 새로운 존재로 재탄생시키고 있다. 그뿐만이 아니라 그의 두 번째 동시집에는 "?//구부정한 몸으로/지팡이 점 찍으며/노인이 간다."(「노인」)와 같이 물음표나 특수문자를 사용해 시적 재미를 주고 있는 작품이 여러 편 눈에 띈다. 이런 사실들은 그가 현재에 만족하지 않고 더 나은 작품을 만들어내기 위해 얼마나 열심히 노력하고 있는지를 잘 보여준다.

좁지만, 한없이 넓은 틈을 향해

지금까지 살펴본 것처럼 오지연은 받아쓰기를 잘하는 사람이 곧 시인이라는 자신만의 확실한 시의식을 가지고 있다. 그 때문에 그의 작품은 매우 구체적이고 자연스럽다. 또한, 작품의 분위기가 따뜻하고, 이미지가 선명한 것이 특징이다. 이는 기본적으로 그의 심성이 곱고 순수하기도 하지만, 그의 고향인 제주도의 선한 인심과 아름다운 풍광에 많은 영향을 받았기 때문으로 생각된다.

아울러 오지연은 시 쓰기를 천직으로 알고, 언제나 더 나은 작품을 쓰기 위해 노력하는 시인이다. 그는 자신의 두 번째 동시집 머리말에서

'시인은 언어를 다루는 사람이 아니라 언어를 섬기는 사람'이라는 말뜻을 이제는 알 것 같다며, "세월이 흘러도 마음이 통하는, 시간을 이겨내는 작품을 쓸 수 있을까?"라고 자신의 소회를 피력한 바 있다. 이는 그가 얼마나 시를 사랑하고, 좋은 시를 쓰기 위해 노력하고 있는지를 알게 해준다.

이처럼 오지연은 시적 재능뿐만 아니라 창작에 임하는 마음이 남다른 시인이다. 작품 활동을 펼친 기간에 비해 비록 동시집의 수는 적지만, 지방에 살면서도 매년 10~25편씩 꾸준히 중앙 문예지에 작품을 발표하고 있는 것도 시를 대하는 그의 태도가 그만큼 진지하기 때문일 것이다. 그런 점에서 그의 존재는 매우 소중하다. 왜냐하면, 뚜렷한 소신 없이 구태의연한 창작방식을 고수하고 있는 사람들에게 그의 창작태도와 작품은 더없이 좋은 본보기가 될 것이기 때문이다.

'제주의 삶과 정신이 오롯이 담긴 누구도 닮지 않은 동시를 쓰면서 살고 싶다'는 자신의 말처럼, 오지연은 앞으로도 줄곧 자신의 고향 제주도에서 시를 받아쓰기하는 시인으로 언어를 섬기며 살아갈 것이다. 그 누구보다 시작의 어려움을 잘 알고 있고, 열심히 노력하는 만큼 그의 작품은 지금보다 훨씬 더 발전할 것으로 믿는다. 비록 문단의 중앙에서 멀리 떨어진 제주도에서 홀로 시작에 몰두하고 있지만, 그는 어느 한순간도 외롭지 않을 것이다. 자신의 작품이 '좁지만, 한없이 넓은 틈'으로 오래오래 스며들 것임을 잘 알기에.

제2부

직관과 비유의 힘

청소년시의 현재와 미래

박성우 시집 『난 빨강』, 안오일 시집 『그래도 괜찮아』

1.

최근 두 권의 청소년시집이 나란히 출간되어 주목받고 있다. 박성우[1]의 『난 빨강』(창비, 2010)과 안오일[2]의 『그래도 괜찮아』(푸른책들, 2010)가 바로 그 주인공들이다. '청소년시'라니. 동시와 성인시라는 기존의 이분법적 분류에 익숙해져 있는 독자들로서는 이들의 출현이 조금은 낯설게 느껴질 수도 있을 것이다. 실제로 일각에서는 과연 청소년시가 따로 존재할 필요가 있느냐와 같은 부정적인 반응을 내보이기도 한다. 하지만 이미 청소년소설이 서사문학의 한 장르로 확실하게 자리를 잡았고, 현실적으로 청소년들이 마땅히 누릴 만한 시들이 그다지 많지 않은 점을

---

[1] 박성우 시인은 1971년 전북 정읍에서 태어났다. 2000년 중앙일보 신춘문예에 시가 당선되었고, 2006년 한국일보 신춘문예에 동시가 당선되었으며 신동엽창작상과 불꽃문학상 등을 수상했다. 그동안 펴낸 책으로는 시집 『거미』『가뜬한 잠』, 동시집 『불량 꽃게』, 청소년시집 『난 빨강』이 있다.

[2] 안오일 시인은 1967년 전남 목포에서 태어났다. 2007년 전남일보 신춘문예에 시가 당선되었으며, 2009년 제8회 푸른문학상 '새로운 시인상'을, 2010년 중편동화로 한국안데르센상 우수상을 수상했다. 그동안 펴낸 책으로는 시집 『화려한 반란』, 동시집 『빵점 아빠 백점 엄마』(공저), 청소년시집 『그래도 괜찮아』가 있다.

감안하면 청소년시의 출현은 충분히 예견되었던 일이라고 할 수 있다.

따라서 문제는 청소년시의 존재에 관한 타당성 여부가 아니라 이들 청소년시가 청소년이라는 특정 독자층을 겨냥하고 있는 만큼, 그에 합당한 목적과 방법에 얼마나 충실히 부합하고 있느냐를 면밀히 검증하는 일이다. 즉, 이들 시집에 실려 있는 시들이 주된 독자층인 청소년의 삶을 얼마나 적확하게 그려내고 있으며, 그들로부터 얼마나 많은 공감을 불러일으킬 수 있는지를 차분하게 따져보는 일이 될 것이다. 왜냐하면 그러한 성격들을 발견할 수 없다면 청소년시라는 그 이름 자체가 무의미해지기 때문이다.

그런 점에서 지금 이 시점에서 이들 청소년시에 대해 검토해 보는 것은 시의적절한 일이라고 생각된다. 그것은 이제 막 물꼬를 튼 청소년시의 현재 모습을 짚어보는 동시에 앞으로 우리 청소년시가 나아갈 방향을 어느 정도는 예측할 수 있게 만들어주기 때문이다. 따라서 이 글에서는 우선 이들 청소년시에서 주로 다루고 있는 소재가 무엇인지 살펴볼 것이다. 그런 다음 그것을 토대로 이들 청소년시집의 출현이 지닌 의미에 대해 간략하게나마 논의해 보려고 한다.

2.

흔히 '1318'로 지칭되는 연령대의 청소년기에 두드러지게 나타나는 현상을 꼽으라면 아마도 대부분 '성' 또는 '정체성'과 같은 말들을 가장 먼저 떠올릴 것이다. 그만큼 '성'과 '정체성'에 대한 문제는 청소년들과 긴밀히 연관되어 있으며, 인간발달의 과정에서 그 시기에 이른 인간이라면 누구나 한 번쯤은 경험하게 되는 보편적인 현상으로 널리 이해되고 받아들여지고 있다. 그래서일까? 박성우의 『난 빨강』과 안오일의 『그래도 팬 찾아』에서도 그와 같은 문제를 다룬 시편들이 다수를 차지하고 있다.

　너도 그러니? 나도 그래, 나를 잃어버린 지 오래야 하도 오래되어서 언제 잃
어버렸는지 기억도 가물가물해

　그 어디에도 나는 없어 학교에도 학원에도 버스에도 집에도 나는 없어 혹시
나 해서 찾아가 본 분실물보관소에도 나는 없었어 그렇다고 나를 완전히 잃어
버린 건 아니야 출석을 부를 때 분명히 '예'하고 대답하는 소리를 똑똑히 들었
거든 하지만 그뿐 그 어디에도 나는 없어

　부탁이야, 어디서든 나를 보면 곧장 연락 좀 해줘 잘 타일러서 보내줘 바다도
보여주고 영화도 보여주고 맛있는 것도 실컷 좀 사 먹여서 보내줘 암튼, 하고
싶다는 거 다 해줘서라도 꼭 좀 내 몸한테 돌려 보내줘

　우연히라도 나를 보거든 꼭 좀 연락해줘, 후사할게

　　　　　　　　　　　　　　　　　　　　　―박성우, 「오래된 건망증」 전문

내가 너를 클릭하기 전에는
너는 다만 하나의 제목에 지나지 않았다

내가 너를 클릭하여 읽어 주었을 때
너는 나에게로 와서 내용이 되었다

내가 너를 클릭해 준 것처럼
나의 향기와 색깔에 맞는
누가 나를 클릭해 다오

나도 누군가의 내용이 되고 싶다

나는 너에게
너는 나에게
우리는
잊히지 않는 하나의 사연이 되고 싶다

—안오일, 「마우스—김춘수의 시 「꽃」을 변주하여」 전문

「오래된 건망증」에서 화자는 '나'를 잃어버렸다고 말한다. '나'를 잃어버린 지가 너무 오래되어서 기억조차 가물가물하다고 말한다. 그리고 잃어버린 '나'를 찾기 위해 부단히 애를 쓰고 있다. 학교와 학원, 버스와 집, 심지어는 분실물보관소까지 찾아가는 일을 마다하지 않는다. 하지만 그 어디에도 '나'는 존재하지 않는다. 물론 화자는 "나를 완전히 잃어버린 건 아니야"라고 말하지만, "출석을 부를 때 분명히 '예'하고 대답하는" 타자의 호명에 의해서 자각되는 '나'는 진정한 '나'가 아니다. 그 점은 '김춘수의 시 「꽃」을 변주하여'라는 부제를 달고 있는 「마우스」도 마찬가지이다. 이 시에서 화자는 "다만 하나의 제목에 지나지 않았"던 '너'를 클릭함으로써 '너'의 존재에 의미를 부여한다. 그리고 "누가 나를 클릭해"줌으로써 의미 있는 존재가 되고 싶다는 소망을 피력함으로써, 자신의 부재의식을 간접적으로 드러낸다. 이처럼 이들 시집에는 공통적으로 청소년들의 정체성 혼돈을 다룬 시편들을 어렵지 않게 발견할 수 있다.

남자애들 거시기가 커지면
몸무게가 늘어날까? 안 늘어날까?
거시기가 엄청 땅땅하게 커지면
당연히 늘어나는 거 아닌가?

궁금해 미칠 것 같아서
몇 번이나 망설이다가 과학 선생님께 여쭤봤다
계집애가 엉큼한 생각이나 한다며,
꿀밤 얻어터질 각오 하고 물어봤다

내 생각엔 분명
몸무게가 늘 것 같은데, 안 늘어난단다

—박성우, 「정말 궁금해」 전문

여름방학 동안
시립 도서관에 갔다가
맘에 드는 여자애가 생겼어

하루는 마음먹고
쪽지를 보냈는데, 답장이 왔어
가슴이 콩콩 뛰었지
화장실에 가서 쪽지를 펴보았어
어쩜, 글씨도 그렇게 예쁠까?

좀 새침하게 생겼지만
얼굴도 귀엽고 종아리도 예뻤어
종일 책을 펴놓고는 있지만
그 여자애한테 자꾸 눈길이 갔지

—박성우, 「여자 친구 사귀기」 부분

또한 위의 시에서 보듯이 성과 관련된 작품들로 여러 편이 등장한다. 「정말 궁금해」는 성적호기심이 왕성해지는 청소년기의 심리적 특징을 잘 보여준다. 이 시의 화자는 청소년기의 여학생으로 "남자애들 거시기가 커지면/몸무게가 늘어날까? 안 늘어날까?"하는 생각에 사로잡혀 있다. 그리고 그와 같은 성적 호기심을 참지 못하고 "꿀밤 얻어터질 각오"로 과학 선생님께 질문을 한다. 화자의 행위가 조금은 엉뚱하고 당돌해 보이지만, 오히려 그 때문에 웃음을 자아내게 만드는 작품이다. 「여자친구 사귀기」는 그 제목에서 알 수 있듯이, 청소년기의 남학생이 여자친구를 사귀기 위해 시도했다가 보기 좋게 거절당한 이야기를 담아낸 작품이다. 화자는 여름방학에 도서관에 갔다가 맘에 드는 여자애를 만난다. "좀 새침하게 생겼지만/얼굴도 귀엽고 종아리"도 예쁜 그 여자애에게 반한 화자는 "하루에도 몇 번씩 쪽지를 보내놓고/쪽지가 오기를 기다"린다. 그리고 여자애에게서 "사귀는 남자 친구가 있으니/그만 찝쩍거리고 공부나 하"라는 글귀가 적힌 쪽지를 받고는 크게 실망하고 만다. 이 시 또한 「정말 궁금해」와 마찬가지로 이성에 대한 관심이 증폭되는 청소년기의 심리를 재미있게 그려내고 있다.

3.

그 다음으로 이들 시집에서 자주 발견되는 것은 오늘날 우리 청소년들의 척박한 현실을 그려낸 시편들이다. 잘 알다시피 우리나라는 세계에서 그 유례를 찾아볼 수 없을 만큼 대학입시 경쟁이 무척 치열하다. 그 때문에 '입시 지옥'이라는 말에서 보듯이, 우리나라 학생들은 한창 뛰어놀아야 할 어린 시절부터 혹독한 입시 경쟁에 내몰려 시달리고 있다. 그 결과 공부에 대한 중압감을 견디지 못하고 세상과 갈등을 빚거나,

스스로의 삶을 포기하는 학생들이 점점 늘어나고 있는 실정이다. 따라서 청소년시가 본질적으로 청소년들에게 들려주기 위해 창작된 문학이라는 점에서, 이들 시인이 오늘날 우리 청소년들이 직면하고 있는 그와 같은 문제에 관심을 기울이는 건 너무나도 당연한 것으로 생각된다.

알람 시계가 울린다

고등학교 이 학년인
공부 기계가 깜빡깜빡 켜진다

아침을 먹는 둥 마는 둥
졸린 공부 기계는
책가방을 메고 학교로 간다

공부 기계는 기계답게
기계처럼 이어지는 수업을
기계처럼 듣는다

쉬는 시간엔 충전을 위해
책상에 엎드려 잠시 꺼진다

─박성우, 「공부 기계」 부분

나는 학년이 올라갈 때마다 써 넣는
장래 희망 칸에 직접 내 희망을
쓴 적이 한 번도 없다

검사, 라고 엄마는 엄마의 장래 희망을

나 대신 쓴다

혹 한 번이라도 건너뛰면

부정 타 안 되기라도 하는 것처럼

이룰 수 없는 꿈처럼 돼 버린

내 장래 희망을

오늘은 써 본다

요리사, 라고

—안오일, 「장래 희망」 전문

　이들 시는 모두 오늘날 우리 청소년들이 놓인 척박한 삶을 노래하고 있다. 「공부 기계」는 치열한 입시 경쟁에 시달리는 청소년들의 삶을 사실적으로 묘사하고 있다. 이 시에서 화자는 자신을 '공부 기계'라고 말한다. "아침을 먹는 둥 마는 둥" 쫓기어 학교에 가서 "기계처럼 이어지는 수업을 듣"고, 이어서 "보충수업을 기계처럼 듣"고, 그것도 모자라 또다시 "학원수업을 기계처럼" 들어야만 하는 반복적인 일상. 이 시에는 잠시 숨고를 여유조차 없이 오로지 입시 경쟁에 매몰되어 버린 오늘날 청소년들의 살풍경이 고스란히 담겨 있다. 「장래 희망」의 경우는 이와는 조금 다른 각도에서 청소년의 고단한 현실을 그려내고 있다. 이 시의 화자는 "나는 학년이 올라갈 때마다 써 넣는/장래 희망 칸에 직접 내 희망을/쓴 적이 한 번도 없다"고 말한다. 그것은 매번 엄마가 화자를 대신해 "검사"라는 엄마의 희망을 써넣기 때문이다. 그래서 화자는 요리사라는 자신의 희망이 이제 더 이상 "이룰 수 없는 꿈처럼" 되어버린 슬픈 현실을 하소연하고 있다. 자신의 미래조차도 부모에게 저당잡혀 스스로 결정할 수 없는 청소년들의 비애가 흠뻑 묻어난다.

그렇다고 이들 청소년시가 모두 청소년들의 삶을 비관적으로 노래하고 있는 것은 아니다. 절망과 희망은 결국은 하나의 몸이라는 말처럼 아무리 현실이 냉혹하다 할지라도 그 어딘가에는 그러한 현실을 극복하고자 하는 의지가 반드시 존재하기 마련이다. 게다가 청소년기란 본래 그와 같은 시련을 참고 견디는 가운데 정신적으로 더욱 성숙해지는 시기이기도 하다. 그런 면에서 다분히 미래 지향적인 성격을 지니고 있다고 말할 수 있다.

난 빨강이 끌려 새빨간 빨강이 끌려
발랑 까지고 싶게 하는 발랄한 빨강
누가 뭐라든 신경 쓰지 않고 튀는 빨강
빨강 립스틱 빨강 바지 빨강 구두
그냥 빨간 말고 발라당 까진 빨강이 끌려
빼지도 않고 앞뒤 재지도 않는 빨강
빨빨대며 쏘다니는 철딱서니 같아서 끌려
그 어디로든 뛰쳐나갈 수 있을 것 같은 빨강
난 빨강이 끌려, 새빨간 빨강이 끌려
해종일 천방지축 쏘다니는 말썽쟁이, 같은 빨강
빨랑 나도 빨강이 되고 싶어 빨랑
빨랑, 빨강이 되어 싸돌아다니고 싶어
빨빨 싸돌아다니다가 어느새 나도
빨강이 될 거야 새빨간 빨강,

—박성우, 「난 빨강」 부분

총총 하나 둘 뜨기 시작한 별들
바람에 너울대는 나뭇잎들의 춤사위

희미한 달빛이 스며든 풀꽃들,

울컥 눈물이 났다

내 마음이 초라해질 때면

세상은 늘 이렇게 아름다웠다

벤치에 웅크리고 앉아 내려다보는데

내 신발코가 불안하게 나를 쳐다본다

나는 나도 모르게 주문처럼 말했다

그래도 괜찮아

누구도 어쩌지 못하는 내 자신이 있잖아

그러니까 괜찮아, 괜찮아……

나는 신발코를 어루만져 주었다

나를 만지듯

—안오일, 「그래도 괜찮아」 부분

이들 시는 자신들에게 다가오는 부당한 현실에 맞서 청소년들이 어떤 식으로 자신의 삶을 지켜나가고 있는지를 잘 보여준다. 먼저 「난 빨강」에서 화자는 "난 빨강이 끌려"라고 말한다. 여기서의 "빨강"은 이후 "발랑 까지고 싶게 하는", "그 어디로든 뛰쳐나갈 수 있을 것 같은" 등과 같은 구절과 연결되면서 그 성격을 드러낸다. 즉, 사회적 억압과 굴레에 고분고분 순응하는 삶을 살지 않겠다는 강한 의지의 표현으로, 화자는 그 나름 개성을 지닌 존재란 자각을 통해 현실을 극복하려는 움직임을 적극적으로 보여주고 있다. 반면에 「그래도 괜찮아」는 앞의 시와 달리 비록 자신을 옭아매고 있는 현실은 부정하지만 그에 당당하게 맞서지는 못한다. 있는 그대로의 불안한 현실을 인정하는 가운데 그저 주문처럼 "괜찮아, 괜찮아"하고 자신을 달래고 있을 뿐이다. 물론 화자의 이러한 행위 또한 현실을 극복하는 행위인 것은 분명하지만 「난 빨강」에서 화자가 현실에 맞서는 방식에 비하면 상대적으로 유약한 편이다. 그리고 이러한 현실 극복 방식의 차이는 이들 시인의 다른 시에서도 쉽게 확인할 수 있다.

4.

지금까지 대략 살펴본 바와 같이 박성우와 안오일의 시집은 청소년시집이라는 그 이름에 걸맞게 성적 호기심과 정체성, 공부에 대한 중압감 등 청소년들이 보편적으로 맞닥뜨리게 되는 문제들을 주로 다루고 있다. 그리고 오늘날 청소년들이 처해 있는 현실을 그들의 입장에서 비교적 적확하고도 생생하게 담아냄으로써, 청소년시라는 그 본질에 충분히 부합하고 있는 것으로 판단된다. 그런 만큼 이들 시는 그동안 자신들의 목소리를 애타게 그리워했던 청소년 독자들로부터 공감을 불러일으킬 가능성이 크다. 뿐만 아니라 앞으로 청소년시의 창작하려는 다른 시인들에게 하나의 전범으로 작용할 가능성도 그만큼 크다고 할 수 있다.

이들의 시집이 출현한 덕택에 한국의 문학은 비로소 아동문학과 청소년문학 그리고 성인문학에 이르기까지 전 장르에 걸쳐 어떤 일련의 흐름을 갖춘 모양새를 띠게 되었다. 하지만 그러한 긍정적인 성과에도 불구하고 이들 청소년시집에서 아쉬웠던 점은 이들 시인이 다루고 있는 소재의 폭이 지나치게 협소하다는 것이다. 물론 이것은 현재 우리 청소년들이 놓여 있는 자리 즉 전국적으로 획일화된 삶의 환경과 전혀 무관하지 않을 것이다. 그 때문에 서로 엇비슷한 목소리가 나올 수밖에 없는 것은 십분 이해하지만, 과연 그것만으로 청소년시가 따로 존재할 필요가 있는가 하는 물음에 선뜻 동의하기가 어렵다.

이와 더불어 또 한 가지 아쉬운 점은 '성'의 문제가 남학생에게만 해당되는 것이 아님에도 박성우의 시에서만 발견된다는 것이다. 만일 안오일의 시에서도 그와 같은 문제를 다루었더라면 청소년 독자들이 이성(異性)을 이해하는 데 조금이나마 도움이 되지 않았을까 싶다. 짐작하건대 아마도 안오일 시인이 시집에서 '성' 문제를 다룬 작품이 보이지 않는 것은 아직도 여전히 우리 사회를 짓누르고 있는 유교적 관념으로부터 남성인 박성우 시인보다 상대적으로 덜 자유롭기 때문으로 보인다. 그렇지만 박성우 시인의 시에서 보듯이 '성'을 다루는 일이 조금은 껄끄럽고 민감한 부분이긴 하지만 그것을 재미있게 승화시켜낸다면 성 문제로 혼자서 고민하는 독자들에게 오히려 긍정적인 효과를 줄 수도 있겠다는 생각이 든다.

마지막으로 한 가지 더 덧붙이고 싶은 것은 비록 청소년시가 일차적으로 청소년 독자를 위한 문학인만큼 청소년의 삶에 주목하는 것이 당연하겠지만, 너무 그들의 삶에만 시선을 두지 않았으면 하는 것이다. 왜냐하면 청소년들이 놓여 있는 현재의 자리에서 그들의 애환을 담아내는 것도 물론 중요하지만, 청소년기는 인간의 발달과정에서 그 변화의 폭이 가장 큰 만큼 보다 넓은 세상의 모습을 보여주는 것도 반드시 필요한 일이다. 따라서 청소년들이 쉽게 이해할 수 있으면서도 보편적 삶의 정서 및 가치관을 지닌 작품들을 더욱 많이 생산해 내는 일도 그에 못지않게 중요한 일이라고 본다. 그랬을 때 청소년시는 그저 단순히 청소년만이 향유하는 시라는 한계에서 벗어나 세대 간의 벽을 허물고 소통하는 문학으로 더욱 힘차게 발전해 나갈 수 있을 것이다.

동시, 그 시의성에 대한 문제

최근 출간된 동시집을 중심으로

1. 들어가는 말

동시는 어린이를 위한 문학이다. 따라서 동시라면 아이들이 충분히 이해할 만한 내용과 형식을 갖추고 있어야 한다. 하지만 그와 같은 조건을 두루 갖추었다고 해서 모두 좋은 동시가 되는 것은 아니다. 가령, 김소월의 「엄마야 누나야」는 보통의 아이라면 누구나 이해할 만한 내용과 형식을 갖추고 있지만, 오늘날의 아이들이 공감하기에는 부적절한 점이 없지 않다. 그런 점에서 동시에 있어서는 그 내용과 형식 못지않게 중요한 것이 바로 시의성이라 할 수 있다.

그럼에도 불구하고 우리 동시에서는 그 점을 간과하고 있다는 생각이 든다. 실제로 그동안 발표된 동시 가운데 많은 수가 현재 아이들의 삶을 적확하게 그려내지 못하고 있다. 과거와 달리 오늘날 아이들을 둘러싼 사회적·문화적 환경이 많이 달라졌음에도 여전히 고답적인 창작태도로 일관하고 있는 동시인들이 많다. 물론 시의성을 띤 작품이라고 해서 반드시 좋은 작품이 되는 것은 아니다. 하지만 현재 아이들의 삶을 제대로 그려내지 않고서는 그만큼 독자들과 소통하기가 어렵다.

따라서 동시인이라면 그 무엇보다 먼저 자신의 작품을 읽게 될 아이들의 삶과 문화, 심리를 정확하게 파악하지 않으면 안 된다. 그리고 그것을 바탕으로 아이들과 소통하기 위해 부단히 노력하지 않으면 안 된다. 그렇다면 최근 동시들은 오늘날 우리 아이들의 모습을 얼마나 적확하게 담아내고 있을까? 이 글에서는 비교적 최근에 출간된 동시집을 중심으로 아이들의 모습이 어떻게 작품 속에 구현되고 있는지를 살필 것이다. 그런 다음 시의성 측면에서 이들 동시가 지닌 성과와 한계에 대해 논의해 볼 생각이다.

2. 착한 아이와 나쁜 아이

일반적으로 동시의 경우는 일반시와 달리 계몽적인 성격이 두드러지게 나타나는 것이 특징이다. 하지만 그것은 "동시는 어린이다운 심리와 감정을 제재로 하여 성인이 어린이를 위해 쓴 시를 말한다"(『아동문학개론』, 서문당, 1983, 124쪽)는 이재철의 정의를 동시인들이 지나치게 협소하게 받아들인 데서 비롯된다. 즉, 많은 동시인들이 "어린이다운 심리와 감정을 제재로 하여"라는 구절보다 "성인이 어린이를 위해 쓴 시"라는 구절에만 집착해 아이들을 계도의 대상으로 삼은 결과라고 생각된다.

사방에서 날아오는
엄마 잔소리
엄마의 꾸중

제목
'우리 엄마'

글쓰기 시간

우리 엄마는
콩쥐 엄마라고 써야지
마음먹고 있는데

잔소리 끝에 서 있는
나의 모습
꾸중 뒤에 숨어 있는
나의 모습

그게 뭔데
눈물이 솟는 거지?
그게 뭔데
나를 부끄럽게 하지?

엄마!
엄마! 미안해,
엄마! 정말 사랑해.

ᅳ「콩쥐 엄마」 전문[1]

　이 동시는 엄마의 잔소리와 꾸중에 이골이 난 화자가 '우리 엄마'라는 제목의 글을 쓰면서 자신을 반성하는 내용을 담고 있다. "우리 엄마는/ 콩쥐 엄마라고 써야지"라는 진술에서 보듯이, 화자는 늘 잔소리와 꾸중

---

1 박일, 『내 일기장 속에는』, 섬아이, 2010, 18쪽.

을 퍼붓는 엄마에게 좋지 않은 감정을 갖고 있다. 하지만 "잔소리 끝에 서 있는" "꾸중 뒤에 숨어 있는" 자신의 모습을 떠올리고는 곧 그런 자신을 부끄러워하며 엄마에게 미안한 감정을 갖는다. 그런데 그와 같은 화자의 심리변화는 그다지 공감이 가질 않는다. 그 짧은 시간에 엄마에 대한 증오가 사랑으로 전환되는 것은 아무래도 비현실적이다. 그런 점에서 이 동시에 등장하는 화자의 모습은 실제 아이들의 모습이 아닌 어른들이 소망이 만들어낸 아이의 모습이란 생각이 든다.

인터넷 검색하다
화려하게 반짝이는 놈에게
덜컥 걸려들고 말았지.

인터넷 그만하라는
엄마 눈총 까맣게 잊고
또 샛길로 빠져
이곳저곳 기웃거리다가

얼른 한 가지만 찾아보려던
처음 생각은
어디론가 밀려가 버리고
달콤한 인터넷 세상에
오늘도 꼼짝없이 속고 말았어.

—「인터넷 샛길」 전문[2]

---

2 이옥근, 『다롱이의 꿈』, 푸른책들, 2010, 6쪽.

반면에 이 동시에 등장하는 화자의 모습은 조금 다르다. 이 동시에서 화자는 필요한 정보를 얻기 위해 인터넷 검색하다 재미가 들려 인터넷을 그만하라는 엄마의 눈총을 까맣게 잊어버리고 만다. 아이를 키워본 사람이라면 누구나 공감하듯이 아이들의 경우 호기심은 왕성한 편이지만 상대적으로 자제력이 약하다. 그래서 "얼른 한 가지만 찾아보려던" 처음 생각과 달리 "달콤한 인터넷 세상에/오늘도 꼼짝없이 속고 말았어"라는 화자의 고백은 매우 설득력 있게 다가온다. 그런 만큼 앞의 동시에 비해 독자들과 소통할 가능성이 훨씬 크다.

이처럼 우리 동시에 나타나는 아이들의 모습은 크게 착한 아이와 나쁜 아이로 구분된다. 여기에서 말하는 착한 아이와 나쁜 아이는 어떤 행위에 대한 도덕적 판단이 아니라 어른들의 기대에 부합하느냐를 기준으로 나눈 것이다. 우리 동시에서는 착한 아이가 차지하는 비중이 훨씬 큰데, 이는 과거나 현재에 있어서 별반 다르지 않다. 이것은 착한 아이에 대한 어른들의 애착이 그만큼 강하기 때문이라고 할 수 있는데, 과연 그와 같은 착한 아이들이 독자들에게 크게 환영받을 수 있을지는 의문이다. 이 점은 말괄량이 삐삐나 허클베리 핀과 같은 다소 엉뚱하고 자유분방한 동화 속 주인공들이 독자들에게 훨씬 매력적으로 받아들여지고 있는 점을 생각해 보면 더욱 분명해진다.

3. 도시 아이와 시골 아이

동시를 읽을 때마다 좀 의아한 것은 작품 속에 등장하는 아이들이 도시 아이들에 비해 시골 아이들이 훨씬 많다는 점이다. 그런 만큼 작품을 지배하는 정서 또한 도시보다는 시골에 훨씬 가깝게 느껴진다. 물론 시골의 정서가 짙게 녹아 있다고 해서 그것이 작품의 가치를 떨어뜨리는 것은 아니다. 하지만 급격한 사회변동으로 이미 대다수의 아이들이 도시에서 살고 있는 현실에서, 그와 같이 편향된 정서는 아무래도 문제가 있어 보인다.

담벼락에 시래기
햇볕 쬐는 시래기
처마 밑 시래기
눈비 피하는 시래기
굴뚝 아래 시래기
연기 쐬는 시래기
바람 소리만 들어도
가랑가랑 기침하네.

－「시래기」 전문[3]

마당에
멍석을 깔아 놓고
할머니 고추를 말리신다.
나도 그 옆에
하늘을 향해 벌렁 누웠다.
어제 우람이와 다투고
사과하지 못한 일이 후회스러워
미안한 마음
가을 햇볕에 고슬고슬 말려 보려고
내 맘도 모르는 할머니

---

3 최진, 『선생님은 꿀밤나무』, 청개구리, 2011, 32쪽.

피식 웃으시지만
고추처럼 마음 한결 가벼워지면
친구 향해 내가 먼저
손 내밀 것 같다.

―「내가 먼저」 전문[4]

　이들 동시는 모두 시골을 배경으로 하고 있다. 「시래기」는 시골집의 담벼락과 처마 밑, 굴뚝 아래에 걸려있는 시래기의 모습을 형상화하고 있다. 시래기는 무청이나 배추의 잎을 새끼 따위로 엮어 말린 것으로 볶거나 국을 끓이는 데 쓰인다. 지금도 간혹 볼 수 있지만 먹을거리가 부족했던 시절에 시래기를 말리는 풍경은 어느 집에서든 어렵지 않게 볼 수 있었다. 따라서 그런 풍경에 익숙한 어른이라면 무관하겠지만 그렇지 못한 아이들로서는 아무런 감흥도 느끼지 못할 가능성이 크다. 그 점은 「내가 먼저」도 크게 다르지 않다. 이 동시에서 화자는 마당에 멍석을 깔아 놓고 고추를 말리는 할머니 곁에 누워 친구와 다투었던 일을 떠올리고 있다. 화자는 친구에게 미안한 마음을 "가을 햇볕에 고슬고슬 말려 보려고" 노력하면서 친구와의 화해를 모색하고 있다. 화자의 고운 심성을 잘 나타나 있긴 하지만 도시 아이들로서는 그와 같은 정서를 오롯이 느끼기는 어려울 것이다.

　우리 동네 지하철 출구
여섯 개는
찻길을 사이에
두고

---

4 김소운, 『해님의 장난감』, 섬아이, 2010, 46쪽.

서로 이만큼씩 떨어져

다른 곳을 향해

등 돌리고 있지만

속으로는

언제나

연결되어

통하고 있어요

—「친구」전문[5]

반면에 이 동시는 도시를 배경으로 앞의 시와 유사한 상황을 노래하고 있다. 이 동시에서 화자는 찻길을 사이에 두고 각각 위치해 있는 지하철 출구에 빗대어 현재 자신과 친구와의 서먹서먹한 관계를 빗대고 있다. 즉, 지금은 어떤 이유로 각기 떨어져 서로 다른 곳을 향해 등을 돌리고 있지만, 둘의 관계는 "속으로는/언제나/연결되어/통하고" 있는 지하철 같다고 이야기한다. 하루에도 몇 번씩 싸우고 헤어졌다가도 금세 다시 만나 시시닥거리는 것이 아이들의 보편적 심리인데, 이 동시는 그와 같은 아이들의 모습을 도시문명의 상징처럼 여겨지는 지하철을 통해 섬세하게 그려내고 있다. 그 때문에 도시 아이들의 정서와 잘 부합할 것으로 생각된다.

하지만 아쉽게도 최근 출간된 동시집에서 이와 같은 작품을 발견하기란 쉽지 않다. 앞서 언급한 것처럼 많은 작품에 등장하는 아이들의 모습은 도시 아이가 아니라 시골 아이들로 구성되어 있다. 오늘날 대다수의

---

5 이병승, 『초록 바이러스』, 푸른책들, 2010, 33쪽.

아이들이 도시에 기반을 두고 생활하고 있는 만큼 이제는 우리 동시인들이 도시 아이들에 관심을 가지고 그들과 정서적으로 교감할 수 있는 작품들을 보다 많이 생산해 내야 하지 않을까 싶다.

4. 공부하는 아이와 놀이하는 아이

한국의 교육열은 세계적으로 유명하다. 공부에 투자하는 시간은 물론 학업능력 성취도에서 한국 학생들은 세계 최고의 수준을 유지하고 있다. 하지만 그만큼 아이들이 겪어야 할 육체적 또는 정신적 고통도 상당해서 때때로 심각한 부작용을 낳기도 한다. 따라서 그런 아이들의 삶을 동시인들이 작품화하는 것은 자연스러운 일이다. 그런데 문제는 많은 수의 작품들이 저마다의 개성을 발휘하지 못하고 다들 고만고만해서 별다른 감동을 주지 못한다는 점이다. 비록 같은 소재라 하더라도 시인이 그것을 어떻게 표현하느냐에 따라 미적 가치는 크게 달라진다. 하지만 대부분의 작품이 공부에 억눌린 아이들의 모습을 담아내는 데만 몰두함으로써 개성을 살리지 못하고 있다는 인상을 준다. 그나마 다음 동시들은 예외적인 경우라고 할 수 있다.

우리 동네에 이십 년 만에
다시 제비가 돌아왔다고
아빠가 말했다

나는 버스 정류장 전깃줄에
나란히 앉아 있는 제비를
태어나 처음 보았다

너희는
먼 남쪽 나라
강남에서 돌아오는데

나는 지금 버스 타고
읍내 강남학원에
영어 공부 하러 간다

—「제비가 돌아왔다」 전문[6]

숙제 다 할 때까지
방에서 나오지 마라
쾅!
방문이 닫혔다
방에 갇혔다

형아, 다 했어?
아니.
형아, 얼마나 남았어?
다 해가.
방문 앞에서 조르는 동생

동생이 거실에 갇혀 있다

—「방에 갇힌 날」 전문[7]

---

6 송찬호, 『저녁별』, 문학동네, 2011, 34쪽.
7 이장근, 『바다는 왜 바다일까?』, 푸른책들, 2011, 30쪽.

이 동시들은 모두 공부와 관련된 내용을 다루고 있다. 「제비가 돌아왔다」는 시골 아이가 화자로 설정되어 있다. 이는 공부에 관해서는 도시 아이든 시골 아이든 누구나 자유로울 수 없다는 것을 알게 해준다. 이 동시는 "우리 동네에 이십 년 만에/다시 제비가 돌아왔다고/아빠가 말했다"라는 진술로 시작되는데, 화자는 그런 제비들에게 "너희는/먼 남쪽 나라/강남에서 돌아오는데//나는 지금 버스 타고/읍내 강남학원에/영어 공부 하러 간다"라고 말한다. 여기서 두 번 반복되는 시어 '강남'은 서로 의미상의 대조를 이루면서 학원에 가기 싫어하는 화자의 내면심리를 표현하고 있다. 즉, 앞의 '강남'이 따뜻하고 아늑한 공간이라면 뒤의 '강남'은 차갑고 불편한 공간을 상징한다. 이처럼 이 동시는 직설적인 방법보다는 다른 대상과의 비유를 통해 주제를 전달함으로써 그 효과가 배가되고 있다. 「방에 갇힌 날」은 일상에서 흔히 마주칠 수 있는 사건을 형상화하고 있다. "숙제 다 할 때까지/방에서 나오지 마라"에서 보는 것처럼, 이 동시에서의 화자는 지금 방에 갇혀 있다. 뛰어놀고 싶은데 그러지 못하고 방에 갇혀 숙제를 해야 하는 그 마음이 어떨지는 충분히 짐작하고도 남는다. 하지만 동생은 방문 앞에 서서 화자의 심정을 아는지 모르는지 빨리 숙제를 끝내라고 조르고 있다. 마지막 연에서 화자는 그런 동생을 "거실에 갇혀 있다"고 말하는데, 이는 작품의 주제를 극대화하는 데 큰 힘을 발휘하고 있다.

　그렇다면 놀이하는 아이들의 모습을 담아낸 동시들은 어떨까? 결론부터 이야기하자면 의외로 놀이하는 아이들을 노래한 작품은 많지 않다. 더욱이 그 놀이도 지극히 한정적이다. 그것은 공부하느라 놀 시간이 부족한 탓이기도 하지만 급변한 사회적 환경에서 그 원인을 찾을 수 있을 것 같다. 과학기술 문명에 기반을 둔 오늘날의 사회는 자연으로부터 인간을 분리시켰을 뿐만 아니라 인간관계에 있어서도 커다란 변화를 불러왔다. 자연과 친밀한 관계를 유지했던 과거에는 주변의 모든 것이 놀이기구였고, 아이들은 다양한 놀이를 통해 사회생활에 필요한 협동심과 도덕성을 기를 수 있었다. 하지만 지금은 그러한 공동체적 놀이 대신 컴퓨터와 같은 기계들이 그 자리를 차지하게 되었다.

바로 어제
우리 집 쥐가 죽었다.

집게손가락에 길들여져
또각또각 울어주던 흰쥐

의사 선생님인 우리 아빠
이리저리 주물러 보더니
가망이 없다고
그만 '안녕'하자고 했다.

안절부절 몸서리치던
흰쥐의 죽음을 슬퍼한 건
우리 오빠

얼마나 허전했는지
오빠는 용돈을 털어
불을 뿜는 파란쥐를
분양받아 왔다.

밤늦도록
잠 못 자는 파란쥐

머잖아 파란쥐도
쓰러질지 모른다.
흰쥐처럼.

－「컴퓨터 마우스」 전문[8]

  실제로 최근 동시에 등장하는 아이들의 놀이를 보면 컴퓨터와 관련된 것이 다수를 차지한다. 이 동시는 그 대표적인 예이다. 이 동시에서 화자는 컴퓨터 놀이에 흠뻑 빠져 있는 오빠를 근심 어린 눈으로 바라보고 있다. "얼마나 허전했는지/오빠는 용돈을 털어/불을 뿜는 파란쥐를/분양 받아 왔다"는 진술에서 보듯이, 마우스가 고장이 나서 컴퓨터를 못하게 된 화자의 오빠는 자신의 용돈을 털어 마우스를 산다. 그리고 늦은 밤까지 컴퓨터 놀이에 몰두하는데, 그 모습이 거의 중독 수준이다. 그런데 이런 아이의 모습은 다른 동시에게도 자주 등장한다. 하지만 컴퓨터 외에 뾰족한 다른 놀이를 찾기 어려운 아이들의 입장에서는 그와 같은 아이들을 대하는 것이 썩 유쾌하지만은 않을 것 같다. 좀 더 다른 접근방식이 필요하지 않을까 생각된다.

5. 코시안, 우리 안의 또 다른 아이들

  최근 우리 동시에서 가장 특기할 만한 사항은 우리 동시인들이 코시안 아이들을 주목하기 시작했다는 점을 들 수 있다. 익히 아는 것처럼 코시안은 한국인과 아시아인이 결합해서 이루어진 가정이나 그 자녀를

---

8 김미희, 『네 잎 클로버 찾기』, 푸른책들, 2010, 34쪽.

지칭하는 말이다. 그런데 이러한 코시안 아이들은 엄연히 한국인이면서도 사실 사회에서 이방인 취급을 당하기 일쑤이다. 농어촌의 경우 거의 절반 가까이를 코시안 가정이 차지하고 있지만, 그들은 타민족에게 배타적인 우리 사회의 그릇된 풍토로 인해 차별받고 있다. 그런 현실에서 비록 조금 늦은 감이 있지만 동시인들이 코시안 아이들에 관심을 갖고, 그들의 목소리에 작품에 담아내기 시작한 것은 의미 있는 일이라 여겨진다.

얼굴 까무잡잡하다고
눈자위 움푹, 콧날 오뚝하다고
자기들과 조금 다르다고
친구들이 눈총을 쏠 때면
엄마를 닮은 게 무슨 죄냐고
너는 엄마를 닮지 않았느냐고
맞장구치며 대들고 싶지만
말없이 고개만 숙입니다.
참는 게 이기는 거라고 말씀하시며
먼 나라에서 시집와
고생하시는 우리 엄마
가슴 미어질까 봐

—「조금 다르다고」 전문[9]

이 동시는 여느 아이들과 다른 생김새로 친구들에게 놀림을 당하는 코시안 아이의 아픔을 그리고 있다. 화자는 "얼굴 까무잡잡하다고/눈자

---

9 김소운, 앞의 책, 66쪽.

위 움푹, 콧날 오뚝하다고/자기들과 조금 다르다고" 따가운 눈총을 보내는 친구들에게 "엄마를 닮은 게 무슨 죄냐고/너는 엄마를 닮지 않았느냐고" 따지고 싶지만 말없이 고개를 숙일 뿐 행동으로 옮기지는 못한다. 왜냐하면 혹 그 일로 해서 먼 나라로 시집와 고생하는 엄마의 마음을 아프게 만들고 싶지 않기 때문이다. 그런 점에서 '참는 것이 곧 이기는 것'이라는 엄마의 말은 이 땅에서 코시안으로 살아가는 것이 얼마나 고된 일인지를 단적으로 보여주는 좋은 예라고 할 수 있다.

> "착한 베트남 아가씨, 절대 도망가지 않아요."
> 삼거리 신호등 앞에 걸려 있는 현수막
>
> 술 취한 남편 피해 숨어 산다는
> 필리핀 아줌마의 뉴스 한 도막
>
> 여권 빼앗기고 월급도 못 받은 채 일한
> 태국 아저씨의 신문 기사
>
> 일 끝내고 한글 교실에서
> 우리말 배우는
>
> 엄마 마음은 어떨까?
>
> ―「우리 엄마는 베트남 사람이다」 전문[10]

그런가 하면 이 동시는 앞의 동시와 같은 선상에 놓여 있으면서도 그

---

10 송명원, 『향기 엘리베이터』, 푸른책들, 2011, 56쪽.

내용 면에서 좀 더 의미를 확대시키고 있다. 즉, 앞의 동시가 개인적 차원에서 코시안 문제에 접근하고 있다면 이 동시는 사회적 차원에서 코시안 문제를 바라보고 있다. 이를 통해 타민족에게 배타적인 우리 사회의 구조적 모순을 고발하고, 코시안에 대한 사회 구성원들의 잘못된 인식을 날카롭게 비판한다. 삼거리 신호등 앞에 걸려 있는 "착한 베트남 아가씨, 절대 도망가지 않아요"라는 현수막과 술 취한 남편을 피해 숨어사는 필리핀 아줌마에 관한 뉴스, 그리고 여권을 빼앗기고 월급도 못 받은 채 일하는 태국 아저씨에 관한 신문 기사는 우리 사회가 얼마나 폐쇄적인가를 잘 보여준다. 그럼에도 한국으로 시집와 어떻게든 이 사회에 동화되기 위해 피곤한 몸을 이끌고 한글 교실에 나와 우리말을 배우는 엄마. 그런 엄마를 바라보는 화자의 모습이 안쓰럽게 다가온다.

이처럼 이들 동시는 최근 사회적 문제가 되고 있는 코시안 아이들의 삶을 담아내고 있다. 해를 거듭할수록 우리 사회에 코시안 가정이 늘고 있음에도 불구하고, 그동안 그들의 삶에 주목하지 못했다는 점에서 이들 동시의 출현은 그 자체만으로도 반가운 일이라고 할 수 있다. 하지만 이들 작품에서 조금 아쉬운 것은 지나치게 주제를 전달하는 데에만 힘을 쏟은 나머지 정작 미학적 측면에서는 큰 성과를 거두지 못하고 있다는 점이다. 코시안 아이들의 아픔과 고통을 감싸 어루만져 주는 것도 충분히 의미 있는 일이기는 하나, 그들이 다른 아이들과 더불어 살아가는 방법을 모색해 보는 것도 필요하지 않을까 싶다.

6. 나오는 말

지금까지 최근 출간된 동시집을 중심으로 작품 속에 나타난 아이들의 모습을 살펴보았다. 우선 이 글에서는 논의의 편의상 시적 화자가 아닌 작품에 등장하는 아이들을 대상으로 우리 동시인들이 아이들의 삶을 어떻게 그려내고 있는지를 주목했다. 하지만 한 권의 동시집에만 해도 대략 40~50편의 작품들이 수록되어 있고, 비록 동일한 시인의 작품이라 할지라도 제재 및 주제에 따라 아이들의 모습이 워낙 다양하게 나타나 있어 논점을 정하기가 쉽지 않았다. 그래서 거칠게나마 '착한 아이와 나쁜 아이', '도시 아이와 시골 아이', '공부하는 아이와 놀이하는 아이', '코시안, 우리 안의 또 다른 아이들'과 같이, 비교적 아이들의 삶과 직결되는 문제들로 그 범위를 한정시켜 논의를 진행해 보았다.

그 결과 여전히 많은 작품들이 그동안 우리 동시의 한계로 지적되어 온 계몽적 언사에서 벗어나지 못하고 있음을 확인 할 수 있었다. 특히 이러한 작품들에서는 천진난만한 아이들의 모습보다 소위 착한 아이들의 모습을 많이 발견할 수 있었다. 하지만 그와 같은 아이들의 모습은 실제 아이들의 모습이라기보다는 어른들이 바라는 이상적인 모습에 훨씬 가깝다는 느낌이 들었다. 그리고 작품 속에 등장하는 아이들의 모습 역시 도시 아이가 아니라 시골 아이인 경우가 더욱 많았다. 물론 시골이라고 해서 아이들이 살지 않는 것은 아니지만 급격한 도시화로 오늘날 대부분의 아이들의 도시에 살고 있는 것을 감안하면, 과연 이들 작품이 정서상으로 대다수 독자들과 소통될 수 있을지는 의문이다. 또한 우리 사회의 뜨거운 교육열을 반영하듯 과도한 공부로 인해 어려움을 호소하는 아이들과 컴퓨터 놀이에 빠져 있는 아이들의 모습도 어렵지 않게 만날 수 있었다. 게다가 최근 사회적으로 문제가 되고 있는 코시안 가정의 아이들의 모습도 더러 발견되었다. 이들 작품은 당대 아이들이 처한 상황을 담아내고 있다는 점에서 일단 긍정적으로 받아들여지기는 하나, 보다 다양한 방법으로 형상화하고 있지 못한 점을 약점으로 지적할 수 있을 것 같다.

사실 어른인 동시인들이 아이들의 삶을 온전히 이해하기란 애초 불가능하다. 더욱이 자신들이 경험했던 어린 시절과 지금의 환경은 판이하게 다르다. 그런 까닭에 현재를 살고 있는 아이들의 삶과 문화를 제대로 파악하지 않고서는 좋은 동시를 쓰기가 어렵다. 비록 동시가 '성인이 어린이를 위해 쓴 시'이지만 독자와의 소통을 전제로 이루어지는 만큼, 아이들의 삶을 적확하게 그려내려는 노력은 필수적이다. 하지만 아직도 많은 동시들이 그 점을 간과하고 있지 않나 생각된다. 이에 대한 우리 동시인들의 분발을 기대해 본다.

소통과 개성, 삶에 대한 통찰

2015년 출간된 동시집을 중심으로

1. 들어가는 말

문학비평은 작품의 의미를 해석하고, 작품의 미적 가치를 평가하는 일이다. 이를 바탕으로 창작이 나아갈 길을 제시하고, 독자가 작품을 잘 이해할 수 있도록 도와주는 데에 그 목적이 있다. 따라서 비평가는 가능한 한 객관적인 태도를 유지할 필요가 있다. 그래야만 어느 한쪽에 치우치지 않고 공정하게 작품을 평가할 수 있기 때문이다. 하지만 생각처럼 그것이 쉽지만은 않다. 왜냐하면, 작품의 미적 가치를 판단하는 기준이 모호할 뿐만 아니라 지극히 주관적이어서, 실제 비평을 하다 보면 어떤 식으로든 비평가의 개인적 취향이나 신념, 가치관 등이 개입할 수밖에 없기 때문이다.

그런 까닭에 비평하는 일은 언제나 조심스럽다. 자칫 작품을 잘못 읽어내기라도 하면 작가와 독자에게 큰 피해를 줄 수도 있다. 특히 아동문학 작품의 비평은 더욱 조심스러울 수밖에 없다. 출간 당시 비교육적이라는 이유로 금서가 되었다가 아이들의 성원에 힘입어 오늘날 고전의 반열에 오른 『말괄량이 삐삐』와 『괴물들이 사는 나라』. 이들의 사례에서 보듯이 어른과 아이의 시각에는 분명한 차이가 있다. 따라서 아동문학 작품을 비평하려면 그 무엇보다도 아이들을 올바로 이해하는 것이 중요하다. 아무리 문학적 지식이 많다 하더라도 정작 아이들의 삶을 알지 못하면 좋은 작품을 가려낼 수가 없다.

그런데 비단 이것은 비평가에게만 국한되지는 않는다. 아동문학 작품을 창작하는 작가에게도 똑같이 적용된다. 즉, 아동문학 작가도 아이들의 삶에 깊은 관심과 애정을 가져야만 오래도록 사랑받는 작품을 쓸 수가 있다. 하지만 안타깝게도 아직도 많은 작가가 그 점을 망각하고 그저 자족적인 글쓰기에 매달리고 있는 것이 우리의 현실이다. 이 글은 바로 그러한 문제의식에서 출발하고 있다. 여기에서는 지난해 출간된 동시집에 실린 작품을 중심으로 필자가 생각하는 좋은 동시가 무엇이고, 앞으로 우리 동시가 개선해야 할 점이 무엇인지 이야기해 보려고 한다.

2. 문제는 소통이다

일부에서는 동시가 아이들만의 전유물이 아니라고 주장하기도 하지만, 설령 그렇다고 해도 동시가 아이들 때문에 존재하는 것만은 부정할 수 없는 사실이다. 따라서 동시를 창작하는 시인이라면 누구나 가장 먼저 염두에 두어야 할 것이 바로 독자와의 소통이다. 왜냐하면, 아무리 내용과 형식이 뛰어난 작품이라고 하더라도 정작 독자가 그것을 받아들이지 못하면 아무런 소용이 없기 때문이다. 그런데도 여전히 많은 시인이 그 점을 지나치다 싶을 만큼 소홀히 하고 있다. 그렇다 보니 비록 시의 형태는 갖추고 있지만 무엇을 말하는지 전혀 알 수 없는 작품, 혹은 아이들의 삶은 외면한 채 자기도취에 빠져 그저 맥없이 풍광만을 나열해 놓은 작품이 부지기수다.

이런 실정에서 아이들이 시를 읽지 않는다고 투덜대는 것은 그야말로 어불성설이다. 이는 요리사가 자신의 입맛대로 요리해 놓고 고객들이 자기 음식을 찾지 않는다고 불평을 늘어놓는 것과 별반 다르지 않다. 잘 알다시피 독서는 글을 매개로 글쓴이와 독자가 대화하는 일종의 의사소통행위이다. 그리고 독자는 글을 읽을 때 맹목적으로 수용하는 것이 아니라 자신의 배경지식과 경험을 활용해서 글에 담긴 의미를 재구성한다. 따라서 좋은 시를 쓰기 위해서는 독자인 아이들의 삶과 심리적 특성, 지적 수준 등을 정확하게 이해하는 것이 중요하다. 그런 점에서 다음의 작품들은 한 번쯤 눈여겨볼 만하다.

공부 끝나면 우리 친구들 학원으로 가고요.
넓고 넓은 운동장엔 동네 개들만 뛰노네.

엄마한테 떠밀려 몸은 학원에 있고요.
놀고 싶은 내 마음은 놀이터에 있네.

집에 오면 우리들은 게임게임 노래 부르고
부모님은 언제나 공부공부 노래 부른다.

마음이 답답해서 창문을 열면
먼지 들고 소음 든다 잔소리만 들어오네.

―「어린이 아라리」 부분

제아무리 유명한
장난꾸러기도
말괄량이도

떼쟁이도
울보도
짱도

쏟을까 봐
두 손으로 받쳐 든다.

흘릴까 봐
조심조심 들고 간다.

—「식판」 전문

　　이중현의 「어린이 아라리」는 우리의 전통 민요인 아리랑의 형식을 빌려 오늘날 아이들의 일상적 모습을 담아내고 있다. 이 작품에서 화자는 놀지도 못하고 온종일 공부만 해야 하는 처지를 하소연하고 있다. 그런데 "공부 끝나면 우리 친구들 학원으로 가고요"에서처럼, 그와 같은 처지는 비단 화자만의 것이 아니라 오늘날 우리 아이들이 공통으로 가지고 있는 보편적 정서이다. 그런 만큼 이 작품은 독자들과 소통할 가능성이 크다. 그 점은 김현욱의 「식판」도 마찬가지다. 이 작품은 점심시간 급식실의 풍경을 담아내고 있는데, 음식을 쏟을까 봐 두 손으로 식판을 받쳐 들고 조심조심 걸어가는 아이들의 모습을 사실적으로 묘사하고 있다. 더욱이 이 작품은 독특한 형식을 통해 시적 효과를 극대화하고 있는 점이 인상적이다. 즉, "장난꾸러기도/말괄량이도/떼쟁이도/울보도/짱도"에서처럼, 행의 길이가 점점 짧아지도록 배치함으로써 독자의 시선이 자연스럽게 식판을 들고 걸어가는 아이들에게 집중하도록 만든다.

　　이처럼 이들 작품은 아이들의 모습을 형상화하고 있다. 그 어떤 수식어도, 기발한 상상력도 찾아볼 수 없다. 그런데도 이들 작품은 많은 공감을 불러일으킨다. 그 이유는 두 작품 모두 시인의 체험에 바탕을 두고 창작된 것으로, 작품에 등장하는 아이들의 모습이 현실 속 아이들의 모습과 크게 다르지 않기 때문이다. 실제로 이중현과 김현욱은 초등학교 교사로서 그 누구보다 아이들의 삶을 잘 파악하고 있는 시인들이다. 그래서인지 이들의 작품에 등장하는 사건과 아이들은 여느 시인들이 관념적으로 그려낸 아이와는 질적으로 다르다. 따라서 어린 독자들과 소통할 가능성이 그만큼 크다. 좋은 동시를 쓰기 위해서는 그 무엇보다 먼저 오늘날 우리 아이들의 삶과 심리를 제대로 파악하는 것이 얼마나 중요한지를 잘 보여주는 작품들이다.

3. 문학은 작가의 개성이다

좋은 동시가 되려면 반드시 독자와 소통할 수 있어야만 한다. 하지만 그것만으로 모두 좋은 동시가 되는 것은 아니다. 왜냐하면, 문학을 비롯한 모든 예술이 추구하는 진정한 가치는 아름다움이기 때문이다. 따라서 좋은 동시가 되기 위해서는 그 나름의 미적 가치 즉, 개성을 지녀야 한다. '문학은 곧 작가의 개성'이라는 말처럼, 문학의 미적 가치는 작가의 개성에서 비롯되기 때문이다. 하지만 우리 동시에서는 개성 있는 작품을 만나기가 쉽지 않다. 많은 작품이 마치 한 사람이 쓴 것처럼 비슷해서 크게 흥미를 불러일으키지 못하고 있다. 그나마 다행스럽게도 최근 성인문학에서 활동하던 시인들과 시적 재능이 뛰어난 새로운 시인들의 가세로 점차 개성 있는 작품이 늘어나고 있다.

아이 혼자

주차장 앞에서

공을 찬다
골대는
벽이고
골키퍼도
벽이다
있는 힘껏 달려와
공을 찬다
힘껏 벽을 껴안는
둥근 공,
벽은 순간
공을 안아 주려다
도로 힘껏 튕겨 낸다
혼자 노는
아이의 발에
공은 다시 돌아가야 하니까
가슴은 퍼렇게
멍들어도 공을 꼬옥
안아 줄 수 없다
벽은
벽이어야 하니까

　　　　　　　　　　　　　－「벽은 착하다」 전문

으름덩굴에
으름꽃이
으릉으릉 피었어

울음덩굴 아니고
으름덩굴이어서
정말 다행이야

으름덩굴에
으름꽃이
으릉으릉 피지 않고

울음덩굴에
울음주머니가
으앙으앙 달렸다면
어쩔 뻔했니?

으름차 대신
울음차를 마신다면
얼마나 짜고
슬프겠니?

—「으름꽃」 전문

유강희의 「벽은 착하다」는 시적 개성이 어디에서 출발하는지를 잘 보여준다. 이 작품은 혼자 주차장 앞에서 벽에 공을 차며 놀고 있는 아이의 모습을 담아내고 있다. 그런데 이런 장면은 주변에서 쉽게 볼 수 있는 것으로 사실 독자의 흥미를 끌기가 어렵다. 그런데도 이 작품이 인상 깊게 다가오는 이유는 "벽은 순간/공을 안아 주려다/도로 힘껏 튕겨 낸다/혼자 노는/아이의 발에/공은 다시 돌아가야 하니까"에서처럼, 사물을 바라보는 시인의 눈이 예사롭지 않을 뿐만 아니라 그 발상이 새롭기 때문이다. 언뜻 보기엔 별것 아닌 것 같지만 어지간한 관찰력과 발상으로는 쉽사리 만들어낼 수 없는 작품이다. 이안의 「으름꽃」은 언어유희를 통해 또 다른 개성을 보여주고 있다. 이 작품은 '으름'과 '울음'의 소리가 유사한 점에 착안해 시상을 전개하고 있는데, 언어를 부리는 솜씨가 뛰어나다. "으릉으릉"과 "으앙으앙"처럼 울림소리로만 이루어진 의성어를 사용하여 밝고 경쾌한 분위기를 만들어낸다. 여기에 "으름차 대신/울음차를 마신다면/얼마나 짜고/슬프겠니"에서처럼 시인 특유의 익살이 가미되어 한층 더 재미를 주고 있다.

죽은 줄 알았던 나뭇가지에서
초록 물고기들이

뾰족뾰족
입술을 내밀더니

파닥파닥
넓고 넓은 하늘로 헤엄쳐 간다

─「봄」 전문

칠판이
커다란 철판이었으면 좋겠다
그럼 우리 반 친구들
모두 먹을 수 있는
볶음밥을 할 수 있겠지
선생님은 지휘봉 대신
주걱을 들고

엉덩이 흔들며 밥을 볶겠지

수업 시간 내내

졸리지도 않을 거야

꿀꺽꿀꺽 침이 넘어갈 거야

철판만 뚫어지게 쳐다보다

종 치기가 무섭게 후다닥

철판으로 달려갈 거야

순식간에 철판을 비울 거야

―「칠판 볶음밥」 전문

　한편, 이들 작품은 참신한 비유와 상상력으로 남다른 개성을 획득하고 있다. 먼저 함기석의 「봄」은 제목 그대로 봄을 노래한 작품이다. 이 시에서 시인은 봄이 되어 나뭇가지에서 새로 돋아나는 잎을 "물고기"에 비유하고 있는데, 그 비유가 대단히 새롭고 신선하다. 비록 소품이지만 그 어느 작품보다도 봄의 모습을 효과적으로 그려내고 있다. 다음으로 이장근의 「칠판 볶음밥」은 그 무엇보다 상상력이 돋보이는 작품이다. "칠판이/커다란 철판이었으면 좋겠다"에서처럼, 이 작품은 다소 엉뚱하면서도 유쾌한 화자의 상상놀이로부터 시작된다. 지휘봉 대신 주걱을 들고 철판에 밥을 볶는 선생님, 꿀꺽꿀꺽 침을 넘기며 그 철판을 뚫어지게 쳐다보는 아이들. 지루하고 답답하기만 한 종전의 교실 풍경과는 사뭇 다른 교실의 풍경을 상상하는 것만으로도 마음이 한껏 즐거워진다.

　이상과 같이 이들 네 작품은 저마다 개성을 지니고 있다. 뛰어난 관찰력과 발상, 세련된 언어 감각과 익살, 참신한 비유와 상상력 등 자신만의 독특한 개성으로 재미를 만들어낸다. 비록 작품에 아이들이 등장하지 않아도, 어떤 특별한 의미를 담아내지 않아도 얼마든지 재미를 줄 수 있다는 것을 잘 보여준다. 그런데 사실 이러한 능력은 그냥 얻어지는 것이 아니다. 어느 순간 섬광처럼 찾아오는 시적 영감을 붙잡기 위해선 외부 세계에 섬세하게 반응할 수 있도록 평소 꾸준히 감수성을 연마해야 한다. 또한, 그것을 언어로 가공하여 한 편의 작품으로 만들기 위해선 다양한 표현 기법 등을 익혀야 한다. 그런 점에서 시적 개성은 곧 시인의 능력이라고 할 수 있다.

4. 삶에 대한 통찰

앞서 언급한 것처럼 시는 어떤 의미를 담고 있지 않아도 재미를 줄 수가 있다. 하지만 그와 같은 재미는 어느 정도 시간이 흐르면 그 가치가 떨어지기 시작한다. 그저 단순히 재미만을 주는 데 머물러 있을 뿐, 그 이상의 경험으로 연결되지 않으면 깊은 감동을 주기 어렵다. 따라서 좋은 시가 되려면 정서적인 즐거움 못지않게 독자의 정신을 드높일 수 있는 특별한 의미를 담아내야 한다. 그런데 여기서 유의해야 할 점은 그 특별함이 아이들에게 특정한 이데올로기를 주입하거나, 단순히 아이들을 계몽의 대상으로 보아 어설픈 가르침만 잔뜩 늘어놓는 것이 결코 아니라는 사실이다. 적어도 그 특별함이란 독자가 작품을 읽고 자신의 삶과 자신이 몸담은 사회에 대해 진지하게 성찰할 수 있는 내용이어야 한다. 따라서 좋은 시를 쓰려는 시인이라면 반드시 삶에 대한 깊은 통찰력을 얻기 위해 부단히 노력하지 않으면 안 된다.

밤사이 기온이 뚝,
수도가 얼어 터졌다.
조금만 열어 놓아
물이 쩰쩰 흘렀다면

멀쩡했을 수도관
어렵고 힘든 때일수록
사람과 사람 사이
온정의 수도꼭지도
꼭 잠그면 안 돼!

—「동파 사고」 전문

한 명, 두 명, 세 명, 네 명……
아기가 개미를 셉니다

'명'이 아니라 '마리'라고
엄마가 일러 줍니다

한 마리, 두 마리, 세 마리, 네 마리……

아기가 사람을 셉니다
'마리'가 아니라 '명'이라고
엄마가 일러줍니다

한 명, 두 명, 세 명, 네 명……
아기가 또 개미를 셉니다

아기의 눈엔
사람이나 개미나 똑같습니다

—「아기의 셈」 전문

박방희의「동파 사고」는 일상에서의 소소한 경험에서 삶의 지혜를 끌어내고 있다. 이 작품에서 화자는 겨울철 추위에 얼어서 터져버린 수도관에 빗대어 "어렵고 힘든 때일수록/사람과 사람 사이"의 관계가 어떠해야 하는지를 일깨워준다. "조금만 열어 놓아/물이 쨀쨀 흘렀다면/멀쩡했을 수도관"에서처럼, 어렵고 힘들수록 사람과 사람 사이의 따뜻한 사랑과 인정이 끊겨서는 안 된다는 점을 강조하고 있다. 평소 시인의 직관력이 얼마나 예리한지를 잘 보여주는 작품이다. 곽해룡의「아기의 셈」은 이제 막 셈을 시작한 아기를 통해 또 다른 삶의 지혜를 일깨워준다. 사물마다 수를 세는 단위가 다르다는 걸 알지 못하는 아기와 그것을 바로 잡아주려는 엄마의 모습이 재미있게 다가온다. 마지막 행인 "아기의 눈엔/사람이나 개미나 똑같습니다"는 시상이 압축된 부분으로 인간과 사물 간의 경계가 생기기 이전의 원초적 세계를 의미하는데, 이는 곧 시인이 지향하는 세계이다.

학생용으로 보시게요?
(돌돌 말린 벽지를 풀며) 어느 가게나 다 비슷하죠.

학교집학원

— 「벽지 가게」 부분

휠체어 뒤에 책가방을 달고
재륜이가
학교에 갑니다

오르막이 시작되는
모과나무 아래에서
길게 숨을 내쉴 때

모과나무는
가만히
휠체어를 내려다봅니다

무릎에 머리가 닿도록
허리를 휘었다가 젖히면서
반 바퀴
또 반 바퀴
언덕을 오르는 동안

뿌리에서 먼 가지 끝까지
잔뜩 힘을 주는
모과나무

재륜이가
언덕을 넘어
허리를 쭉 펴는 순간

뚝
모과가 떨어집니다.

─「모과나무」 전문

문현식의 「벽지 가게」는 대화체와 연속적인 단어의 반복 등의 독특한 형식을 통해 우리의 교육문제를 담아내고 있다. 이 작품의 화자인 벽지 가게 주인은 손님에게 학생용 벽지를 보여주는데, 그 벽지에는 "학교집 학원", "학교학원집", "학교집학교"와 같은 글자가 빼곡하게 장식되어 있다. 이는 극심한 입시 경쟁에 내몰려 오로지 공부하는 기계로 전락해 버린 오늘날 우리 아이들의 모습을 표현한 것이다. 이를 통해 시인은 우리의 잘못된 교육방식과 그러한 현실을 애써 외면하는 어른들을 냉소적인 어조로 비판하고 있다. 작품의 마지막을 장식하고 있는 "그냥 가시게 요?/(벽지를 다시 돌돌 말며) 다음에 오세요."와 같은 진술에는 그와 같은 화자의 태도가 잘 나타나 있다. 주미경의 「모과나무」는 휠체어를 타고 학교에 가는 아이의 모습을 형상화한 작품이다. 재륜이가 바로 그 주인공으로, "무릎에 머리가 닿도록/허리를 휘었다가 젖히면서/반 바퀴/또 반 바퀴" 힘겹게 언덕을 오르는 재륜이의 모습이 생생하게 묘사되어 있다. 그동안 장애아의 문제를 다룬 작품이 많이 발표된 탓에, 만일 이 작품이 그와 같은 상황 묘사에만 치중했다면 솔직히 큰 감동을 주지 못했을 것이다. 그런데 "언덕을 오르는 동안//뿌리에서 먼 가지 끝까지/잔뜩 힘을 주는/모과나무"에서처럼, 이 작품은 화자의 목소리를 전면에 내세우지 않고 장애아와 모과나무의 정서적 교감에 초점을 맞추어 기대 이상의 효과를 거두고 있다. 즉, 사람과 사물이 스스럼없이 어울려 살아가는 아름다운 세계를 그려냄으로써 더 큰 감동을 만들어낸다.

　이처럼 이들 작품은 화자의 목소리가 직접 드러나지 않는다. 또한, 세련된 언어 감각도, 기발한 상상력도 보이지 않는다. 그런데도 그 어떤 작품보다도 울림이 크다. 이것은 기본적으로 작품에 내포된 시인의 사상 즉, 인간과 인간을 둘러싼 환경에 대한 깊은 통찰에서 비롯된다. 좋은 작품은 독자가 미처 깨닫지 못한 삶의 진정한 의미를 일깨워줄 뿐만 아니라, 바람직한 삶의 방향을 제시함으로써 독자의 정신을 고양한다. 따라서 시인의 사상은 작품의 가치를 결정하는 가장 중요한 요소라고 할 수 있다.

5. 나오는 말

문학 작품은 내용과 형식을 이루는 다양한 요소들이 긴밀하게 결합하여 이루어진 하나의 구조물이다. 따라서 어느 하나의 요소만으로 좋은 작품이냐 아니냐를 따지는 것은 그다지 바람직하지 않다. 하지만 현실적으로 그와 같은 요소들이 완벽하게 조화를 이루고 있는 작품은 사실 찾아보기 힘들다. 그런 점에서 이미 앞서 언급한 내용들 즉, 소통과 개성, 삶에 대한 통찰 등에서 어느 하나라도 충족하고 있다면 일단 좋은 시라고 보아도 큰 무리는 없을 것으로 생각한다.

하지만 우리의 현실은 그마저도 사치라 여겨질 만큼 열악한 것이 사실이다. 진솔한 마음으로 아이들의 삶을 보듬어주기 위해 부단히 노력하는 시인들도 있지만, 부끄럽게도 그렇지 못한 시인들이 더욱 많은 것이 우리의 실정이다. 시인지 학습물인지 분간이 안 되는 작품. 아이들의 목소리와 행동을 흉내 내고 있을 뿐 실제 아이들의 모습과는 사뭇 동떨어진 작품. 아이들의 삶에는 아무런 관심도 없고 미학적 성취에만 몰두하고 있는 작품. 다양성과 소통을 핑계 삼아 말장난만 늘어놓고 있는 작품이 많다. 이는 기본적으로 아동문학에 관한 소양이 부족한 탓이다.

그런 점에서 아이들이 동시로부터 멀어지게 된 데에는 그 무엇보다 시인들의 잘못이 크다. 아이들을 위해 작품을 쓰는 사람이라면 적어도 아이들의 삶을 정확하게 이해해야 한다. 그런데도 많은 시인이 그 점을 소홀히 함으로써 결과적으로 독자들을 내치는 꼴이 되고 말았다. 어떤 시인은 동시를 쓰기 위해 몇 해를 놀이터에서 아이들과 함께 놀면서, 아

이들에게는 어른들과 다른 그들만의 세계가 있다는 것을 알게 되었다고
한다. 그저 한 귀로 듣고 흘려버리기엔 우리의 현실이 너무나도 안타깝
다. 물론 예전보다 많이 나아지긴 했지만, 여전히 우리 동시인들의 자성
과 분발이 필요한 시기가 아닌가 싶다.

상생(相生)의 미학

강지인 동시집 『할머니 무릎 펴지는 날』[1]

강지인의 첫 동시집 『할머니 무릎 펴지는 날』을 읽고 제일 먼저 떠오르는 낱말은 '상생'이다. 이 동시집은 크게 4부로 이루어져 있는데, 그 가운데 많은 작품들이 '상생'의 소중함을 노래하고 있다. 이것은 역설적으로 시인의 눈에 비친 세상이 상생과는 거리가 먼 즉, 서로 어울리지 못하고 있다는 것을 반증한다. 그런 의미에서 강지인의 시는 갈등과 대립으로 가득한 이 세상에 대한 화해의 손길이며, 평화를 지향하는 시인의 간절한 소망이 낳은 결과물이라고 보아도 좋을 듯하다. 그런 까닭에 그의 시에서 느껴지는 분위기는 대체로 밝고 따뜻하다.

> 고추, 상추
> 정성들여 키워 내는
> 우리 집 텃밭.
>
> 어쩌다

---

[1] 청개구리, 2010.

잡초가 비집고 들어와도
자리 내어 주고

달갑지 않은
벌레가 찾아와도
슬쩍 눈감아 준다.

애써 가꾼 고추, 상추
앞집 뒷집 나눠 주시는
우리 할머니처럼

싫다 내색 않고
자기 자리 조금씩 나눠 주는
인심 좋은
우리 집 텃밭.

—「우리 집 텃밭」 전문

　이 시는 그와 같은 시인의 사상이 가장 잘 응축되어 있는 대표적인 작품이다. 특히 이 작품에서 눈여겨보아야 할 대목은 이 시의 제목이기도 한 '우리 집 텃밭'이다. 잘 알다시피 '우리'란 낱말은 말하는 사람이 자기를 비롯해 듣는 사람을 포함해 여러 사람을 가리킬 때 쓰는 일인칭 대명사이다. 또한 말하는 사람이 어떤 대상에 대해 자기와 친밀한 관계임을 나타낼 때 쓰는 말이다. 따라서 '우리'란 말에는 기본적으로 개인이 아니라 여럿이라는 공동체적 연대의식이 내포되어 있다. 하지만 그 때문에 '우리'라는 말은 때때로 '우리'에 포섭되지 않은 대상들에 대한 배타적 의식으로 작용하기도 한다. 이 시에서의 '우리 집 텃밭'이라는 언술에는 혈연집단으로 구성된 '우리'가 거주하는 '집'에 딸린 '텃밭'이라는 폐쇄성을 띠고 있다. 그럼에도 이 '텃밭'은 그와 같이 속성을 부정하고 있다. 즉, "어쩌다/잡초가 비집고 들어와도/자리 내어 주고//달갑지 않은/벌레가 찾아와도/슬쩍 눈감아" 줌으로써 열린 공간으로 자신을 변화시키고 있다. 왜냐하면 소유란 인간이 만들어낸 개념일 뿐 애당초 자연의 세계에서는 존재하지 않는 것이기 때문이다. 그런 텃밭을 보며 시적 화자는 애써 가꾼 작물을 이웃집에 나눠주는 '할머니'의 모습을 떠올린다. 이로써 텃밭은 화자의 인식 속에서 마음 씀씀이가 큰 할머니와 동격이 되고, 결국에는 "인심 좋은/우리 집 텃밭"으로 탈바꿈한다. 자연의 섭리를 통해 상생의 의미를 다시금 일깨워주고 있다.

> 싱싱한 풀빛
> 다 내어 주고도
>
> 향긋한 풀 냄새
> 다 나눠 주고도
>
> 이젠 살고 있는 땅마저
> 조금씩 내어 주고 있는
>
> 공원 잔디밭
> 잔디네 식구들.
>
> ―「잔디네 식구들」 부분

> 툭!
> 투둑!

빗방울이 떨어집니다.

툭!
투툭!
흙이 패입니다.

- 아프지 않니?
- 아프지 않아.

흙이
말없이
가슴을 열어젖힙니다.

―「빗방울」 부분

이 시들 역시 앞의 작품과 같은 범주에 속하는 작품이다. 먼저 「잔디네 식구들」의 경우는 공원 산책길을 걷던 시적 화자가 잔디밭 사이로 놓인 길을 통해 상생의 근본 원리라고 할 수 있는 나눔과 배려의 정신을 노래하고 있다. "싱싱한 풀빛"과 "향긋한 풀 냄새"를 내어 주고도 모자라 "이젠 살고 있는 땅마저/조금씩 내어 주고 있는" 잔디네 식구들. 그들의 모습은 또 다른 작품 "새들의 보금자리가 되어 주는 나무/작은 벌레들의 집도 되고 먹이도 되어 주는 나무./제 팔다리 모두 떼어 내고/사람들의 긴 의자가 되어주는 나무"(「나무는」 부분)에서의 '나무'와 크게 다르지 않다. 그러한 나눔과 배려의 정신은 그 다음의 「빗방울」에도 고스란히 이어진다. 이 시는 빗방울이 떨어져 흙이 패는 자연 현상을 활유법을 통해 시적으로 형상화하고 있다. "-아프지 않니?/-아프지 않아"에서 보듯이 이 시에서 빗방울과 흙은 각자 자신의 입장만을 고수하기보다는 남을 먼저 배려하는 모습을 보여준다. 그리고 "흙이/말없이/가슴을 열어젖힙니다"와 같이 둘은 결국 하나가 된다. 이처럼 상생이란 어느 일방적인 행위가 아니라 쌍방향적인 행위에 의해 이루어진다. "떡갈나무는 느티나무에게,/느티나무는 물푸레나무에게//한여름 더위 참아 내자며/서로에게 부쳐 주는 부채질 소리"(「사라락사라락」 부분) 같은 서로를 위하는 마음이 전재되지 않으면 도달하기 어렵다. 이 점은 극심한 경쟁으로 인해 온갖 대립과 갈등이 심화되고 있는 오늘날 우리들의 삶을 되돌아보게 만든다.

눈을
살짝 감는 거야.

너무 높아서
어지러울 수도 있거든.

그 다음엔
사뿐사뿐 한 걸음씩

천천히
걷는 거야.

구멍이 나서
떨어지면 큰일이잖아?

조심조심!
그래그래!

하얗게 눈 쌓인 날
구름 위 걷기 연습.

―「구름 위 걷기 연습」전문

구절초 목까지
포옥 감싸고 있는

첫 눈
하얀 눈

내 목에
엄마가 둘러 준 목도리 같은

하얀 눈
첫 눈.

―「목도리 같은」전문

　하지만 만일 이 동시집이 모두 그와 같은 작품들로만 채워져 있다면 단조롭게 느껴졌을 것이다. 왜냐하면 같은 말도 반복해서 듣다 보면 곧 싫증이 나게 마련이다. 하지만 이 동시집에는 가족 간의 사랑을 정겹게 그려낸 시들을 비롯해 위에 인용한 시들처럼 유쾌한 상상력과 절제된 언어로 순수한 서정적 세계를 표현한 작품들이 함께 어우러져 있어 그러한 단조로움을 극복하고 있다. 「구름 위 걷기 연습」은 ‘눈’을 구름에 빗대어 맘껏 상상력을 펼치고 있는 작품이다. 시적 화자는 하얗게 쌓인 눈길을 걸으며 자신이 구름 위를 걷고 있다고 상상한다. 그러한 상상은 곧 "너무 높아서/어지러울 수도 있거든", "구멍이 나서/떨어지면 큰일이 잖아?"와 같은 또 다른 상상으로 이어진다. 이것은 일종의 상상놀이로써 아이들에게서 흔히 발견할 수 있는 특징이다. 「목도리 같은」은 눈 내린 겨울날 목격한 구절초의 모습을 형상화한 작품으로 하얀 눈의 이미지가 선명하다. 또한 "구절초 목까지/포옥 감싸고 있는" 눈의 형상을 "내 목에/엄마가 둘러 준 목도리"로 비유하고 있는 점이 인상적이다. 그 때문에 이들 작품은 의미 전달에 좀 더 집중하고 있는 앞서 살펴본 다른 작품들에 비해 훨씬 활달하면서도 수준 높은 시적 미학을 획득하고 있다.

이처럼 이 동시집은 다양한 소재를, 다양한 방식으로 표현한 작품들이 두루 실려 있어 강지인의 시심과 시적 재능이 어떠한지를 가늠해 볼 수 있게 해준다. 물론 첫 동시집인 만큼 모든 면에서의 완결성을 기대하기는 어렵다. 그럼에도 불구하고 사물을 바라보는 애정 어린 시선과 비록 화려하지는 않지만 단아하면서도 명징한 시어와 참신한 상상력 등 그의 작품에서 드러난 정황만으로도 이후의 작품 활동이 기대되는 시인인 것만은 분명하다. 다만 조금 아쉬운 점이 있다면 그의 시에는 지나치게 착하고 얌전한 아이들이 많이 등장함으로써 그만큼 생동감이 떨어진다는 것이다. 하루 종일 아이들과 싸우느라고 피곤하다는 많은 부모들의 하소연에서 알 수 있듯이 사실 착하고 말을 잘 듣는 아이는 어른들이 만들어낸 환상에 지나지 않는다. 따라서 지금보다 조금만 더 아이들의 삶에 밀착해 들어가서 그들과 하나가 되어 맘껏 뛰놀아보면 좋겠다는 생각이 든다.

자연 속에 깃든 동심의 세계

서재환 동시집 『산이 옹알옹알』[1]

서재환의 시세계를 한마디로 정의하기란 쉽지 않다. 하지만 그가 이전에 출간한 시집들을 검토해 보면 몇 가지 특징이 있음을 알게 된다. 하나는 그의 시집에는 유독 자연을 노래한 작품들이 많다는 것이고, 다른 하나는 상상력과 감각이 뛰어나다는 것이다. 게다가 사물을 대하는 마음이 무척 순수하고 따뜻하다. 그 점은 이번에 펴낸 세 번째 동시집 『산이 옹알옹알』에서도 그대로 재현되고 있다.

우선 이 시집에서 가장 두드러진 점은 작품의 소재를 모두 자연에서 취하고 있다는 것이다. 또한 모든 작품이 시조의 형식을 띠고 있어 이전 시집과는 또 다른 관심과 흥미를 불러일으킨다. 시집의 구성은 총 4부로 이루어져 있는데, 각각 봄·여름·가을·겨울과 관련된 작품들을 한데 모아 순차적으로 배치해 놓고 있다. 그 때문에 시집을 펼치면 시시각각으로 변화하는 자연의 모습이 눈앞에 생생하게 그려진다.

안개비 젖은 배밭

---

1 청개구리, 2011.

김 오르는 목욕탕에

봄맞이 배나무들
등 밀고 머리 감고

겨울 때
씻는 소리가
촉촉하게 들려와요.

—「봄맞이」 전문

얼굴은 하나인데
숨은 얼굴이 더 많다

어쩌면 웃는 아이
또 어쩌면 웃는 사자

동그란
챙모자 쓰고
손 흔드는 우리 누나.

—「해바라기 7」 전문

이들 작품은 그 대표적인 예로 시조의 단아한 형식미와 더불어 자연
의 아름다움을 물씬 느끼게 해준다. 「봄맞이」는 봄을 노래한 시편들 가
운데 가장 뛰어난 작품이다. 안개비가 자욱하게 내리는 봄날 배밭의 모
습을 정갈한 언어와 선명한 감각적 이미지를 활용해 실감나게 그려내고
있다. "배밭"을 "목욕탕"에 비유한 것도 흥미롭지만, "등 밀고 머리 감

고"와 "촉촉하게 들려와요"에서 보듯이 봄을 맞이하는 배나무들의 생동
감 넘치는 기운이 시각과 청각을 통해 온몸에 가득 전달된다. 「해바라기
7」은 여름을 노래한 시편 가운데 하나이다. 이 시집에는 총 일곱 편의
해바라기 연작시가 실려 있는데, 하나같이 해바라기의 생태적 특징을
잘 잡아내고 있다. 이 시는 해바라기의 생김새를 통해 시상을 전개해 나
가고 있다. 화자는 해바라기의 얼굴 속에서 "웃는 아이"와 "웃는 사자"
의 모습을 연상하기도 하고, "챙모자 쓰고/손 흔드는" 누나의 모습을 찾
아내기도 한다. 그러고 보니 그 모습들이 해바라기와 많이 닮았다는 생
각이 든다. 사소한 것에서도 발견의 기쁨을 찾아내는 아이들의 마음이
잘 나타나 있는 작품이다.

> 흰 꽃도 도라지꽃
> 보라 꽃도 도라지꽃
>
> 뿌리는 한 뿌린데
> 얼굴빛은 왜 둘일까
>
> 금 긋고
> 등 돌린 남북도
> 도라지꽃 닮았네.
>
> ―「도라지꽃」 전문

> 보도블록 틈 비집고
> 고개 내민 민들레꽃
>
> 금세라도 덮칠 듯

입 떡 벌린 포클레인

샛노란
외마디 비명이
기계 소리에 묻힌다.

─「비명」전문

　그런가 하면 이들 시는 단순히 자연을 노래하는 데에 그치지 않고 보다 의미를 확장해내고 있다. 「도라지꽃」은 "뿌리는 한 뿌린데/얼굴빛은 왜 둘일까"에서 보듯이, 흰색과 보라색 두 종류의 꽃을 피워내는 도라지의 특성에 착안해 우리 민족의 뼈아픈 분단 현실을 직시하게 만드는 작품이다. 더욱이 '도라지타령'에서 알 수 있는 것처럼 도라지가 우리 민족과 매우 친근한 식물이라는 점에서, 이 작품은 소재와 주제가 절묘하게 맞아떨어짐으로써 그 효과를 배가시키고 있다는 생각이 든다. 「비명」의 경우는 반자연적인 행태를 다룬 작품이다. 특히 이 시는 자연의 대리물인 "민들레꽃"과 문명의 대리물인 "포클레인"을 대비시켜 오늘날 무분별한 개발로 인해 나날이 황폐되어 가는 자연의 실상을 노래하고 있다. "샛노란/외마디 비명이/기계 소리에 묻힌다"는 짧은 언술로 마무리되고 있지만, 오히려 이 시는 그 때문에 더욱 강렬한 인상을 심어준다.

기침만 한 번 해도
까무러칠 난장이꽃

후둑후둑 푸른 장대비
흠씬 두들겨 맞고도

적은 몸
햇볕에 내놓고
눈물 달고 웃어요.

—「채송화」 전문

제 몸을 갉아먹는
배추벌레를 견디다가

배추는 겉잎 몇 장을
슬그머니 내맡겼어요

그리곤
아무 말 없이
노란 속잎 채웠어요.

—「배추밭에서」 전문

하지만 이 시집에서 무엇보다 감동적인 것은 자연을 대하는 순수하면 서도 정감이 넘치는 따뜻한 마음씨이다. 실제로 이 시집에는 위에 인용한 시 외에도 동심에서 우러나온 맑고 정겨운 작품들이 많다. 「채송화」는 그야말로 순진무구한 아이를 닮은 작품이다. 이 시에서 벌어지고 있는 상황은 아주 단순하다. 즉, 화자는 한여름 소낙비가 지나간 뒤의 채송화의 모습을 형상화하고 있다. 그럼에도 이 시가 감동을 주는 것은 아이처럼 작고 연약한 "난장이꽃"이 "푸른 장대비"에 실컷 두들겨 맞고도 언제 그런 일이 있었느냐며 "눈물 달고 웃"고 있는 장면에서 비롯된다. 또한 「배추밭에서」는 서로 배추와 배추벌레를 등장시켜 공생의 중요성을 일깨워주는 작품이다. "제 몸을 갉아먹는" 배추벌레를 타박하기는커녕 오히려 "겉잎 몇 장을" 내밀고는 "아무 말 없이/노란 속잎"을 채우는 배추의 넉넉한 심성이 보는 이의 마음을 흐뭇하게 만든다. 이처럼 이들 시에는 세태에 물들지 않은 아이들의 순수함이 짙게 배어 있다. 이것은 서재환 시인의 눈과 마음이 그만큼 동심에 맞닿아 있다는 것을 알게 해준다.

　지금까지 살펴본 것과 같이 동시집 『산이 옹알옹알』은 과거 서재환 시인이 보여준 시적 특징을 이어가면서도 이전의 시와는 또 다른 감동을 선사하고 있다. 특히 이번 시집은 아름다운 자연의 모습을 뛰어난 상상력과 감각으로 시조의 형식에 담아냄으로써 한층 더 세련된 모습을 보여준다. 거기에 서재환 시인 특유의 따스함과 부드러운 심성이 가미되어 시 한편 한편마다 잔잔한 감동이 오래도록 지속된다. 마치 "진종일/얼음장 깨뜨리며/옹알옹알 골물 소리"를 내며 흘러가는 봄기운처럼.

세상을 향한 긍정의 힘

차영미 동시집 『학교에 간 바람』[1]

　차영미 동시의 가장 큰 미덕은 따뜻함이다. 그의 시에서는 번뜩이는 재치나 뛰어난 상상력과 같은 기교를 찾아보기 어렵다. 그럼에도 그의 시는 마치 봄비처럼 독자의 마음을 촉촉이 적시는 묘한 힘을 가지고 있다. 아마도 그것은 세상 또는 사물을 대하는 차영미 시인의 따뜻한 심성에서 비롯하는 것으로 짐작된다. 실제로 그와 같은 따뜻함은 이 시집에서 삶을 소재로 한 작품들뿐만 아니라, 자연물을 소재로 한 작품에 이르기까지 매우 폭넓게 펼쳐지고 있다.

　　의자에 박힌 못처럼
　　책상의 이음새를 잡아 주는 못처럼
　　큰 액자, 무거운 시계 든든히 걸었던
　　벽에 박힌 못처럼

　　보이지 않는 곳에서

---

1 청개구리, 2011.

그것들 꽉 잡아 줬던
못 한 개의 자리.

병원 중환자실에
오래 계셨던 할아버지
돌아가신 후

집 안에 휑하게 남은
빈 자리.

아빠, 삼촌, 고모
하나 되게 묶어
환한 꽃다발로 걸었던 못,

못 하나 빠진
자리

눈물이 고이는
큰 자리.

—「못 한 개의 자리」 전문

　시집 첫 자리에 놓여 있는 이 시에서 화자는 돌아가신 할아버지를 회
상하고 있다. 1연의 진술처럼 이 시에서 할아버지는 "의자에 박힌 못"과
"책상의 이음새를 잡아 주는 못"에서 보듯이 '못'으로 비유된다. 즉, 벽
에 박힌 못처럼 보이지 않는 곳에서 사물들이 흔들리지 않도록 잡아주
는 역할을 한다. 하지만 3연에 이르면 급격한 시상의 변화가 일어나 그

와 같은 할아버지의 죽음, 곧 부재에 대한 화자의 정서가 집약되어 나타난다. "아빠, 삼촌, 고모/하나 되게 묶어/환한 꽃다발로 걸었던 못"에 대한 화자의 상실감은 "눈물이 고이는/큰 자리"로 치환되고 있다. 이처럼 이 시는 할아버지를 못에 비유해서 가족 간의 끈끈한 사랑을 형상화하고 있는 작품이다. "이제는 우리 할아버지/할머니 손 꼭 잡고 도란도란/마당가의 별 두 개로 서성거릴 집"(「그 집」부분)도, 위 시와 같은 맥락에서 창작된 작품으로 생각되는데, 가족을 바라보는 화자의 시선이 무척 따뜻하게 다가온다.

아무것도
아닌 일로
너랑 다투고

타박타박
혼자서
걸어가는 길.

이팝나무 하얀
터널을 지나
느티나무 푸른
언덕을 넘어

조잘조잘
너랑은
금세 갔는데

오늘은

이리도

멀기만 한 길을

너도 혼자

타박타박

걸어가겠지.

—「지금쯤」 전문

　앞의 시가 가족 간의 사랑을 담아냈다면, 이 시는 친구 사이의 정을 따뜻한 시선으로 그려내고 있다. 이 시에서 화자는 "아무것도/아닌 일로" 친구와 다투고 혼자 길을 걸어가고 있다. 그러한 경험을 통해 화자는 제아무리 먼 길이라도 마음이 통하는 사람과 같이 걷다 보면 시간 가는 줄 모르고, 그 거리 또한 짧게 느껴지는 법이라는 걸 새삼 깨닫게 된다. "조잘조잘/너랑은/금세 갔는데//오늘은/이리도 멀기만 한 길"과 같은 화자의 진술은 물리적 거리감가 아닌 심리적 거리감에서 비롯된다. 즉, 친구와 다투고 난 직후의 무거운 마음이 여전히 해소되지 않은 상태임을 알게 해준다. 그런데 이 시의 재미는 화자가 "너도 혼자/타박타박/걸어가겠지"에서 보는 것처럼 친구의 마음을 헤아리는 것에서 온다. 비록 다투고 서로 혼자서 길을 가지만 생각만은 자신과 똑같을 것이라는 화자의 마음씨가 퍽이나 인상적인 작품이다.

　일반적으로 시에서 화자와 시인은 구분된다. 물론 시적 화자와 시인이 동일인물일 때도 잦지만, 김소월이나 한용운의 시처럼 화자와 시인을 동일시했을 때 문제가 발생하는 작품도 적지 않기 때문이다. 특히 어른인 시인이 아이들에게 들려주는 양식으로서의 동시는 애초 화자와 시인이 일치하는 법이 없다고 해도 무방하다. 그런 점에서 시에서의 화자는 곧 시인이 만들어낸 가공의 인물에 지나지 않는다. 하지만 이처럼 화자가 비록 가공의 인물이라고 해서 시인과 완전히 동떨어져 있는 것은 아니다. 화자의 입을 통해 진술되는 내용은 사실 시인의 의식구조와 어떤 식으로든 긴밀하게 연결되어 있기 마련이다. 따라서 위 시의 화자가 자신과 다툰 친구를 원망하지 않고, 친구도 자신과 생각이 같을 것이라는 그 믿음은 결국 시인의 내면에 깃들어 있는 의식의 반영이라고 봐도 큰 무리는 없을 것이다.

타박타박
학교가 가까워질수록

뭉글뭉글 먹구름
몰려오고

교문을 들어설 때는
쏴아아
우르르 쾅!

천둥 번개 치고
비 쏟아집니다.

급식비 밀린 날
아침

내 마음 속
하늘.

―「흐르고 비」 전문

그 점은 이 시에도 그대로 적용된다. 이 시는 차영미의 동시집에 실린 여느 작품들과 성격 면에서 차이가 있다. 그의 작품에 등장하는 화자들은 대부분 구김살이 없는데, 이 시의 화자만은 예외적이다. 이 시의 주된 배경은 등굣길이다. 이 시에서 화자는 "학교가 가까워질수록" 발걸음이 무거워지고, 마음은 "뭉글뭉글 먹구름"으로 가득하다. 급기야 "교문을 들어설 때는/쏴아아/우르르 쾅!"하고, 천둥과 번개를 동반한 비가 쏟아져 내린다. 왜냐하면, 밀린 급식비에 대한 근심과 걱정이 마음속에 가득 들어앉아 있기 때문이다. 한창 밝고 티 없이 뛰어놀아야 할 나이에 밀린 급식비 때문에 마음고생이 심한 화자의 처지가 안쓰럽게 느껴지는 작품이다. 이것은 평소 시인이 그와 같은 처지에 놓인 아이들에 깊은 관심과 애정을 갖고 있었음을 말해준다.

이처럼 차영미의 시는 기본적으로 세상을 향한 긍정의 힘에 그 바탕을 두고 있다. 시멘트의 좁은 틈새에서도 환히 웃는 민들레를 두고 "세상 가장/낮은 곳에서의/따스한 악수"(「민들레꽃」 부분)라고 말해줄 수 있는 것도, 비둘기처럼 열세 평 아파트에 모여 살면서도 "폴폴 먼지 같은/걱정도 나누며"(「오종종 모여」 부분) 살아가는 이웃들을 정겹게 그려낼 수 있는 것도 그만큼 시인이 세상을 긍정적으로 바라보고 있기 때문이다. 그래서 차영미의 시는 따뜻하다. 부디 그 따뜻함이 오래오래 이 세상에, 우리 아이들의 마음에 봄날 산수유 꽃으로 가득 피어났으면 좋겠다.

동시, 그 깊은 어린이들의 마음 세계

송찬호 동시집 『저녁별』[1]

1.

한때 송찬호 시인이 동시를 쓰면 참 좋겠다고 생각한 적이 있다. 그것은 시집 『고양이가 돌아오는 저녁』(문학과지성사, 2009)에서 받은 감동이 그만큼 컸기 때문이다. 실제로 이 시집에는 소인국과 눈의 여왕, 그믐 엄마와 북극 열차 등 주로 동화에서나 볼 수 있는 시어들이 많이 등장한다. 또한 "공기놀이하는 백일홍 물구나무 서기하는 백일홍"(「백일홍」)이나 "나는 해바라기 젖을 먹고 자랐어요"(「손거울」)에서 보는 것처럼, 각각의 시편들은 상식을 뛰어넘는 표현들로 인해 환상적인 분위기를 자아내고 있다.

이러한 송찬호의 시세계에 대해 신범순(『고양이가 돌아오는 저녁』, 111쪽)은 백석의 '동화적 상상력'을 잇고 있다고 평가하며, 그의 시가 궁극적으로 추구하고 있는 것은 이성과 물질문명에 갇힌 세계로부터의 탈출이라고 말한다. 한수종(월간 『문학바탕』, 2011년 2월호) 역시 '근원 회귀를 암시하는

---

1 문학동네, 2011

탈속주의의 시', '현실의 패배와 부재에 저항하는 시', '대화론적 합성의 동화 같은 시'로 송찬호의 시세계를 분석하면서, 그의 시는 기본적으로 삶과 체험에서 얻어진 '동화적 상상력'을 바탕으로 하고 있다고 평가하고 있다.

그런데 이와 같은 동화적 상상력을 통한 현실극복은 사실 아이들의 세계에서 흔히 볼 수 있는 인식방법이다. 아직 경험이 적은 아이들은 자신들이 직면한 호기심과 심리적 불안, 결핍된 욕망을 흔히 환상을 통해 해소하려는 특성을 지니고 있다. 그런 점에서 그 어떤 동시집보다 송찬호의 동시집 출간이 반가웠던 것은 너무나 당연한 일인지도 모른다.

2.

앗!
상어에게
선물을 잘못 보냈어요

상어에게
구두를
보내다니요

상어가
발이 생겨
바다를 쿵쿵 뛰어다닌다면 몰라도!

—「상어」전문

시집을 펼치자마자 가장 먼저 눈에 들어온 작품이다. 이 시는 "상어에게/선물을 잘못 보냈어요"라는 다소 엉뚱한 진술로 시작된다. 상어에게 선물을 보냈다니? 그리고 생뚱맞게 웬 구두? 하지만 그 어디에도 무슨 연유로 화자가 상어에게 선물을 보냈는지에 대한 언급이 제시되어 있지 않다. 그저 "상어가/발이 생겨/바다를 쿵쿵 뛰어다닌다면 몰라도!"라는 말로 시를 마무리하고 있을 뿐이다. 때문에 기승전결과 같은 형식에 익숙한 독자라면 얼마간의 당혹감을 경험하게 될지도 모른다.

그런데 계속해서 시집을 읽어가다 보면 그와 같이 독특한 발상과 어법은 다른 작품에서도 종종 발견된다. 그러면서 그것이 바로 송찬호의 동시가 다른 동시들과 구별되는 지점이라는 것을 알게 된다. 즉, 그의 동시는 이전의 동시들과 달리 그 어떤 고정화된 사고의 틀을 거부하고, 일상적인 눈으로는 쉽게 포획되지 않은 사물 혹은 세계를 자유롭게 풀어내고 있다. 그런 까닭에 그의 동시는 다른 동시들에서는 맛볼 수 없는 색다른 재미와 감동을 불러일으킨다.

호박 덩굴 아랫길에서
달팽이를 만난다
둥근 집 등에 지고 오늘 이사 가는구나?
아니요, 학교 가는 길인데요

나팔꽃 아랫길에서도
달팽이를 만난다
학교 가는구나?
아니요, 학원 가는 길인데요

토란잎 아랫길에서

달팽이를 또 만난다
학교 갔다 와서 학원 가는구나?
아니요, 오늘은 이사 가는 길인데요

—「달팽이」 전문

달팽이는 그 특이한 생김새 때문에 곧잘 동시의 소재가 되어 왔다. 하지만 대다수의 작품들이 지나치게 달팽이의 외형에만 집착한 나머지 별다른 감흥을 주지 못했다. 그에 비해 이 동시는 각별하게 다가온다. 화자와 달팽이의 문답형식으로 이루어진 것도 재미있지만, 이 동시의 진정한 가치는 동심을 포착해내는 시선의 깊이와 의미의 다층성에서 비롯된다. 표면적으로는 화자와 달팽이의 소통문제를 다루고 있는 듯 보이지만, 그 이면에는 어른과 아이와의 팽팽한 힘겨루기를 담고 있다. "이사 가는구나?" "학교 가는구나?" "학교 갔다 와서 학원 가는구나?"에서처럼, 흔히 어른들은 오래도록 축적된 경험적 지식으로 세상을 바라보는 습성이 있다. 반면에 아직 세상에 덜 길들여지지 않은 아이들은 자신만의 방식으로 세상을 이해하려는 경향이 강하다. 그 때문에 둘 사이에는 자주 갈등이 일어나는데, "아니요"라는 달팽이의 반복적 답변에는 어른들에 대한 반감이 어느 정도 내포되어 있다고 보아도 무방하다. 그런 점에서 이 시는 곧 권위적이고 강압적인 태도를 일삼는 어른들을 향해 아이들이 벌이는 일종의 복수인 셈이다.

이처럼 소재가 같더라도 그것을 어떻게 풀어내느냐에 따라 재미와 감동의 폭이 달라진다. 따라서 좋은 동시를 쓰기 위해서는 이미 관습화된 의미와 정형화된 틀을 거부하고, 남과 차별되는 자신만의 시적 개성을 살리기 위해 끊임없이 노력해야만 한다. 아마도 송찬호의 동시가 색다르게 다가오는 것은 늘 그와 같은 자세를 견지하고 있기 때문일 것이다.

무당벌레 집이라고 하면
편지가 안 와요

우리 집은
지붕이 빨갛고
지붕이 일곱 개 까만 점이 있는

감자잎 뒤에 사는
칠점무당벌레 집이라고 해야
편지가 와요

—「칠점무당벌레」 전문

호박벌이
쌔앵-
날아와
나한테 물었다

관기리 230번지
호박꽃집이
어디니?

거기는 이 골목 끝 집인데
귀머거리 할머니
혼자 살고 있어

—「호박벌」 부분

앞의 「달팽이」와 마찬가지로 이 동시들도 읽는 재미가 크다. 먼저 「칠점무당벌레」의 경우는 이 시집에서 유일하게 곤충인 무당벌레를 화자로 삼고 있다. 화자인 칠점무당벌레는 그냥 "무당벌레 집이라고 하면/편지가 안 와요"라며 주소를 쓸 때에는 반드시 "감자잎 뒤에 사는/칠점무당벌레 집이라고" 써 줄 것을 당부하고 있다. 딱정벌레목 무당벌레과에 속하는 곤충을 총칭하는 무당벌레는 빨간색 혹은 주황색의 등껍질에 검은 점이 박혀 있는 생김새를 가지고 있다. 그런데 '십이점박이무당벌레' '이십팔점박이무당벌레'에서 알 수 있듯이, 무당벌레는 등껍질에 박힌 점의 개수가 조금씩 다르다. 이 동시가 재미있는 건 각기 다른 무당벌레의 생김새를 포착해 그것을 의인화하고 있기 때문인데, 그 발상부터 표현에 이르기까지 시를 빚어내는 솜씨가 남다르다.

이 점은 「호박벌」의 경우도 별반 다르지 않다. "호박벌이/쌔앵-/날아와/나한테 물었다"에서처럼, 이 시는 화자와 호박벌의 대화를 그리고 있다. 그럼에도 불구하고 둘 사이에 좀처럼 심리적 거리감이 느껴지지 않는다. 그래서 마치 인간계와 자연계, 현실과 초현실의 경계가 모호한 동화 속의 한 장면을 연상하게 만드는데, 바로 그것이 송찬호 동시의 특징이라고 말할 수 있다. 그런데 그와 같은 환상의 공간을 연출해 내기 위해서는 그 무엇보다 인간중심적 사고를 버리지 않으면 안 된다. 아이들처럼 늘 세상을 향해 마음을 열어두어야만 가능한 일이다.

서쪽 하늘에
저녁 일찍
별 하나 떴다

깜깜한 저녁이
어떻게 오나 보려고

집집마다 불이
어떻게 커지나 보려고

자기가 저녁별인지도 모르고
저녁이 어떻게 오려나 보려고

—「저녁별」 전문

　세상에 대한 경험이 적은 탓에 아이들은 호기심이 많다. 아이들에게 이 세상은 온통 경이롭고 신비한 마법이 가득한 공간이다. 어른들에게는 하찮게 여겨지는 똘배나무, 땅콩, 매미, 굴뚝새, 나팔꽃, 구름, 개밥그릇, 민들레꽃, 나비, 산비둘기, 고양이, 노루, 연필 등이 아이들에게는 예사롭게 받아들여지지 않는다. 자신들의 눈앞에 펼쳐진 온갖 것들이 모조리 탐구의 대상이다. 위의 「저녁별」은 그처럼 호기심이 왕성한 아이들의 모습을 잘 그려내고 있다. 이 동시에서 화자는 저녁 일찍 서쪽 하늘에 떠오른 별을 발견한다. 그리고는 그 별이 그처럼 일찍 나온 것은 "깜깜한 저녁이/어떻게 오나 보려고/집집마다 불이/어떻게 켜지나 보려고"라고 말한다. 즉, 이 작품은 아직 세상에 대한 이해가 부족한 어린 화자가 상상력을 동원해 그 나름의 방식으로 자연현상을 해석하는 내용을 담아내고 있다. "자기가 저녁별인지도 모르고/저녁이 어떻게 오려나 보려고" 빠꼼히 고개를 내민 저녁별을 바라보는 화자의 천진난만한 모습에 그만 미소를 짓게 되는데, 이 시집에 실린 동시 가운데 동심을 가장 잘 살려낸 수작이라고 할 수 있다.

3.

그동안 침체에 빠진 우리 동시를 극복할 대안으로 성인시를 창작하는 시인들의 동시 창작을 환영하던 때가 있었다. 하지만 정작 그들의 동시집이 출간되자 처음의 기대감은 곧 실망감으로 바뀌었다. 왜냐하면 기존의 동시와 견주었을 때 그다지 차이가 없거나, 오히려 더 못한 경우가 많았기 때문이다. 시와 동시는 공통적으로 언어를 매개로 하여 개개인의 서정을 풀어낸다는 점에서 크게 다르지 않지만, 그것을 향유하는 독자층의 차이에 의해서 각각 고유한 특성을 발전시켜 왔다. 그럼에도 그와 같은 독자성을 무시한 채 패기만 앞세워 섣불리 도전한 까닭에 기대만큼의 성과를 얻어내지는 못했다.

하지만 이번 송찬호의 동시집 출간은 상당한 의미가 있어 보인다. 왜냐하면 그의 동시는 이제까지 우리 동시가 걸어왔던 흐름과는 다른 모습을 띠고 있기 때문이다. 우선 그의 동시는 섣부른 계몽주의는 물론 어설픈 감상주의와 한참 동떨어져 있다. 일찌감치 동화적 상상력으로 무장한 시인답게 그저 아이들의 눈과 마음으로 세상에 다가가 하나 둘씩 차곡차곡 가슴에 고인 느낌을 있는 그대로 전달할 뿐이다. 그래서 그 어떤 동시보다 재미있고 감동적이다. 그의 시에는 어른들에 의해 박제가 되어 버린 아이는 존재하지 않는다. 다들 하나같이 풋풋하게 건강하게 살아 있다. 박목월은 동시는 가장 깊은 어린이들의 마음 세계라며 "참 좋은 시는 멋지게 표현한 것이기보다, 깊고 넉넉한 그 가슴에 고인 느낌, 생각이 스며있는 것이다"(『동시교실』, 서정시학, 2009, 97쪽)라고 말한 바 있다. 하지만 어른인 시인이 가장 깊은 어린이들의 마음 세계를 정밀하게 그려내기란 그리 쉬운 일이 아니다. "보랏빛 제비꽃한테 놀러 갔다"가 "꽃이 나비보다도 작아" 몇 시간이고 "쪼그리고 앉아 바라만 보"(「제비꽃」)는 것과 같은 엄청난 노력이 선행되지 않고서는 좋은 동시를 쓰는 것은 불가능한 일이다.

문득 저 멀리 어느 시골마을 연못가에 벌써 몇 시간째 쪼그리고 앉아 있는 시인의 모습이 떠오른다. 한 편의 동시를 얻기 위해 곰곰 생각에 잠겼다가 그만 실수로 연못에 빠뜨린 신발을 되찾기 위해 "연못 주인인 오리가/연못 열쇠를/갖고"(「연못」) 돌아오기를 애타게 기다리고 있는 시인의 구부정한 뒷모습이 보인다. 부디 시인이 너무 지치지 않도록 적당히 빠른 시간에 오리가 돌아왔으면 좋겠다. 그리고 물에 젖어 퉁퉁 부운 채로 오리에게 물려온 그 신발 속에 백년 묵은 황금잉어 혹은 우렁각시 한 마리쯤 들어 있었으면 좋겠다.

연륜과 패기, 그리고 진정성

강정규 동시집 『목욕탕에서 선생님을 만났다』[1]

일반적으로 운문은 언어의 배열에 일정한 규칙이 가미되어 운율이 형성된 글을 가리킨다. 그리고 산문은 운율이나 음절의 수 등에 얽매이지 않고 자유롭게 쓴 글을 지칭한다. 이처럼 운문과 산문은 사고의 단위는 물론 서술상의 목적과 방법 면에서 사뭇 다르다. 따라서 비록 같은 소재를 다룬다 해도 형식과 내용에서 큰 차이를 보인다.

그 때문에 강정규의 첫 시집 『목욕탕에서 선생님을 만났다』의 출간 소식을 접했을 때만 해도 큰 기대를 하지 않았다. 아니, 솔직히 말하자면 원로작가의 단순한 치기쯤으로 생각했다. 이런 생각을 하게 된 데에는 그동안 아동문학의 언저리를 떠돌면서 경험한 불편한 사실 즉, 서로 이질적인 장르를 넘나들며 활동한 작가 가운데 성공한 경우가 극히 드물다는 점도 크게 작용했다.

하지만 그것이 얼마나 큰 착각이었는지 곧 깨닫게 되었다. 시집 첫머리에 실린 작품을 읽는 순간 눈이 번쩍 뜨였다. "처음엔 소설을 쓰다 동화를 쓰고, 나이 일흔에 시집이라니, 빚만 늘고 참 미안하다."라는 그의

---

1 문학동네, 2013.

머리말은 그야말로 엄살에 불과했다. 마흔 권 가까운 동화책을 펴낸 원로 동화작가가 쓴 시라고 하기엔 믿기지 않을 만큼 감각과 표현이 뛰어났을 뿐만 아니라, 그 내용 역시도 새로웠다.

　어제까지
　없었는데
　오늘
　있다

　눈도 있고
　코도 있고
　손톱도
　작다

—「갓난아기」 전문

　이 작품은 경이로운 생명의 탄생을 노래하고 있다. "어제까지/없었는데/오늘/있다"에서 보는 것처럼 이 시에서 화자는 갓난아기의 탄생을 놀라울 만큼 신기한 눈으로 바라보고 있다. 그런 다음 "눈도 있고/코도 있고/손톱도/작다"와 같이 앙증맞은 아기의 모습을 묘사하고 있다. 절제된 감정과 군더더기 없는 표현으로 갓 태어난 아기를 맞이하는 기쁨을 잘 드러낸 수작이다. 특히 1연과 2연의 구성에 통일성을 꾀함으로써 전체적으로 안정감 있는 구도를 형성하고, 여기에 "오늘/있다"와 "손톱도/작다"와 같은 독특한 행갈이를 동원해 갓난아기의 탄생과 생김새를 구체적으로 형상화하고 있는 점이 매우 인상적이다.

　아랫니에 이어

윗니 두 개 나왔다

그러더니 어느 날 우뚝
연우가 일어섰다

천장이,
아니 하늘이 그만치
내려왔다

―「연우」 전문

    앞서 살펴본 작품과 같은 선상에 놓여 있는 작품이다. 첫 손녀와 함께 시가 왔다는 시인의 말처럼 이 시집에는 아기의 성장 모습을 노래한 작품이 여러 편 등장한다. 이 시도 그 가운데 하나로 마치 한 편의 육아 일기를 보는 듯하다. 인간의 발달과정에서 출생 후 일 년은 신체의 성장 속도가 가장 빠른 시기이다. 아랫니에 이어 윗니가 나오는가 싶더니 어느 날 불쑥 일어서는 아기의 모습. 이 작품은 그와 같이 하루가 다르게 쑥쑥 자라나는 아기의 모습을 대견하게 바라보는 화자의 마음이 잘 드러나 있다. 마지막 연의 "천장이,/아니 하늘이 그만치/내려왔다"와 같은 표현에는 그러한 화자의 정서가 집약되어 있는데, 앞 연의 '아기가 일어섬'과 '천장과 하늘이 내려옴'이 절묘하게 대비를 이루어 그 의미를 확장하고 있다.

그 섬에
전기가 들어온 것은
몇 년 되지 않았대요,
전기가 들어오기 전에는

고길 잡으면 이웃과

나눠 먹었대요,

전기가 들어오면서

생선을 잡아도

혼자 먹는대요,

냉장고에 넣어 두고

─「전기」 전문

'쓰레기 배출 금지 구역'엔 항상

쓰레기가 쌓여 있다

─「청개구리」 전문

또한 이 시집에는 세태 묘사를 통해 우리 사회의 풍속을 꼬집고 있는 작품들도 더러 눈에 띈다. 이들 작품은 그 대표적인 것으로, 과학기술과 자본주의 문명의 도래와 더불어 시작된 인간의 탐욕과 이기주의를 비판하고 있다. 「전기」는 섬마을에 전기가 들어오고 냉장고를 사용하게 되면서 점차 나눔의 미덕을 상실한 사람들의 모습을, 「청개구리」는 쓰레기 배출 금지 구역에 항상 쓰레기가 쌓여 있는 광경을 통해 공중도덕쯤은 대수롭지 않게 여기는 사람들의 무한 이기주의를 노래하고 있다. 그러면서도 이들 시는 그와 같은 의도를 작품의 표면에 직접 드러내지 않음으로써 그 나름의 미학적 성취를 이뤄내고 있다. 이점 역시 강정규의 시가 더욱 미덥게 다가오는 이유 가운데 하나이다. 이들 이외에도 영어교육 중심의 세태를 종교에 빗댄 「종교에 대하여」, 자신만의 개성 없이 획일적인 삶을 살아가는 현대인의 모습을 풍자한 「똑같구나, 똑같애 2」 등도 같은 범주에 속하는 작품들이다.

아이의 바른말
말대답,
어른의 옳은 말씀
다 잔소리

─「말」 전문

할아버지는 보는 것마다 주워 오시고
할머니는 때마다 쓸데없는 것
버리라지만
버리는 것은 아무 때나
버릴 수 있다며, 만물 상자 속에
넣어두신다

내 옷에 단추 하나 떨어졌을 때
할머니는 볼 것 없이 만물 상자로
달려가신다.

─「만물 상자」 전문

그런가 하면 이 시집에는 일상에서 발견한 삶의 지혜와 깨달음을 노래한 작품도 많은 수를 차지한다. 이들 작품은 짧은 형식부터 긴 형식까지 다양한 모습을 지니고 있는데, 하나같이 웅숭깊은 삶의 연륜을 느끼게 한다. 「말」은 4행으로 이루어진 짧은 시로, 앞의 2행과 뒤의 2행이 대구를 이루고 있다. 아무리 바른 말이라 하더라도 어른들 앞에서는 곧잘 불경한 것으로 여겨지는 아이들의 대답과 반대로 아무리 옳은 것일지라도 곧잘 아이들에겐 잔소리로 취급받기 일쑤인 어른들의 말. 화자는 우리 일상에서 흔히 마주하는 그와 같은 상황을 통해 세대 간의 불신 문제를 간결한 형식으로 표현하고 있다. 「만물 상자」는 불필요하게 낭비를 일삼는 오늘날 우리의 삶의 되돌아보게 만드는 작품이다. 때마다 쓸데 없는 물건들을 주워 오는 할아버지와 그런 할아버지를 못마땅하게 생각 하면서도 필요한 물건이 생기면 할아버지의 만물 상자로 달려가는 할머니. 사소한 물건 하나라도 결코 허투루 다루는 법이 없는 그들의 삶을 통해 소비가 하나의 미덕으로 당연시되는 오늘날의 그릇된 풍조에 일침을 가하고 있다.

이외에도 이 시집에는 "곤충채집한다고/잠자리 등에 바늘 꽂다가/등 골이 찌르르,/얼른 뺐다"(「침」 전문)와 같이 자연의 소중함을 노래한 작품, "팔고 사지 않아/비싼 집도 없고/셋집도 없고"(「까치집」 부분)와 같이 자연 과의 대비를 통해 인간 사회의 부조리에 대해 비판한 작품, "너 봤어?/뭘?/무지 커, ㅋㅋ"와 같이 목욕탕에서 선생님을 만난 아이들의 대화를 인터넷 통신에서 흔히 사용하는 언어를 통해 재미나게 풀어낸 작품 등 이 다양하게 실려 있다. 그래서 그 무엇보다 읽는 재미가 클 뿐만 아니라, 시인이 한 편의 시를 얻기까지 얼마나 많은 정성과 노고를 아끼지 않았는지를 알게 해준다.

이상의 내용을 바탕으로 강정규의 시가 지니고 있는 특성을 정의하자면 연륜과 패기, 그리고 진정성이라고 할 수 있다. 즉, 그의 시는 일흔 해를 살아오면서 몸소 깨달은 사물의 이치나 삶의 지혜, 그리고 오랫동안 동화작가와 아동문학 잡지 『시와동화』의 발행인으로 활동하면서 탄탄히 다져진 문학적 식견을 바탕으로 하고 있다. 여기에 젊은 시인 못지않게 날 선 감각과 패기, 문학을 대하는 진정성이 가미되어 있어 안정적이면서도 세련된 미적 성취를 보여주고 있다. 만일 그의 시가 독자에게 감동적으로 다가간다면 아마도 그것은 이들 세 가지 요소가 적절히 잘 융합되어 있기 때문일 것이다.

그런 점에서 이제는 '동화작가 강정규'가 아니라 '시인 강정규'라 불러도 크게 어색하지 않을 듯하다. 연작시 「자전거」에서 "달리지/않으면/쓰러진다"라고 노래한 것처럼, 앞으로도 그가 멈추지 않고 시 창작에 힘을 쏟아 더욱 좋은 작품을 많이 발표하기를 기대해 본다. 그래서 그가 시와 동화를 바퀴 삼아 자전거를 타고 신이 나게 달려가는 모습을 자주 보았으면 좋겠다. 그리고 그 자전거 위에 나도 한자리 차지하고 앉아 콧노래를 흥얼거리며 오래도록 행복했으면 정말 좋겠다.

겨울 초입에서 만난 두 권의 동시집

김개미 동시집 『어이없는 놈』, 제11회 푸른문학상 동시집 『강아지 기차』

1.

어느 시인은 "지나가 버린 것은 모두가 다 아름다웠다."라고 노래한 바 있다. 하지만 이제는 안다. 웬만한 상처는 어느 정도 시간이 흐르면 곧 아물게 마련이지만, 어떤 상처는 오히려 시간이 흐를수록 더 크게 되살아나기도 한다는 것을. 책장이 다 떨어진 오래된 책처럼 어느덧 너덜너덜해진 지난날의 꿈과 희망, 아픔과 슬픔. 하지만 어쩌랴. 아름답고 행복했던 시간 못지않게 그 슬프고 아팠던 시간 역시 삶의 일부인 것을.

내겐 동시를 읽는 일이 바로 그러하다. 즉, 동시 읽기는 아득한 기억 그 어딘가에서 웃다, 울다 지쳐 잠든 어린 시절의 나와 대면하는 일이다. 그래서 동시를 읽다 보면 때때로 그만 감정이 요동치곤 한다. 신이 나고 재미있는 장면을 만나면 같이 웃고, 아프고 슬픈 장면을 만나면 같이 울고. 그런 점에서 동시를 읽는 일은 곧 과거의 나와 지금의 내가 서로 이해하는 일이기도 하다.

마지막 남은 한 장의 달력처럼 작은 바람에도 마음 한 자락이 쉽게 덜컹거리는 겨울 초입에서 두 권의 동시집을 만났다. 하나는 김개미 동시집 『어이없는 놈』(문학동네, 2013)이고 또 다른 하나는 제11회 푸른문학상 동시집 『강아지 기차』(푸른책들, 2013)이다. 이들 동시집은 모두 문학상을 받은 작품이다. 따라서 누구나 믿고 읽을 수 있을 뿐만 아니라 각각의 작품이 지닌 장점을 요모조모 살펴볼 수 있는 재미도 있다.

2.

김개미의 동시집 『어이없는 놈』은 제1회 문학동네 동시문학상 대상을 받은 작품으로 동시가 갖추어야 할 기본적인 요소를 두루 충족하고 있다. 우선 내용적으로는 대부분 작품이 유쾌하면서도 발랄한 상상력을 바탕에 깔고 있어 재미를 주고 있다. 그리고 아이들의 심리를 꿰뚫어 보는 예리한 눈을 지니고 있어 생동감 있는 작품을 만들어내고 있다. 게다가 형식적으로는 활달하면서도 세련된 문체를 구사하고, 비슷한 시구의 반복을 통해 구조적 안정감을 꾀하고 있다. 여기에 섬세한 관찰력으로 빚어낸 감각적 묘사가 더해져 읽는 재미가 그만큼 크다.

치카치카 치카치카,

준하가 거울 앞에서
양치질을 하네

칫솔은 꼬마 기차
이빨은 미니 레일

레일이 덜 깔려서

기차가 자꾸 멈추네

치카치카 치카치카,

ー「네 살짜리 양치질」 전문

이 작품은 네 살짜리 아이가 양치질하는 장면을 형상화하고 있다. "칫솔은 꼬마 기차/이빨은 미니 레일"에서 보는 것처럼 이 작품의 재미는 칫솔을 기차로, 이를 레일로 비유해 아이가 양치질하는 모습을 참신하면서도 유쾌하게 그려낸 상상력에 기인한다. 그리고 "레일이 덜 깔려서/기차가 자꾸 멈추네"에서와 같이 듬성듬성 이가 빠진 아이의 모습을 실감 나게 표현함으로써 웃음을 유발하고 있다. 여기에 음성상징어 "치카치카 치카치카"를 작품의 처음과 끝에 적절하게 배치해 구조적 안정감을 주고 있을 뿐만 아니라, 양치질하는 아이의 모습을 생동감 있게 묘사하고 있어 읽는 재미를 배가시킨다.

그림인 줄 알면서
손이 닿지 않게 조심한다

그림인 줄 알면서
쿵쿵 냄새를 맡아 본다

ー「똥 그림」 전문

아이들은 어른보다 호기심이 왕성하다. 아직 경험이 적은 탓에 자신의 눈앞에 펼쳐진 풍경이나 사물들이 모두 관심의 대상이다. 이 작품은 그러한 아이들의 심리적 특성을 예리하게 포착하고 있다. 그림인 줄 알면서도 똥 그림 앞에서 "손이 닿지 않게 조심"하고, "쿵쿵 냄새를 맡아" 보

는 아이의 천진난만한 모습이 잘 그려져 있다. 그리고 1연과 2연이 같은
형식으로 반복되고 있어 전체적으로 안정감이 있다. 비록 2연 4행으로
이루어진 짧은 작품이지만, 그 어느 작품보다 강한 인상을 준다.

> 암탉의 눈동자가
> 공깃돌처럼 달그락거리고
> 개밥그릇의 물은
> 시멘트처럼 딴딴해서
> 거꾸로 들어도 안 쏟아진단다
> 지겟작대기같은 키 큰 고드름이
> 지붕을 꽉 붙들고
> 차돌 같은 할미 이빨은 딱딱
> 북을 치고 야단이란다
>
> ─「추운 날 할머니 전화」 부분

　이 작품은 어느 추운 겨울 아침 할머니가 손자에게 전화해서 몸조심
을 당부하는 내용을 담고 있다. 첫 행부터 마지막 행까지 손자에게 전하
는 할머니의 말로만 이루어져 있다. 그런 까닭에 조금은 단조로운 느낌
이 전혀 없지 않다. 하지만 이 작품은 섬세한 관찰력과 뛰어난 감각적
묘사로 그와 같은 단점을 말끔히 해결해 버린다. "공깃돌"처럼 달그락거
리는 "암탉의 눈동자", "시멘트"처럼 딴딴하게 굳은 "개밥그릇의 물",
"지겟작대기" 같은 "키 큰 고드름", "차돌" 같은 "할미 이빨" 등 그 비유
와 감각적 묘사가 뛰어나다. 이 점은 "물방울 손가락으로"(「덜 잠긴 수도꼭
지」), "바람의 안마"(「너도 올라오겠어?」), "가슴에서 물고기가 튀어나올 것
처럼"(「침이 마른다」) 등에서도 어렵지 않게 발견할 수 있다.
　이처럼 김개미의 『어이없는 놈』에 실려 있는 작품들은 비교적 수준이

높고 작품 간의 편차가 크지 않다. 이는 유쾌한 상상력과 절제된 언어구사, 섬세한 관찰력과 감각적인 묘사 등 그의 시적 재능이 뛰어나다는 것을 방증한다. 짧은 지면 탓에 이 글에서는 다 소개하지 못했지만, 맹랑하면서도 당돌한 여섯 살 아이의 모습을 유쾌하게 그려낸 표제작 「어이없는 놈」을 비롯해 아이다운 상상력이 돋보이는 「나의 꿈」 등도 한 번쯤 주목해 볼 만한 작품들이다.

3.

『강아지 기차』는 2013년 제11회 푸른문학상 동시 부문 수상자들의 작품을 모은 앤솔러지이다. 이 동시집의 구성은 총 3부로 이루어졌으며, 각부마다 수상자인 김선경, 이현영, 남은우의 작품이 12편씩 수록해 놓았다. 그래서 앞서 언급한 김개미의 동시집 『어이없는 놈』과는 또 다른 재미 즉, 각각의 시인이 지닌 고유한 취향이나 특성을 서로 비교하며 살펴볼 수 있는 장점이 있다.

달랑
두 쪽짜리
책인데,

한 계절이 담겨 있다
온 들꽃 향기 서려 있다.

—「나비」 전문

아기 볼에 패인

볼우물 속에
개구리가 산다

엄마가 어를 때마다

갸르르륵
갸르르륵

―「볼우물」 부분

이들은 제1부에 실려 있는 김선경의 작품이다. "달랑/두 쪽짜리/책"
(「나비」)이나 "아기 볼에 패인/볼우물 속에/개구리"(「볼우물」)에서 보듯이,
이 시인의 작품이 지닌 가장 큰 매력은 시적 발상의 신선함이다. 이는
사물을 고정된 관습에 얽매이지 않고 낯설게 읽어내는 독특한 능력에서
비롯된다. 사실 '나비'에서 '두 쪽짜리 책'을, '볼우물'에서 '개구리'를
연상하는 것은 누구나 할 수 있는 일이 아니다. 그리고 그것이 단발적인
진술로 끝나는 것이 아니라 '계절'이나 '들꽃', '엄마' 같은 시어들과
결합하여 의미를 확장하기도 하고, 시적 분위기를 돋우기도 한다. 그럼
으로써 독자에게 자동화된 일상적 인식의 틀에서 벗어나 삶과 사물을
새롭게 바라볼 수 있는 즐거움을 제공하고 있다.

우리 엄마는

파리 잡을 때도 파리채
모기 잡을 때도 파리채
우리 혼낼 때도 파리채

죽은 파리는 휴지통에
죽은 모기도 휴지통에

우리는 죽은 듯이
공부방에

—「파리채 하나로」 전문

가을에
피는 꽃 중에

가장 크고
가장 빨리 자라고
가장 환하게 웃고

가장
맛있는 꽃

—「가을배추」 전문

그런가 하면 제2부에 실려 있는 이현영의 시편들은 또 다른 매력으로 관심을 끈다. 우선 이 시인의 작품은 화려함과는 거리가 멀다. 내용과 형식이 평이하고, 특별한 시적 기교도 구사하지 않는다. 그럼에도 독자의 마음을 끌어당기는 묘한 힘을 가지고 있다. 요란하지 않으면서도 담백하고, 은은하면서도 길게 여운이 남는다고나 할까. 위의 작품들은 바로 그러한 이현영 시인의 시적 특성을 잘 보여준다. 「파리채 하나로」는 소소한 물건인 '파리채'를 통해 일상에서 흔히 볼 수 있는 풍경을 담담하게 재현함으로써 깊은 공감대를 불러일으킨다. 그리고 「가을배추」는 '배추'가 가을에 피는 꽃들 가운데 "가장/맛있는 꽃"이라는 다소 엉뚱한 진술을 늘어놓고 있지만, 어느 순간 정말 그렇게 생각할 수도 있겠구나 하고 수긍하게 한다. 이것은 기본적으로 주변의 삶과 사물에 관한 이 시인의 깊은 애정에서 비롯되는 것으로 짐작되는데, 반드시 뛰어난 상상력 또는 화려한 시적 기교를 지녀야만 좋은 시인이 되는 것이 아니란 것을 알게 해준다.

우리 청송마을
대장이 바뀌었다

청송사지 삼층석탑 할배에서
승욱이네 아기로

삼층석탑 할배
개구리 떼로 몰고
밤이면 개골개골

그럼 뭐하나?

으앙!
울음 한 방이면

뚝!
꿀 먹은 개구리 되는데

—「대장이 바뀌었다」 전문

떤생님!

우리 아빠 이름은 아는데요

우리 아빠 성함은 몰라요

—「1학년」전문

    이들은 제3부에 실려 있는 남은우의 작품이다. 이 시인의 작품은 대체로 밝고 건강한 분위기를 띠고 있는 것이 특징이다. 그 어떤 작품을 펼쳐도 웃음을 유발하는 요소가 하나씩은 들어 있게 마련이어서 읽는 내내 마음이 즐겁다. 또한 위에 인용한 「대장이 바뀌었다」와 「1학년」에서 알 수 있듯이 시상의 전개가 활달하고 거침이 없다. 게다가 "그럼 뭐하나?//으앙!/울음 한 방이면//뚝!/꿀 먹은 개구리 되는데", "우리 아빠 이름은 아는데요/우리 아빠 성함은 몰라요"와 같이 언어를 구사하는 능력이 매우 능숙하다. 그래서 이 시인의 작품을 읽다 보면 안정감이 느껴지는데, 이는 오랜 훈련과 경험으로 다져진 기본기가 그만큼 탄탄하다는 걸 말해준다.

    이처럼 『강아지 기차』에 수록된 작품들은 저마다 각기 다른 빛깔의 옷을 입고 있다. 어떤 작품은 발상의 신선함으로 독자들의 잠들어 있는 의식을 깨워주기도 하고, 어떤 작품은 화려하지 않으면서도 은은한 향기도 독자의 마음을 끌어당기기도 한다. 그리고 어떤 작품은 유쾌하면서도 밝은 분위기로 독자들의 마음을 즐겁게 해주기도 한다. 한 상 잘 차려진 음식에서 경험할 수 있는 다양한 종류의 맛, 바로 그것이 이 시집이 독자들에게 주는 진정한 선물이다.

4.

한때 시인이 되고 싶었다. 언제부터인지 분명하지 않지만, 그 시절 나는 몹시 아팠다. 몸도 마음도 너무 아파서 조금만 움직여도 모든 것이 무너져 내릴 것만 같아 늘 두렵고 무서웠다. 그런 나에게 시는 친구이자 인생의 선생님이었다. 시를 읽고 있으면 그냥 위로가 되었고, 마음이 평온해졌다. 또한 그 어떤 교과서에서도 가르쳐주지 않았던 삶의 진실을 시를 통해 배웠다. 아마 그때부터였을 것이다. 내가 시인을 꿈꾸었던 것은.

하지만 결국 나는 시인이 되지 못했다. 대신 평생 시를 사랑하는 독자가 되기로 했다. 그래서 지금도 새로운 시인을 만나면 마음이 설레고 흥분된다. 마치 또 한 사람의 친구와 인생의 선생님을 만난 것처럼. 그리고 간절히 소망한다. 내가 그랬듯이 지금 어딘가에서 홀로 아파하고 있을 어린 친구들이 시를 통해 아픔과 슬픔을 치유하고, 더 나은 꿈과 희망을 마음에 품게 되기를. 아울러 재능 있는 시인들이 더 많이 나와 그들과 아픔을 함께 나누고, 그들의 지친 영혼에 힘과 용기를 불어넣어 주기를.

직관과 비유의 힘

최명란 동시집 『해바라기야!』[1]

최명란은 어떤 대상이나 현상으로부터 직관적으로 시심을 이끌어내는 능력이 남다르다. 또한, 그것을 쉽고 정제된 언어와 개성 있는 비유를 통해 시적으로 형상화하는 재주가 뛰어나다. 즉, 직관과 비유의 힘이 매우 탁월하다. 여기에 동심 특유의 순수함과 사유방식에 근접해 들어갈 수 있는 재능까지 겸비하고 있다. 그래서 그의 시는 대체로 간결한 형식을 지니며, 공감의 폭이 넓고 비교적 잘 읽힌다.

이 점은 이번에 출간된 『해바라기야!』에서도 그대로 반복된다. 이 시집에는 유난히 짧은 시가 많다. 총 51편 가운데 무려 35편이 5행 이내로 이루어진 단시들로 구성되어 있다. 더욱이 2행 이내의 시만도 5편에 달한다. 시의 소재도 흔히 일상에서 볼 수 있는 사물이나 현상이 대부분이다. 하지만 아무리 하찮은 소재도 그의 예리한 시야에 포착되면 전혀 새로운 존재로 탈바꿈한다.

　하늘의 배꼽, 또는 숨구멍

ㅡ「보름달」 전문

----

1 창비, 2014.

온다는 말도 없이
전화도 없이
문자 한 통도 없이

―「소나기」 전문

사실 시에서의 새로움이란 관습적 사고, 상투적 표현과의 싸움이다. 같은 소재라도 시인이 그것을 어떻게 인식하고, 어떤 방식으로 표현하느냐에 따라 시적 의미가 크게 달라진다. 그런 점에서 시 쓰기는 곧 익숙한 것들과 이별하는 일이라고 할 수 있다. 따라서 좋은 시를 쓰기 위해서는 보름달을 "하늘의 배꼽"이라고 스스럼없이 말할 수 있어야 하고, 한여름 느닷없이 쏟아지는 소나기를 보고 "전화도 없이, 문자 한 통도 없이" 불쑥 찾아왔다고 천연덕스럽게 말할 수 있어야 한다.

하지만 어떤 사물이나 현상에서 새로운 의미를 즉각적으로 발견해 내는 능력은 누구에게나 주어지는 것이 아니다. 또한, 어지간한 노력으로 쉽게 성취할 수 있는 성질의 것도 아니다. 이 시집에는 "보고 싶은데/너무 밑에 있다"(「발바닥」 전문), "할머니 손은/고사리 손이다"(「고사리」 부분), "아빠 눈썹은 송충이 눈썹"(「눈썹」 부분), 나는 지금 빨래 중이다"(「나는 비」 전문) 등 직관력을 바탕으로 창작된 시가 많다. 또한, 이들 가운데 상당수가 일정한 성과를 거두고 있다. 이는 최명란의 시가 오랜 수련과정을 거쳐 숙성된 것임을 방증한다.

동그랗다
작다
매끈하다
……
너처럼 예쁘다

―「콩」 전문

나는 지금 빨래 중이다

-「나는 비」 전문

　그러나 단지 직관력이 뛰어나다고 좋은 시를 쓸 수 있는 것은 아니다. 아무리 새로운 발견이라 하더라도 표현이 새롭지 않으면 독자에게 강렬한 인상을 주지 못한다. 따라서 시에서 직관력 못지않게 중요한 것이 표현능력인데, 이것 역시 상당한 숙련이 요구된다. 「콩」은 행의 배열이 매우 독특한 시이다. "동그랗다/작다/매끈하다"에서처럼, 1행부터 3행까지를 서술어만으로 배치하고 있다. 이는 다분히 의도적인 것으로 간결한 형식미를 구축하는 데 일조하고 있을 뿐만 아니라, 마지막 행의 "너"에 모든 시상을 집중시키는 역할을 하기도 한다. 「나는 비」는 이 시집에서 시형이 가장 짧다. 그럼에도 읽는 재미가 크다. 이는 발상의 전환 즉, 사물을 비틀어 보는 것에서 비롯된다. 실제로 "나는 지금 빨래 중이다"라는 진술은 그 자체로는 아무런 감흥도 주지 않는다. 하지만 그 행위의 주체가 '사람'이 아니라 '비'가 되는 순간 사정이 크게 달라진다. 이 시의 묘미는 바로 그와 같은 주체의 바꿔치기 즉, 비를 의인화함으로써 발생한다. 재치 있는 비유만으로도 정서적 울림을 만들어 낼 수 있음을 보여주는 좋은 사례이다.

그릇들은
조금만 건드려도
엄살이 심하다
내가 내리친 것도 아니고
손가락에 살짝 건들렸을 뿐인데
딸그락
우르르르

큰 소리를 내며
주저앉는다
내 동생은 그릇이다

—「엄마 앞에서」 전문

설날이다
친척들이 많이 왔다
빽빽하게 누워 잔다
촘촘 비좁다
크레파스다

—「크레파스」 전문

실제로 시에서 비유는 생명이나 다름이 없다. 시를 시답게 만드는 매우 강력한 표현수단이다. 그래서 흔히 '시는 곧 비유다'라고 말하기도 한다. 위의 시들은 이번 시집에서 가장 뛰어난 표현력을 자랑하는데, 모두 은유를 중요한 표현 도구로 삼고 있다. 은유는 대상을 암시적으로 나타내는 비유법의 하나로, 상대에게 대상을 낯설게 하고 강렬한 인상을 전달하는 데 효과적이다. 「엄마 앞에서」는 동생을 '그릇'에 빗대고 있는데, 그 발상이 기발하면서도 참신하다. "손가락에 살짝 건들렸을 뿐인데"도 "우르르르/큰 소리를 내며/주저앉는" 그릇들처럼, 평소에는 그렇지 않다가도 막상 엄마 앞에서는 살짝 스치기만 해도 엄살을 부리며 금세 울음을 터뜨리는 동생. 그러고 보니 그 둘의 속성이 정말 얄밉도록 닮았다는 생각이 든다. 그 점은 「크레파스」도 마찬가지이다. 이 시는 설날 집에 모여든 친척들이 한 방에 "빽빽하게 누워" 자는 풍경을 '크레파스에' 빗대고 있는데, 그 표현이 무척 재미있다. 더욱이 아이들에게 친숙한 물건인 크레파스를 비유의 대상으로 활용함으로써 더욱 공감의 폭을 넓히고 있는 점이 인상적이다. 이들 외에도 이 시집에는 독특한 비유로 눈길을 사로잡는 시가 많다.

이처럼 최명란의 시는 기본적으로 직관과 비유를 창작의 중요한 원리로 삼고 있다. 그 때문에 전반적으로 그의 시는 간결하고 명징한 것이 특징이다. 아마도 이는 "시라는 작은 구멍을 통해 큰 세계를 열어 보이는 일"(「머리말」 중에서)이 곧 자신의 몫이라는 믿음에서 비롯된 것으로 보인다. 그 때문에 그의 시를 읽다 보면 1940년대 김영일의 「사시소론」이 떠오르곤 한다. 당시 김영일은 "예술은 교시가 아니다. 암시다."(『아이생활』, 1943)라며, 예술 동시의 필요성을 주장한 바 있다. 그리고 "새빨간/목단/지금 씻은/나의 얼굴"(「목단」 전문)과 같은 짧은 시를 다수 발표하였는데, 그 창작의 기본원리가 최명란의 그것과 닮은 점이 많다. 즉, 이들 모두 교시가 아닌 암시를 중시함으로써, 비교적 시의 본질에 충실한 편이다.

> 그때 그 올챙이들은
> 아직 살아 있을까?
> 엄마 개구리는
> 그날 어디 가셨나?
>
> ─「올챙이」 전문

> 냉장고가 너무 추워요.
>
> 채소 가족 올림
>
> ─「겨울 편지」 전문

하지만 이 시집에는 외형상 시의 모습을 갖추었지만 그다지 울림을 주지 못하는 시들이 더러 눈에 띈다. 위의 시들이 바로 그것이다. 「올챙이」는 화자가 회상과 질문의 형식으로 이루어져 있다. 이 시에서 화자는 '그때'와 '그날'로 지칭되는 과거를 떠올리며 올챙이들의 생사를 걱정하고 있다. 그런데 그와 관련한 정보가 지나치게 생략되어 있어, 구체적인 의미를 재구성하기가 어렵다. 「겨울 편지」의 경우는 편지글의 형식으로 이루어져 있다. 이 시는 냉장고 안의 '채소 가족'이 너무 춥다며 어려움을 호소하는 내용을 담고 있다. 편지라는 독특한 형식과 그 발신이 채소 가족이라는 점이 얼마간의 관심을 끌긴 하지만, 그 이상의 감동을 만들어내지는 못하고 있다. 진정성 면에서 다른 작품들에 비해 상대적으로 부족한 것이 그 원인이 아닐까 싶다. 이는 앞서 살펴본 시들과 비교하면 그 차이를 쉽게 확인할 수 있다.

이런 사실은 좋은 시가 되기 위해선 다양한 조건이 두루 충족되어야만 한다는 것을 잘 보여준다. 즉, 관점과 표현의 새로움, 내용과 형식의 조화, 구체성과 진정성의 확보, 개성적인 문체와 상상력 등 여러 가지 요소가 총합의 형태로 구현되어야만 좋은 시가 될 수 있다. 그런 점에서 이 시집에 그와 같이 평균치에 미달하는 시들이 더러 포함되어 있다는 것이 다소 아쉽다. 그럼에도 최명란이 뛰어난 시인이란 사실에는 조금도 변함이 없다. 지칠 줄 모르는 열정과 패기, 순발력 있는 유머와 재치, 생기가 충만한 상상력과 표현 등, 지금까지의 행보만으로도 그는 얼마나 재능이 많은 시인인지는 충분히 입증되고도 남는다. 다음에 그가 또 어떤 시를 선보일지 무척 기대된다.

김장독이 되고 싶은 시인

구옥순 동시집 「꼬랑 꼬랑 꼬랑내」[1]

시인 구옥순은 말한다. 이제는 '김장독'이 되고 싶다고. 그래서 서로 상처를 주고받으면서 함께 어우러져 살아갈 수밖에 없는 이 세상의 모든 것들을 가만히 안아주고 싶다고. 그래서인지 그의 시들은 하나같이 따뜻하다. 넉넉하고 포근한 어머니의 마음을 닮았다. 실제로 이런 모성적 이미지는 이 시집 곳곳에서 쉽게 발견할 수 있다. "자고 있는 씨앗 볼 비비며/달콤한 잠 깨우는/엄마의 포근한 입맞춤"(「봄비」)이나 "씨감자 옆에/깨알같은 감자알이/젖먹고 있다."(「흙 속에는」), "하늘은/안개 구름옷 헤치고/달콤한 젖줄 물리지."(「비」) 등이 그 대표적인 예이다.

> 내 마음을 거르는 거름종이
> 들뜨거나 기쁜 마음
> 차분히 걸러
> 맑은 물 뚝뚝 떨어지게 하는.

---

1 청개구리, 2014.

내 마음을 모으는 돋보기
화나거나 슬픈 마음
한 점으로 모아
하얀 연기로 솔솔 태워 버리는.

─「시는」 전문

 아무리 화나거나 슬픈 일이 있어도 짜증을 내지 않고 다 받아줄 것만
같은 편안함. 위 시는 그와 같은 구옥순의 시적 특성이 어디에서 출발하
고 있는지를 잘 보여준다. "들뜨거나 기쁜" 또는 "화나거나 슬픈" 감정
들을 섣불리 토해내지 않고, 오랜 시간 마음의 곳간에 담아두고 차분히
걸러내고 잘 숙성시켜 만들어낸 맛깔스러운 언어들. 그런 까닭에 그의
시는 비록 바싹 날이 선 상큼하고 발랄한 감각으로 오감을 자극하는 맛
은 덜하지만, 입안에 든 눈깔사탕처럼 오래도록 굴려도 쉽게 사라질 것
같지 않은 그 달콤함이 짙게 배어있다. 여기에 웅숭깊은 사유와 소박하
면서도 강렬한 인상을 주는 비유는 그의 시가 지닌 가장 큰 매력이라고
할 수 있다.

군인아저씨들
땡볕에
훈련 중이다.

커다란 키에
척척 줄을 맞추어
앞으로 잘도 간다.

덥다고 뒷주머니에

노란 물통
하나씩 차고 간다.

—「옥수수밭」 전문

토닥
토닥

잠들지 못하는
이 땅 위의 모든 것들

가만
가만

잠 재워 주는
하느님의 하얀 손바닥

—「눈」 전문

   이들은 자연물을 소재 삼아 창작된 작품으로 그 비유가 매우 독특하다. 「옥수수밭」은 여름날 옥수수밭의 풍경을 형상화하고 있다. "군인아저씨들/땡볕에/훈련 중이다"에서 보는 것처럼, 이 작품은 1연에서 옥수수대를 "군인아저씨"에 비유하고 있다. 그리고 이는 2연에서의 "커다란 키에/척척 줄을 맞추어/앞으로 잘도 간다"와 긴밀하게 호응해 강인하면서도 생명력 넘치는 분위기를 만들어내는 데 일조한다. 아울러 그 때문에 옥수수를 "노란 물통"에 비유한 3연에서의 표현이 조금도 어색하지 않게 다가온다. 그 점은 「눈」도 다르지 않다. 이 작품은 "눈"을 "하느님의 하얀 손바닥"에 비유하고 있다. 그로 말미암아 눈은 차가운 이미지를 벗어내고 따뜻하고도 포근한 이미지를 획득하게 된다. 게다가 "토닥/토닥"과 "가만/가만" 같은 다정다감한 어감을 주는 의태어 사용과 통사구조의 반복을 통한 안정감 있는 구성이 더해져 깔끔하고 단아한 느낌을 주고 있다. 이들은 모두 비유가 시의 묘미를 만들어내는 중요한 요소 가운데 하나임을 잘 보여주는 작품들이다.

미안해
건너지 못하게 해서

난
늘 푸른 신호등이고 싶었어

그렇지만
그 자리에 서서
사방을 둘러보고
잠시
쉬는 것도 괜찮지 않니?

— 「빨간 신호등」 전문

쉴 새 없이
걷고 뛰고
공도 뻥 차고 나면

꼼꼼한 땀이
발가락 사이사이
새까만 때가 되어

꼬랑 꼬랑 꼬랑내
풍기며 말하지

제발
코 잡고 얼굴 찡그리며
으 꼬랑내 그러지 마

너!
나처럼 열심히 일해 봤어?

— 「꼬랑 꼬랑 꼬랑내」 전문

    이들 작품은 구옥순 시의 또 다른 매력인 사유의 깊이를 보여준다. 「빨간 신호등」은 신호등을 의인화해서 독자에게 말을 건네는 방식을 취하고 있는데, 이 작품의 화자인 빨간 신호등은 "건너지 못하게 해서" 미안하다는 말과 함께 "잠시/쉬는 것도 괜찮지 않니?"라고 묻고 있다. 속도와의 전쟁이 일상화된 탓에 빨간 신호등은 흔히 부정적인 것으로 인식되는 것이 보통이다. 하지만 그럴수록 더욱 중요한 것은 무한 질주가 아니라 좀 더 여유를 갖고 자신의 삶의 목표를 점검하고 올바른 방향을 설정하는 일이다. 이처럼 이 작품은 발상의 전환을 통해 오늘날 우리들의 삶을 다시금 되돌아보게 한다. 이는 이 시집의 표제작인 「꼬랑 꼬랑 꼬랑내」도 마찬가지이다. 이 작품 역시 불결하게 생각되었던 꼬랑내를 새로운 관점에서 해석하고 있다. "쉴 새 없이/걷고 뛰고/공도 뻥 차고 나면"에서처럼, 꼬랑내는 사실 건강한 노동의 산물이자 열심히 살았다는 삶의 증표이다. 그럼에도 불편을 준다는 이유로 곧잘 무시당하는 꼬랑내. 그런 꼬랑내의 모습에서 남들이 싫어하는 궂은일은 도맡아 하면서도 정작 그 노동의 가치를 인정받지 못하는 사람들을 떠올리게 되고,

그들의 삶을 애써 회피해 왔던 옹졸한 마음을 부끄럽게 만들기도 한다.

그럼에도 이 시집에서 다소 아쉽게 생각되는 것은 작품에 등장하는 아이의 모습이 하나같이 매우 착하다는 점이다. 물론 「총연습」에서처럼 엉뚱하고 장난기가 많은 아이가 더러 등장하기도 하지만, 이들 작품에 묘사된 아이들은 대체로 나이에 걸맞지 않게 온순하고 사려 깊다. 그 때문에 천진난만한 아이들의 모습이 잘 보이지 않아 시적 흥미가 그만큼 반감되기도 한다. 아마도 이는 오랫동안 교단을 지키고 있는 시인 구옥순의 삶과 밀접한 관련이 있는 것으로 생각된다. 즉, 교사로서 아이들이 가급적 맑고 깨끗하게 자랐으면 하는 바람이 크게 작용했기 때문으로 보인다.

배추야,
뻣뻣하다고 소금이 툴툴댔지?
싱겁다고 젓갈이 약 올렸지?
허옇다고 고추가 벌컥 화냈지?
덜렁댄다고 마늘이 톡 쏘았지?

널 키운
햇살도 바람도 걱정인가 봐.
서로서로 어우려져야
맛있는 김치 되는 걸.
내 품에 안겨 푹 쉬렴.

— 「김장독」 전문

하지만 구옥순 시인 자신의 말처럼 서로 상처를 주고받는 일이 있더라도 함께 어우러져 살아가는 것이 사람들의 삶이다. 이는 비단 어른들에게만 국한된 것이 아니라 아이들의 세계에서도 그대로 적용된다. 위 시에 등장하는 소금과 젓갈, 고추와 마늘같이 개성이 강한 아이들은 어디에나 존재하기 마련이다. 따라서 그와 같이 성격이 천차만별인 아이들을 한데 모아 맛있는 김치를 만들기 위해서는, 그저 김장독이 되어 그들을 품는 것만으로는 부족하다. 그들이 개성을 잃지 않고 서로 잘 어우러질 때 더욱 풍성하고 감칠맛이 나는 김치가 될 수 있기 때문이다. 그런 점에서 그의 시에 등장하는 아이들의 모습이 지나치게 균질하게 다가오는 것은 그리 좋은 현상은 아니라는 생각이 든다. 왜냐하면 그것이 자신의 시세계를 확장해 나가는 데 자칫 방해가 될 수도 있기 때문이다.

그런데 이는 앞으로 시인이 풀어가야 할 숙제이긴 하나 크게 걱정할 일은 아니다. 지금까지 살펴본 것처럼 구옥순의 시는 비록 화려하지는 않지만, 매우 건실하다. 설익은 감정들을 곧바로 토해내지 않고, 오랜 시간 잘 숙성시킨 정갈한 언어들. 모성애에 바탕을 둔 넉넉하고 포근한 이미지. 웅숭깊은 사유와 소박하면서도 강렬한 인상을 주는 비유 등 그의 시는 많은 장점을 지니고 있다. 이런 사실은 그의 시적 재능이 그만큼 탄탄하다는 것을 말해준다. 더욱이 "거미는 날마다/새로운 시를 쓴다" (「거미」)라고 노래할 정도의 시인이라면 능히 그러한 문제쯤은 쉽게 극복할 수 있으리라 생각한다.

밥값, 시값 잘하는 시인

박예분 동시집 『안녕, 햄스터』[1]

작가는 작품을 통해 자신의 생각과 느낌을 표현한다. 따라서 작품을 자세히 분석하면 작가 고유의 생각이나 가치관, 작가가 언어를 다루는 기법이나 대상을 형상화하는 방법 등이 고스란히 드러난다. 그리고 이러한 과정에서 획득된 개성은 곧잘 작가의 문학적 위상과 결부되기도 한다.

이는 시인 박예분도 예외가 아니다. 실제로 『안녕, 햄스터』에 실린 작품을 분석하면 다음과 같은 시적 특성이 두드러지게 나타난다. 첫째, 사물을 대하는 자세가 진실하고 작품마다 진정성이 드러난다. 둘째, 시인의 착한 심성을 닮은 탓에 작품의 분위기가 전반적으로 밝고 따스한 편이다. 셋째, 의태어와 의성어를 즐겨 사용해서 경쾌한 리듬감을 자아내는 작품들이 많다.

이처럼 박예분의 작품은 화려함과는 어느 정도 거리가 있다. 그래서 시공간을 자유롭게 넘나드는 상상력과 자유자재로 언어를 부리는 기술, 대상을 압도하는 현란한 수사와 감각적인 비유 등을 기대하기 어렵다.

---

1 청개구리, 2015.

그럼에도 그의 작품은 은근히 독자를 마음을 사로잡는 묘한 매력을 지니고 있다. 그렇다면 그와 같은 힘은 과연 어디에서 나오는 것일까?

어딜 가나
눈, 코, 입, 귀를 활짝 열어 놓고
손 내밀며

연잎에 맺힌 빗방울로 구슬치기하고
사막여우랑 북극곰이랑 친구 맺고
카멜레온 패션쇼에도 함께 출연하고
낙타 등에 아이스크림 싣고
모래언덕을 넘어 가시도마뱀 찾아가고
갈색꼬리감기원숭이의 긴 꼬리를 잡고
꼬리에 꼬리를 무는 생각나무를 타며
겨우겨우 쓴 동시
소, 기린, 양, 사슴, 노루처럼
씹고 또 씹고
꿀꺽 삼키고 다시 게워
밤새 되새김질해서 쓴 동시
내게 제일 먼저 보여 주며 조심스레
어때?
괜찮아?

ㅡ「시인이 되고 싶은 엄마」 전문

이 작품은 박예분의 시세계를 이해하는 데 많은 도움을 준다. 이 작품에서 화자는 시인이 되고 싶은 엄마의 모습을 노래하고 있다. 즉, 1연에

서는 "어딜 가나/눈, 코, 입, 귀를 활짝 열어 놓고/손 내밀며" 세상과 소
통을 시도하는 엄마의 모습을, 2연에서는 "씹고 또 씹고/꿀꺽 삼키고 다
시 게워/밤새 되새김질해서" 동시를 창작하는 엄마의 모습을 담아내고
있다. 모든 감각을 동원해 글감을 찾고, 한땀 한땀 정성을 다해 한 편의
작품을 완성해 나가는 엄마의 모습이 매우 진솔하게 다가온다. 그런데
사실 이 작품에 등장하는 엄마는 다름 아닌 박예분 그 자신이다. 그런
점에서 이 작품은 박예분 시인의 평소 자신의 창작과정을 밝힌 것으로
보아도 무리가 없다.

언제든 세상과 소통할 만만의 준비가 되어 있을 뿐만 아니라, 매사에
어느 한 작품도 허투루 여기지 않고 정성을 다하는 시인. 그래서일까?
박예분의 시 가운데는 사물을 대하는 자세가 진실하고, 진정성이 느껴
지는 작품이 많다. 그럼에도 「시인이 되고 싶은 엄마」에서 보는 것처럼
그는 여전히 시인이 되고 싶다며 한껏 자신을 낮춘다. 그 점에 비추어
볼 때 시인이 아마도 이 작품을 시집의 마지막에 배치한 것도 결코 우연
이 아니라는 생각이 든다. 즉, 이것은 지금까지의 창작 활동에 대한 성찰
인 동시에 앞으로 더욱 좋은 동시를 쓰겠다는 다짐이 아닐까 싶다.

새 운동화 옆에
헌 운동화 나란히 놓였습니다

헌 운동화는 밤늦도록
새 운동화에게 이야기합니다

비 오는 날
놀이터에선 물웅덩이 조심하고
문방구에 가면

게임기 앞에 쪼그려 앉지 말고
심부름 갈 땐
신호등 없는 찻길 꼭 조심하고

헌 운동화는
그동안 나랑 함께 걸었던 길을
새 운동화에게 들려주느라
바쁩니다.

—「나랑 빨리 친해지라고」 전문

동화적 사고를 바탕으로 창작된 이 작품은 시인 박예분의 또 다른 면모를 잘 보여준다. 이 작품에서 화자는 "그동안 나랑 함께 걸었던 길을/새 운동화에게 들려주느라/바쁩니다."에서 보듯이, 새 운동화가 자기와 빨리 친해지도록 헌 운동화가 도움을 주고 있다고 말한다. 그런데 여기서 주목할 것은 바로 그러한 헌 운동화의 태도이다. 일반적이라면 그러한 상황에 부닥치면 상대방을 시샘하거나 질투하는 것이 보통이다. 하지만 헌 운동화는 도리어 자신보다 상대방을 더 걱정한다. 이는 평소 박예분이 어떠한 가치관을 지니고 있는지를 알게 해준다.

내가 젠투펭귄이랑 악수했다 말해도
친구들은 믿지 않았어

혹등고래랑 바다를 누볐다 말해도
절대로 믿지 않았어

물개랑 입 맞추며 놀았다 말해도

도무지 믿지 않았어

그런데 딱 한 사람
그 친구만 내 말에 고개를 끄덕였지

그 친구가 우주에서 왔다고 했을 때
나도 그대로 믿어 줬거든.

—「딱 한 사람」 전문

찬바람 맞으며 걷다가
유치원에 같이 다녔던 친구를 만났어

반가워서 나도 모르게 손을 잡았는데
친구가 깜짝 놀라는 거야
내 손이 얼음장처럼 차가웠거든

그뒤로 난 친구 만나러 갈 때
호주머니 깊숙이 손을 넣고 미리미리
따뜻하게 데우는 버릇이 생겼어

누구든 내 손을 놓고 싶지 않게.

—「따뜻한 손」 전문

그런데 사실 그처럼 아무런 편견 없이 세상을 바라보고, 자신보다 다른 사람의 처지를 먼저 생각하기란 절대 쉽지 않다. 더욱이 요즘처럼 경쟁이 극심한 시대일수록 그러한 행동은 아무나 할 수 있는 일이 아니다. 그것은 "혹등고래랑 바다를 누볐다"(「딱 한 사람」)처럼 어떤 상황에서든 이 세상에는 자기를 믿어줄 사람이 반드시 한 명쯤 존재하리라는 믿음이 있어야 한다. 또한, 행여 친구가 자신의 차가운 손을 잡고 놀랄까 봐 "친구 만나러 갈 때/호주머니 깊숙이 손을 넣고 미리미리/따뜻하게 데우는 버릇"을 갖고 있을 만큼 크고 넉넉한 사랑이 없이는 불가능한 일이다.

따라서 박예분의 작품에서 타인을 배려하고 시편이 자주 발견된다는 것은 그만큼 그의 마음 씀씀이 예사롭지 않다는 것을 말해준다. 이런 사실은 "캄캄한 땅속 좁은 수도관/1초도 쉴 틈 없이/세차게 달려야만" 하는 수돗물의 아픔을 노래한 「수돗물」이나, 18개월 동안 함께 살았던 햄스터가 죽자 "학원 다니기 바쁘다고/방학 때 많이 놀아주지 못한 것이/너무너무 미안해서" 엉엉 눈물을 훔치는 아이의 모습을 그린 「안녕, 햄스터」 등에서 얼마든지 발견할 수 있다. 그 때문에 박예분의 시적 분위기는 전반적으로 분위기가 밝고 따스하다.

하늘이 점점 내려앉는다
곧 비가 오려나 보다

가지마다 숭얼숭얼 맺힌
작은 꽃봉오리들
가슴이 콩닥콩닥

거실의 화분까지
오랜만에 밖으로 나와
가슴이 두근두근

강아지도 덩달아

이리저리 뛰어다니느라

가슴이 쿵쾅쿵쾅.

―「비 마중」 전문

마당에도 소복소복

지붕 위에도 소복소복

모두 잠든 밤

심심한 고양이가 살금살금

사람들 깰까 봐

큰소리로 친구들도 못 부르고

이집 저집 살옹살옹 기웃대며

발자국 찍어 놓고

담장 위에서 나옹나옹

계단 위에서 니아옹 니아옹.

―「눈 오는 밤」 전문

또한 박예분의 작품에는 유난히 음성상징어가 많이 등장한다. 이들 작품은 그 대표적인 예로, 다양한 의태어와 의성어를 사용해 시적 효과를 극대화하고 있다. 즉, 「비 마중」은 "숭얼숭얼, 콩닥콩닥, 두근두근, 쿵쾅쿵쾅" 등의 의태어를 사용해 비 내리기 직전의 긴박한 상황을 구체적으로 묘사하고 있다. 그리고 「눈 오는 밤」은 "소복소복, 살금살금, 살옹살옹, 나옹나옹"과 같은 다양한 의성어와 의태어를 사용해 눈 오는 밤의 풍경을 정겹게 그려내고 있다. 그런데 이들 음성상징어는 여기에 그치지 않고 작품에 리듬감을 부여한다. 그 때문에 박예분의 작품은 대체로 경쾌한 편이다.

잘 알다시피 음성상징어는 시에서 의미변화 및 운율을 형성하는 주요한 방법이다. 하지만 동요의 시대에서 동시의 시대로 넘어오면서 즉, 시에서 노래보다 의미가 중시되면서 최근에는 그 사용빈도가 과거보다 많이 줄어들었다. 그럼에도 이처럼 박예분의 작품에 유독 음성상징어가 많다는 것은 특기할 일이다. 위의 작품 외에도 "찰박찰박 물속을 걷는지/쩔걱쩔걱 물 찬 신발을 신었는지"(「단짝」), "엄마는 울퉁불퉁한 내 마음 만져 주며/사부작사부작 걸어가지."(「바람 쐬는 길」), "작은 새들이/포로롱 포로롱 날아들면/잘 익은 열매/두루두루 나눠주고"(「커다란 나무」), "진달래 다래다래/금낭화 조롱조롱/골담초 낭콩낭콩/민들레 둘레둘레"(「봄꽃 축제」) 등이 창작에 음성상징어를 적극적으로 활용하고 있는 작품들이다.

지금까지 살펴본 것처럼 박예분은 기본적으로 창작에 임하는 태도가 건실할 뿐만 아니라 천성적으로 마음이 착한 시인이다. 그래서 늘 열린 자세로 세상과 소통을 시도하고, 아무리 작고 보잘것없는 것일지라도 결코 함부로 대하지 않는다. 이런 성품을 닮아서인지 그의 작품은 매우 진솔하고, 대체로 분위기도 밝고 경쾌한 것이 특징이다. 그 때문에 비록 화려하지는 않지만 오래도록 은근히 독자를 사로잡는 묘한 매력이 있다.

그럼에도 시인 박예분은 언제나 자신을 낮춘다. 그리고 자신이 제대로 밥값이나 하고 사는지를 되돌아본다. 그리고 다짐한다. 어린이들의 마음을 잘 읽어주고 만져주는 동시를 써서 영양가 좋은 밥상을 차려주겠노라고. 그래서 '시값'을 잘하는 시인이 되고 싶다고. 그런 점에서 그에게 동시를 쓰는 일은 곧 동심으로 따스한 밥 한 그릇 지어내는 일과 별반 다르지 않다. 바라건대 이제까지 늘 그래 왔듯이 앞으로도 그가 꼭 지금처럼만 밥값, 시값 잘하는 시인으로 오래오래 기억되었으면 좋겠다.

탁월한 시적 재능과 문학적 감수성

박방희 동시집 『하느님은 힘이 세다』[1]

1.

시인은 언어로 독자의 마음에 재미와 감동을 주는 사람입니다. 그런데 사실 언어를 통해 재미와 감동을 만들어내는 것은 쉬운 일이 아닙니다. 또한 누구나 할 수 있는 일도 아닙니다. 같은 사물이나 현상을 보더라도 시인은 일반인과 다르게 생각할 수 있어야 하고, 외부로부터 어떤 자극을 받아들여 느끼는 감수성도 풍부해야 합니다. 여기에 간결한 언어로 그와 같은 생각과 느낌을 다양하게 표현할 수 있어야 하며, 자연과 인간에 대한 끝없는 관심과 애정을 지니고 있어야 합니다.

그런 점에서 박방희 시인은 말 그대로 '천상시인'이라고 할 수 있습니다. 실제로 그동안 그는 탁월한 시적 재능을 바탕으로 독자의 마음에 오랜 여운을 남기는 뛰어난 작품을 많이 발표했습니다. 철학적 사유가 깊이 느껴지는 작품에서 재기 발랄한 상상력이 돋보이는 작품까지, 단정하고 아담한 형식을 지닌 작품부터 실험정신이 가미된 파격적인 형식의 작품까

---

1 청개구리, 2015.

지, 그 폭과 깊이 면에서 남다른 문학적 감수성을 보여주었습니다. 그 결과 푸른문학상, 새벗문학상, 방정환문학상, 우리나라 좋은 동시문학상, 불교 아동문학작가상을 수상하는 등 최고의 시인으로 인정받고 있습니다.

　이번에 새롭게 펴낸 동시집 『하느님은 힘이 세다』는 박방희 시인의 그 와 같은 시적 재능과 문학적 감수성을 한껏 맛볼 수 있습니다. 이 시집에 는 시인이 엄선한 총 50편의 작품이 실려 있는데, 이들 작품은 이전보다 내용과 형식에서 더욱 정갈하고 세련된 아름다움을 선보이고 있습니다. 또한, 각각의 작품마다 시적 완성도가 높을 뿐만 아니라, 품격도 남달라 독자들로 하여금 시적 재미와 감동을 흠뻑 느낄 수 있도록 해줍니다.

2.

　흔히 시인을 언어의 마술사라고 말합니다. 왜냐하면 시는 기본적으로 언어를 이용해 생각이나 감정을 표현하는 문학이기 때문입니다. 또한 같은 언어라도 시인이 그것을 어떻게 배치하고, 활용하느냐에 따라 말 의 가락은 물론 어조와 분위기 등이 확연하게 달라지는 등 작품의 성패 에 큰 영향을 주기 때문입니다. 따라서 시인이라면 기본적으로 언어를 다루는 솜씨가 뛰어나야 합니다.

> 펌프질로 땅속 물 뽑아 올릴 때
> 한 바가지 마중물이 필요하지.
>
> 나무 속 잠든 불을 불러내는
> 성냥이나 쏘시개 불은 마중 불

입 무거운 아이, 입 꼭 다문 아이
입 열게 하자면 뭐가 필요하겠어?

그렇지, 한마디 마중 말이 필요하지,
네가 먼저 말을 걸어 봐!

―「마중 말」 전문

이 작품은 박방희 시인의 언어 감각이 얼마나 뛰어난지를 잘 보여줍니다. 이 작품에서 시인은 순수 우리말인 '마중물'로부터 '마중 말'이라는 새로운 말을 만들어냅니다. 본래 마중물은 펌프에서 물이 잘 안 나올 때 물을 끌어올리기 위해서 붓는 물을 가리킵니다. 시인은 그 점에 착안해 "입 무거운 아이, 입 꼭 다문 아이"의 입을 열게 하기 위해선 '마중 말'이 꼭 필요하다고 이야기합니다. 비록 사전에는 나오지 않는 말이지만, 마중 말은 음미하면 할수록 그 의미가 무척 따뜻하고 정감이 넘칩니다. 그래서 오래도록 마음에 남을 것만 같습니다.

새파랗게
날선
사금파리,

새벽하늘을
베어낸다.

―「하현달」 전문

은유는 어떤 행동이나 개념, 물체 등을 그와 유사한 성질을 지닌 다른 말로 대체하는 것으로, 시에서 가장 널리 사용하는 비유법입니다. 흔히

"시는 곧 은유이다."라고 말할 정도로 시에서 은유는 아주 중요합니다. 왜냐하면 아무리 평범한 일상 언어라 해도 그것이 은유의 과정을 거치면 이전과는 전혀 다른 의미와 느낌을 만들어내기 때문입니다. 즉, 사람들의 관습화된 사고를 비틀어버림으로써 신선한 충격을 줄 뿐만 아니라, 불필요한 표현을 줄여줌으로써 시를 더욱 시답게 만드는 효과를 발휘하기 때문입니다. 「하현달」은 그 좋은 예로, 시인은 "하현달"을 "새파랗게/날선/사금파리"에 비유하고 있는데, 그 표현이 너무나도 섬세해서 소름이 돋을 정도입니다. 언어를 다루는 박방희 시인의 솜씨가 어느 정도인지를 잘 보여주는 작품입니다.

이 외에도 "누가 혼자 먼 길 가다 찍어 놓았을까, 넓고 깊은 푸른 하늘에 발자국 하나!"(「낮달」)와 "그새 빈집이 되어//휑뎅그렁한/감나무//하늘 속에/켜놓은//전등만 환하다."(「까치밥」) 등이 은유를 사용해 시적 효과를 극대화하고 있는 작품들입니다. "낮달"을 푸른 하늘에 찍힌 발자국으로, "까치밥"을 하늘 속에 켜놓은 "전등"으로 비유하고 있는데, 그 표현이 매우 인상적입니다.

3.

또한 박방희 시인의 작품에는 언어유희 혹은 파격적인 형식을 통해 시적 재미를 불러일으키는 시편이 많습니다. 실제로 이들은 거의 모든 시집에서 빠지지 않고 등장하는데, 이는 그와 같은 기법이 박방희 시인의 창작법에서 차지하는 비중이 그만큼 크다는 것을 방증합니다. 그리고 "수수는/성적도 좋다/무슨 과목이든/수수수수수"(「수수」)와 "퐁/퐁/퐁/퐁/퐁//징검다리도 없이/내를 건넌다."(「물수제비뜨기」)에서 보듯이, 이러한 유형의 작품은 전반적으로 분위기가 밝고 경쾌하며, 익살스럽기까지 해서 천진난만한 동심의 세계를 만끽할 수가 있습니다.

죽
죽

곧게 뻗은

대
나
무

하늘까지

일
사
천
리.

―「대나무」 전문

맛있는 속을 파먹고

길을 내고
굴을 파고
새끼까지 치고
집으로 쓰면서도
고맙다 하기는커녕

사과 한마디 없는

사과벌레.

―「사과벌레」 전문

    이들은 이번 시집에 실려 있는 작품들로 그러한 박방희 시인의 시적 특징을 잘 보여주고 있습니다. 「대나무」는 길고 곧은 대나무의 모습을 형상화하고 있는데, 이 작품에서 눈여겨봐야 할 대목은 행과 연의 독특한 배치입니다. 1, 3, 5연은 "죽/죽", "대/나/무", "일/사/천/리"와 같이 한 글자를 한 행으로 배열했으며, 2, 4연은 "곧게 뻗은", "하늘까지"와 같이 글자 수를 동일하게 배열해 놓았습니다. 이는 대나무의 줄기와 잎을 형상화한 것입니다. 또한 1, 3, 5연은 뒤로 갈수록 행의 길이가 하나씩 늘어나는 점층적 구조를 취하고 있는데, 이는 빠르게 성장하는 대나무의 속성을 효과적으로 나타내기 위한 것으로 그 수법이 참으로 절묘합니다. 「사과벌레」는 언어유희의 진수를 보여주는 작품입니다. 이 시에서 화자는 사과나무의 열매인 '사과'와 잘못을 인정하고 용서를 비는 '사과' 즉, 소리는 같지만, 의미가 다른 동음이의어 '사과'를 활용해 사과에게 피해를 주면서도 정작 "사과 한마디 없는/사과벌레"를 재미있게 꼬집고 있습니다. 이 외에도 이 시집에는 「치아 이야기」, 「호랑나비 어흥!」, 「배흘림기둥」, 「쥐는 힘세다」 등 언어유희를 활용해 창작된 작품들이 여러 편 실려 있는데, 이들 작품은 하나같이 재미를 줍니다.

4.

    박방희 시인의 또 다른 시적 특징은 대체로 상상력의 폭이 넓고, 철학적 사유가 깊다는 것입니다. 실제로 박방희 시인은 자신의 다섯 번째 시집을 통해 동시에서는 좀처럼 찾아보기 힘든, 즉 불교적 상상력이 가미된 작품을 발표하여 크게 주목받았습니다. "나는/자국을 벗어 놓으며/가고.//자국은/나를 벗어 놓으며/가고."(「발자국」)와 "스님이 외는 경은/불경/바람이 외는 경은/풍경"(「풍경」) 등이 그 대표적인 작품으로, 어른들은 물론 어린이들도 감상하는 데 큰 부담이 없도록 쉽게 쓰였습니다.

봄날, 갓털에 싸인 민들레 씨가 둥둥 둥둥 달에까지 날아갔어요. 여기저기

민들레가 번지며 노란 꽃을 피웠어요. 어둡던 달나라가 환해졌어요.

― 「보름달」 전문

이 작품은 우주적 상상력을 바탕으로 쓰인 것으로, 박방희 시인의 상상력이 얼마나 대단한지를 알게 해줍니다. 사실 보름달이나 민들레 씨앗은 이미 많은 작품에서 다루어진 제재로 그 자체만으로는 독자들에게 흥미를 주기는 어렵습니다. 그러나 이 작품은 그와 같은 약점을 기발한 상상력을 발휘해 극복해 냅니다. 즉, 민들레 씨가 달까지 날아가 노란 꽃을 피워 "어둡던 달나라가 환해졌"는데, 그것이 바로 '보름달'이라고 말합니다. 아무런 관련이 없을 것 같은 민들레꽃과 보름달이 상상력을 통해 하나로 연결되는 순간 지구와 달 사이의 경계는 허물어지고, 그 둘 사이의 관계는 더욱 가깝게 느껴집니다. 비록 짧은 행으로 이루어지긴 했지만, 그 어느 작품 못지않게 커다란 재미와 감동을 줍니다.

배꽃이 지면
아기 배

사과 꽃이 지면
아기 사과

감꽃이 지면
아기 감

저녁 해 지면
아침 해.

—「지면」 전문

한편, 「지면」은 박방희 시인의 세계관을 파악하는 데 좋은 정보를 제
공해 줍니다. 이 작품은 "배꽃이 지면/아기 배//사과 꽃이 지면/아기
사과"에서 보듯이, 각 연이 비슷한 통사구조로 이루어져 있습니다. 그
때문에 전체적으로 안정감을 줍니다. 그런데 여기서 특히 눈여겨봐야
할 것은 마지막 연입니다. 즉, "저녁 해 지면."에서의 '지다'라는 낱말
은 흔히 부정적인 의미로 쓰이곤 합니다. '꽃이나 잎이 시들거나 말라
떨어지다'와 같은 표현이 그 좋은 예입니다. 하지만 이 시에서의 '지
다'는 다릅니다. "감꽃이 지면/아기 감"이나 "저녁 해 지면/아침 해."
에서 보듯이, 소멸이 아닌 생성의 이미지와 결합함으로써 긍정적인 의
미를 내포하고 있습니다. 이는 소멸은 곧 새로운 시작을 의미한다는 동
양의 순환론적 세계관과 긴밀히 맞닿아 있습니다. 이런 사실은 기본적
으로 박방희 시인의 세계관이 동양적 사고에 기반을 두고 있다는 것을
말해 줍니다.

5.

　그런가 하면 박방희 시인의 작품 가운데는 사회적 약자의 삶을 다룬 시편이 많습니다. 이것은 그만큼 박방희 시인이 힘들고 어렵게 살아가는 사람들에게 관심과 애정이 많다는 것을 알려주는 동시에, 그의 마음 씨가 무척 넓고 따뜻하다는 것을 말해 줍니다. 그것은 이번 시집도 예외가 아니어서 그와 같은 박방희 시인의 시적 특성을 잘 보여주는 작품이 여러 편 수록되어 있습니다.

　　시장 입구
　　할머니 무릎 사이
　　근심들이 널렸다.

　　늦도록 팔지 못한
　　동글동글 감자
　　무, 가지, 고추
　　애호박 덩이

　　할머니가 밭에서
　　땀 흘려 낳은 것들
　　차마 자리 걷어
　　일어나지 못하고

　　하나하나
　　눈으로 쓰다듬는,
　　근심스런

애지중지 위에

따스한 저녁 불빛.

─「저녁답 노점」 전문

이 작품은 시장 입구에서 채소를 파는 할머니의 모습을 노래하고 있습니다. "늦도록 팔지 못한/동글동글 감자/무, 가지, 고추/애호박 덩이"에서 보듯이, 이 작품에 등장하는 할머니는 손수 밭에서 땀 흘려 애지중지 길러낸 채소를 팔려고 시장에 내놓았습니다. 하지만 해가 다 저물도록 팔리지 않아 차마 자리를 뜨지 못하고, 근심어린 눈으로 채소들을 쓰다듬고 있습니다. 이 작품의 마지막 연에 등장하는 "따스한 저녁 불빛"이라는 표현에는 그런 할머니의 근심을 보듬어주려는 시인의 마음이 녹아 있습니다. 그래서 작품을 읽고 나면 애지중지 채소를 바라보는 할머니와 그런 할머니를 바라보는 시인의 애잔함이 고스란히 전달되어 마음이 따뜻해집니다.

이 외에 "두 다리가 없는/토막 몸"으로 "두 팔을/삿대 삼아/배를 밀며" 길을 나아가는 장애인 아저씨의 고단한 모습을 노래한 「배밀이 아저씨」, 북한을 탈출해 "국경지대와 이국땅을/주린 배로 떠돌다가" 어렵사리 한국에 왔으나 "두고 온 엄마 생각"에 잠자리가 되어서라도 북한에 다녀오고 싶다고 말하는 탈북 소년의 아픔을 노래한 「꽃제비」 등도 사회적 약자에 대한 박방희 시인의 관심과 애정을 엿볼 수 있는 작품입니다.

6.

지금까지 살펴본 것처럼 박방희 시인은 탁월한 시적 재능과 문학적 감수성을 바탕으로 그동안 좋은 작품을 많이 발표했습니다. 그 결과 다수의 권위 있는 문학상을 여러 차례 수상했을 만큼 많은 사람으로부터 실력을 인정받았습니다. 그런데도 그는 다양한 실험과 끊임없는 자기갱신으로 자신의 시세계를 계속해서 넓혀왔습니다. 그런 까닭에 그의 시적 특성을 한마디로 정의하기란 결코 쉬운 일이 아닙니다.

이번에 펴낸 『하느님은 힘이 세다』도 예외가 아닙니다. 특히 이 시집에는 뛰어난 언어감각과 섬세한 표현이 돋보이는 작품을 비롯해 언어유희와 파격적인 형식으로 재미를 주는 작품, 우주적 상상력과 동양적 세계관을 바탕으로 깊은 철학적 사유를 보여주는 작품, 넓고 따뜻한 마음씨로 어려운 사람들에 대한 관심과 애정을 보여주는 작품 등이 고루 실려 있습니다. 그 때문에 마치 그동안의 모든 결과물을 한데 모아놓은 것 같은 생각이 들기도 합니다. 그런 점에서 이 시집은 박방희 시인의 시적 특성 및 그가 추구하는 시세계를 파악하는 데 많은 도움이 될 것으로 생각됩니다.

「별똥별」이라는 작품에서 박방희 시인은 "마지막/순간//저를 불사르며/지는/별//가는 길이 참 밝다"라고 노래했습니다. 아무리 나이가 들어도 마음에 동심을 조금이라도 간직하고 있는 사람이라면, 마지막 순간 그들이 가는 길도 별똥별이 가는 길처럼 참 밝을 것 같다는 생각이 듭니다. 모쪼록 많은 사람이 이 시집을 통해 맑고 순수한 동심의 세계에 흠뻑 빠져들었으면 좋겠습니다.

세상에서 가장 향기롭고, 고마운 향수

김현욱 동시집 『지각 중계석』[1]

1.

최근 우리 동시에 많은 변화가 일어나고 있다. 아마도 그 가운데 가장 주목할 만한 사건은 그동안 주로 성인문단에서 활동하던 시인들의 동시 창작이 부쩍 늘어나고 있는 것이 아닐까 싶다. 그들이 어떤 이유에서 동시를 창작하게 되었는지 그 자세한 내막은 알 수 없지만, 그들의 가세로 우리 동시의 지층은 더욱 단단해졌을 뿐만 아니라 미학적 수준도 한층 더 높아졌다.

실제로 출판시장의 극심한 불황에도 오히려 동시집의 출간은 꾸준히 증가하고 있다. 또한, 이들 동시집에 실린 작품을 살펴보면 각각의 시인들이 추구하는 경향이나 기법 등이 이전보다 더욱 다양해지고 있다는 것을 쉽게 확인할 수 있다. 그 결과 독자들이 자신의 취향에 맞는 작품을 선택할 수 있는 폭이 이전보다 훨씬 넓어졌으며, 그런 만큼 시를 읽는 재미도 더욱 쏠쏠해졌다.

---

1 문학동네, 2015.

김현욱의『지각 중계석』은 그 대표적인 동시집으로 최근 우리 동시의
흐름을 잘 보여주고 있다. 김현욱은 현재 포항에서 초등학교 교사로 재
직 중이며, 동시보다 성인시로 먼저 등단한 이력을 가지고 있다. 또한,
동화작가로도 활동하는 등 기본적으로 문학적 재능이 뛰어난 시인이다.
그 때문에 첫 동시집임에도 그의 동시는 그 내용과 형식이 무척 견실할
뿐만 아니라, 울림의 깊이가 남다르다.

2.

만일 김현욱의 동시가 독자의 마음에 큰 울림으로 다가간다면, 그것은
분명 자연과 인간에 대한 그의 진실한 애정으로부터 비롯된 것이라고
할 수 있다. 이 동시집에 실린 작품들은 주제에 따라 크게 네 가지로 나
눌 수 있다. 즉, '시인의 고향인 동시에 현재의 삶터인 포항을 노래한 작
품', '환경 파괴의 심각성을 고발한 작품', '학교를 중심으로 아이들의
삶을 담아낸 작품', '사회 및 역사문제를 다룬 작품'이 바로 그것인데,
이들 동시에는 자연과 인간을 대하는 그의 진솔한 감정이 일관되게 흐
르고 있다.

아마도 이는 김현욱 시인의 고향인 포항의 지리적 문화적 배경과 밀
접한 관련이 있는 것으로 보인다. "구룡포 투명한 겨울 해풍에/얼었다
녹았다/며칠을 덕장에서 참고 또 참아야"(「과메기」) 비로소 과메기가 되
듯이, 거친 바닷가에서 태어나고 자라면서 보고 듣고 체험한 온갖 일들
이 그의 심성을 단단하면서도 겸손하게 만들지 않았나 생각된다.

어버이날 아침
은희는 가방에 카네이션을 넣어 바닷가로 갑니다.

아빠, 받으세요.

카네이션 한 송이
파도에 부칩니다.

아빠, 사랑해요.

바닷속 어딘가
뱃사람들이 모여 산다는 그곳까지
은희의 카네이션을 파도가 안고 갑니다.

— 「카네이션」 전문

너거는 고래가 얼마나 영리한지 아나?
영물도 보통 영물이 아니데이.
고래는 부부가 새끼를 꼭 데불고 다니는데
어디가 아비고 어디가 어민 줄 아나?
제일 뒤가 아비인기라.
자식하고 어미 앞세우고 지는 뒤에서 간다.
암만 포경선이 뒤쫓아도
작살이 날라와도 자식하고 어미 뒤를 지키는기라.
그러다 지치면
이번에는 어미가 새끼를 지느러미에 얹어가 가는기라.
한번은 이런 일이 있었다.
어미 고래를 잡아 왔는데
밤새도록 포구에 이상한 소리가 나는기라.

알고 보이 새끼 고래 두 마리가 지 어미 잡혀간 걸 알고

글쎄, 포구까지 와서는 울었던기라.

참말 희한하제?

암만 봐도 사람보다 낫제?

—「고래 할아버지」 전문

시적 감동이 지식이 아닌 공감에서 비롯되듯이, 타인에 대한 연민과 배려 역시 배움을 통해 습득할 수 있는 것이 아니다. 물론 상상력을 통해 남이 처한 상황을 어느 정도 파악할 수는 있겠지만, 타인과 같은 경험을 공유하지 않는 한 그 상황을 온전히 이해하기란 애당초 불가능하다. 이와 마찬가지로 좋은 시는 실제의 경험에서 태어난다. 체험을 동반하지 않고 단순히 관념에만 의지해서 쓴 시는 쉽게 감상주의나 허무주의에 묻혀버릴 뿐만 아니라, 구체적이고 생동감 넘치는 모습을 보여주지 못한다. 위 작품들은 김현욱의 시에 흠뻑 녹아있는 진정성의 근원이 무엇인지를 알게 해준다. 어버이날 아침 바다에서 실종된 아버지를 생각하며 어린 소녀가 카네이션 한 송이를 파도에 흘려보내는 장면이나 새끼 고래 두 마리가 포경선에 잡혀간 어미를 따라와 밤새 포구에서 울었다는 이야기는 모두 시인의 체험에 기반을 두고 있다. 그 때문에 자칫 감정에 휘둘리기 쉬운 소재임에도 좀처럼 흔들리지 않고, 끝까지 긴장감을 유지함으로써 더 큰 감동을 주고 있다.

3.

물론 실제의 경험이 좋은 시가 되는 바탕임은 분명하지만, 그것이 좋은 시를 낳는 요건 전부는 아니다. 아무리 많은 경험을 했다고 해도 그

들이 개인적인 차원에만 머무는 것이라면 즉, 많은 사람이 공유할 수 없다면 그것은 좋은 시라고 할 수가 없다. 이제까지 우리 동시가 크게 외면을 받았던 것도 사실 따지고 보면 독자들과 공유할 수 있는 지점이 많지 않았기 때문이다.

이론상 동시는 아동의 심리와 감정을 제재 삼아 성인이 아동을 위해 쓴 시라고 말하면서도, 실제 그와 같은 조건에 부합하는 작품은 많지 않았다. 동시라는 이름을 달았으면서도 아이들의 모습은 보이지 않고, 목소리만 요란할 뿐 아무런 감흥도 주지 못하고, 겉만 화려하나 알맹이는 쏙 빠져버린 쭉정이 같은 작품이 오히려 더 많았다. 정작 섬겨야 할 아이들은 도외시한 채 신선놀음하듯 그저 언어놀이에만 빠져 있는 시인이 너무나도 많았다. 부끄럽지만 그것이 우리의 현실이었다.

지하 주차장으로
차 가지러 내려간 아빠
한참 만에
차 몰고 나와 한다는 말이

내려가고 내려가고 또 내려갔는데 글쎄, 계속 지하로 계단이 있는 거야! 그러다 아이쿠, 발을 헛디뎠는데 아아아…… 이상한 나라의 앨리스처럼 깊은 동굴 속으로 끝없이 떨어지지 않겠니? 정신을 차려 보니까 호빗이 사는 마을이었어. 호박처럼 생긴 집들이 미로처럼 뒤엉켜 있는데 갑자기 흰머리 간달프가 나타나 말하더구나. 이 새 자동차가 네 자동차냐? 내가 말했지. 아닙니다, 제 자동차는 10년이 다 된 고물 자동차입니다. 오호, 정직한 사람이구나. 이 새 자동차를…….

에이, 아빠!
차 어디에 세워 놨는지 몰라서 그랬죠?

차 찾느라
온 지하 주차장 헤매고 다닌 거
다 알아요.
피이!

—「지하 주차장」 전문

딩-동-댕-동!

 안녕하십니까? 여기는 6학년 2반 지각 중계석, 진행자 김현우, 해설위원 남
건욱입니다 방금 8시 40분 등교시간이 지났는데요 오늘도 김기철 선수는 늦는
모양이지요? 위원님 어떻게 보십니까? 그러게요 이틀 연속 선생님께 혼나고 반
성문을 네 장이나 썼는데요 효과가 없었나 봅니다 오늘 또 얼마나 혼날까요, 걱
정스럽네요 자, 위원님 말씀 중에 누군가 뒷문으로 들어서는 게 보이는데요 김
기철 선순가요 그런가요 아, 키가 비슷한데요 아아! 아니군요 안타깝습니다

—「지각 중계석」 부분

 하지만 김현욱은 다르다. 위에서 보는 것처럼 그의 시에는 누구나 한
번쯤 경험해 보았음직한 일들이 자주 등장한다. 차를 어디에 세워 놨는
지를 몰라 온 지하 주차장을 헤매고 다니는 아빠의 모습이나 지각 같은
소소한 사건마저도 유쾌한 놀이로 만들어버리는 아이들의 모습은 시인
이 억지로 꾸며낸 것이 아니라 실제 아이들의 모습과 매우 흡사하다. 여
기에 "그러다 아이쿠, 발을 헛디뎠는데 아아아…… 이상한 나라의 앨리
스처럼 깊은 동굴 속으로 끊임없이 떨어지지 않겠니?"(「지하 주차장」) 또는
"자, 위원님 말씀 중에 누군가 뒷문으로 들어서는 게 보이는데요 김기철
선순가요 그런가요 아, 키가 비슷한데요 아아! 아니군요 안타깝습니다"
(「지각 중계석」)에서 보듯이, 재치와 익살이 한데 잘 어우러진 시인 특유의

말법이 가미됨으로써 그만큼 읽는 즐거움이 배가된다.

　이는 김현욱이 초등학교 교사로 남들보다 훨씬 가까운 곳에서 아이들을 관찰할 수 있었기 때문이지만, 평소 자신을 둘러싼 주변 환경에 대한 관심과 애정 없이는 불가능하다. 소 무덤에서 자꾸 소 울음소리가 들린다며 잠을 뒤척이는 "할머니"(「순덕이」), 왕만둣집 할머니 가게 앞을 언제나 듬직하게 지키고 서 있는 "말통"(「말통」), 눈이 침침한 할머니를 위해 엄마가 화장품에 또박또박 써 놓은 "글씨"(「할머니의 화장품」), 산책길 꽃나무마다 마침표처럼 대롱대롱 매달린 "물방울"(「장마」), 학원 차를 기다리며 놀이터 벤치에 엎드려 문제집을 푸는 "아이들"(「놀이터 시험지」) 등은 평소 주변 사람이나 사물에 대한 시인의 관심과 애정이 얼마나 깊은지를 잘 보여준다.

4.

　김현욱의 동시집에는 현실 문제를 다룬 작품이 많을 뿐만 아니라 그 종류도 무척 다양하다. 물론 이전에 이와 같은 작품이 전혀 없었던 것은 아니지만, 한 권의 동시집에 이처럼 현실 문제를 다룬 작품을 많이 실려 있는 것은 아마도 이 동시집이 처음이 아닌가 싶다. 환경오염으로 꽃가루를 실어 나를 꿀벌이 사라진 적막한 과수원의 모습을 담은 「꿀벌의 탄생」, 대형할인점에서 감정노동에 시달리는 엄마의 애환을 노래한 「금칙어」, 곡식을 수확해도 농협에 진 빚을 갚기는커녕 비룟값도 뽑지 못하는 농민의 아픔을 노래한 「벼는 익을수록」 등 환경과 교육을 비롯한 각종 사회 문제가 아이의 눈과 입을 통해 적나라하게 펼쳐지고 있다.

　사실 그 어떤 사회문제도 독립적인 것은 없으며, 하나의 문제는 또 다른 문제와 유기적으로 엮이어 있는 것이 보통이다. 그런 점에서 아이들이 올바르게 성장할 수 있도록 이끌어야 할 책무를 지니고 있는 시인이 이처럼 사회문제에 깊이 관심을 두는 것은 지극히 자연스러운 일이다. 다만 그것을 시로 옮길 때는 어린 독자들이 자신의 수준에서 그 내용을 충분히 인지할 수 있도록 표현에 더욱 신경을 써야 한다.

내가 아는 아줌마 중에 정말 대단한 아줌마가 있는데요 칼바람 쌩쌩 부는 한겨울에 크레인 위로 엉금엉금 기어 올라가서는요 자그마치 309일 동안이나 내려오지 않았대요

아파트 15층이나 되는 크레인 운전실에서 쪽잠을 자며 아줌마 혼자 거의 1년을 살았는데요 크레인 주인이 여러 번 으름장을 놓았지만 도무지 내려올 생각을 하지 않더래요

아빠 말로는 이웃을 위해 올라간 거라는데요 아줌마는 그들이 다시 웃을 때까지 절대로 내려오지 않겠다고 하더래요

이 고집 센 아줌마가 궁금해서 아빠와 함께 버스를 타고 가 본 적이 있는데요 크레인 주변에 웬 사람들이 그렇게 많이 모였는지 멀리서 보니 꼭 아줌마가 올라간 크레인을 떠받치고 있는 것 같았어요

아줌마가 무사히 내려올 수 있게 노란 풍선에 안부를 담아 띄워 보내고 돌아오는 길이었는데요 뒤돌아보니 아줌마는 친구와 놀이기구를 타는 것처럼 힘차게 손 흔들며 웃고 있었어요 그때 나도 모르게 혼잣말이 나왔어요

정말 대단한 아줌마야!

— 「대단한 아줌마」 전문

서울특별시 종로구 중학동 일본 대사관 앞
소녀상
뒤편
나비 한 마리

훨훨
날아오르지 못하고
수십 년을
앉아 있지

날강도에게
고치를 도둑맞아
날개가 제대로 자라지 못했다지

매주 수요일마다
많은 사람이 모여
고치가 되어 준다지

팔랑팔랑
아름다운 날개로 날아오를 때까지
따뜻한 사람 고치가 되어 준다지

— 「고치」 전문

    그런 면에서 2011년 우리 사회를 뜨겁게 달구었던 노동운동가 김진숙
의 고공농성과 그녀를 응원하기 위해 전국 각지에서 몰려온 '희망 버
스'를 노래한 「대단한 아줌마」와 우리의 슬픈 역사이자 한일 양국 간의

뜨거운 감자일 수밖에 없는 일본군 '위안부' 문제를 다룬 「고치」는 단지 시에 그려진 정황만으로는 어린 독자들이 그 내용을 온전히 이해하기에는 다소 무리가 있다고 생각된다. "아빠 말로는 이웃을 위해 올라간 거라는데요 아줌마는 그들이 다시 웃을 때까지 절대로 내려오지 않겠다고 하더래요"(「대단한 아줌마」)에서 왜 '이웃'을 자세하게 드러내지 않았는지, "서울특별시 종로구 중학동 일본 대사관 앞/소녀상"(「고치」)을 제외한 나머지 부분의 의미를 왜 그렇게 함축해 놓았는지 전혀 이해를 못 하는 것은 아니다. 하지만 만일 지금보다 조금 더 자세히 내용을 밝혔더라면 어땠을까 하는 아쉬움이 남는다.

5.

이처럼 『지각 중계석』은 시인 김현욱의 첫 동시집임에도 그 내공이 만만치 않다. 이것은 그만큼 그의 시적 재능이 뛰어날 뿐만 아니라, 시를 대하는 자세도 그만큼 진중하다는 것을 말해준다. 물론 처음 출간한 동시집인 까닭에 조금 설익은 작품이 더러 발견되기도 한다. 하지만 앞으로 이 시인이 우리에게 선보일 작품들을 생각하면 그것은 귀여운 애교 정도로 받아주어도 괜찮을 것 같다.

"시는 언어의 뼈와 살을 다듬는 골똘한 시간 속에서 최고의 유희와 미학으로 실현된다"(이혜원, 『적막의 모험』, 문학과지성사, 2007, 7쪽). 이 말은 한 편의 시를 창작하는 것이 얼마나 힘들고 외로운 일인지, 동시에 그것이 얼마나 귀하고 값진 일인지를 알려준다. 세상이 각박해질수록 상처받는 사람은 더욱 많아지게 마련이다. 부디 더욱 정진하여 모든 사람의 아픔을 다독여줄 수 있는 "세상에서 가장 향기롭고 고마운 향수"(「엄마의 향수」) 같은 시들을 많이 볼 수 있었으면 좋겠다.

최근 청소년문학의 흐름과 전망

2007년 하반기 이후 발간된 단편집을 중심으로

1. 청소년문학의 새로운 변화

최근 청소년문학에 대한 관심이 고조되면서 우리 문학의 지형도가 급변하고 있다. 불과 십여 년 전만 해도 크게 주목받지 못했던 청소년문학은 2000년대에 들어서면서 급성장하기 시작해 이제는 출판시장의 판도를 좌우할 만큼 그 위세가 대단하다. 실제로 1990년대 후반 사계절출판사의 '1318문고' 시리즈를 필두로 첫 선을 보인 청소년문학은 해를 거듭할수록 꾸준한 성장세를 보이고 있다. 게다가 근래에는 성인문학 못지않은 고액의 상금을 내걸고 '청소년문학상'을 신설하는 출판사와 기관이 늘어나면서, 그만큼 뛰어난 역량을 지닌 신진 및 기성 작가들이 속속 청소년문학의 장으로 유입되고 있다.

그 결과 아동문학과 성인문학의 틈새에서 오랫동안 암중모색하던 청소년문학은 이제 더이상 변방이 아닌 주류 문학의 한 장르로 서서히 자리를 굳혀가고 있는 듯하다. 하지만 이러한 청소년문학의 양적·질적 성장에 비해 이에 대한 비평적 담론은 미약한 편이다. 청소년문학의 본질과 기능, 가치 평가의 기준과 같은 이론적 비평은 물론 작가 및 작품의 가치에 대한 실제적 비평은 많이 부족하다. 이것은 기본적으로 이 분야에 종사하는 비평가가 적기 때문이기도 하지만, 우리 청소년문학의 경우 그 역사가 짧은 탓에 그동안 폭넓은 논의와 연구가 이루어지지 못했기 때문이다.

지금까지 나온 청소년문학과 관련한 담론을 살펴보면 어떤 객관적인 기준보다는 이해 당사자인 작가나 독자 또는 비평가의 주관적 판단에 기대어 온 것이 사실이다. 그런 가운데서도 전혀 성과는 없지 않아서 원종찬, 황선열, 오세란과 같은 이들의 담론은 특별히 주목할 만하다. 『창비어린이』 2004년 봄호에서 「청소년문학, 시작이 반이다」라는 주제로 좌담이 열린 이래로 청소년문학에 대한 여러 논의가 계속해서 진행되어 왔다. 하지만 이들 대부분은 '서평' 수준에 머물거나 '성'과 같은 한정된 주제에만 치중했을 뿐, 아쉽게도 그 이상의 담론을 이끌어내지는 못했다.

그에 비해 원종찬과 황선열, 오세란은 보다 심층적으로 청소년문학의 형성과 전개과정을 고찰하고(원종찬, 「청소년문학 어디까지 왔나」, 『푸른글터』, 2006년 상반기호), 그 문학적 본질과 개념에 대한 접근을 시도하기도 하고(황선열, 「지금 여기, 이 자리에 놓인 청소년문학」, 웹진 『동화읽는가족』, 2007년 겨울호), 개별 작품의 특성과 문제점을 꼼꼼하게 포착해내고 있다(오세란, 「비행을 꿈꾸다」, 『창비어린이』, 2007년 겨울호). 이러한 작업은 여타의 논의보다 한층 진일보한 것으로, 현재 우리 청소년문학의 위상을 가늠하는 데 많은 도움을 준다.

하지만 이들 담론 역시 특정 시기에 발표된 작품을 대상으로 삼고 있으며, 그 논점이 지나치게 제한되어 있어 최근 청소년문학의 새로운 경향을 포괄적으로 담아내지는 못하고 있다. 이를테면 원종찬은 2004년부터 2006년 상반기에 출간된 작품을, 황선열은 2007년 하반기에 출간된 세 권의 소설집을, 오세란은 2006년 하반기부터 2007년까지 출간된 장편소설만을 분석하고 있다. 또한 그 논의에 있어서도 서사와 당대성의 문제, 소재와 창작기법 등 그 폭이 협소해, 2007년 하반기 이후에 새롭게 변화한 청소년문학의 흐름을 설명하는 데에는 일정한 한계를 지니고 있다.

이 글은 이러한 기존의 논의가 좀더 발전적으로 이어졌으면 하는 기대에서 출발하고 있다. 본격적인 논의에 앞서 최근 청소년문학의 흐름을 간략하게 짚어보면 다음과 같다. 우선 기획 출판된 작품집과 장편보다는 단편이 압도적으로 많다. 작가들 역시 동화작가부터 성인소설 작가까지 다양하게 포진되어 있으며, 소재와 주제, 형식과 기법 등에서 이전과는 확연히 구별되는 작품들이 다수 눈에 띈다. 여기에서는 이러한 작품들을 중심으로 최근 청소년문학의 변화를 살펴보려고 한다.[1] 글의 성격상 세세한 작품 분석보다는 논제에 부합하는 작품들을 위주로 논의를 전개해 나갈 생각이다.

2. 서사와 당대성 문제의 극복 가능성

청소년문학에서 가장 빈번하게 차용되는 소재와 제재는 '성'과 '자아정체성의 혼돈'이다. 이것은 인간의 발달과정에 있어서 흔히 청소년기라 불리는 연령대의 특수한 경험과 밀접한 관련이 있다. 대략 13세에서 18세까지로 지칭되는 이 시기는 신체적으로는 성기능이 성숙해지면서

---

1 2007년 하반기 이후 발간된 청소년문학 작품은 『내 인생의 스프링 캠프』(정유정, 비룡소 2007), 『나는 누구의 아바타일까』(임태희, 사계절 2007), 『깨지기 쉬운 깨지지 않을』(김혜진 외, 바람의아이들 2007), 『라일락 피면』(최인석 외, 창비 2007), 『황금나무』(박윤규, 시공사 2007), 『잃어버린 개념을 찾아서』(송경아 외, 창비 2007), 『베스트 프렌드』(이경혜 외, 푸른책들 2007), 『겨울, 블로그』(강미, 푸른책들 2007), 『호기심』(김리리 외, 창비 2008), 『지독한 장난』(이경화, 대교 2008), 『처음 연애』(김종광, 사계절 2008) 등이 있다. 이 가운데 『깨지기 쉬운 깨지지 않을』, 『라일락 피면』, 『베스트 프렌드』, 『겨울, 블로그』, 『호기심』, 『처음 연애』가 단편집으로 이 글의 논의 대상이다.(SF 단편집인 『잃어버린 개념을 찾아서』는 논의 대상에 포함시키지 않았다).

성적호기심 및 이성에 대한 관심이 왕성해지고, 심리사회적으로는 자신의 능력 및 존재의미를 탐색하는 과정에서 정체성의 혼돈이 일어나 극심한 방황을 하기도 한다. 따라서 청소년기는 인간발달의 과정에서 그 변화의 가능성이 매우 큰 까닭에 교육적 측면에서나 사회적 측면에서 그만큼 관심이 집중될 수밖에 없다.

그 때문에 과거는 물론 현재에도 많은 작가들이 그 점에 주목하고 있으며, 미래에도 여전히 그럴 것이다. 그럼에도 그와 같은 소재와 제재를 택해 창작된 작품들은 줄곧 비판의 대상이 되어 왔다. 그것은 대다수의 작품이 오늘날 청소년의 모습을 담아내지 못해 소통하는 데 많은 어려움이 있었기 때문이다. 세계화의 영향으로 이미 서구와 차이가 없을 정도로 성이 개방되었음에도 고답적인 성의식에 매몰되어 있거나, 수십년 전과는 비교할 수 없을 만큼 급변한 환경에 직면해 있는 청소년의 삶을 도외시한 것은 어찌 보면 작가들의 직무유기라고도 볼 수 있다.

소설은 본질적으로 이야기를 통해 독자와 대화를 시도하는 장르이다. 그런 점에서 대화에 있어 중요한 매개체인 이야기가 독자에게 쉽게 다가서지 못하는 것은 아주 치명적인 결함이다. 이런 사실을 인정한다면 작가는 무엇보다도 독자층이 충분히 공감할 수 있는 이야기를 만들어내야 한다. 하지만 안타깝게도 우리 청소년소설은 새로운 시대에 맞는 적절한 소재와 제재를 발굴해내기보다는 작가 자신의 청소년기 체험에 기댄 작품이 많은 수를 차지함으로써, 그동안 시급히 극복되어야 할 당면 과제로 지적되어 온 것이다.

그런데 최근 그와 같은 문제를 개선하려는 움직임이 곳곳에서 감지된다. 아직까지 많은 작품이 기존 서사의 범위에서 크게 벗어나지는 못하고 있지만 "당대성의 도입은 청소년의 말투나 행동, 습관과 풍속을 그려내려는 묘사에서부터 청소년에게 당면한 성(性), 학교, 인권 등 현대 사회에서 초점이 되는 지점을 포착하려는 소재의 확대, 그리고 이같은 소재를 서사에 적극적으로 반영하여 새로운 주제로 돌파해나가려는 작업을 통해 확인할 수 있다"[2]는 오세란의 말처럼, 시시각각 변화하는 오늘날 청소년의 고민을 다각적으로 담아내기 위해 노력하는 작가들의 모습이 역력하다.

가령, 같은 성의 이야기라 하더라도 「첫날밤 이야기」(박정애, 『호기심』, 창비)는 이전 작품과는 색다른 서사 양식을 보여주고 있다. 이 작품은 열여섯 살인 여자 아이가 화자로 등장해 작가에게 외고조모의 첫날밤 이야기를 들려주는 독특한 형식을 취하고 있다. 그래서 자칫 비현실적인 옛날이야기로 전락해 버릴 위험성을 내포하고 있다. 하지만 작가는 마지막 대목에 자신 및 친구들 역시 가끔씩 첫날밤에 대한 아련한 동경에 빠져들 때가 있다는 화자의 고백을 슬쩍 포개어 놓는다. 그럼으로써 시대가 바뀌어도 사랑의 본질에는 커다란 차이가 없다는 자신의 의도를 완성시켜 나가는데 그 기법이 대단히 참신하다.

이와 더불어 옴니버스 형식의 소설집 『처음 연애』(김종광, 사계절)는 또 다른 즐거움을 선사한다. 이 소설집에는 일제 강점기로부터 현재까지 다양한 청소년의 첫사랑에 관한 이야기 열두 편이 수록되어 있다. 이들 작품은 각각의 시대마다 다른 청소년의 사랑방식을 일목요연하게 그려내고 있어, 우리 사회의 성 풍속도가 어떻게 변모해 왔는지를 살펴보는 데 유용한 정보를 제공한다. 특히 이 소설집 말미에는 '1318의 사랑 역사'라는 제목의 글이 실려 있다. 이 글에서 작가는 시대별로 청소년의 존재가 어떻게 이해되고, 그들의 연애법이 어떻게 변화되었는지를 기술하고 있는데 한 번쯤 음미해 볼 만하다.

그런가 하면 「영희가 O형을 선택한 이유」(방미진, 『라일락 피면』, 창비)는 어떤 불합리한 틀 혹은 편견에 사로잡혀 인간을 재단하려 드는 오늘날

---

2 오세란, 「비행을 꿈꾸다」, 『창비어린이』, 2007년 겨울호, 100쪽.

우리 사회의 그릇된 풍토를 비판하고 있다. 이 작품은 요즘 청소년들 사이에서 유행하는 혈액형 놀이를 주요 모티프로 하여 중학생 또래 아이들의 지겨운 일상을 세밀하게 포착하고 있는 점이 흥미롭다. 어른들이 보기에는 그다지 중요해 보이지 않는 일에 지나치리만큼 몰두하다가도 어느 순간, 아무렇지 않게 돌변해버리는 청소년의 심리를 잘 표현하고 있어 독자와 소통할 수 있는 여지가 많아 보인다.

이처럼 최근에 발간된 단편집을 보면 비록 '성'과 '정체성'의 문제를 다룬 성장 서사가 주를 이루고는 있지만 기존 작품과는 다른 모습을 띠고 있다. 『처음 연애』를 제외한 소설집에 실린 대부분의 작품이 현재를 배경으로 하고 있어 당대성의 문제는 거의 극복되고 있다.[3] 그리고 소설 형상화의 기본 재료인 소재 및 제재와 관련한 문제도 점차 개선되어 가고 있다. 이것은 이들 소설집이 기획 출판된 것과 전혀 무관하지 않은데, 이런 노력들이 보다 적극적으로 진행된다면 앞으로 더욱 수준 높은 청소년문학 작품을 만날 수 있지 않을까 싶다.

3. 문체와 개성, 그리고 서술기법

일반적으로 글을 다루는 버릇과 솜씨를 뜻하는 문체(Style)는 소설의

---

3 여섯 권의 소설집에서 『처음 연애』에 실린 12편과 『겨울, 블로그』와 『베스트 프렌드』에 중복 기재된 「사막의 눈 기둥」 1편을 제외한 작품 수는 총 29편이다. 그 가운데 1980년 5월 광주를 배경으로 청소년의 사랑과 우정을 그린 「라일락 피면」(공선옥, 『라일락 피면』, 창비), 어른 화자인 두 명의 '나'를 통해 초등학교 시절 그림이 뒤바뀜으로써 엇갈린 운명을 다룬 「내가 그린 히말라야시다 그림」(성석재, 『라일락 피면』, 창비), 1980년대 후반 전교조 합법화 투쟁을 배경으로 주인공의 고뇌를 다룬 「쥐포」(이경화, 『깨지기 쉬운 깨지지 않을』, 바람의아이들), 작가인 '나'를 등장시켜 20년 전 청소년기의 쓸쓸한 사랑이야기를 그려낸 「세상에 한 권뿐인 시집」(박상률, 『깨지기 쉬운 깨지지 않을』, 바람의아이들), 화자인 열여섯 살 여자 아이의 입을 통해 외고 조모의 첫날밤 이야기를 서술하고 있는 「첫날밤 이야기」(박정애, 『호기심』, 푸른책들) 5편을 뺀 나머지가 모두 현재를 배경으로 하고 있다.

형상화에 필요한 여러 가지 조건 가운데 상대적으로 소홀히 취급되는 경향이 없지 않다. 하지만 문체는 언어를 통해 비로소 그 모습을 갖추는 서사체(敍事體), 즉 소설의 존재 방식 및 가치를 결정짓는 요소이다. 같은 이야기라 해도 그것을 누가 어떻게 표현하느냐에 따라 독자의 관심과 반응은 크게 달라진다. 그 때문에 소설에 있어서 문체는 바로 서술기법 상의 문제와 직결될 뿐만 아니라 문학론의 핵심적 관심이 되기도 한다. 그만큼 문체는 소설을 소설답게 만드는 중요한 조건이다.

그런 까닭에 예로부터 많은 작가들이 자신만의 고유한 문체 또는 개성적인 서술기법을 창조하기 위해 부단히 노력해 왔으며, 비교적 좋은 평가를 받는 작품들의 경우 저마다 개성적인 문체를 지니고 있다. 그 가까운 예로 우리나라를 대표하는 소설가인 이문구와 김승옥의 문체를 들수 있다. 이들은 모두 우리 현대 문학사를 거론할 때마다 거의 빠지지 않고 등장하는 소설가이다. 이문구는 1970년대에 피폐해지는 농촌의 현실을 걸쭉한 충청도 사투리에 담은 긴 호흡의 만연체와 요설체를, 김승옥은 1960년대에 인간과 사회의 관계를 밀도 있는 유려한 문체를 선보여 당대 최고의 문장가라는 찬사를 받았다.

소설의 형상화에 중요한 역할을 하는 문체는 어휘의 선택과 문장의 구조, 비유의 쓰임과 어조와 같은 요소들에 의해 지배된다. "문체란, '작가를 둘러싸고 있는 세계의 개인적인 여과의 반영'이다"[4]라는 말이 있다. 작가는 의식적으로든 무의식적으로 자신만의 어휘와 문장의 구조, 서술 방식을 선택하게 되는데 그로 인해 독창적인 작품세계를 구축하게 된다. 그런데 최근 발간된 단편소설집에는 이러한 서술기법상의 문체와 개성이 뚜렷한 작품들이 더러 눈에 띈다. 그 대표적인 작품으로는 이용포의 「십팔」, 강미의 「겨울, 블로그」, 박정애의 「정오의 희망곡」을 꼽을

---

4 한용환, 「소설의 문체」, 『현대소설의 이해』, 문학사상사, 1996, 108쪽.

수 있다.

주민등록증으로 할 수 있는 일은 아무것도 없다. 성인 인터넷 사이트에 들어
갈 수도 없다. 어쩌다 짭새 아저씨한테 걸려 주민등록증을 보여 주면, '학교 안
다녀? 학생증 줘 봐.' 하며 주민등록증은 도로 건네 준다. 결혼은 만 십팔 세, 실
제로는 십구 세가 되어야 할 수 있다. 성인식은 만 이십 세가 되어야 치를 수 있
다. 그러니까 주민등록증은 있지만 미성년자! 사진은 왜 이따위로 나왔담? 표정
좀 봐라. 가관이다. 입은 왜 벌렸니? 동사무소에 있는 즉석카메라로 찍은 거라
어쩔 수 없었다. 꺼벙하기 짝이 없다. 포토샵이라도 하면 뭐가 어때서. (59쪽)

위 인용문은 「십팔」(『베스트프렌드』, 푸른책들)의 일부이다. 이 작품은 열여
덟 살인 주인공 '나'를 통해 미래는 막막하고, 과거는 밋밋하고, 현재는
먹먹하기만 한 고등학생의 정신적 혼란을 생동감 있게 그려내고 있다.
이 작품의 특징은 위에서 보는 것처럼 군더더기 없는 깔끔한 문장과 빠
른 전개, 다소 냉소적이면서 해학적인 걸쭉한 입담에 있다. 작가는 이처
럼 개성 있는 문체를 통해 입시의 중압감에 짓눌려 살아가는 요즘 청소
년들의 내면 풍경을 실감나게 표현해낸다. 그 때문에 청소년들의 고단
한 삶을 다루고 있으면서도 전체적인 분위기는 밝고 경쾌한 편이다. 이
런 문체적 특징은 이 작가의 또 다른 작품인 「키스 미 달링」(『호기심』, 창
비)에서도 그대로 재현된다.

안개나 는개가 짙은 날이면 길 건너 빈 논에 번쩍 치켜든 써렛발 같은 불빛들
이 일제히 켜진다. 써레 몽둥이는 안개에 가려진 채 불빛들만 허공에 누워 있어
마치 거대한 뱀이 공중 부양하는 모습 같기도 하다. 붉은 뱀의 꼬리는 멀지 않은
공항으로 이어져 있는데 비행기의 착륙을 유도하기 위해서다. 이렇게 흐린 날에
는 비행기 역시 온통 빛을 달고 돌진하는 수놈처럼 활주로로 내려앉는다. (8쪽)

반면에 「겨울, 블로그」(『겨울, 블로그』, 푸른책들)는 앞서 본 「십팔」과는 아주 대조적이다. 위 인용문은 이 작품의 서두를 장식하고 있는 한 장면으로 각 문장의 호흡이 대체로 길다. 또한 '써렛발 같은 불빛', '마치 커다란 뱀이 공중 부양하는 모습', '온통 빛을 달고 돌진하는 수놈처럼'과 같은 비유적 문체가 많이 쓰이고 있어, 작품을 대하는 첫 느낌이 진중하면서도 숙연하기까지 하다. 이런 분위기는 향후 펼쳐지는 동성애 장면의 발각과 어지러운 가족문제 등과 맞물려, 주인공인 여고생 혜욱의 복잡한 내면심리를 효과적으로 드러낸다. 문체와 내용이 잘 어우러진 작품이라 평가할 만하다.

안녕하세요, 안녕하세요!
무더운 여름입니다.
FM 정오의 희망곡, 애청자 여러분의 귀염둥이, 여러분의 영원한 뮤직 스토커, 한여름 소나기처럼 시원한 인사 올립니다.
첫 사연, 홍홍님입니다. 오늘은 게시판에 사연 올려 주셨네요. 홍홍님, 뮤스가 은근히 기다린 거 아세요? 문자라도 좀 자주자주 보내 주시지. 홍홍님, 미워어 어어잉. (25쪽)

또한 「정오의 희망곡」(『깨지기 쉬운 깨지지 않을』, 바람의아이들)의 경우는 위의 두 작품과는 또 다른 서술상의 기법을 보여주고 있다. 이 작품은 '홍홍'이라는 여중생을 등장시켜 부모의 욕심에 희생당하는 청소년의 애환을 고발하고 있다. 특히 이 작품은 라디오라는 대중매체를 이용해 서술하는 내레이션 기법을 취하고 있는 점이 매우 신선하다. 또한 요즘 청소년들에게 익숙한 대중가요의 가사를 이야기 곳곳에 삽입해 흥미를 유발함으로써 독자와의 원활한 소통을 꾀하고 있는데 그것이 상당한 효과를 거두고 있다.

이외에도 최근 기존에는 볼 수 없었던 새로운 서술기법을 구사하고 있는 작가들이 점점 늘어나고 있다. 이들은 요즘 청소년의 감각적인 말투를 비롯해 핸드폰과 인터넷을 통한 문자 전송방식, 서술자 바꾸기 등의 여러 기법을 적극 활용해 자신만의 독창적인 작품세계를 만들어 나간다. 이는 작가 개인은 물론 독자의 배려 차원에서도 대단히 바람직한 일이다. 앞으로도 이와 같은 흐름이 지속되어 개성이 살아 숨쉬는 작품들이 많이 생산되었으면 하는 바람이다. 그러기 위해서는 우리 청소년 문학 작가들의 노력이 더욱 절실히 요청된다.

4. 독특한 캐릭터의 창조

소설은 개인적 또는 사회적으로 문제성이 강한 인물의 행적을 통해 삶의 보편적 진실을 탐구하는 양식이다. 그 때문에 혹자는 소설을 '인생 표현의 인간학'이라 일컫기도 한다. 그만큼 인물은 소설의 구성에 있어 없어서는 안 될 핵심적 요소이자, 작품의 주제를 구현해 나가는 중요한 역할을 담당한다. 게다가 사건 전개의 주체인 동시에 감동의 주된 원인으로 작용하기도 한다. 따라서 얼마나 흥미로운 인물을 창조해 내느냐 하는 문제는 곧 작품의 성패와 직결된다. 그런 까닭에 작가들은 독자의 심중에 깊이 각인될 수 있는 매력적인 캐릭터를 창조하기 위해 무던히도 애를 써 왔다.

하지만 우리나라 아동 및 청소년문학 작품에는 오래도록 기억되고 사랑받는 인물이 그다지 많지 않다. 이것은 "작품에 등장하는 인물들은 상호 관계를 맺으면서 인간적 관심사나 시대적·사회적 문제에 대해서 나름대로의 문제점을 제기하기도 하고 어떤 해결 방안을 내놓기도 한다. 그리고 독자는 그런 작중 인물의 행위나 사고가 합당한가 어떤가에 대해서 나름대로의 판단을 내리기도 하는데 그 판단이 곧 작품에 대한 평가로 이어지게 된다"⁵는 점에서, 앞으로 우리 아동 및 청소년문학에 종사하는 작가들이 풀어나가야 할 또 하나의 과제라고 할 수 있다.

이러한 현실에서 최근 발표된 단편소설 가운데 독특한 캐릭터로 눈길을 끄는 작품들이 있다. 이경혜의 「Reading is sexy!」(『깨지기 쉬운 깨지지 않을』, 바람의아이들)에 나오는 '연저'와 조은이의 「헤바(HEBA)」(『라일락 피면』, 창비)에 나오는 '윤이'는 그동안 우리 청소년문학에 등장한 인물과는 많은 차이가 있다. 비록 이들은 사건의 전개에 따라 그 성격이 변화하는 입체적 인물은 아니지만, 각기 처한 환경에 굴복하지 않고 당당히 맞서 싸우며 자신의 삶을 개척해 나가는 인물들이다. 비주체적이고 현실 순응적이었던 기존의 인물들에 비해, 이들은 그와 반대의 성격을 지니고 있어 더욱 매력적으로 다가온다.

연저가 문득 걸음을 멈추더니 내 입술에 살짝 입술을 갖다 댔다. 아주 짧고 가벼운, 입맞춤이라기보다는 아이들의 뽀뽀에 가까운 접촉이었지만 그 보드랍고 따스한 입술의 감촉은 내 입술에 그대로 남았다. 나는 정신이 아득해서 멍하니 서 있는데 연저의 태연한 목소리가 들렸다.

"어때? 이런 걸 화살처럼 스쳐 간 입맞춤이라고 하지. 그냥 너한테 도장을 찍은 거야. 물론 널 혼자 차지할 생각은 추호도 없어. 독점은 나쁜 거니까. 오죽하면 독점 방지법이 다 있겠어?"

하하, 나는 그 말에 웃음을 터뜨렸다. 연저는 계속 나를 당황케 한다. 주머니에서 불쑥 비둘기를 꺼내는 마술사처럼. (77쪽)

위 인용문은 작가가 등장인물 간의 대화를 통해 「Reading is sexy!」에

---

5 홍성암, 「소설의 인물」, 위의 책, 121쪽.

나오는 연저의 성격을 묘사하고 있는 장면이다. 이 작품은 입시라는 현실적 굴레에서 자유롭지 못한 주인공 '나'(민기)가 연저를 만나 자의식을 획득해가는 과정을 그리고 있다. 연저는 이 작품에서 주인공의 갈등을 유발하고 해소하는 보조적인 역할을 맡고 있다. 하지만 연저는 매사에 주체적이고 긍정정인 성격으로 인해 오히려 주인공보다 더 강렬한 인상을 남긴다. 텔레비전에서만 보던 가난한 단칸방에 병이 들어 몸져누워 있는 아버지를 주인공에게 태연히 인사시킬 만큼, 처음 만난 날 전철역 앞 허름한 엄마의 분식집에 주인공을 끌고 들어가 "엄마, 손님 하나 물고 왔어"라고 소리칠 만큼 당당한 연저의 모습을 보고 있노라면 마음이 즐거워진다.

"무섭지 않아, 누나? 그렇게 사는 거."
"전혀."
"진짜? 조금도?"
"응. 난 무슨 일이든 할 수 있거든. 청소를 하든 때밀이를 하든 먹고살 자신이 있어. 남는 돈이 있으면 모아서 여행 가고. 뭐가 걱정이야?"
"나중에 할머니가 돼서도?"
"넌 할아버지가 돼서 뭘 할까, 그 준비 하며 사냐?"
할 말이 없었다.
"난 지금 하고 싶은 걸 할 뿐이다. 난 그냥 지구인으로 살고 싶어. 여행은 내게 사치가 아니라 삶이고 일상이고 또 학교고 그래." (169쪽)

이 점은 「헤바(HEBA)」에 나오는 윤이의 경우도 마찬가지이다. 이 작품은 중학교 3학년인 주인공 '나'(성호)가 팜므 파탈적인 외사촌 누나 윤이를 통해 성과 사랑, 그리고 세상에 대해 눈을 떠가는 내용을 담고 있다. 작품의 제목인 '헤바'는 '청춘의 여신'을 뜻하는데, 이는 어떤 관습화된 규제나 틀에 얽매이지 않고 자신의 세계를 열어나가는 윤이를 가리킨다. 주인공의 말처럼 윤이는 고등학교를 중퇴했으면서도 기가 죽기는커녕 지나치리만큼 당당하다. 그 때문에 교육적인 면에서 다소 논란의 여지가 있는 인물이다. 그러나 윤이는 비록 제도권 교육으로부터 이탈하긴 했지만, 위 인용문에서 보듯이 그 누구보다도 건강한 정신과 삶의 태도를 지니고 있다. 그런 점에서 오로지 학교 성적에만 집착해 전전긍긍하는 오늘날 대다수의 청소년에 비해 그 발전 가능성이 훨씬 많은 인물이라고 할 수 있다.

본 장에서 언급하지는 않았지만 이금이의 「쌩레미에서, 희수」(『호기심』, 창비)에 나오는 '희수' 역시 앞의 두 캐릭터와 동일한 선상에서 논의할 수 있을 만큼 흥미로운 인물이다. 연저와 윤이, 그리고 희수 이들은 모두 암울한 현실에서도 자신의 존재감을 잃지 않고, 주변인의 도움 없이 스스로 자신의 삶을 설계해 나간다. 이러한 이들의 성격은 과거 청소년문학에서 흔히 발견되는 패배적이고 무기력한 인물들과는 확연히 구별된다. 따라서 자아 정체성의 혼란으로 곤경에 빠져 있는 청소년 독자에게 긍정적이고 희망적인 가치를 심어줄 수 있을 것으로 기대된다.

5. 상징을 통한 의미의 확충과 문제점

같은 언어라 하더라도 일상에서 쓰이는 언어와 문학작품에서 쓰이는 언어 사이에는 상당한 차이가 존재한다. 흔히 '지시어'와 '함축어'로 명명되는 이와 같은 언어의 기능적 차이로 인해 문학은 그 나름의 존재 의미를 획득한다. '함축'이라는 말에서 보듯이 문학적 언어는 낱말 본래의 뜻보다는, 그와 연관된 여러 가지 속성을 통해 독자의 감성을 자극하는 데에 더 큰 관심을 가진다. 다양한 문학 장르 가운데 언어의 함축적 기능을 가장 효과적으로 활용하는 분야가 바로 시이다. 또한 그것은 서사문학을 대표하는 장르인 소설에 있어서도 예외가 아니다.

소설의 경우는 그 고유한 서술 형태의 특성으로 말미암아 언어의 함축적 기능이 시에 비해 적게 쓰인다. 하지만 시와 마찬 가지로 글쓴이의 의도를 직접적으로 작품의 표면에 쉽사리 드러내지 않는다는 점에서, 또한 그러한 의도 감추기의 주된 기법으로 '상징'적 장치를 적극 활용한다는 점에서는 별반 차이가 없다. 그렇다면 작가들은 왜 이처럼 용의주도한 방법으로 자신의 의도를 애써 감추려는 것일까? 그것은 상징적인 서사가 보다 다층적인 의미를 생성해낼 뿐만 아니라 더 많은 호기심을 자극해 독자들로 하여금 큰 만족감을 주기 때문이다.

그러나 상징을 통해 자신의 의도를 형상화하는 방법은 독자의 상당한 지적 수준을 담보로 하며, 소통에 있어서 그만큼 위험 부담을 떠안게 된다. 같은 작품을 읽더라도 독자의 연령이나 지적 수준에 따라 그 의미가 달리 해석되는 것은 다 이런 이유에서이다. 이점은 동화와 소설의 차이를 비교해 보면 더욱 분명하게 드러난다. 그래서 아직 지적으로 미성숙한 독자를 대상으로 하는 동화 및 청소년문학에서는 '상징'과 같은 고도의 수사적 장치는 좀처럼 사용하지 않는다. 하지만 최근에는 그 사용 빈도수가 점점 늘어나고 있는 추세이다.[6]

이금이의 「늑대거북의 사랑」(『베스트 프렌드』, 푸른책들)은 그 가운데 가장 성공한 작품이 아닐까 싶다. 작가 이금이는 최근 청소년층을 겨냥한 단편소설을 여러 지면에 연이어 발표하고 있는데, 이들 작품 모두가 '상징'을 통해 주제를 효과적으로 부각시키고 있다. 이 작품은 고등학생인 주인공 민재가 한때 자신이 기르던 늑대거북 '울프'와 헤어졌다가 다시

---

6 「늑대거북의 사랑」(이금이, 『베스트 프렌드』, 푸른책들), 「깨지기 쉬운 깨지지 않을」(김혜진, 『깨지기 쉬운 깨지지 않을』, 바람의아이들), 「서랍 속의 아이」(신여랑, 『호기심』, 창비), 「지귀의 불」(강미, 『겨울, 블로그』, 푸른책들), 「쉰아홉 개의 이빨」(최인석, 『라일락 피면』, 창비) 등의 작품이 그 범주에 속한다.

만나면서 겪게 되는 심리묘사를 다루고 있다. 이 작품에서 늑대거북은 스토리의 전개에 중요한 역할을 담당하기도 하고, 주인공 민재의 갈등을 유발하는 주요 원인으로 작용하기도 하고, 주제를 암시하는 장치로 쓰이는 등 상당한 비중을 차지한다.

작가는 이 야생성 강한 늑대거북을 등장시켜 비주체적 인물인 엄마와 민재를 대립시켜 놓는다. 이를 통해 "민재의 성적을 위해서라면 지옥행도 마다하지 않을" 것 같은 엄마와 그런 엄마의 기대에 부응하기 위해 "더 이상 공부 외에는 아무 것도 생각하지 않기로 맹세"한 민재의 삶이 얼마나 위선적이고 왜곡된 사랑인가를 일깨워준다. 불합리한 현실에서 자기식의 삶을 살아가지 못하는 오늘날 인간의 모습을 진지하게 탐색하고 있어, 이금이 특유의 문학적 진정성이 돋보이는 작품이다.

> 울프를 데려간다고 해서 엄마를 사랑하지 않는 것은 아니야. 민재는 중얼거렸다. 울프가 자신을 물려고 했을 때 서운하긴 했어도 그 사랑을 의심하지는 않았다. 그게 울프식의 사랑인 것이다. 선생님 부부가 이 산골에서 사는 게 나빠 보이지 않는 것도 자기식의 삶을 살고 있기 때문은 아닐까? 생각이 꼬리를 물고 이어졌다.
>
> 서로에 대한, 엄마의 사랑도 자신의 사랑도 어딘지 왜곡됐다는 느낌이 들었다. 상대를 위해서 참는다고 생각하는 사랑, 그래서 더 의미 있다고 생각하는 사랑이 과연 옳은 사랑일까? 민재는 버섯 같은 선생님의 집이 보일 때까지 생각에 잠겼다. (137쪽)

위 인용문은 늑대거북과 재회한 민재가 그 처리 문제를 두고 고민하는 장면이다. 그런데 여기서 늑대거북의 존재는 다층적 의미를 형성하고 있다. 우선 먼저 생각할 수 있는 것은 민재가 애지중지하는 애완동물로서의 의미이다. 그 다음으로는 민재와 엄마의 갈등을 유발하는 매개체로서의 의미이다. 그리고 마지막으로는 민재의 잃어버린 본연의 모습을 뜻하는 상징으로서의 의미이다. 이와 같이 늑대거북은 그 본래의 의미 외에 여러 의미를 함축하고 있으며, 그것은 곧 이 작품의 주제라 할 수 있는 '울프식의 사랑'과 긴밀히 연결되어 있다.

이처럼 「늑대거북의 사랑」은 상징을 이용해 상당한 문학적 성취를 이뤄내고 있다. 그렇다고 상징기법을 활용한 모든 작품들 다 성공을 거두고 있는 것은 아니다. 예컨대 고등학생 순근이를 둘러싼 종교와 가정폭력 등의 문제를 알레고리 기법으로 담아낸 「쉰아홉 개의 이빨」(최인석, 『라일락 피면』, 창비)과 중학생인 '나'의 내면 풍경을 환상적으로 묘사하고 있는 「너와 함께」(오수연, 『라일락 피면』, 창비)는 지나치게 난해한 상징과 표현으로 말미암아 청소년 독자층과 소통하는 데 많은 어려움이 따를 것으로 보인다. 이에 대한 작가들의 좀더 세심한 배려가 있어야 할 것 같다.

6. 보다 다양한 논의의 필요성

지금까지 최근 발간된 단편집을 중심으로 청소년문학의 경향을 간략하게 살펴보았다. 서두에서 밝힌 것처럼 이 글의 목적은 청소년문학에 관한 논의를 보다 지속적이고 발전적으로 이어가려는 데에 있다. 그런 까닭에 이전에 나온 비평 작업들을 토대로 일정 부분은 기존의 논의를 연장하려 했고, 나머지 부분에서는 기존에 미처 담아내지 못한 논의들로 채우려고 했다. 이러한 작업을 통해 최근 청소년문학의 새로운 흐름과 변화를 담아내고자 노력했다. 그러나 이 글 역시 다음과 같은 몇 가지 점에서 분명한 한계가 있음을 인정하지 않을 수 없다.

우선 어떤 객관적 기준에 의거하지 못하고 다분히 자의적인 시각에서 접근을 시도했다는 점이다. 그리고 장편소설과 단편소설은 구조적인 면이나 내용적인 면에서 서로 다른 특성을 지녔음을 무시한 채 단편소설만을 대상으로 최근 청소년문학의 경향을 읽어내고 있다는 점이다. 게다가 작품 전체가 아닌 특정한 논점에 부합하는 몇몇 작품만을 상대로 논의를 전개한 탓에, 그 변화의 폭을 제대로 가늠하기 어렵다는 점이다. 여기에 하나 더 덧붙인다면 변화의 양상에만 지나치게 몰두해서 개별 작품들의 장단점을 꼼꼼하게 짚어내지 못하고 있다는 점이다.

이와 같은 한계에도 불구하고 이미 앞서 살펴본 바와 같이 최근 우리 청소년문학은 소재와 주제, 형식과 기법 등 여러 면에서 이전과는 많은 차이가 있음을 확인할 수 있다. 물론 이러한 변화가 자생적으로 일어난 것이 아니라 기획출판이라는 외적 요인에 의해 이루어진 것이 조금 아쉽긴 하지만, 어쨌든 최근 우리 청소년문학에 있어서의 이와 같은 변화는 매우 바람직하고 고무적인 현상임에 틀림없다. 이를 계기로 더욱 세련된 창작 기법들이 많이 개발되고 보다 넓은 층위의 작가군이 형성된다면, 머지않아 지금보다 훨씬 알차고 활기찬 청소년문학의 장이 열릴 것으로 전망된다.

미국의 작가 마가렛 피터슨 해딕스[『이 일기는 읽지 마세요, 선생님』(우리교육 2006)의 저자]는 청소년을 주제로 한 책을 즐겨 쓰는 이유가 무엇이냐는 질문에 "청소년은 변화의 가능성이 무궁무진하고 어른보다 한결 흥미로운 존재이기 때문이다"라고 대답했다고 한다. 이 말에는 그의 작가적 관심사가 상당 부분 반영되어 있긴 하지만 수용자적인 입장에서 시사하는 바가 크다. 변화의 가능성이 무궁무진하다는 말은 곧 양질의 문학작품이 청소년의 성장에 있어 상당한 영향을 줄 수도 있음을 의미하기 때문이다. 그런 점에서 우리 청소년문학의 위상은 한층 더 높아질 필요가 있다.

그러자면 작가와 출판사, 독자와 비평가의 역할이 무엇보다 중요한 때이다. 작가는 더 좋은 작품을 생산해내기 위해 혼신의 힘을 쏟아야 하고, 출판사는 뛰어난 작가와 작품을 발굴하기 위해 더 많은 노력을 기울여야 한다. 또한 독자와 비평가는 작품의 수용자로서 이들 작가 및 작품에 대한 격려와 애정을 아끼지 말아야 한다. 이와 더불어 이제 막 발흥하기 시작한 우리 청소년문학의 토대를 견고히 하기 위한 담론도 더욱 활성화되어야 할 것이다. '한국아동청소년문학학회'와 같은 단체에서 한 번쯤 이에 대한 진지한 토론의 공간을 만들어보는 것도 좋은 방법이 아닐까 생각한다.

이 글에서는 미처 다루지 못했지만 최근 큰 반향을 불러온 신여랑의 「화란이」(『어린이와문학』, 10월호)와 강미의 「지귀의 불」(『겨울, 블로그』, 푸른책들)을 둘러싼 논쟁도 좀더 확대되었으면 좋겠다. 이것은 단순히 청소년의 성매매와 같은 비도덕적 행위에 대한 논란 이전에, 청소년문학에서 다룰 수 있는 소재와 내용의 범주가 과연 어디까지인가 하는 본질적인 문제와 직결되는 사안이다. 청소년문학이 아동문학의 연장선상에 놓여 있음을 감안하면, 이는 문학의 교육적 기능 측면에서 대단히 중요한 문제라고 여겨진다. 보다 풍성하고 내실 있는 논의가 이루어지길 바란다.

이금이 문학의 새로운 도전과 가능성
신작 단편소설을 중심으로

1.

작가 이금이는 1984년 '새벗문학상'에 단편동화 「영구랑 흑구랑」이, 1985년 '소년중앙문학상'에 소년소설 「봉삼 아저씨」가 당선되어 작품 활동을 시작했다. 지금까지 스물여섯 권의 작품집과 한 권의 동화창작 이론서를 펴냈으며, 1987년 장편동화 『가슴에서 자라는 나무』(계몽사, 1988)로 '계몽아동문학상'을, 2007년 단편동화집 『금단현상』(푸른책들, 2006)으로 '소천아동문학상'을 수상하기도 했다. 또한 연작동화 『밤티마을』(대교출판, 1994) 시리즈를 비롯해 『영구랑 흑구랑』(현암사, 1991), 『맨발의 아이들』(현암사, 1996), 『너도 하늘말나리야』(푸른책들, 1999), 『유진과 유진』(푸른책들, 2004) 등 다수의 작품이 스테디셀러를 기록하면서 문학성과 대중성을 고루 갖춘 동화작가로 인정받고 있다.

그렇다면 이처럼 양적이나 질적으로 탁월한 성취를 보여주고 있는 이금이의 힘은 어디에서 나오는 것일까? 아마도 그것은 상당부분 타고난 그의 문학적 재능에서 비롯된 것이겠지만, 보다 근본적인 요인은 작가를 천직으로 알고 진정으로 그 일을 즐길 줄 아는 그의 투철한 작가정신에 있지 않나 싶다. 여기에 하나 더 덧붙인다면 어떤 상황에서도 인간에 대한 애정과 신뢰를 떨쳐버리지 못할 것 같은 그의 마음씨도 한몫 차지하고 있는 것으로 보인다. "글을 쓰는 물리적 시간보다 더 많은 정서적 시간을 필요로 하는 것이 창작입니다. 나는 그 정서적 시간을 '마음으로 글쓰기'라고 이름 붙였습니다. 구상(構想)이라고 할 수도 있는 그 시간은 내가 가장 즐기는 시간이기도 하지요"[1] 또는 "나는 개인적으로 비극적이거나 모호한 결말보다는 독자들에게 안도감을 주는 결말을 좋아하는 편입니다"[2]와 같은 진술은 작가 이금이의 진면목을 엿볼 수 있는 중요한 단서이다.

　글을 쓰는 시간보다 더 많은 시간을 작품 구상에 몰두하고 고통스런 창작의 시간마저도 기꺼이 즐길 줄 아는 작가. 자신의 작품을 읽는 동안만이라도 진심으로 독자들이 행복해지길 바라는 작가. 바로 그가 이금이이다. 그런 까닭에 등단 이후 매년 한 권 이상의 작품집을 발표하면서도 그의 작품들은 대부분 고른 수준을 유지할 뿐만 아니라 따스한 인간애가 짙게 배어난다. 하지만 더러 그의 문학은 "치열하게 추구하고 있는 주제 의식이나 새로운 인물을 찾아보려는 시선에 이금이는 단순한 작품 세계를 가진 작가로 이해된다"[3]는 김현숙의 평가나 "양부모, 정서장애자, 남북교류, 생태환경, 전통문화 등 소재주의라 할 만한 박제된 의식을 보여준다"[4]는 원종찬의 평가처럼, 그 가치가 폄하되기도 한다.

　그런데 사실 이러한 지적은 이금이 문학에 대한 총체적인 평가라기보다는 작가 개인의 취향에 대한 평가라고 보는 편이 타당하다. 데뷔 초부터 줄곧 사실동화만을 창작해 온 그에게 그와 같은 지적은 애초 피할 수 없는 것인지도 모른다. 실제 있었던 사건을 바탕으로 해서 그 위에 새롭

---

1 이금이, 「동화작가가 되려는 당신에게」, 『동화창작교실』, 푸른책들, 2006, 12쪽.
2 같은 책, 160쪽.
3 김현숙, 「맨발의 뜻」, 『두 코드를 가진 문학읽기』, 청동거울, 2003, 53쪽.
4 원종찬, 「최근 아동문학 이대로 좋은가」, 『동화와 어린이』, 창비, 170쪽.

고 독창적인 이야기를 창조하는 사실동화의 장르적 특성상 주로 일상에서 소재를 찾다보면, 더욱이 그처럼 사회적 약자에 대한 관심과 애정이 각별하다 보면 새로운 인물창조는 물론 치열한 주제의식을 구현하기 어렵다. 그렇다고 해서 이금이 문학의 가치가 훼손되는 것은 절대 아니다. 왜냐하면 좋은 작가, 좋은 작품이란 어떤 소재를 취했느냐가 아니라, 다양한 문학적 조건을 활용하여 보편적인 삶의 진실을 얼마나 감동적으로 그려냈느냐에 따라 결정되는 것이기 때문이다. 따라서 비록 비슷한 소재와 주제, 동일한 인물이 반복되긴 해도 아이들의 삶에 대한 진지한 탐색과 성찰, 섬세한 감각에 기초한 탁월한 심리묘사 등 지금까지 보여준 성과만으로도 그가 오늘날 우리 아동문학을 대표하는 작가인 것만은 분명하다.

그런 그가 최근 청소년소설을 여러 지면에 잇따라 발표함으로써 또 다른 관심을 불러일으키고 있다. 물론 이전에도 청소년소설을 전혀 창작하지 않은 것은 아니지만, 최근 부쩍 청소년소설 창작에 집중하는 모습을 보인다. 또한 작품들의 경향을 보면 기존 작품에 비해 그 대상 독자층은 물론 작품 외형에 있어 많은 차이가 있다. 그 때문에 아직 속단하기는 이르지만 혹, 이러한 변화가 이금이 문학의 새로운 전환점이 아닐까 하는 생각이 들기도 한다. 이 글에서는 그 점에 주목해 이금이의 신작 단편소설인 「늑대거북의 사랑」(『베스트 프렌드』, 푸른책들, 2007), 「쌩레미에서, 희수」(『호기심』, 창비, 2008), 「초록빛 말」(『월간 주니어논술』, 2008년 1월, 2월호)을 통해, 앞으로 전개될 그의 문학적 향방과 가능성을 살펴보려고 한다.

2.

이금이의 신작 단편소설 가운데 가장 먼저 발표된 「늑대거북의 사랑」

은 도서출판 '푸른책들'이 청소년 독자들을 위해 특별히 기획한 앤솔러지 소설집 『베스트 프렌드』에 수록되어 있다. 이 작품은 고등학생인 주인공 민재가 한때 애지중지했으나 공부에 방해된다며 엄마가 누군가에게 줘버려 헤어졌던 늑대거북 '울프'를 다시 만나면서 겪게 되는 심리변화를 다루고 있다. 전체적인 짜임은 크게 셋으로 이루어졌는데, 첫째 단락은 민재가 중학교 때 자신의 영어 과외 선생님이자 짝사랑 상대였던 효진 선생님으로부터 '울프'에 대한 소식을 듣고 시골로 내려가는 과정을 그리고 있다. 그리고 둘째 단락은 민재가 울프와 헤어지게 된 상세한 내막이 서술되어 있으며, 마지막 셋째 단락은 민재가 울프의 처리 문제를 두고 고심하다 결국 집으로 데려오는 내용이 담겨 있다.

이 작품은 평범한 소재에 구성 또한 단조로워 박진감 넘치는 사건이나 등장인물들 간의 대립과 갈등, 극적인 반전 등은 기대하기 어렵다. 그럼에도 주인공의 작은 심리변화까지 놓치지 않고 세세하게 그려낸 작가의 솜씨가 예사롭지 않을 뿐만 아니라, 오늘날 불합리한 사회현실로 인해 자아를 잃고 살아가는 청소년들의 삶을 진지하게 탐색하고 있어 만만치 않은 무게감이 느껴진다. 심리묘사에 탁월한 재능을 지닌 작가로 평가받는 이금이 특유의 섬세한 감각과 문학적 진정성이 돋보이는 작품이다.

특히 이 작품에서 눈여겨봐야 할 점은 늑대거북의 존재이다. 이 늑대거북은 스토리의 전개에 있어 중요한 역할을 담당하며, 주인공의 내적 갈등을 유발하는 주요 원인으로 작용한다. 또한 주제를 효과적으로 부각시키기 위한 핵심적 장치로 쓰이는 등 상당한 비중을 차지한다. 작가는 이 늑대거북을 통해 무엇이 서로를 위하는 사랑이고, 어떤 삶이 진정 가치 있는 것인지를 묻고 있다. 그런데 이 작품의 경우 그러한 작가의 의도가 너무 쉽게 노정되어 오히려 흥미를 반감시킨다. 이것은 기본적으로 단조로운 구성상의 문제이기도 하지만 일찍이 청소년소설에서 흔히 경험했던 이야기 골격과도 관련이 있다. 이를테면 주인공인 민재와 엄마의 갈등구조라든지, 주인공의 심리변화를 암시하는 "꼭 맞아 처음엔 가뿐한 것 같던 선우의 신발이 오래 신고 있으니 발이 아팠다. 민재는 운동화를 꺾어 신었다"(139쪽) 등이 바로 그것이다.

그럼에도 이 작품이 의미 있게 다가오는 것은 자기식의 삶을 살아가지 못하는 오늘날 우리들의 모습을 진지하게 성찰하고 있기 때문이다. 작중 인물인 엄마와 민재, 선우로 대변되는 비주체적 인물들을 통해 자신의 삶을 되돌아보게 만들고, 삶의 진정한 의미를 발견할 수 있게 만드는 힘은 이 작품이 지닌 최고의 미덕이라 할 수 있다. "보통은 반대를 무릅쓰고 선택하기 마련인 미술조차도 엄마가 시켜서"(107쪽) 하는 마마보이 골샌님 선우와 "민재의 성적을 위해서라면 지옥행도 마다하지 않을"(119쪽) 것 같은 엄마, 그런 엄마의 기대에 부응하기 위해 "더 이상 공부 외에는 아무것도 생각하지 않기로 맹세"(119쪽)한 민재는 오늘날 우리들의 또 다른 모습일지 모른다.

> "그런데 왜 그렇게 만날 우울한 얼굴이야? 요새는 강서방도 민재도 속 안 썩인다면서."
> 민재는 자신의 성적이 아직 만족할 만큼이 아니어서라고 생각했다.
> "그러게 말이야. 민재가 마음잡고 공부하는데, 그러면 됐지. 가슴 한쪽 없는 게 어떻다고……. 난 엄마 자격이 없나 봐."
> 엄마가 그런 생각을 하지 않도록 성적을 더 올려야겠다고 다짐했다.
> 그런데 무심코 안방에 들어갔을 때, 옷을 갈아입던 엄마가 화들짝 놀라 옷가지로 몸을 가리던 모습이 떠올랐다. 수술을 하기 전에는 오히려 민재가 민망해서 피하면 피했지 아들 앞에서 스스럼없이 옷을 갈아입던 엄마였다. (133~34쪽)

하지만 작가는 그러한 삶이 얼마나 위선적이고 왜곡된 것인지를 일깨

위준다. 위의 인용문은 그런 작가의 생각이 아주 잘 나타나 있다. 유방암에 걸려 한쪽 가슴을 잘라낸 엄마는 가슴 재건 수술을 권하는 큰이모에게 "이, 삼천만 원이 든다는데……. 가슴 한쪽이 뭐가 그렇게 중요하다고 수술을 해? 그 돈 있으면 민재를 밀어 줘야지"(133쪽)라며 민재의 말처럼 자신의 삶을 송두리째 가족을 위해 제단에 바친 듯한 태도를 보여준다. 그러나 위에서 보는 것처럼 아내 혹은 엄마이기 이전에 아들에게조차 자신의 도려낸 가슴을 보여주고 싶지 않은 여성으로서의 본성까지 감추지는 못한다. 이 점은 선우를 마마보이 골샌님이라 비웃으면서도 그런 엄마의 기대에 부응하기 위해 순종적인 태도를 보이는 민재의 삶역시 조금도 다를 바 없다.

그러기에 작가는 작중 인물 가운데 하나인 선생님 남편의 입을 빌어 "여기든, 내 친구네든 도시보다 환경이 좋은 건 맞는데 울프가 사나워진 건 아니지. 늑대거북은 원래 저런 거 아닌가"(131쪽) 하고 우리들의 삶을 냉철히 되돌아볼 것을 주문한다. 그리고 "상대를 위해서 참는다고 생각하는 사랑, 그래서 더 의미 있다고 생각하는 사랑이 과연 옳은 사랑일까?"(137쪽)와 같은 자기반성을 이끌어내고, 결국 그토록 애지중지했던 울프가 물려고 했을 때 민재가 비록 서운하긴 했어도 그 사랑을 의심하지는 않았던, '울프식의 사랑'이야말로 진정한 사랑임을 깨닫도록 만든다. 이로써 작가가 좀처럼 길들여지지 않는 야생성 강한 늑대거북을 등장시킨 의도가 무엇인지 곧 확인되며 결과적으로 그러한 시도는 상당한 효과를 거두고 있다.

나날이 심화되고 있는 무한경쟁 속에서 우리에게 꼭 필요한 것은 어떤 사람이 되느냐가 아니라 어떻게 살아갈 것인가 하는 문제이다. 하지만 애석하게도 대부분의 사람들은 지나치게 눈앞의 현실에만 급급해 무엇이 삶의 진실이고, 가치 있는 것인지 헤아리지 못한 채 살아가는 일이 다반사이다. 이는 청소년들이라고 해서 결코 예외는 아니다. 그러나 자기의지가 아닌 타인에 의해서 조종되고, 정작 자신보다는 지나치게 남을 의식해 살아가는 삶은 시간이 흐를수록 공허해지기 마련이다. 그런 점에서 아직 자신의 정체성을 확고히 세우지 못한 청소년들에게 무엇보다 중요한 것은 주체적으로 자신의 삶을 설계할 수 있는 기회와 용기를 주는 일이다. 이 작품은 바로 그 지점에서 출발하고 있는데 작가 이금이의 철학이 어떠한지가 잘 집약되어 있다.

3.

과거와는 판이하게 다른 요즘 청소년들의 삶과 사고방식을 이해하는 데 유익한 정보를 제공하고 있는 「쌩레미에서, 희수」는 창작과비평사에서 펴낸 『호기심』이라는 청소년소설집에 실려 있다. '10대의 사랑과 성에 대한 일곱 편의 이야기'라는 부제에서 알 수 있듯이, 이 책에는 다양한 색깔을 가진 청소년들의 사랑이야기가 담겨 있다. 그 가운데 한 꼭지를 차지하고 있는 이 작품은 고등학생인 선우와 희수의 사랑 이야기가 잔잔하게 펼쳐진다.

주인공인 선우와 희수는 여러 면에서 아주 상반된 성격을 지닌 인물이다. "요새같이 취직하기 어려운 시대에 미대 나오면 학원이라도 차릴 수 있잖아"(111쪽)라는 엄마의 말에 그림을 좋아하는 것도 아니면서 미술학원에 다닐 만큼 마마보이적인 선우와 "노란 커트 머리와 귓불에서 달랑거리는 은색 링 귀걸이는 어디서든지 눈에 띄는 그 애의 트레이드마크"(96쪽)일 만큼 자유분방한 희수. 그 둘은 어떤 공통점도 찾아볼 수 없을 만큼 먼 대척점을 이루고 있다. 그래서 작품 초반에는 이들의 사랑이 과연 가능할까 하는 의구심이 들 정도이다. 하지만 이들의 사랑은 너무 조용히 찾아온다. 미술학원에 다니는 또래의 남자아이들이 '유학 다녀온 부잣집 딸'이니, '주유소집 딸'이니 해서 희수에게 관심을 보일 때만 해도, 애써 무관심한 척하던 선우에게 희수가 먼저 다가온 것이다. 작가의 표현대로라면 선우와 희수는 이제 더 이상 이솝우화에 나오는 '여우와 신포도'의 관계가 아닌 것이다.

역시 사랑의 힘은 위대한 것일까? 둘의 만남이 거듭될수록 희수에 대한 선우의 마음은 더욱 애틋해진다. 선우는 희수와의 만남에 있어 가장 큰 장애물인 엄마로부터 벗어나기 위해 갖은 핑계를 만들어내는 등 조금씩 일탈하기 시작한다. 그러나 둘의 사랑은 오래 지속되지 못한다. 희수가 프랑스 여행을 준비하는 과정에서 선우는 희수와 관련한 소문들에 대해 차츰 의구심을 갖게 된다. 그러면서도 "정선우, 희수에 대한 마음이 고작 그만큼이야? 설령 희수가 거짓말을 했다고 해도 네가 이해하고 감싸주지 않으면 누가 하겠어"(121쪽)라며, 희수에 대한 자신의 사랑이 거짓이 아닌 진실임을 입증하기 위해 애쓴다.

고시원을 나온 선우는 건물을 올려다보았다. 옥상 귀퉁이에 방이 하나 올라앉아 있었다. 유학 갔다 온 것도 아니고, 주유소집 딸도 고시원집 딸도 아닌, 허름한 옥탑방에 살며 주유소 알바를 하는, 학교 안 다니는 부모 없는 아이, 그게 희수였다. 배경을 보고 좋아했던 것이 아닌데, 선우는 발밑에 허공이 놓인 듯 맥이 풀렸다. 어디선가 질문 하나가 들려왔다. 배경 보고 좋아했던 게 아니라고? 처음부터 희수가 그런 앤 줄 알았어도 좋아했을까? 선우는 자신 있게 그렇다고 대답할 수 없었다. 그럼 지금까지 희수에게 향하던 설레고 애틋하고 행복하던 감정은 무엇이지? 그것도 모두 가짜였다고 지워버려야 하는 건가. 지워버리는 상상만으로도 가슴이 도려내는 것처럼 아파와, 선우는 놀랐다. (115~16쪽)

하지만 선우는 친구 정기에게 희수가 미술학원으로 찾아온 어떤 남자를 끌어안더라는 얘기를 듣고 질투심과 배신감에 희수를 찾아다니다가 그 소문들이 사실이 아님을 알게 된다. 그리고 위 인용문에서 보듯이 "배경을 보고 좋아했던 것이 아닌데, 선우는 발밑에 허공이 놓인 듯 맥이 풀렸다"는 말로 희수에 대한 자기의 사랑이 진실이 아니었음을 고백한다. 또한 집으로 돌아오는 길에 정류장에서 버스를 내리는 희수를 보는 순간 몸을 감추면서 "마음보다 몸이 먼저 한 일이었다"(126쪽)며 자신의 비겁한 행위를 정당화한다. 반면에 희수의 경우는 프랑스로 떠나가서도 "난 여전히 검은 머리다. 여기선 검은 머리가 더 눈에 띄기도 해서지만, 노란 머리보다 훨씬 낫다는 네 말이 잊혀지지 않아서야"(127쪽)라며 선우에 대한 일관된 자신의 사랑을 보여준다.

이 작품은 성격적인 면이나 환경적인 면에서 사뭇 다른 두 인물의 사랑이야기를 통해 물신화된 시대, 물신화된 우리들의 그릇된 사랑을 고발하고 있다. 작가는 그러한 자신의 의도를 관철하기 위해 희수와 선우같이 환경이 다른 인물을 작품 속에 끌어와, 진실한 사랑은 눈에 보이는 물질적 조건이 아닌 서로를 이해하고 감싸줄 수 있는 마음에서 비롯되는 것임을 알려준다. 그런 점에서 이 작품 역시 앞서 살펴본 「늑대거북의 사랑」과 거의 동일한 내용상의 한계를 지니고 있다. 물질적 사랑에 경도된 사랑은 그 환상이 깨어지는 순간 아무 거리낌 없이 내쳐질 수 있다는 주제적 접근은 이미 많은 작가들이 즐겨 사용했던 것으로 전혀 새로울 것이 없다.

그와 같은 약점에도 불구하고 이 작품이 일정한 성과를 거두고 있는 것은 선우와 희수라는 독특한 캐릭터가 생생하게 살아 있기 때문이다. 이는 작가가 사전에 그것을 충분히 의식하고 있었던 것으로 짐작된다. 자식 교육이 취미이자 특기인 엄마에게 자신의 미래를 저당 잡혀 자존감이라고는 조금도 찾아보기 어려운 선우와 그 어려운 환경에서도 자신의 존재를 끝까지 지켜내려는 희수. 작가는 자신이 창조해낸 이들 인물들을 적극 활용해 사건 전개에 활력을 불어넣을 뿐 아니라, 동시에 의미의 다층화를 이루어내고 있다. 이 작품이 단순히 청소년들의 사랑이야기로만 읽히지 않고, 고난과 극복을 통해 변화를 추구하는 잘 짜인 성장소설로 이해되는 것은 다 그런 이유에서이다.

여긴 고흐가 마지막 생을 살았던 쌩레미야. 이곳에 오는 것은 내가 자신에게 내준 첫 번째 숙제였어. 함께 고흐의 자취를 따라 여행하자던 엄마와의 약속을 지키는 일…….
이곳에서 고흐의 그림에 넘실거리던 햇살을 느낄 수 있어. 그토록 절망적인 시기에 고흐는 어쩌면 그렇게 기쁨과 생명력이 넘치는 그림을 그릴 수 있었을까? 이곳에 와서야 비로소 알 것 같아. 이 격정적인 천재는 결코 고통을 피하거나 굴복하지 않고, 불평하지도 않았으며, 포용하고 이해하고 사랑했던 것 같아. 그리고 예술로 승화시켰겠지 그렇기에 우리는 그의 광기마저도 순수한 열정으로 기억하며 감동받는 거겠지. (127쪽)

이 글은 희수가 프랑스에서 선우에게 쓴 편지글의 일부로 작품의 마지막을 장식하고 있는 내용이다. 잘 알다시피 쌩레미는 화가 고흐가 말년을 보낸 곳으로, 작가가 사랑이라는 주제 이외의 또 다른 주제인 '성장'을 형상화하기 위해 도입한 상징적 공간으로 쓰이고 있다. 고흐는 쌩레미에 있는 한 요양소에서 환각, 발작증세와 싸우면서도 '별이 빛나는 밤'과 같은 명작을 그려냈다. 작가가 그런 장소로 희수를 떠나보낸 것도, 희수가 편지에 고흐와 관련된 에피소드를 담아 선우에게 보낸 것도, 알고 보면 작가가 그러한 의도를 충족시키기 위해 사전에 철저히 준비한 장치이다. '결코 고통을 피하거나 굴복하지 않고, 불평하지도 않았으며, 포용하고 이해하고 사랑'하는 삶, 그런 삶이야말로 순수한 열정으로 기억되며 진정한 감동을 준다는 구절이 오래도록 가슴에 기억될 만한 작품이다.

4.

올해 초 창간한 『월간 주니어논술』 1, 2월호에 연재되어 있는 「초록빛 말」은 청소년기에 누구나 한 번쯤은 겪게 되는 자아정체성의 문제를 다룬 작품이다. 작가는 문이진이라는 한 여고생을 화자로 해서 현실과 욕망 사이에서 고뇌하는 청소년들의 삶의 단상을 예리하게 포착해내고 있다. 그런데 이 작품은 여러 면에서 앞서 살펴본 두 작품과 확연히 구분되는 모습을 보여준다. 우선 '초록빛 말'이라는 제목에서 알 수 있듯이, 이 작품은 주제를 드러내기 위한 수법으로 여러 개의 중요한 상징이 쓰이고 있다. 또한 그 공간적 배경이 필리핀일 뿐만 아니라, 이야기 곳곳에 꿈 또는 환상과 관련한 장면들이 자주 등장해 전반적으로 몽환적 분위기가 물씬 풍긴다.

이 작품에는 세 명의 주요 인물이 등장한다. 이야기 속에 직접 등장하지는 않으나 풍족한 가정형편에도 "부모가, 딸인 자기를 자신들을 빛내줄 액세서리나 장식품으로나 여긴다며 대놓고 경멸"(162쪽, 1월호)하다 자살하는 혜림. 그런 혜림을 볼 때마다 무수리가 된 듯한 기분에 "공부를 잘해 좋은 대학 가고, 높은 연봉을 주는 회사에 취직해 반찬가게 딸에서 벗어나는 것이 꿈"(161쪽, 1월호)일 만큼 가난에 대한 열등감으로 똘똘 뭉쳐 있는 주인공. 적은 메이드 월급으로 가족을 부양하면서도 "억울하긴, 당연한 거지. 가족을 위해 좋아하지도 않으면서 나이 많은 한국남자한테 시집가는 친구도 있는데"(153쪽, 2월호)라며 자신의 희생을 묵묵히 받아들이는 쟈스민. 이들은 놓여 있는 처지는 다르나 모두 현실적인 문제에 속박당한 문제적 인물이라는 공통점이 있다. 하지만 각기 자신이 처한 환경을 인식하고 그것을 극복하는 방법에 있어서는 너무도 다른 모습을 보여준다.

작가는 서로 다른 혹은 동일한 조건의 환경을 가진 이 세 명의 인물을 통해 자신의 의도를 구체화시킨다. 주인공을 중심으로 한쪽에는 혜림을 두어 주인공의 갈등을 유발하는 역할을 맡기고, 다른 한쪽에는 쟈스민을 두어 주인공의 갈등을 해소하는 조력자의 역할을 부여한다. 이를 통해 '자신이 처한 환경을 슬기롭게 극복하는 것이 가치 있는 삶'이라는 주제를 그리고 있는데, 이 작품의 묘미는 혜림과 쟈스민 그 둘 사이에서 줄타기를 거듭하고 있는 주인공과 그런 주인공의 내면에 흐르는 심리변화를 상징적 수법을 통해 묘사한 다음과 같은 장면에서 찾을 수 있다.

햇살이 깊은 물속까지 쏟아져 들어와 퇴락한 집들과 둥치 굵은 나무, 그리고 길까지 짙은 에메랄드 색으로 빛났다. 서 있는 것이 처음엔 나무들 중의 하나인 줄 알았다. 수초처럼 하늘거리는 것이 바람에 살랑거리는 나뭇잎으로 보였다. 그런데 나무가 아니라 혜림이었다. 수초처럼 하늘거리는 긴 머리카락 사이로 물고기들이 드나드는데도 그 애는 나무처럼 서 있었다. 내가 가까이 가도 혜림이는 물속에 뿌리를 박은 듯 무표정한 얼굴로 미동도 하지 않았다. (154쪽, 1월호)

위 인용문은 작품 서두를 장식하고 있는 주인공의 꿈 장면이다. 이 꿈은 작품 종반부에 또다시 반복되는데 구조적인 면에서는 큰 차이가 없다. 다만 첫 번째 꿈에서 "내가 가까이 가도 혜림이는 물속에 뿌리를 박은 듯 무표정한 얼굴로 미동도 하지 않았다"는 부분이 두 번째 꿈에서는 "가까이 갔더니 무표정한 얼굴로 물속에 뿌리를 박은 듯 미동도 하지 않고 있는 아이는 혜림이 아니라 나였다"로 대치되고 있다. 이것은 '억압된 욕망이 무의식속에 잠재되어 있다가 왜곡·상징화되어 나타난 것이 꿈'이라고 본 프로이트의 견해와 일치하는 것으로, 작가가 혜림처럼 현실을 탈출하고 싶은 욕망이 간절함에도 그러지 못하는 주인공의 모습을 상징적으로 처리한 것이다.

이런 사실은 꿈의 배경인 호수가 지닌 의미를 분석해 보면 더욱 명징해진다. 이 작품에는 '주암호'와 '따알 호수'라는 두 개의 호수가 등장한다. 주암호는 주인공 아빠의 고향이 잠긴 호수인 동시에 혜림이가 자살한 장소이다. 그리고 따알 호수는 쟈스민의 고향집이 있는 따알 섬을 둘러싸고 있는 곳으로, 화산 폭발로 인해 호수가 생기면서 여러 개의 마을이 잠겨 있다. 이들은 "그 호수 속으로 들어가면 영화처럼 새로운 세상이 펼쳐져 있을 것 같지 않니? 현실하고는 다른 세상 말이야"(161쪽, 1월호)라는 혜림이의 말처럼, 각박한 현실에서 벗어나 도달하고 싶은 '마음의 안식처'를 가로막고 있는 현실적 '벽'을 상징한다. 따라서 "가까이 갔더니 무표정한 얼굴로 물속에 뿌리를 박은 듯 미동도 하지 않고 있는 아이는 혜림이가 아니라 나였다"는 주인공의 자기고백은 현실에서 탈출하지 못하고 얽매여 있는 자의식이 발현된 것이라고 할 수 있다.

주인공의 심리변화를 상징적 수법으로 그려낸 장면은 작품 종반부에 이르면 더욱 정밀해진다. 이틀 동안 쟈스민의 고향집에 머물게 된 주인공은 자신보다 어려운 환경에도 불평하지 않고 소박하면서도 아름다운 꿈을 키워나가는 쟈스민을 통해 조금씩 자신의 정체성을 찾아간다. "달디달 쟈스민의 새벽잠에 괜시리 콧날이 시큰해졌다"(153쪽, 2월호)와 같은 심적 동요나 어설프지만 손으로 음식을 먹는 것에 도전하는 행위. 그리고 분화구 정상을 다녀오는 길에 시지프스 신화를 떠올리고 자신이 마치 바윗덩이가 된 기분이라고 말하는 등 이전과는 다른 모습을 보인다. 그러면서 자신이 타고 있는 말 알렉산더와 함께 바다 같은 따알 호수 위를 마음껏 달려보고 싶다는 생각을 하기도 한다. 하지만 "이 섬의 말들은 자기가 말인 걸 잊어버린 걸까?"(157쪽, 2월호)에서 보는 것처럼, 여전히 자신을 닮은 빗자루처럼 볼품없는 알렉산더와 동격의 자리에 놓지 못한다.

"내가 그걸 잊었다고? 잊어버렸을 거라고?"

나는 분명히 들었다. 헉헉대는 콧숨에 섞여 나온 말의 말을.

"나는 내가 드넓은 초원을 갈기를 휘날리며 달리는 말이란 사실을 똑똑하게 기억하고 있어. 난 늘 꿈을 꾸지. 언젠가는 비탈길을 마구 달려 내려가 산자락이 발을 담그고 있는 저 넓은 호수 위를 들판인 듯 달려가겠다고." (157쪽, 2월호)

그러나 마침내 주인공은 내적 갈등을 마무리하고 자신의 현실을 받아들인다. 위 인용문은 주인공의 심적 변화를 환상적인 수법으로 처리하고 있는 장면이다. 여기서 "내가 그걸 잊었다고? 잊어버렸을 거라고?" 하는 말은 주인공이 비로소 자신의 현실을 인정하고 그것을 끌어안게 되었음을 암시한다. 또한 "나는 내가 드넓은 초원을 갈기를 휘날리며 달리는 말이란 사실을 똑똑하게 기억하고 있어. 난 늘 꿈을 꾸지. 언젠가는 비탈길을 마구 달려 내려가 산자락이 발을 담그고 있는 저 넓은 호수 위를 들판인 듯 달려가겠다"는 말은 현실을 회피하지 않고 당당하게 맞서 싸우며 자신의 꿈을 키워가겠다는 주인공의 의지적 표현이다. 이처럼 이 작품은 여러 가지 문학적 기법을 이용해 현실과 욕망 사이에서 혼란을 겪는 청소년들의 삶을 밀도 있게 그려내고 있다.

5.

동화와 소설은 서사문학의 한 양식이라는 점에서 본질적으로 차이가 없다. 그런 만큼 작품을 형상화하는 데 필요한 소재와 주제, 플롯과 시점, 인물과 배경, 묘사와 문체 등의 제반 요소들을 기본적으로 갖춰야 함은 물론이고, 그 평가에 있어서도 이러한 문학적 조건들을 얼마나 잘 충족하고 있느냐에 따라 결정된다. 그럼에도 동화가 특수문학의 한 형태로 이해되는 것은 아동이라는 독자층을 대상으로 삼기 때문이다. 따라서 동화 창작은 소설 창작에 비해 아동의 눈높이에 맞는 내용과 형식을 갖춰야 하는 등 소설에 비해 많은 제약이 뒤따르며, 그것으로 인해 나름의 전문성을 보장받는다. 때문에 뛰어난 소설작가라고 해서 좋은 동화를 쓸 수 있는 것은 아니며, 반대로 뛰어난 동화작가라고 해서 좋은 소설을 쓸 수 있는 것도 아니다. 최근 작가 이금이의 행보가 주목되는 것도 다 그런 이유 때문이다.

지금까지 이금이의 신작 단편소설을 검토해 본 결과 일단 그의 도전은 성공할 가능성이 많아 보인다. 이미 앞에서 살펴본 것처럼 이들 작품은 그가 이전에 발표했던 청소년소설과는 많은 차이가 있다. 우선『유진과 유진』(푸른책들, 2004),『주머니 속의 고래』(푸른책들, 2006)가 중학생을 대상으로 하고 있다면, 이들 작품은 고등학생으로 그 대상 범위가 확대되고 있다. 또한『유진과 유진』,『주머니 속의 고래』에서는 좀처럼 찾아볼 수 없었던 다양한 문학적 기법들이 폭넓게 사용되어 철학적인 면에서나 문학적인 완결성 면에서 훨씬 깊이가 있다. 게다가 요즘 청소년들의 삶을 그들의 감각에 어울리는 세련된 필치로 담아내고 있어, 작가 자신의 청소년기 체험을 형상화한 다른 작품들에 비해 독자들과 쉽게 소통할 수 있는 장점을 지니고 있다.

일찍이 G. 루카치는 소설을 "문제적 개인이 자기 자신을 향해 가는 편력, 즉 자체 내 이질적이고 그 개인에게는 아무런 의미도 없는, 단순히 현존해 있는 현실 속에 흐릿하게 사로잡혀 있는 상태에서 명확한 자기 인식으로 가는 길"[5]이라고 정의한 바 있다. 이금이의 신작 단편소설들의 경우 그와 같은 정의에 잘 부합하고 있다.「늑대거북의 사랑」에 나오는 민재나,「쌩레미에서, 희수」에 나오는 선우,「초록빛 말」에 나오는 혜림은 다들 하나같이 각박한 현실에서 삶의 의미를 잃어버린 문제적 인물

---

5 게오르크 루카치,「소설의 내적 형식」,『소설의 이론』, 문예출판사, 2007, 91~92쪽.

들이다. 작가는 이들 청소년들을 소설 속으로 끌어들여 정신적으로 피폐해진 오늘날 우리들의 모습을 반추하게 하고, 삶의 의미에 대한 자기 인식을 촉발시킨다. 그로써 "궁극적으로 인간 탐구요 그로부터 인생 표현의 인간학"[6]으로 이해되는 소설미학의 특성을 잘 형상화하고 있다.

그런데 사실 작가 이금이의 이와 같은 문학적 변화는 어느 정도 예견되었던 것이다. "나는 중·고등학생을 주인공과 독자로 삼은 본격 청소년소설을 쓰고 싶었다. 하지만 나는 그 시기를 내 아이들이 중학생이 된 뒤로 미룰 수밖에 없었다. 내가 청소년이었던 때와는 30여 년의 세월만큼이나 달라진 요즘 아이들의 이야기를 쓸 자신이 없었기 때문이다"[7]라는 말에서 알 수 있듯이, 그는 이미 오래전부터 청소년소설 쓰기를 갈망해 왔으며 청소년들과 교감을 나누기 위해 부단한 노력을 기울여 왔다. 그리고 그는 자신이 청소년소설을 쓰고 싶어 한 이유가 책이 삶의 일부였던 청소년기에 경험한 자기 또래 아이들의 삶이 담긴 이야기가 없다는 아쉬움 때문이었다고 한다.

이러한 여러 가지 정황을 종합해 볼 때 최근 이금이의 행보는 그저 일시적인 현상이 아니라 앞으로 상당기간 지속될 것으로 예상된다. 그런 점에서 최근에 발표된 이금이의 신작 단편소설들은 그의 문학에 있어 새로운 전환점이 될 가능성이 높다고 생각된다. 물론 아직 그 결과를 속단하기에는 시기가 너무 빠르고 성과물들이 너무나도 적다. 하지만 지난 24년 동안 줄곧 사실동화 창작만을 고집하면서 발표해 온 그 많은 작품들의 문학적 성향으로 본다면, 개인적으로 그가 동화 작가로서의 역량보다는 오히려 청소년소설 작가로서의 역량을 훨씬 많이 가진 것으로 판단된다.

---

6 장백일, 「소설의 평가 조건」, 『현대소설의 이해』, 문학사상사, 1996, 238쪽.
7 이금이, 앞의 책, 236쪽.

기독교적 세계관에 입각한 삶과 문학

이현주론

1.

이현주는 1944년 충청북도 충주에서 태어나 감리교신학대학교를 졸업했다. 그는 1964년 조선일보 신춘문예에 동화 「밤비」가 당선되어 문단에 나왔으며, 이후 목사이자 동화작가로 왕성한 집필 활동을 펼쳐왔다. 대표작으로는 『알게 뭐야』, 『바보 온달』, 『아기 도깨비와 오토제국』 등 여러 권의 동화책과 『사람의 길, 예수의 길』, 『장자 산책』 등 동서양을 폭넓게 아우르는 신학 및 사상과 관련한 많은 책을 펴냈다.

일반적으로 이현주의 동화는 기독교적 세계관에 바탕을 두고 있다는 평가를 받고 있다. 실제로 그는 첫 동화집인 『웃음의 총』의 머리말에서 "나는 나의 짧은 이야기들 속에서 하나님의 손바닥에 흐르는 땀이나, 향기로운 바람 같은 하나님의 냄새를 그려 보고 싶었습니다."(강정규, 『한국 현대아동문학작가작품론』, 집문당, 1997, 680쪽 재인용.)라고 말한 바 있는데, 이것은 그의 작품세계를 이해하는 중요한 단서라고 할 수 있다.

이처럼 이현주의 동화는 기독교적 세계관에 근거해 있지만, 그렇다고 우리가 익히 알고 있는 성경 동화와는 그 차원이 다르다. 즉, 성경 동화가 대체로 성경에 나오는 내용을 아이들이 쉽게 이해할 수 있도록 소개하는 데 주된 목적이 있다면, 그의 작품은 사랑 혹은 비폭력, 자기희생과 같은 기독교의 핵심 사상을 동화의 틀 속에서 구현해 내고 있다. 그런만큼 소재며 형식에서 일반 동화와 별반 차이가 없을 뿐만 아니라 그 감동의 폭과 깊이가 성경 동화와는 근본적으로 다르다.

2.

이 선집에 실린 이현주의 동화들은 대부분 1990년대 이전에 발표된 작품이다. 그는 비록 1964년에 등단한 이래 지금까지 계속해서 작품 활동을 하고는 있지만, 사실 그의 창작활동은 7, 80년대에 집중적으로 이루어졌다. 왜냐하면 『외삼촌 빨강 애인』(낮은산, 2001.)을 펴내기까지 무려 15년 동안 동화 쓰기를 중단했고, 그 이후에 발표된 작품의 수 또한 그리 많지 않기 때문이다. 그런 까닭에 이들 작품에서 다루어지는 배경 및 사건들은 오늘날 아이들의 정서와는 맞지 않는 점도 더러 발견되지만, 그의 동화가 추구하는 세계를 살펴보는 데에는 큰 무리가 없다.

"그는 특히 반공주의와 유신이념이 지배하던 70년대에 다른 아동문학 작가들이 체제에 순응하는 모습을 보여주던 것과는 달리 당시 사회체제와 국가권력이 안고 있는 모순을 아동문학이란 그릇에 담아 누구보다 날카롭게 비판해내던 작가였다."(『아동문학의 현실과 꿈』, 창작과비평사, 2003, 212쪽.)라는 김제곤의 지적처럼, 이현주는 부조리한 당대의 모습을 동화의 형식을 빌려 그 누구보다 강하게 비판해 왔다. 이것은 "하나님의 손바닥에 흐르는 땀이나, 향기로운 바람 같은 하나님의 냄새"를 이야기 속에 담아내고자 하던 그의 소망과는 정반대의 암울한 현실에 대한 저항의 몸짓이자, 불의와 탐욕과 폭력이 없는 아름다운 나라 곧 하나님의 나라를 실현하기 위한 부득이한 선택이었던 것으로 생각된다.

「마지막 승리」와 「우당탕 마을의 사람들」, 「물구나무서서 돌아다니기」는 모두 그와 같은 이현주 동화의 경향을 잘 보여주는 작품들이다. 「마지막 승리」는 강 의원과 김정일 선생님으로 대변되는 어른들과 성호로 대변되는 오지도 분교 농구팀 아이들 간의 갈등 구조를 통해 어른들의 그릇된 편견과 탐욕을 고발하고 있다. 작품의 끝 부분에서 그는 강 의원에게 매수된 심판의 편파 판정에 맞서 결국 우승의 기회를 포기한 성호의 행위를 김정일 선생님의 입을 빌려 "어린 양심의 눈물겨운 승리"라고 말함으로써, 그가 궁극적으로 지향하고자 하는 세계가 무엇인가를 알게 해준다. 그리고 「우당탕 마을의 사람들」은 그 제목에서 짐작할 수 있듯이 밤낮 싸움만을 일삼는 마을 사람들에 관한 이야기로, 마치 한 편의 옛이야기 같은 내용과 구성방식을 취하고 있다. 이 동화에는 '사랑'이라는 이름의 이상한 거울을 품고 다니는 아이가 등장해 우당탕 마을 사람들의 병적인 폭력성을 잠재우는데, 그 내용에서 보듯이 기독교적 사상이 비교적 두드러지게 나타나 있다. 또한 「물구나무서서 돌아다니기」는 일종의 정치 우화로 독재 사회의 폐해를 풍자하고 있다. 이 작품은 "그 조그마한 짐승들이 뒤죽박죽으로 그러나 옹기종기 재미있게 살아가던 섬나라에 검은 안경을 낀 침입자가 불쑥 나타난 것"으로 시작된다. 이 검은 안경을 쓴 침입자의 등장으로 섬나라는 단박에 조용해지고 조그만 짐승들은 두려움에 도망치려고 하지만 결국 실패하고 모두 감옥에 갇힌다. '검은 안경을 쓴 침입자'를 비롯해 '게으름과 무지', '잘 살아 보자', '길을 닦는 것' 등에서 연상되는 이미지만으로도 그가 이 작품을 통해 무엇을 말하려고 했는지는 어렵지 않게 찾아낼 수 있다.

이와 더불어 이 선집에서 주목해 보아야 할 작품은 「장마 끝에」와 「텔레비전과 할머니」이다. 이들은 이현주 동화의 또 다른 지향점인 생태주의와 반문명주의 세계관을 기저에 깔고 있다. 「장마 끝에」는 원고지

5~6매에 불과한 짧은 분량의 이야기로, 전쟁 때 군인들이 식당으로 사용했던 낡은 교실 안을 배경으로 하고 있다. 이 작품에서 산수를 가르치던 윤 선생님은 교실 안 흙탕물이 괸 웅덩이에서 맹꽁이가 울자 "이놈들아, 혼자 떨어져 있으니까 자꾸만 울지 않아?"라며 아이들에게 밖으로 나가서 맹꽁이의 짝을 찾으라고 말한다. 워낙 소품이라 맹꽁이가 제 발로 교실 안으로 들어온 것인지, 아니면 아이들이 벌인 한 편의 촌극인지 사건의 정황이 분명하지는 않다. 하지만 이 작품은 데뷔작인 「밤비」와 마찬가지로 인간과 다른 생명체와의 공존을 그려내고 있다는 점에서 그가 지닌 생태주의 세계관을 엿볼 수 있게 만든다. 또한 「텔레비전과 할머니」는 문명의 대표적인 이기인 텔레비전을 소재로 전통적인 공동체문화가 붕괴해 가는 모습을 이야기하고 있다. 이 작품에 등장하는 할머니는 밤마다 손자인 옹이가 옛날이야기를 해달라고 조르는 것을 좋아한다. 하지만 아라비아로 돈 벌러 가 있는 옹이 삼촌이 집으로 텔레비전을 보내오면서 텔레비전에 손자를 빼앗긴 것을 몹시 섭섭해한다. 그런 할머니에게 한국전쟁 때 돌아가신 영감님이 별나라에서 내려와 "망할 놈의 할멈, 뭐 땜에 뭉그적거리고 여태껏 남아 있어 성가시게 구는고?"라며 품에서 금도끼를 꺼내 텔레비전을 가루로 만들어 버린다.

이처럼 이현주의 동화는 소재와 형식이 제각각 달라도 주제 면에서는 앞서 언급한 경향들에서 크게 벗어나지 않는다. 즉, 순수한 동심의 눈으로 거짓된 사회와 인간의 탐욕을 고발하는 작품들, 비인간적인 폭력의 실상을 직시하고 그것을 기독교적인 사랑의 힘으로 치유하고 극복하는 과정을 담은 작품들, 민주주의의 근간을 뒤흔드는 정치권력을 비판하고 이에 당당히 맞서는 태도를 보여주는 작품들, 생태주의와 반문명주의 세계관의 입장에서 점차 파괴되어가는 공동체문화의 실상을 여실히 보여주는 작품들의 범주에 포함된다. 그 때문에 그의 동화는 "이 땅에서 가장 긴급한 문제가 어디에 있는가를 누구보다도 잘 붙잡아 내는 지혜와 양심을 보여주고 있으며, 그러한 문제를 아이들의 세계에서 높은 정신의 자세로 해결하려고 하고 있다."(이오덕, 『시정신과 유희정신』, 창작과비평사, 1977, 131쪽)라고 우호적인 평가를 받기도 하지만, "동화에서 나쁜 어른을 풍자하지 말라는 법은 물론 없다. 그렇지만 그의 작품에는 어른들의 '나쁜 신앙'에서 빚어진 어두운 세계에 대한 좌절과 실망의 그늘이 너무나도 질펀하게 덮여 있다."(강정규, 앞의 책, 685쪽 재인용.)라는 그와는 상반된 평가를 받기도 한다.

3.

지금까지 간략하게 살펴본 것처럼 이현주는 60년대 중반에 등단해 우리의 현대사에서 가장 암울했던 시기라 할 수 있는 7, 80년대에 가장 왕성하게 활동한 작가이다. 동화작가인 동시에 목사이기도 한 그는 자신의 작품을 통해 하나님의 나라 곧 모두가 차별받지 않고 평등하게 살아가는 세계를 구현하기 위해 노력해 왔다. 아울러 그와 같은 자신의 이상을 실현하는 데 장애물로 인식된 시대적 상황 및 인간의 이기심에 맞서 그 누구보다 치열하게 실천적 글쓰기를 전개해 왔다.

그 때문에 그의 동화에는 그러한 기독교적 세계관이 깊숙이 내재해 있으며, 바로 그것이 다른 작가들과 변별되는 그만의 동화적 특성으로 자리매김하게 한다. 때로는 사실 동화의 형식으로, 때로는 우화의 형식으로, 때로는 판타지 동화의 형식으로 구현되는 그의 작품은 강한 메시지와 동시에 풍자에서 비롯되는 해학성이 가미되어 있는 것이 특징이다. 그 점은 생태주의와 반문명주의 세계관을 표방하고 있는 작품들도 예외는 아니다. 생태주의가 인간과 자연을 포함한 모든 관계에서 평화와 공존을 지향한다는 점에서, 신의 창조물인 모든 생명은 평등하게 함께 살아가야 할 공생적 존재라는 기독교적 세계관과 생태주의는 서로 일맥상통하는 면이 있기 때문이다.

하지만 이미 앞서 소개한 것처럼 이현주의 동화는 평자들에 따라 시각 차이가 극명하게 대비되기도 한다. 어린 독자들의 고운 심성을 길러주는 데 보다 관심이 있는 사람들은 그의 작품에 그리 우호적이지 않지만, 어린 독자들이 불의에 타협하지 않는 올곧은 삶을 살아가기를 바라는 사람들은 대체로 그의 작품을 높이 평가한다. 그런데 사실 그와 같은 이분법적 평가는 무의미하다. 그 어떤 작품도 시대성과 문학성을 떠나서는 존재할 수 없기 때문이다. 그런 점에서 삶과 문학을 따로 떼어내지 않는 정직함으로 순수한 동심의 세계를 지향하며 부조리한 현실과 당당히 맞서 싸워온 이현주의 동화는 그 나름의 가치가 있고, 그런 만큼 한국아동문학사의 한 자리를 차지할 만한 충분한 자격을 지녔다고 말할 수 있다.

윤기현 동화의 문학적 가치와 의의

윤기현론

흔히 '농촌작가'라고 일컬어지는 윤기현은 1949년 전라남도 해남에서 태어났다. 그는 1976년 기독교 아동문학상에 동화 「사랑의 빛」이 당선되면서 본격적으로 작품 활동을 시작했으며, 그동안 『서울로 간 허수아비』, 『해가 뜨지 않는 마을』, 『어리석은 독재자』, 『보리타작 하는 날』, 『달걀밥 해 먹기』, 『당산나무 아랫집 계숙이네』 등 주로 농촌의 고단한 현실과 사회문제를 다룬 작품들을 발표해 왔다. 그 결과 윤기현은 현재 이원수, 권정생, 이현주 등과 더불어 한국전쟁 이후 사실주의 문학을 대표하는 동화작가 가운데 한 사람으로 확고히 자리매김하고 있다.

실제로 윤기현의 동화에는 그 자신이 직접 농사를 지으면서 경험한 농촌의 현실과 한국 근현대사의 격동기 한복판을 지나면서 몸소 겪은 사건들이 고스란히 녹아 있다. 그 때문에 그의 동화를 읽다 보면 때로는 가슴이 뜨거워지기도 하고, 때로는 먹먹해지기도 한다. 비록 화려한 문체를 구사하지는 않지만, 농사를 짓듯 정성스레 써내려간 그의 동화에는 언제나 삶의 진정성이 강하게 꿈틀거린다. 특히 탐욕에 눈이 멀어 자신보다 약한 사람들을 무자비하게 억압하고 착취하는 사람들과 그런 부도덕한 사람들이 오히려 대접받는 사회적 모순에 대한 날이 선 비판은 그의 동화가 지닌 가장 큰 특징이다.

그런 까닭에 일부에서는 윤기현의 동화가 지나치게 부정적인 요소를 들추어낸다며 우려의 눈길을 보내기도 한다. 하지만 이는 그릇된 편견이다. 물론 그의 동화가 우리 사회의 어두운 면을 집중 조명하고, 가진 사람들보다 갖지 못한 사람들에게 더 많은 관심과 애정을 보여주고 있는 것이 사실이다. 하지만 그의 동화는 일부에서 우려하는 것과 같이 단순히 가진 자들에 대한 증오와 분노, 사회적 모순을 비판하고 고발하는 데에만 그치지 않는다. 오히려 그의 동화가 궁극적으로 지향하는 것은 열심히 일하고, 정직한 사람이 대접받는 정의로운 세상이기 때문이다.

이 책에 실린 아홉 편의 동화는 모두 그와 같은 윤기현 동화의 특성과 미덕을 잘 보여주고 있다. 이들 작품은 크게 둘로 나누어 볼 수 있다. 하나는 옛이야기를 현대적으로 변형한 작품이고, 다른 하나는 순수하게 창작한 작품이다. 또한, 농촌작가라는 이름에 걸맞게 작품 대부분이 농촌을 배경으로 하고 있다.

먼저, 「복 항아리 화 항아리」와 「돌멩이와 소년」, 「하늘 선물 차이」와 「영등할머니 맞아라!」, 「이야기 끝동에 찔려죽은 호랑이」는 모두 동서양의 옛이야기를 기본 골격으로 삼아 창작된 작품이라는 공통점이 있다. 잘 알다시피 옛이야기는 오랜 세월 여러 사람의 입을 통해 전승되면서 이루어진 적층문학으로, 그 안에는 그것을 누리는 집단 고유의 문화와 정신이 내포되어 있다. 그로 말미암아 옛이야기는 어느 나라에서든 사회공동체를 실현하기 위한 중요한 교육적 수단으로 인식되었으며, 실제로도 널리 활용되었다.

이 점은 윤기현의 동화를 이해하는 데 매우 중요하다. 오랫동안 농촌과 사회문제에 관심을 두고 부조리한 현실을 바로잡기 위해 노력해 온 작가답게, 윤기현의 동화는 대체로 사회성과 교육성이 강한 편이다. 특히, 이러한 경향은 옛이야기를 기초로 해서 창작된 작품에서 더욱 두드러지게 나타난다. 아마도 이는 농촌에 뿌리를 내리고, 자연의 이치에 순응하며 살아온 그의 삶과 관련이 있는 것으로 생각된다. 즉, 개인보다는 전체의 이익을 먼저 생각하고, 요행이 아니라 참된 노동의 가치를 더욱 중요하게 여겨온 농촌공동체의 문화가 그의 사상적 바탕을 이루고 있기 때문이다. 그런 점에서 윤기현의 동화는 태생적으로 반도시적·반문명적이라고 할 수 있다.

「복 항아리 화 항아리」는 그 대표적인 작품으로, 유산계급과 무산계급의 갈등을 다루고 있다. 이 작품에서 작가는 지주인 강 영감과 어려운 집안 형편으로 열두 살의 나이에 강 영감의 집에서 머슴살이하는 돌쇠를 등장시켜, 지주제의 모순과 탐욕으로 얼룩진 유산계급의 비인간성을 고발하고 있다. 이 작품은 "동네 사람들은 누구 하나 불평하지 않고 땅을 공평하게 나누어 가졌습니다. 그리고 돌쇠와 강 영감을 거울삼아 남의 것을 탐내지 않고 노력하여, 땀 흘린 만큼 부지런히 일하여 좋은 동네를 이루고 살았습니다."라는 말로 마무리되고 있는데, 이는 평소 작가가 지향하는 세계가 어떤 것인지를 알게 해준다.

「돌멩이와 소년」은 성서에 나오는 '다윗과 골리앗'의 이야기를 재구성한 작품이다. "흥! 우스운 이야기 하네. 내가 보기에 인간들은 우리 돌멩이들만도 못해. 언제 우리끼리 싸움 한 번 하는 거 봤니?"에서 보듯이, 이 작품은 돌멩이를 의인화하여 동족 간에 참혹한 살상을 일삼는 인간들의 행태를 풍자하고 있다. 또한, "이 나라를 지킨 건 군인도 아니고 학자도 아니다. 그건 바로 저 작은 시골뜨기 소년이다."와 같이, 지식인과 종교인 등 소위 사회지도층이라 불리는 사람들의 거짓과 위선을 날카롭게 비판하고 있다. 반면에 "소년 만세! 시골뜨기 소년 만세! 힘없는 백성 만세!"에서 보는 것처럼, 사회적 약자에 관해서는 비교적 관대한 태도를 보이고 있다.

다음으로, 「새벽 장터 길」과 「나를 지켜주는 것」, 「할머니의 인심」과

「소 길들이기」는 모두 순수하게 창작된 창작동화이다. 이들 작품은 앞서 소개한 작품들과 마찬가지로 농촌을 배경으로 하고 있지만, 그 성격에는 많은 차이가 있다. 즉, 앞서 소개한 작품들이 전반적으로 부조리한 현실에 대해 풍자와 고발, 비판의 목소리가 강하게 나타나는 데에 반해, 이들 작품은 참된 노동의 의미와 농촌공동체를 중심으로 한 나눔의 미학 등 대체로 밝고 따뜻한 이야기가 주류를 이룬다.

「새벽 장터 길」은 짧은 분량의 작품으로, 노동의 진정한 가치를 일깨워주고 있다. 이 작품에서 주인공 태승이는 새벽부터 일만 시키는 아버지와 어머니를 원망한다. 왜냐하면 같은 반 동수에게 1등을 빼앗기고 싶지 않은데, 새벽에 일하고 학교에 가면 몸이 피곤해 공부조차 귀찮아지기 때문이다. 하지만 태승이는 배추를 뽑아 수레에 싣고 시장에 가던 도중 서리가 새하얗게 머리에 내려앉고 얼굴에 땀방울이 송송 맺혀 있는 어머니의 모습을 보고 그만 마음이 풀어진다. 하지만 "1등을 못 해도 좋다. 어머니, 아버지를 도와드리는 것이 더 좋다."에서 보듯이, 이 작품은 주인공의 갑작스러운 심리변화와 사건의 전개가 다소 억지스러운 것이 약점으로 지적된다.

「나를 지켜 주는 것」은 더불어 살아가는 일의 소중함을 다룬 작품이다. 주인공 동수는 힘든 목장 일로 폐병에 걸려 깊은 절망에 빠진다. 하지만 마음씨 좋은 의사선생님의 배려로 움막 생활을 하며 병마와 싸운다. 가족과 떨어져 홀로 생활하는 동수는 움막 앞에 피어난 장미를 보며 외로움을 달래지만, 가시를 내어 자신의 접근을 거부하는 장미로부터 상처를 받고 그만 병이 깊어져 다시 병원에 입원하게 된다. 그리고 병세가 좋아져 움막으로 되돌아온 동수는 볼품없이 갈기갈기 찢어진 장미를 보고, 세상은 혼자만의 힘으로는 살 수 없다는 것을 깨닫게 된다.

「할머니의 인심」은 나눔의 미학을 담고 있는 작품이다. "지금은 종묘회사에서 돈을 벌려고 종자를 1년만 쓰게끔 만들어 낸다."와 같이, 이 작품에는 자본의 횡포를 비판하는 장면이 더러 등장하기도 한다. 하지만 이 작품에서 그러한 목소리는 사실 그리 크지 않다. 왜냐하면 그것은 작가가 의도한 바가 아니기 때문이다. 한해 갈무리한 농작물을 타지에 사는 친지에게 나누어주기 위해 손질하며 "농사짓고 사는 것이 이래서 좋은 것 아니냐?"라는 석이 할머니의 말에서 알 수 있듯이, 애초 이 작품은 우리 사회의 전통인 나눔의 중요성을 일깨워주려는 목적에서 창작되었기 때문이다. 그래서인지 이 작품은 다른 작품들에 비해 상대적으로 밝고 훈훈한 장면들이 많은 게 특징이다.

이처럼 윤기현의 동화는 대부분 우리 사회의 근현대화의 과정에서 상대적으로 소외되어 온 약자들의 고단한 삶에 주목하고 있다. 즉, 아무리 열심히 일해도 일한 만큼의 정당한 대가가 보장되지 않는 부조리한 현실과 탐욕에 눈이 멀어 온갖 방법으로 억압과 착취를 자행하는 자들에 대한 분노가 그 저변에 짙게 드리워져 있다. 따라서 그의 동화는 기본적으로 이상과 공상을 배제하고 현실을 있는 그대로 묘사, 재현하는 사실주의 경향에 맞닿아 있다. 그런 만큼 그의 동화가 문학성보다 사회성과 교육성이 두드러지게 나타나는 것은 너무나도 당연한 현상이다.

하지만 윤기현의 동화는 그러한 한계를 애써 숨기거나 치장하지 않는다. 오히려 투박한 자신의 모습을 있는 그대로 솔직하게 보여줌으로써 더욱 감동적으로 다가온다. 또한, 「서울로 간 허수아비」에서 천덕꾸러기 신세였던 허수아비가 자기의 몸을 태워 가난한 사람들에게 따뜻한 온기를 주고 떠난 것처럼, 실제로 역사의 현장에서 누구나 차별 없이 행복하게 살아가는 세상을 만들기 위해 오래도록 노력해 온 작가 윤기현의 삶도 그의 동화를 더욱 미덥게 만드는 요인이다. 아마도 바로 그 점이 우리 아동문학에서 윤기현의 동화가 지닌 문학적 가치이자 의의가 아닐까 생각된다.

생태동화의 길 찾기

1. 생태문학의 배경과 생태동화

생태문학은 '생태학'과 '문학'이 결합해서 만들어진 용어이다. 이는 미국의 문학이론가 조셉 미커가 1974년 발표한 『생존의 희극: 문학생태학 연구』에서 시작되었다. 그는 이 책에서 문학가라면 마땅히 자연과 환경을 지킴으로써 인류를 파멸의 구렁텅이에서 건져내는 일을 떠맡아야 한다고 주장하고 있다.[1] 이처럼 생태문학은 오늘날 인류가 직면한 환경문제를 타개하기 위해, 생물학의 한 분과 학문인 생태학의 이론을 문학의 장에 끌어와 생태의식을 일깨워주는 문학을 뜻한다.

한국의 경우 생태문학에 관한 논의는 1990년대 중반에 시작되어, 2000년대에 들어와 더욱 활기를 띠고 있다. 하지만 생태문학, 환경문학, 녹색문학, 생명문학, 환경생태문학, 생명주의 문학 등에서 보는 것처럼, 아직 한국의 생태문학은 그 용어는 물론 범위조차도 제대로 확정하지 못하고 있다. 이는 생태문학이 차지하는 외연과 내포가 워낙 광범위하

---

1 김욱동, 『문학 생태학을 위하여』, 민음사, 1998, 27~28쪽 참조.

고, 복잡하기 때문이다. 따라서 생태문학에 올바로 접근하려면 먼저 그와 같은 용어들이 대략 어떤 의미로 사용되고 있는지를 알아둘 필요가 있다.

현재 한국 생태문학에서 일반적으로 사용되는 용어는 환경문학, 생태문학, 환경생태문학이다. 그리고 이들은 대체로 노르웨이의 철학자 아르네 네스의 '표층생태학'과 '심층생태학', 미국의 사회학자 머리 북친의 '사회생태학'에 근거하고 있다.[2] 즉, 환경문학은 인간중심주의 차원에서 환경문제에 접근하려는 표층생태학에, 심층생태학은 생물평등주의 차원에서 환경문제에 접근하려는 심층생태학에, 환경생태문학은 사회적 관계차원에서 환경문제에 접근하려는 사회생태학에 그 바탕을 두고 있다.

이처럼 한국의 생태문학은 표층생태학과 심층생태학, 그리고 사회생태학 이론을 생태문학의 성격을 가르는 기준으로 삼고 있다. 따라서 이 글에서는 그 점을 참고로 해서 한국 생태동화에 관해 살펴보려고 한다. 여기에서는 따로 용어를 구분하지 않고 생태주의를 표방한 작품을 총칭해 '생태문학', '생태동화'로 부르려고 한다. 또한, 생태동화의 경우 성격이 모호한 작품이 많은 관계로 그 유형을 '환경파괴에 대한 고발', '인간중심주의에 대한 비판', '자본주의와 과학기술문명 비판'으로 나누어 검토해 보려고 한다.

2. 환경파괴에 대한 고발

21세기에 들어와 환경문제가 인류 최대의 화두로 떠오르면서 사회 전반에 걸쳐 생태의식이 점차 고조되고 있다. 생태공원, 생태하천, 생태관

---

2 위의 책, 32쪽 참조.

광, 생태교육 등 오늘날 생태라는 단어는 이제 거의 모든 영역에서 하나의 현상이 되어버렸다. 이는 문학도 예외가 아니어서, 이른바 생태문학을 표방한 작품이 대량으로 쏟아져 나왔다. 특히 아동문학의 경우는 그 정도가 더욱 심해서 이미 많은 작품이 '생태동화'라는 이름을 달고 나왔고, 지금도 계속해서 발표되고 있다.

하지만 이들 작품 가운데 대부분은 사실 생태동화라고 부르기가 민망할 정도이다. 소수를 제외한 작품 대다수가 문학과는 거리가 멀다. 비록 이야기의 형식을 취하고는 있지만, '과학생태동화', '생태다큐동화'에서 보는 것처럼 생태에 관한 지식과 정보를 제공하는 것이 본래의 목적인 탓에 구성과 체계가 생물학 교과서와 큰 차이가 없다. 또한, 생태동화로서의 면모를 갖추었다고 해도 내용이 부정확한 작품이 많고, 심지어 생태와는 아무런 관련이 없는 내용임에도 생태동화의 행세를 하는 경우도 적지 않다.

따라서 그와 같은 작품들을 제외하고 나면 실상 생태동화의 범위에 포함할 수 있는 작품은 얼마 되지 않는다. 더욱이 그마저도 성격에 따라 유형을 분류해 보면 편차가 매우 크다. 즉, 심층생태학의 입장에서 비교적 온건한 어법으로 자연과 인간의 조화를 강조하는 작품은 비교적 많은 편이지만, 표층생태학의 입장에서 환경오염의 실태를 보다 구체적이고 사실적으로 다룬 작품은 그리 많지 않다. 또한, 사회생태학의 입장에서 환경문제에 접근한 더욱 찾아보기 어렵다.

이런 사실은 한국 생태문학을 대표하는 작품인 김원일의 「도요새에 관한 명상」과 조세희의 「난장이가 쏘아올린 작은 공」, 이형기의 「전천후 산성비」와 최승호의 「공장지대」 등이 대체로 표층생태학적 성격을 띠고 있는 것과 크게 대비된다. 아마도 이는 어린이를 주된 독자층으로 하는 동화의 특성과 깊은 관련이 있는 것으로 생각된다. 그런 점에서 김회경의 『도요새 공주』[3]와 이병승의 『차일드 폴』[4]은 그 존재만으로도 가치가 있는 작품이다.

　김희경의 『도요새 공주』는 도요새를 주인공 삼아 환경파괴를 일삼는 인간들을 비판하고 있는 작품이다. 작가는 '글쓴이의 말'에서 "불행하게도 도요새들의 생명의 쉼터인 새만금 갯벌이 사라지고 있습니다. 방조제라고 불리는 둑을 쌓아 바닷물이 갯벌로 들어오지 못하게 만든 것입니다. 갯벌이 없어진 줄 모르고 찾아온 도요새들이 그곳에서 지쳐 쓰러져 죽어가고 있습니다."라고 말하며, 이 작품이 인간에게 삶의 터전을 빼앗기고 죽어가는 도요새들을 생각하면서 쓴 것임을 분명하게 밝히고 있다.

　생태학적 상상력을 바탕으로 창조해 낸 천 년 후의 시공간, 인간과 도요새 간의 애틋한 사랑이야기, 서사 전반에 걸쳐 다양하게 포진해 있는 설화적 요소 등 이 작품은 비록 환경오염의 실태를 구체적이고 사실적으로 그려내지는 못하고 있지만, 동화적 특성을 크게 훼손하지 않으면서도 생태의식을 일깨워 주고 있다. 더욱이 많은 사람의 반대에도 불구하고 현재 진행되고 있는 새만금 간척사업을 떠올릴 때, 일정 부분 고발문학의 성격도 띠고 있다고 할 수 있다.

　"맞아요, 맞아요. 달빛도요를 쫓아내야 해요."

　도요새들은 악을 썼습니다. 달빛도요는 점점 구석진 곳으로 몸을 숨겼습니다. 도요새들의 화난 목소리가 조금 잦아들자 포포 할머니가 물었습니다.

　"사람 세상에 나갔다 온 달빛도요를 추방하자는 말인가?"

　"아닙니다. 젊은 애들이 사람 세상에 나갔다 오는 건 누구나 다 아는 비밀입니다. 그게 문제가 아니지요. 달빛도요는 사람이 착하다는 말을 퍼뜨렸다는 겁니다." (38쪽)

---

3 한겨레아이들, 2008.
4 푸른책들, 2011.

인용문은 주인공 달빛도요가 '사람 세상에 나가면 안 된다'는 도요왕국의 금기사항을 위반한 죄로 다른 도요새들로부터 비난을 받는 장면이다. 그런데 사실 달빛도요가 동족들에게 비난을 받는 실제 이유는 위에서 보듯이 사람 세상에 나갔다 온 것이 아니라, '사람이 착하다'는 말을 퍼뜨렸기 때문이다. 이는 자신들의 삶의 터전인 갯벌을 파괴함으로써 천년의 시간을 추위와 배고픔에 떨며 북쪽 나라에서 살게 한 인간에 대한 도요새들의 증오가 그만큼 크다는 것을 말해준다. 이처럼 작가는 이 작품에서 도요새의 입을 빌려 환경파괴를 일삼는 인간들의 행태를 비판하고 있다. 그래서 다른 종으로부터 그와 같은 비난을 받아야만 하는 인간의 처지에서는 당연히 더욱 부끄러워질 수밖에 없으며, 환경의 중요성에 대한 자각과 더불어 자신의 주변 생계에 관해 다시금 돌아보게 된다.

이병승의 『차일드 폴』은 작가 스스로 '근미래 정치 환경 판타지 동화'라고 소개하고 있듯이, 동화에서는 좀처럼 만나기 어려운 서사를 가지고 있다. "만약에 어린이가 대통령이 된다면 환경 문제를 어떻게 해결할까? 오염된 강에서 죽어가는 물고기 한 마리, 보금자리를 잃고 헤매다 차에 치여 죽은 산짐승 한 마리 때문에 진심으로 눈물을 흘릴 줄 아는 아이가 대통령이 된다면?"(6쪽)이라는 갑자기 스친 생각에서 작품을 구상하게 되었다는 작가의 말처럼, 이 작품은 어린이가 대통령이 되어 정치를 펼치는 다소 황당한 이야기를 담아내고 있다. 하지만 그러한 이야기 이면에는 경제적 이득에만 눈이 멀어 지구의 환경을 파괴하기에 여념이 없는 인간들에 대한 날카로운 풍자와 비판이 도사리고 있다.

그들은 정치인과 과학자들을 돈으로 매수하고 지구는 아직 괜찮다고 홍보해요. 지구온난화를 주장하는 과학자들을 상대로 벌써 수십 년 동안 기후 전쟁을 벌여 왔어요. 그들은 남의 약점을 부풀리거나 대중을 속이거나 여론을 조작했어요, 그러다가 결국 대재앙을 맞게 됐지만…… 그래도 그들은 자기들의 이익을 위해 음모를 멈추지 않았어요. 대재앙 이후 그들은 엄청난 비난을 받았어요. 눈앞의 이익 때문에 지구를 파괴하고 인류를 절망의 구렁텅이에 몰아넣었다고요. (159~160쪽)

소년은 정말 맨발로 걸어오고 있었다. 나무 지팡이를 짚었고 발에는 상처가 심하게 나서 붕대를 칭칭 감고 있었는데, 감은 붕대마저도 피가 번져 거무칙칙하게 말라비틀어져 있었다. 티셔츠에는 '섬진강 댐 건설은 중지되어야 합니다!'라고 쓰여 있었다. 중간에 합류했던 노스님은 충남 어디쯤인가를 지나면서 탈진으로 쓰러져 후송되었다고 한다. (102쪽)

인용문은 그와 같은 비판의식을 잘 보여주는 장면이다. 이 작품은 2023년을 배경으로 사건이 전개되고 있지만, 현재 우리 주변에서 벌어지고 있는 문제 상황과 조금도 다르지 않다. 현실의 모습을 미래의 시간대에 그대로 옮겨놓았을 뿐이다. 작품 속에서 그려지고 있는 2019년의 대재앙 즉, 기상 이변은 지금도 세계 곳곳에서 여전히 반복되고 있으며, 자기들의 이익을 위해서라면 그 어떤 음모도 서슴지 않고 자행하는 사람들의 모습도 그리 낯설지 않다. 또한, 무분별한 개발에 따른 자연훼손으로 정든 삶의 터전을 빼앗긴 채 고통스럽게 살아가는 사람들의 이 땅에서는 흔히 볼 수 있다.

그 때문에 이 작품은 판타지이면서도 현실보다 더 현실 같은 이야기로 인해 우리 사회의 민낯을 마주하고 앉아 있는 것처럼 마음이 불편해진다. 물론 너무 분위기가 무겁게 흘러가지 않도록 작가가 여러 가지 장치들을 작품에 배치해 두고는 있지만, 한 작품 안에서 너무 많은 이야기를 하다 보니 오히려 집중력을 방해하기도 한다. 그러나 어린이를 정치의 주체로 내세운 점, 어른들이 잘 알려주지 않는 불편한 진실을 어렵지 않게 작품에 녹여낸 점, 한국 동화에서는 흔치 않은 미래형 판타지를 선

보인 점 등에서 이 작품은 이전과는 다른 방식으로 환경문제에 접근함으로써 한국 생태동화의 또 다른 가능성을 제시하고 있다.

3. 인간중심주의에 대한 비판

동화와 심층생태학은 닮은 점이 많다. 왜냐하면 "심층생태학은 인간이 자연과의 일체의식을 가지고 그에 따르는 감수성과 감각을 지닐 것을 기대한다."[5]는 이남호의 말처럼, 동화는 기본적으로 '인간과 자연의 일체의식'의 세계관을 기저에 깔고 있기 때문이다. 실제로 동화는 물활론적 속성을 지니고 있는 동심을 그려내는 까닭에 동화의 세계에서는 그 어떤 구분도 존재하지 않는다. 인간을 포함한 모든 생물이 스스럼없이 어울리고, 대등한 관계를 이루고 살아간다.

그 때문인지 한국의 동화에서 군이 생태동화를 표방하고 있지 않더라도 생물평등주의를 앞세워 환경위기를 타개하고자 하는 심층생태학의 주장에 부합하는 작품을 찾는 것은 그리 어려운 일이 아니다. 하지만 자연과 인간의 조화를 보여주는 작품이라고 해서 그 모두를 생태동화의 범주에 넣는다면, 자칫 생태문학의 근간을 크게 훼손하는 일이 발생할 수도 있다. 왜냐하면, 그와 같은 기준으로 생태문학을 규정할 경우 환경위기와 전혀 무관하게 쓰인 아주 오래전의 작품들도 모두 생태동화에 포함되기 때문이다. 따라서 생태동화라면 적어도 그들과는 다른 어떤 특성을 지니고 있어야 한다.

하지만 앞서 언급한 것처럼 생태문학은 그 외연과 내포가 워낙 광범위하고, 복잡해서 섣불리 어떤 기준을 세우기가 쉽지 않다. 한국 생태문

---

5 이남호, 『녹색을 위한 문학』, 민음사, 1998, 25쪽.

학에서 사용되는 다양한 용어들도 사실 따지고 보면 바로 이러한 문제에서 기인한다. 그런 점에서 "인간중심적 세계관이야말로 현재 인류가 직면하고 있는 환경의 위기, 문명의 위기의 가장 원초적인 원인"[6]이라는 박이문의 지적과 "자본주의와 환경 사이의 문제점들은 오늘날 우리가 흔히 "환경 위기"라 부르는 모든 영역에서 명확하게 드러난다."[7]는 존 벨라미 포스터의 말은 그와 같은 문제를 푸는 하나의 실마리가 될 수 있을 것이다.

즉, 생물평등주의를 지향하는 작품 가운데 인간중심주의에 대한 비판 혹은 자본주의와의 관련성을 지닌 작품만을 생태동화에 포함시키는 것이다. 다소 논란의 여지가 있지만, 이것도 하나의 방법이 될 수 있을 것 같다는 생각이 든다. 실제로 이러한 기준을 작용하면 생태동화의 성격이 더욱 분명해질 뿐만 아니라, 환경위기와 전혀 무관하게 쓰인 작품들도 손쉽게 걸러낼 수 있는 장점이 있다.

이상권의 생태동화집 『하늘로 날아간 집오리』[8]는 그와 같은 조건을 비교적 잘 갖추고 있는 대표적인 예라고 할 수 있다. 이 책에는 동물에 관한 여섯 편의 작품이 수록되어 있는데, 작품 대부분이 실제 경험을 바탕으로 하고 있다. 그래서 작품에 등장하는 배경이나 인물이 친숙하게 느껴지고, 사건의 전개도 무척 자연스럽다. 또한, 거의 모든 작품에서 인간의 탐욕과 이기심을 비판하는 목소리가 들리기도 하지만, 그에 못지않게 인간과 동물이 함께 어우러져 살아가야 한다는 점을 역설하고 있다.

첫 번째 작품인 「나산강의 물귀신 소동」은 수달에 관한 이야기이다. 주인공 시우는 어머니에게 강에 물귀신이 나타났으니 절대로 수영을 하지 말라는 말을 듣고, 호기심이 발동해 강을 찾았다가 물귀신을 보게 된

---

6 박이문, 『환경철학』, 미다스북스, 2002, 126쪽.
7 존 벨라미 포스터, 『생태계의 파괴자 자본주의』, 책갈피, 2007, 26쪽.
8 창작과비평사, 1997.

다. 그리고 물귀신의 정체가 민물 물개 즉 수달이라는 것을 알게 된다. 그런 시우에게 해남 할아버지는 수달의 존재가 알려지면 사람들이 가만 두지 않을 거라는 충고를 듣지만, 이를 무시하고 수달의 모습을 사진으로 찍어 사람들에게 보여준다. 이후, 수달을 잡기 위해 사람들이 몰려들고, 결국 사람들에게 잡힌 수달은 비싼 값에 팔려나가고 만다. 그 일로 시우는 심한 죄책감에 시달리게 된다.

"할아버지, 고맙습니다."
"원 녀석도…… 뭐가 고마워. 동물의 자유를 알아야 사람도 자유로워지는 법이다. 자기가 가지려고 하면 안 돼. 욕심을 버려야지. 꽃도 그렇단다. 욕심을 버리면 들이나 산에서 피는 게 더 보기 좋아. 하지만, 욕심을 가지면 말이다, 꼭 집안에서 피워야만 예쁘거든. 그게 사람의 마음이야. 이기심이지. 자, 시우야, 봐라. 저놈들은 사람의 간섭이 필요 없어. 사람이 멀리 있을수록 좋지."
그러면서 할아버지는 긴 곰방대에 불을 붙였어요. (42~44쪽)

인용문은 사람들이 쳐놓은 그물에 걸린 수달을 구해낸 해남 할아버지가 시우에게 수달이 노는 모습을 보여주며 말을 건네는 장면이다. 그런데 여기서 주목해야 할 것은 "동물의 자유를 알아야 사람도 자유로워지는 법", "꼭 집안에서 피워야만 예쁘거든. 그게 사람의 마음이야.", "사람이 멀리 있을수록 좋지."와 같은 해남 할아버지의 말이다. 이러한 해남 할아버지의 말에는 인간의 탐욕과 이기심에 대한 비판의 목소리가 짙게 배어 있는 동시에, 자연의 울타리 안에서 인간과 동물이 조화를 이루며 살아가야 하는 분명한 이유가 담겨 있다. 그런 점에서 이 작품은 인간중심적 세계관에 대한 비판과 함께 인간과 자연의 일체의식을 강조하고 있는 심층생태학의 성격과 잘 맞아떨어진다.
그 점에서는 황선미의 『과수원을 점령하라』[9]도 마찬가지이다. 이 작품은 옴니버스 구성방식을 통해 인간중심주의가 생태계의 질서를 어떻게 파괴하고 있는지를 더욱 구체적으로 보여주고 있다. 이 작품의 배경은 통신시설지역이라는 이유로 신도시의 개발에서 비켜난 도심 속의 한 과수원이다. 그리고 내용은 신도시의 개발로 자신들의 삶의 터전을 잃게 된 오리와 고양이, 쥐와 나무 등이 과수원을 점령하기 위해 서로 갈등을 벌이다가 결국은 화해를 하게 되는 이야기이다. 이 작품에서 작가는 그와 같은 동물들의 입을 통해 인간중심주의 비판하는 동시에 인간과 동물이 자연과 어우러져 살아가야 한다는 점을 강조하고 있다.

> 배꽃마을이 없어질 때부터 모든 게 뒤죽박죽이었어요. 산과 들이 파헤쳐지더니 아파트와 길만 생겨났지요. 정든 사람들은 떠나고 낯선 사람들이 몰려들었어요. 사람들은 마을 한가운데 있던 왕버드나무를 멋대로 공원에 옮겨 심었답니다. 마을이 평안하도록 지켜 주던 서낭을 말예요.
> 옮겨질 때 잔뿌리가 몽땅 잘린데다가 제대로 먹지 못했으니 왕버드나무도 나무귀신도 살아갈 기운이 없는 게 당연하지요. 그나마 남쪽 나뭇가지가 아니었으면 겨울나기도 어려웠을 거예요. (118쪽)

인용문은 나무귀신이 왕버드나무가 죽어가는 것을 안타까워하며 인간의 자기중심적인 모습을 비판하는 장면이다. 나이가 250살인 왕버드나무는 본래 배꽃마을의 서낭이었지만, 아파트가 생기면서 마을을 공원으로 옮겨온 것이다. 아파트를 짓느라 산과 들은 마구 파헤쳐지고, 덩달아 그곳에 깃들어 살던 생물들도 큰 고통을 받게 된다. "옮겨질 때 잔뿌리가 몽땅 잘린데다가 제대로 먹지 못했으니"와 같은 나무귀신의 말은 자신들의 이익과 편의만을 생각하고, 자신들 때문에 고통을 당하는 다

---

9 사계절, 2003.

른 생물의 처지는 아랑곳하지 않는 인간에 대한 원망이 가득 담겨 있다.

이처럼 이 작품은 도심 속의 과수원이라는 독특한 공간 배치를 통해 인간의 이기심으로 인해 고통을 받는 동물들의 삶을 조명하고 있다. 오리들이 자신들의 터전이라 할 수 있는 호수에 가기 위해서는 "유치원 앞을 지나고, 문방구 앞을 지나고, 높은 아파트 앞을 지나고, 상가 앞을 지나 횡단보도"(22쪽)를 건너야 하는 등, 과수원의 바깥세상은 사실 인간을 제외한 다른 생물들이 살아가기에는 너무나도 척박한 공간이다. 모든 것이 철저하게 인간을 중심으로 설계되어 있을 뿐, 다른 생물들을 위한 배려는 좀처럼 찾아보기 어렵다. 서로 대비되는 이러한 공간 배치는 작가의 의도를 극대화하는 데 일조하고 있다. 즉, 독자들의 생태의식을 일깨워주는 데 효과적인 구실을 하고 있다.

4. 자본주의와 과학기술문명 비판

이미 많은 사람이 지적하고 있는 것처럼 자본주의는 인류를 환경위기로 몰아넣은 가장 큰 주범이다. 존 벨라미 포스터[10]는 그와 같은 문제를 지적해 온 대표적인 사람이다. 그는 자본주의 경제는 이윤 증가와 그에 따른 경제성장을 최우선시하는데, 그러한 목적을 달성하기 위해서는 그 어떤 대가를 치른다고 말한다. 또한, 그러한 과정에서 세계 인구의 대다수를 착취하고 고통을 줄 뿐만 아니라, 에너지와 자원을 급속히 흡수하고 더 많은 폐기물을 환경에 쏟아부음으로써 결국 환경 파괴를 확대한다고 말한다.

그런데 오늘날 이러한 자본주의가 더욱 심각하게 생각되는 것은 그것

---

10 존 벨라미 포스터, 『생태계의 파괴자 자본주의』, 책갈피, 2007, 24쪽.

이 과학기술과 손을 잡음으로써 환경문제를 더욱 심화할 뿐만 아니라, 생태계의 질서를 더욱 빠른 속도로 붕괴시키고 있기 때문이다. "서로 이질적이었던 과학과 기술이 '과학기술'로 손잡자 과학기술은 돈이 없으면 연구와 개발이 불가능할 정도로 거대화된 현실이다. 외형이 거대한 만큼 거액이 들어가는 과학기술은 연구개발비를 제공하는 특정 세력 또는 자본의 이해에 종속된다."[11]라는 지적처럼, 오늘날 자본과 과학기술은 상호의존적인 관계를 유지하고 있다. 레이첼 카슨은 『침묵의 봄』[12]에서 바로 그와 같은 위험을 경고함으로써 많은 사람에게 경각심을 불러일으킨 바 있다.

하지만 황우석 사건에서 이미 경험했듯이, 우리 사회의 경우는 대체로 그러한 문제에 조금은 둔감한 편이다. 그래서인지 자본주의와 과학기술 문명을 비판한 동화들은 많지 않다. 이는 그만큼 많은 사람이 자본주의에 깊게 포섭되어 있으며, 과학기술에 대해 우호적이라는 것을 반증한다. 그렇다고 자본주의와 과학기술을 무조건 부정적인 것으로 내몰아서는 안 된다. 다만, 그것들이 그동안 인간의 삶에 끼친 성과를 공과를 따져보고 앞으로 불러올 폐해를 예방하거나 최소한으로 줄일 필요는 있다고 생각된다. 그러자면 좀 더 객관적이고, 다양한 시각에서 그와 같은 문제에 접근한 작품이 지금보다 더욱 많아질 필요가 있다.

안미란의 『씨앗을 지키는 사람들』[13]은 가상의 미래를 통해 자본주의와 과학기술에 관해 다시금 생각해 보게 만드는 작품이다. 과학을 주요 제재로 한 동화답게 이 작품의 배경으로 등장하는 미래세계는 흥미진진하다. 출근용 모노레일, 단백질이 첨가된 밥, 당뇨병과 고혈압 환자를 위해 특별히 만들어진 닭고기, 태양열 전지판이 달린 자전거 등. 하지만 이 작

---

11 박병상, 『녹색의 상상력』, 달팽이, 2006, 117쪽.
12 에코리브르, 2011.
13 창작과비평사, 2001.

품에서 주로 다루어지는 내용은 유전자조작 기술을 통해 만들어진 종자와 그것을 독점해서 온갖 횡포를 일삼는 기업에 관한 이야기이다.

이 작품은 주인공인 진희의 부모님이 '쑥갓 꽃'을 두고 싸움을 벌이는 장면으로 이야기가 시작된다. 왜냐하면, 모든 채소와 곡물의 씨앗은 이미 '21세기 콜럼버스사'가 특허를 해놓았기 때문에, 자칫 지적 재산권을 침해한 죄로 처벌을 받을 수 있기 때문이다. 하지만 그것이 부당하다고 생각하는 진희의 아버지는 몰래 씨앗을 키운다. 그러다가 결국 믿었던 정치가와 외국 기업의 음모에 말려들어 감옥에 가게 된다. 이 사건을 통해 연구소에서 볍씨 품종을 개발하고 있던 진희 어머니는 남편이 하려던 일이 곧 미래를 지키는 중요한 일이라는 것을 깨닫게 된다. 그리고 연구소에 사표를 내고 자신과 뜻을 같이하는 사람들과 '씨앗을 지키는 사람들'이라는 협동농장을 세운다.

"벼농사를 지으려면 비료나 농기구, 농약이 필요하잖니. 그런 것들은 대부분 수입을 하는데, 외국 기업들이 일부러 농사에 필요한 물건 값을 올리고 있어. 우리나라가 힘을 못 쓰도록 돌려 치는 거지."

"싼 외국 쌀을 사 먹으면 되잖아요."

"그럼 우리는 완전한 독립국가가 아니게? 외국 회사 마음대로 이리저리 휘둘리는 꼴만 당하지. 처음엔 싸게 팔다가 나중에 비싸게 받거나 아예 쌀을 팔지 않는다면 어떻게 되겠니? 우리나라 사람은 다 굶어야 해. 그러면 다른 나라 사람의 하인이 되는 거야."(108~109쪽)

인용문은 진희와 아버지가 대통령이 미국을 방문한다는 텔레비전 뉴스를 보고 대화를 나누는 장면이다. 이 대화에서 아버지는 "왜 우리나라 쌀만 자꾸 값이 오르는 거예요?"라는 진희는 물음에 그 이유가 외국 기업들의 횡포 때문이라고 대답한다. 그런 다음 그와 같은 외국 기업들에

휘둘리다 보면 결국 식량 주권을 잃게 될지도 모른다고 말한다. 그런데 사실 그러한 우려는 미래의 이야기가 아니다. 장 지글러[14]가 『왜 세계의 절반은 굶주리는가?』를 통해 120억 인구가 충분히 먹고도 남을 만큼의 식량이 생산되고 있음에도 그 절반의 인구가 굶주려야만 하는 원인이 무엇인지 밝힌 것에서도 알 수 있듯이, 오늘날 자본과 과학기술은 인간은 물론 자연까지도 심각하게 훼손하고 있는 것이 현실이다. 그런 점에서 이 작품은 자본과 결탁한 과학기술이 초래하게 될 부작용에 대해 한 번쯤 생각할 기회를 제공해 준다는 점에서 그 의의를 찾을 수 있다.

문선이의 『지엠오 아이』[15]는 유전자 조작으로 태어난 아이를 등장시켜 생명의 존엄성과 과학기술의 문제점을 다루고 있다. 비록 내용은 다르지만, 이 작품은 소재와 주제, 배경 등 여러 면에서 『씨앗을 지키는 사람들』과 유사한 점이 많다. 하지만 작품에서 다루고 있는 대상이 씨앗이 아닌 인간이라는 점에서 더 직접적이고 강렬하게 호기심을 자극한다. 또한, 짜임새도 비교적 탄탄하고, 배경 묘사도 훨씬 정교하게 느껴진다.

이 작품의 주인공 '나무'는 유전자 기술로 태어난 아이로 부모에게 버림을 받은 뒤, 자신을 만든 회사의 대표인 정 회장의 집에서 살게 된다. 그런 나무에게 유전자 조작 반대 시위와 회사 업무, 아들과의 불화 등으로 몸과 마음이 복잡한 정 회장은 비우호적인 태도를 보인다. 하지만 또래 아이들보다 똑똑하고 감성이 풍부한 나무로 인해, 지극히 자기중심적이고 비인간적이었던 정 회장은 진정한 사랑이 어떤 것인지를 점차 깨닫게 된다. 이처럼 이 작품은 단순히 유전자 기술로 태어난 아이에 대한 윤리적 문제만이 아니라, 세대 간의 갈등을 비롯해 자본주의의 한계, 과학기술과 기업의 사회적 책임 등의 문제들을 그 안에 품고 있어 그 무게감이 만만치 않다.

---

14 갈라파고스, 2007.
15 창작과비평사, 2005.

"회장님, 모든 생물의 유전자 오염은 이미 심각한 선을 넘어선 상태입니다. 아시다시피 해충과 질병에 강하도록 이식된 유전자는 이제 어떤 제초제나 살충제로도 막을 수 없는 슈퍼 해충, 슈퍼 바이러스가 되어 다른 생물에 마구 퍼지고 있습니다." (39쪽)

할아버지, 저희 엄마 살려 주셔서 고마워요. 할아버지 덕분에 우리 엄마가 살아났어요. 저도 커서 할아버지 같은 사람이 되고 싶어요. 엄마가 저한테 할아버지처럼 다른 사람한테 도움이 되는 그런 사람이 되라고 했어요…… (47쪽)

그러면서도 이 작품은 그러한 문제에 대해 될 수 있는 한 중립적인 태도를 유지하려고 노력하고 있다. 섣불리 어느 편에서 그들의 주장을 내세우지 않고 모든 판단은 독자에게 맡겨버린다. 위 인용문은 가상의 현실을 통해 유전자 기술의 문제점을 비판하고 있다. 즉, 해충과 질병에 강하도록 이식된 유전자가 오히려 생태계 질서를 파괴하는 도구가 될 수도 있음을 경고하고 있다. 반면에 아래 인용문은 유전자 기술이 가져올 긍정적인 측면을 제시함으로써 난치병으로 고생하는 환자들에게 하나의 희망이 될 수도 있음을 보여주고 있다. 이러한 서술방식을 통해 작가는 결국 과학기술은 인간이 어떻게 운용하느냐에 따라 결과가 달라진다는 것을 알려주는 동시에, 과학기술이 어느 특정 세력 또는 자본의 이익에 종속되지 않도록 감시해야 할 필요가 있음을 강조하고 있다.

5. 아이들의 삶을 먼저 생각하는 생태동화

앞서 언급한 바와 같이 생태문학은 한마디로 정의하기가 쉽지 않다. 이는 그만큼 생태문학이 차지하는 외연과 내포가 광범위하고 복잡하기 때문이다. 실제로 생태의식이라는 개념 자체도 상당히 관념적이지만, 환경문제를 불러오는 원인도 다양해서 생태문학의 성격을 판별하는 것이 생각만큼 쉬운 일이 아니다. 그래서인지 현재 많은 작품들이 생태동화라는 이름으로 출간되고 있지만, '생태동화', '환경동화', '생태다큐동화', '생태환경동화', '생태과학동화' 등 그 성격이 모호하고 용어와 범위도 제각각이다.

따라서 이 글에서는 생태동화를 '생태의식'을 표방하고 있으면서도 '문학' 본연의 모습을 간직한 작품으로 한정했다. 왜냐하면, 생태의식을 일깨우는 방법은 반드시 문학의 형식을 빌리지 않더라도 얼마든지 가능하기 때문이다. 또한, 많은 작품을 다루기보다는 생태문학의 유형을 가장 잘 보여줄 수 있는 작품만을 분석대상으로 삼았다. 그러다 보니 생태동화라는 이름을 달고 나온 책은 많지만, 정작 그와 같은 기준에 부합하는 작품은 많지 않았다. 대부분 문학적 성격보다는 생태지식과 정보를 제공하려는 교육적 성격이 강했다. 또한, 작품에서 다루는 소재의 범위도 극히 제한적이어서 다양한 유형의 작품을 찾아보기가 어려웠다.

하지만 앞서 살펴본 작품들은 비록 관점에 따라 그 성격이 달라질 수도 있는 문제점을 안고는 있지만, 비교적 생태동화의 조건을 두루 충족하고 있다. 작품의 소재와 주제, 형식 등에서 다소 차이는 있지만, 이들 작품은 자신만의 독특한 생태적 상상력을 바탕으로 하고 있다. 아울러 이들 작품에서 다루고 있는 내용과 방식도 다른 작품과는 많은 차이가 있을 뿐만 아니라, 문학성도 다른 작품에 비해 뛰어난 편이다. 따라서 이들 작품을 한국 생태동화를 대표하는 작품이라고 말할 수는 없을지라도, 이들 작품이 한국 생태동화의 지평을 넓히고 있는 것만은 분명해 보인다.

그럼에도 아직 한국 생태동화가 가야 할 길은 멀게만 느껴진다. 얼마 전에 발생한 기름 유출 사고에서 보듯이, 지금도 세계는 물론 이 땅에서도 환경파괴는 여전히 진행 중이다. 또한, 환경위기를 경고하는 징후들이 곳곳에서 자주 나타나고 있지만, 여전히 사람들은 그와 같은 문제에 둔감하다. 더욱이 자연에 대한 친연성이 덜한 아이들은 그 상태가 더욱 심각하다. 하지만 환경이 파괴되면 미래는 존재하지 않으며, 그 최대의 피해자는 아이들이다. 그런 점에서 동화가 진정으로 아이들을 위한 문학이라면, 지금보다 더 많은 생태동화가 나와서 아이들의 생태적 감수성을 일깨워주어야 할 필요가 있다.

동화문학의 정치성에 관한 탐색

1.

　권혁웅은 말한다. "좋은 시가 야기하는 감정선은 단일한 선이 아니다. 좋은 시에 슬픔이 웃음과, 고통이 유머와, 생활난이 해학과 결합된 경우가 많은 것은 그래서다."(『입술에 묻은 이름』, 문학동네, 2012, 16쪽)라고.
　그럼, 좋은 동화는?

2.

　얼마 전, 한 문학상 공모에 심사위원으로 참가했다. 이전에도 여러 번 참가한 적이 있음에도, 매번 문학상을 심사하는 일은 마음이 즐겁다. 뛰어난 재능을 지닌 신인을 발굴한다는 의미도 크지만, 다량의 응모작을 통해 우리 동화의 전반적인 수준을 확인할 좋은 기회이기 때문이다. 특히 이번 심사는 여느 때와 달리 즐거움이 더욱 컸다. 평년보다 응모작의 수가 두 배 가까이 급증하고, 작품의 수준도 이전보다 크게 향상되었기 때문이다. 그런데 비단 그것은 나만의 생각이 아니었다. 다른 심사위원들도 서로 비슷한 생각을 하고 있었다. 그리고 다들 한목소리로 이러한 현상은 당분간 계속될 것이며, 앞으로는 문학상의 경쟁도 한층 치열하게 전개될 것으로 전망했다.

실제로 최근 동화작가를 꿈꾸는 지망생과 동화창작을 전문적으로 교육하는 기관들이 늘어나면서, 작가 지망생들의 기량이 과거에 비해 크게 나아지고 있는 것이 사실이다. 그런 점에서 우리 동화문학의 장래는 무척 밝다고 할 수 있다. 뛰어난 문학적 재능과 개성을 지닌 작가들이 많아질수록 동화문학의 지평은 더욱 넓어지고 탄탄해질 것이기 때문이다. 또한, 독자들이 작품을 선택할 수 있는 폭이 커지고, 작품을 바라보는 독자들의 안목도 그만큼 높아질 것이기 때문이다. 따라서 앞으로는 고만고만한 소재와 안일한 창작방법으로는 독자들의 관심을 끌지 못하게 될 것임은 너무도 자명한 일이다.

그럼, 좋은 작가가 되려면?

3.

지난겨울 각 문예지에 발표된 동화를 일독하면서 가장 먼저 떠오른 생각은 두 가지였다. 하나는 우리 동화가 대체로 문학의 정치성에 더 강하게 반응하고 있다는 것이고, 다른 하나는 아직도 많은 작품이 지나치게 도식적 틀 안에 갇혀 있다는 점이다. 그 때문에 어느 문예지를 펼치든 작품의 소재와 주제, 구성과 기법이 서로 비슷한 면이 많아 그다지 큰 감흥을 얻지는 못했다. 그런 가운데서도 몇몇 작품들은 참신한 소재와 형식으로 관심을 끌기도 했다. 가령, 이병승의 「아빠와 배트맨」(『열린아동문학』)과 조태봉의 「어쩌다 코끼리를 만났을 때」(『시와동화』), 한윤섭의

「비단잉어」(『창비어린이』)와 김일광의 「우리 아빠는 노총각」(『어린이문학』)이 바로 그런 작품들이다. 특히 이들은 모두 우리 사회의 현실 문제를 담아내고 있으면서도, 저마다 그 나름의 완성도와 재미를 지니고 있어 조금은 마음을 편하게 했다.

이병승의 「아빠와 배트맨」은 아이의 시선으로 '내부고발자'의 문제를 다룬 작품이다. 배트맨처럼 약한 사람을 돕는 정의로운 사람이 되고 싶은 '나'는 아빠에게 배트맨 옷을 사달라고 부탁을 한다. 하지만 번번이 아빠가 약속을 지키지 않자 크게 실망을 한다. 그러던 어느 날 '나'는 아빠가 내부고발 즉, 공익을 위해 회사의 비리를 폭로하려 한다는 사실을 알게 되고, 정의로운 사람이 되는 길이 자신이 생각한 것보다 훨씬 어렵고 힘든 일이란 것을 깨닫는다.

정의를 위해 싸운다는 건 쉬운 일이 아니었다. 배신자, 내부고발자라는 비난의 말도 들을 각오가 되어 있어야 한다. 친구를 잃을 수도 있다. 그제야 아빠가 왜 날마다 술에 흠뻑 취해 돌아왔는지 조금은 알 것 같았다. 나는 한숨을 쉬었다. 진실이 왜 어려운 것인지 조금은 알 것 같았다. (131쪽)

이 인용문에서 보듯이 이 작품에서 작가는 '나'의 입을 통해 부조리한 우리 사회의 실상을 폭로하고 있다. 늘 사회적 정의를 외치면서도 정작 내부고발자의 보호에 관해서는 무책임한 현실과 정의로운 사람이 오히려 배신자로 낙인찍히는 불합리한 상황을 날카롭게 들춰내고 있다. 이미 『차일드 폴』과 『여우의 화원』 등에서 확인한 바와 같이, 이 작가는 작품의 소재를 곧잘 사회문제에서 취하고 있다. 그 때문에 그의 동화는 대체로 '정치성'이 강하고, 주제가 선명한 것이 특징이다. 그럼에도 기존의 현실주의 작품과 달리 무겁거나 단조롭게 느껴지지 않는데, 그것은 기본적으로 그의 동화가 탄탄한 구성과 속도감 있는 문체, 따스한 휴머니

즘에 그 바탕을 두고 있기 때문이다. 이는 「아빠와 배트맨」도 예외가 아니다. 하지만 이 작품은 결말 부분이 지나치게 비현실적이라는 문제점을 지니고 있다. 즉, '나'가 아빠와 자신에게 닥칠 희생을 감수하고, 정의를 위해 내부고발 문건이 담긴 서류봉투를 들고 우체국으로 간다는 설정은 사실 너무나도 작위적이다. 그런데 이는 작가의 역량이 부족해서가 아니라 정치성이 강한 작품들에서 공통으로 발견된다는 점에서 어쩔 수 없는 한계라고 생각된다.

조태봉의 「어쩌다 코끼리를 만났을 때」(『시와동화』)는 교육문제를 다루고 있다. 살인적인 입시경쟁 탓에 자신의 의지와는 무관하게 학원으로 내몰리는 아이들과 자녀의 학원비를 충당하기 위해 늦은 나이에 재취업에 나서는 엄마들. 이제는 너무나도 익숙해서 별다른 문제의식조차 느껴지지 않는 우리 사회의 살풍경. 그런 점에서 이 작품의 소재는 낡아도 한참 낡았다. 하지만 작가는 그처럼 진부한 소재를 판타지 기법을 이용해 훌륭하게 되살려냄으로써 독자의 시선을 붙잡는 데 성공한다.

> "네가 날 부르지 않았어도 내가 먼저 널 찾아왔을지도 몰라."
> "왜 날 찾아와?"
> 수지가 작은 눈을 깜빡거리며 물었어요. 코끼리는 아무 말 없이 잠시 먼 산만 바라보았어요. 그러다가 머뭇거리며 천천히 말했어요.
> "실은 나도 굉장히 외로웠거든. 누군가 날 다시 찾아주길 기다렸어. 아주 오래오래 기다린 거지. 그때 네가 나타난 거야."
> 수지는 코끼리 얘기를 듣고 있다가 괜히 코끝이 찡해지고 말았어요. (189쪽)

이 인용문은 주인공 수지가 벌건 대낮에 도심 한복판에서 코끼리를 만나 대화를 나누는 장면이다. 물론 이 코끼리는 실제가 아니라 공원 놀이터에 있는 '코끼리 미끄럼틀'로, 학원에 가지 않고 너무나도 놀고 싶은 수지의 욕망이 만들어낸 가상의 존재이다. 그런데 이 작품은 "실은 나도 굉장히 외로웠거든. 누군가 날 다시 찾아주길 기다렸어."라는 말에서 보는 것처럼, 주인공 수지와 코끼리의 처지를 대등하게 설정해 놓은 데에 그 매력이 있다. 그것이 애초 작가가 의도한 것인지, 아닌지에 상관없이, 그와 같은 설정이 주제를 더욱 심화시키고 있는 것만은 분명하다. 이처럼 이 작품은 비록 같은 소재라 하더라도 작가가 그것을 어떻게 풀어내느냐에 따라 재미와 작품성이 크게 달라진다는 것을 보여주는 좋은 사례라고 말할 수 있다.

한윤섭의 「비단잉어」(『창비어린이』)는 회고 형식으로 이루어진 작품으로,「어쩌다 코끼리를 만났을 때」와 마찬가지로 약간의 판타지적 요소가 가미되어 있다. 또한, 이 작품은 동화의 소재로는 어울리지 않을 것 같은 해고자의 문제를 다루고 있다. 그 때문에 다소 분위기가 어둡고 무겁게 흘러갈 위험성을 안고 있다. 하지만 작가는 그와 같은 약점을 회고와 판타지라는 형식을 통해 상당 부분 극복해 내고 있다.

> "이런 연못에 사는 비단잉어들이 먹이를 못 먹어 죽는 일은 거의 없어. 그건 우리가 사람들이 생각하는 것처럼 매번 먹이를 서로 먹겠다고 싸우는 것이 아니라는 뜻이야. 적어도 내가 있는 이 연못에서는 말이야. 우린 동료가 먹이를 먹지 못해서 굶어 죽게 놔두지는 않아. 그건 우리만의 규칙이 있기 때문이야."
> (98쪽)

이 인용문은 주인공 '나'가 아빠의 일터인 그린트리 공원 연못에 사는 비단잉어 '준오 아저씨'와 나눈 대화 내용이다. 관람객이 줄어 곧 공원이 문을 닫을지도 모르는 상황에서 이를 타개할 방책을 논의하던 중에, 준오 아저씨가 자신들만의 규칙을 들어 인간들의 탐욕과 무한 이기주의를 날카롭게 비판·풍자하고 있는 장면이다. 이처럼 작가는 이 작품에서 직접이 아닌 간접 발화를 통해 자신의 '정치성'을 드러냄으로써 자칫 문학성이 훼손되는 것을 사전에 방지하고 있다. 더욱이 이 작품은 그 결말이 억지스럽지 않고 자연스럽게 이루어져 있어 더욱 신뢰가 간다. 즉, 해피엔딩이라는 동화의 틀에 얽매이지 않고 있는 현실을 직시함으로써 문제 상황에 대해 숙고할 수 있는 여지를 만들어주고 있다.

김일광의 「우리 아빠는 노총각」(『어린이문학』)은 멸치잡이 배의 선원인 아빠와 딸인 소라의 이야기를 통해 결손가정의 문제와 사회적 편견을 다룬 작품이다. 제목에서 보는 것처럼 이 작품에 등장하는 아빠와 소라는 진정한 부녀관계가 아니다. 즉, 이들의 관계는 노총각 혁이가 법적 후견인으로 가족을 잃고 혼자 남은 소라를 데려다 키우면서 만들어진 형식상의 부녀이다. 이 작품은 바로 그와 같은 부녀간의 모호한 관계 때문에 벌어지는 일련의 사건을 중심으로 서사가 전개된다.

> "오해는 마세요. 우리나 소라 아빠나 소라를 생각하는 건 마찬가지일 겁니다. 소라는 이제 여자입니다. 그래서 지켜주는 부모가 없는 환경에서 혹시 잘못되지나 않았나 해서……."
> 선생님은 바로 말을 하지 못하고 빙빙 돌리며 스스로 민망하여 얼굴을 붉혔다. 아빠는 그제야 선생님이 하려는 말을 알아챌 수 있었다. (66쪽)

이 장면은 아빠인 혁이가 소라의 문제로 소라의 담임선생님과의 면담 과정에서 사태의 본질을 파악하고 당황하는 모습을 그리고 있다. 아무리 법정 후견인이라고는 하지만 중학생인 딸 소라와 노총각인 아빠 혁이가 같은 집에 사는 것에 대해 불편해하는 주변의 시선들. 소라와 아빠는 그와 같은 편견에 항거해 보지만 그리 녹록하지 않은 현실. 결국, 아빠는 소라를 기숙사가 있는 다른 학교에 전학시키는 것으로 이야기가 마무리되고 있다. 결손가정에 대한 무관심과 불신이 팽배해 있는 우리 사회의 단면을 엿보는 것 같아 마음이 편안하지만은 않다. 하지만 작가는 단순히 그와 같은 문제를 고발하는 데 그치지 않는다. 자기 때문에 아빠가 오해받는 것이 싫어 도시에 있는 학교로 전학을 결심하는 소라와 혼자 세상에 남겨진 소라가 더는 그러한 사회적 편견과 냉대로 상처받지 않기를 걱정하는 아빠. 작가는 비록 친 부녀지간은 아니지만, 서로의 처지를 이해하고 감싸주는 이들의 진솔한 사랑을 서사 속에 녹여냄으로써 진한 감동을 만들어낸다. 그래서 이 작품의 마지막 부분에서 타의에 의해 소라가 아빠에게 "나 없는 사이에 결혼해. 그리고 날 첫 딸로 입양해 줘."라고 말하는 장면은 더욱 쓸쓸하면서도 아름답게 다가온다.

4.

이처럼 이들 동화는 우리 사회의 민감한 문제들을 작품의 소재로 삼고 있다. 그 때문에 문학의 자율성보다는 정치성이 상대적으로 도드라질 수밖에 없다. 그럼에도 이들 동화는 기존의 현실주의 경향의 작품과는 많이 다르다. 즉, 사회문제를 적극 작품에 반영하면서도, 문학의 미학적 특성을 아울러 지니고 있다. 그런 점에서 이들 동화는 문학의 정치성에 관한 새로운 가능성을 보여주고 있다고 생각한다.

사실 문학이 기본적으로 사회적 산물이라는 점에서 작가가 사회문제에 관심을 두는 것은 당연한 일이다. 또한, 작가가 어떤 사안에 대해 자기 생각을 표출하는 것도 꼭 부정적인 것만은 아니다. 문제는 문학과 정치가 다른 것처럼, 문학적 발언 역시 정치적 발언과는 달라야 한다는 것이다. 더욱이 동화작가라면 불합리한 현실과 부조리한 사회 모순에 애써 눈을 감거나 그저 부정적인 요소들을 들춰내는 일에만 몰두해서는 안 된다. 그 어떤 절망 속에서도 희망을 이야기할 수 있어야 한다고 생각한다. 그것이 곧 동화문학이 지닌 진정한 힘이 아닐까 싶다.

그럼, 이제 남은 과제는?

창조적 열정과 다양성 모색

1.

일찍이 루카치가 말한 것처럼 문학에서의 내용과 형식은 변증법적 관계를 이룬다. 아무리 좋은 내용이라 하더라도 그 자체만으로는 훌륭한 작품이 되지 않으며, 역으로 아무리 적합한 형식을 갖추었다 하더라도 그것만으로는 결코 뛰어난 작품이 될 수 없다. 실제로 같은 소재, 비슷한 형식을 지녔다고 해도 작품에 그려진 세계는 저마다 다르다. 이는 작가가 어떤 소재를 선택하고, 그것을 어떤 형식으로 담아내느냐가 이야기의 재미와 의미에 큰 영향을 주기 때문이다.

이처럼 문학에서 내용과 형식은 각기 독립적으로 존재하지 않는다. 이 둘은 작품 속에서 서로 긴밀한 영향관계를 주고받으며 하나의 독창적인 세계를 만들어낸다. 흔히 작가를 창조자라고 일컫는 것도 바로 그 때문이다. 따라서 작가라면 하나의 작품을 창작하면서 내용과 형식의 유기적인 관계에 특히 유념할 필요가 있다.

2.

근래 들어 꾸준히 동화작가들이 늘고 있지만, 오히려 참신한 작품을 만나기는 더욱 어려워지고 있다. 이는 최근 동시와 청소년소설이 다양한 소재와 형식으로 좋은 반응을 얻고 있는 것과는 사뭇 대조적인 현상이다. 물론 각각의 장르가 지닌 고유한 특성 및 출판 상황을 고려하지 않은 그와 같은 비교는 애당초 무리가 따르는 일이다. 그럼에도 솔직히 최근 우리 동화가 정체기 혹은 침체기에 접어든 것이 아닐까 하는 의문을 지우기 어려운 것이 사실이다.

이 점은 지난봄 몇몇 계간지에 발표된 동화와 청소년소설 작품들을 일독하면서도 그대로 반복된다. 오랫동안 활동해 온 중견 작가나 비교적 최근에 활동을 시작한 신진 작가의 작품 모두 큰 차이 없이 소재와 형식의 한계를 보여주고 있어 특별히 눈에 띄는 작품들이 적었다. 비록 '단순성'이 아동문학의 주요한 특성 가운데 하나이긴 하지만, 많은 수의 작품이 발단과 전개의 단계에서 이미 어떤 결말을 맺게 될지 짐작될 만큼 사건의 전개가 단순해서 흥미와 호기심을 불러일으키지 못했다.

그런 가운데에도 몇 작품은 그 나름의 성과와 가능성을 보여주고 있어 그나마 위안으로 삼을 수 있었다. 동화인 조성은의 「씨앗 두 개」(『어린이책이야기』), 전다현의 「꼬마 인형 미미」(『시와동화』), 보린의 「컵 고양이 후루룩」(『창비어린이』)과 청소년소설인 방미진의 「죽은 고양이」(『창비어린이』)가 바로 그것이다.

먼저, 조성은의 「씨앗 두 개」는 '씨앗'이라는 그 제목처럼 매우 작고 귀여운 작품이다. 그 때문에 다소 도발적인 문제의식이나 파격적인 형식을 기대한 독자라면 적잖이 실망할 수도 있을 것 같다는 생각이 든다. 하지만 이 작품은 비록 소품이긴 하지만 읽는 재미는 여간 쏠쏠하지 않다.

"미솔아, 언니가 햄버거 만들어 줄까?"

"아, 그거?"

미솔이는 크게 고개를 끄덕였어요. 활짝 웃느라 벌어진 입 속으로 앞니 빠진 자리가 새까맸어요.

도솔이는 이불 위에 베개 하나를 놓았어요.

"미솔아, 이 위로 올라가서 엎드려."

미솔이가 베개 위에 엎드리자 도솔이는 그 위에 다시 베개를 하나 더 올려놓았어요. 베개는 빵이고요, 미솔이는 그 사이에 끼인 구운 고기가 된 거예요. 도솔이는 두 팔로 커다란 햄버거를 붙잡고 맛있게 먹기 시작했어요. (107쪽)

위 인용문에서 보는 것처럼 이 작품은 초등학생인 두 자매가 잠자리에서 벌이는 놀이를 형상화하고 있다. 주인공인 도솔과 미솔은 잠자리에 누웠으나 잠이 오지 않자 엄마의 눈을 피해 잠자리에서 일어나 다양한 놀이를 펼친다. 즉, 다이빙하는 것처럼 이불 위에 쓰러져 헤엄을 치기도 하고, 이불과 베개를 이용해 햄버거와 김밥 만들기 놀이를 하기도 한다. 그리고 전래동화 '토끼와 거북이'를 재구성해 역할극을 하기도 하고, 서로 씨앗이 되어 꽃으로 피어나는 과정을 몸으로 표현하기도 한다. 이처럼 이 작품의 내용은 이들 자매의 놀이로 시작해서 놀이로 마무리된다. 이야기의 핵심적 요소라 할 수 있는 인물 사이의 갈등도 존재하지 않으며, 그 어떤 문학적 장치도 등장하지 않는다. 그러면서도 이 작품은 읽는 내내 미소를 머금게 하는데, 이는 이들 두 자매가 펼쳐내는 그와 같은 놀이가 불러일으키는 공감에서 비롯된다. 즉, 아이나 어른 할 것 없이 누구나 한 번쯤 경험해 보았음 직한 놀이를 조금도 꾸미지 않고 사실적으로 보여줌으로써, 오히려 여느 작품에서 느낄 수 없는 재미와 신선함을 만들어내고 있다. 그런 점에서 이 작품은 지나치게 소재주의에 빠져 같은 소재를 특색 없이 연거푸 우려냄으로써 별다른 감동을 주지 못하고 있는 우리 동화의 현실을 직시할 때 하나의 좋은 사례가 될 수 있을 것으로 생각한다. 그런데 이 작품은 "우는 소리는 작아졌지만, 미솔이는 아직도 좀 삐쳐있군요.", "아, 이제야 알겠어요 미솔이가 바로 씨앗이 되었군요."에서처럼, 군데군데 과도하게 서술자가 개입함으로써 독자가 작품에 온전히 몰입할 수 없게 하는 문제점을 지니고 있다. 이러한 단점만 보완한다면 그렇지 않아도 가뜩이나 읽을거리가 부족한 초등학교 저학년용 동화로 손색이 없을 듯하다.

다음으로 전다현의 「꼬마 인형 미미」는 한때 단짝 친구였던 송이와 은우의 갈등을 다루고 있다. 비록 작품 중반부에 판타지적인 장면이 등장하고 있지만, 이 작품 역시 앞의 「씨앗 두 개」와 마찬가지로 아이들의 세계에서 흔히 볼 수 있는 일상적인 사건을 과장없이 담백하게 그려냄으로써 그 나름의 재미를 주고 있다.

> 은우와는 같은 유치원을 다녀서 엄마들끼리 친한 사이다. 자연스럽게 송이와 은우도 친하게 지냈다. 시간이 흐르면서 어디를 가나 옆에 없으면 찾게 되는 단짝이 되었다. 그런데 어느 날부턴가 달라졌다.
>
> 은우는 키다리 해바라기처럼 쭉쭉 위로 잘도 자랐다. 반면에 송이는 키 크는 법을 잊은 듯 거북이 걸음이었다. 송이가 힘껏 까치발을 들어도 은우 어깨까지밖에 안 왔다. 은우는 키가 크더니 말투나 행동거지도 바뀌었다. 예전처럼 송이에게 다정하게 굴지 않았다. (219쪽)

이 인용문은 작품의 도입부로 주인공인 송이가 둘도 없는 단짝 친구라고 여겼던 은우의 변심으로 심적 갈등을 겪고 있는 장면을 요약해서 보여주고 있다. 아무런 까닭도 없이 어느 날부턴가 갑자기 태도가 돌변해 자신을 투명인간 취급하는 은우 때문에 속이 상한 송이. 그리고 반대항 피구 시합을 계기로 둘 사이의 관계는 더욱 나빠지고, 그와 더불어 친구들 사이에서 눈덩이처럼 불어나는 온갖 소문들로 송이는 무척 힘든 나날을 보내게 된다. 그러던 어느 날 송이는 학교에서 공연하는 인형극을 보게 되고, 그곳에서 자신에게 말을 건네는 미미 인형을 만나 차츰 마음의 위안을 얻는다. 그리고 용기를 내어 직접 은우를 만나 왜 자기를 피하는지 그 이유를 묻게 된다. 하지만 은우로부터 "남자애들이 여자랑 친하게 지낸다고 놀린단 말이야. 나는 놀림받는 게 싫어."라는 말을 듣고 크게 실망하고, 은우에게 이별을 통보함과 동시에 이제부터는 당당하게 자신의 삶을 살겠다고 다짐한다. 이처럼 이 작품은 초등학교 3학년 아이들을 등장시켜 그들 또래에서 흔히 목격할 수 있는 사건 즉, 한편으로는 이성에 관심을 보이면서도 다른 한편으로는 그러한 이성에 관한 관심을 밖으로 드러내는 것을 부끄러워하고 쑥스럽게 여기는 아이들의 내면 심리를 섬세하게 잡아내고 있다. 그러면서도 그것을 크게 욕심 부리지 않고 그저 있는 그대로 잔잔하게 그려냄으로써, 반드시 어떤 강한 메시지나 극적 장치를 지녀야만 좋은 동화가 되는 것이 아니라는 점을 잘 보여주고 있다.

반면에 보린의 「컵 고양이 후루룩」은 앞의 두 작품과 달리 소재며 발상 자체가 매우 독특한 작품이다. 일주일에 서너 번씩 컵라면으로 저녁밥을 대신할 만큼 라면을 좋아하는 아이가 주인공인 이 작품은 기존의 우리 동화에서는 쉽게 볼 수 없었던 내용과 형식으로 또 다른 재미와 감동을 준다. 어느 날 저녁 주인공 '나'는 라면을 사러 편의점에 가던 길에 평소에 못 보던 자동판매기가 골목에 놓여 있는 것을 발견한다. 그리고 그 자판기에 붙어 있는 "3분에 오케이 뜨거운 물만 부으면 나만의 친구, 귀여운 애완동물이 나옵니다!"라는 광고 문구에 강한 호기심이 생겨 자판기의 버튼을 눌렀다가 뜻하지 않게 고양이가 그려진 컵을 얻어 집으로 돌아온다. 이후 '나'는 그 컵에서 태어난 작고 귀엽게 생긴 고양이 '후루룩'을 보고는 무척 기뻐한다. 하지만 기쁨도 잠시, '나'가 준 음식을 받아먹은 고양이는 시름시름 앓기 시작한다. 그제야 뒤늦게 컵에 적힌 주의사항을 확인한 '나'는 그 고양이가 24시간밖에 살지 못할 뿐만 아니라, 음식을 먹이면 심각한 손상을 입어 그만큼 수명이 단축된다는 것을 알고는 크게 절망한다.

눈물이 뚝뚝 흘렀어요. 누가, 왜 이런 짓을 한 건지 너무나 화가 났어요. 하지만 그래요, 이해하려면 이해할 수는 있어요. 어떤 미치광이 천재 과학자가 이모랑 똑같은 생각을 했다면 그럴 수도 있겠다 싶었죠.

힘겹게 할딱거리는 후루룩을 보면서도 나는 아무것도 할 수가 없었어요. 물도 먹이면 안 된다니 약은 당연히 안 되겠죠. 나는 잠시 고민하다 후루룩의 배를 쓸어 주었어요. 예전에 함께 살 때 아빠가 해 주던 것처럼 말이죠. 아빠랑 헤어진 지 1년밖에 안 되었는데 그 때가 아주 오래전인 것만 같아요. 아빠 손은 무지 커서 내 배를 다 덮고도 남았는데, 내 손도 후루룩한테는 너무 컸어요. 나는 집게손가락 하나로 하얀 털이 덮인 배를 쓸어주었어요. 그러자 후루룩이 가늘게 눈을 뜨고 나를 바라보았어요. (94쪽)

이 인용문은 주인공 '나'가 컵 고양이 후루룩의 실체를 알고는 분노하는 장면이다. 아빠와 헤어져 이모와 지내며 많은 시간을 혼자 외롭게 지내야만 했던 '나'에게 잠깐이지만 가족과도 같은 정을 느끼게 해준 고양이 후루룩. '나'는 그런 후루룩이 고작 하루밖에 살지 못하는 장난감에 불과하다는 것에 크게 절망하고, 그런 컵 고양이를 만든 사람의 행태에 분노의 눈물을 흘린다. 이처럼 이 작품은 컵 고양이라는 이색적인 소재를 판타지 형식으로 풀어내고 있다. 또한 단일한 서사임에도 생명, 가족, 사랑, 이별 등 어떤 시각에서 접근하느냐에 따라 그 의미가 달리 읽히기도 한다. 여기에 행복한 결말에 속박되지 않은 자연스러운 처리 등 기존의 동화에서는 쉽게 경험하지 못한 색다른 재미를 제공하고 있다. 물론 사건 전개와 심리변화가 지나치게 '나'의 독백조로 이루어진 탓에 다소 지루한 감이 있지만, 여전히 생활동화의 한계를 뛰어넘지 못하는 우리의 현실을 고려할 때 이 작품은 등장 그 자체만으로도 큰 의미가 있다는 생각이 든다.

이 점은 방미진의 「죽은 고양이」도 크게 다르지 않다. 이 작품은 앞의 작품들과 달리 동화가 아닌 청소년소설로 스토커 문제를 다루고 있다. 이 작가는 등단 초기부터 꾸준히 그로테스크한 작품을 선보이며 자신만의 확실한 작품세계를 구축해 나가고 있는데, 그 명성에 걸맞게 이 작품 역시 소재며 구성방식이 매우 독특하다.

불안했어요. 미미 아, 아빠는요. 술에 취하면 문도 잠그지 않고 잔다고요. 그럼 안 되잖아요. 스토커가 들어올지도 모르는데. 열쇠라도 훔치면 어쩌려고. 그래서 그런 거예요. 몰래 들어가 현관, 신발장 위, 아무렇게나 놓인 열쇠 중 하나를 가져간 건, 문을 잠가주려고요.

우연히 가진 열쇠로, 우연히 들어가, 우연히 책상을 뒤지고, 우연히 일기장을 읽고?

알아내야만 하니까요. 범인을요. 나는 스토커가 아니에요. 나는 그 새끼들이랑 다르다고요.

네가 하면 관심이고 남이 하면 관음이다?

나는…… 지켜 주려고 그랬어요.

틀렸어. 틀렸어. (117쪽)

이 인용문은 미미가 휘두른 칼에 찔린 주인공 소년이 자기를 스토커 취급하는 남자에게 사건이 벌어지게 된 경위를 설명하는 장면이다. 이 작품에서 소년은 이웃집 반지하로 이사 온 소녀 미미에게 관심을 보인다. 그러던 어느 날 미미네 집 창가에 죽은 고양이가 놓여 있는 것을 목격하고, 소년은 누군가 미미를 집요하게 쫓아다니며 괴롭힌다는 망상에 사로잡힌다. 그리고 자신이 그런 미미를 지켜주겠다는 정의감에 늘 미미 주변을 감시하기 시작하고, 마침내는 미미가 위험에 처했다는 생각에 미미의 집 문을 열었다가 스토커로부터 자신을 지키려는 미미의 칼에 찔리게 된다. 이처럼 이 작품은 정작 자신이 스토커이면서도 그것을 인지하지 못하고, 자신이 만들어낸 망상에 사로잡혀 한 소녀에게 끊임없이 위협을 가하는 한 소년의 왜곡된 사랑에 관한 이야기이다. 즉, 청소년기 아이들에게서 흔히 목격되는 불안한 자의식과 그것에서 비롯된 욕망과 공포심을 기이하고 환상적인 수법으로 풀어내고 있는 작품이다. 이러한 특징은 「금이 간 거울」, 「기다란 머리카락」, 「손톱이 자라날 때」 등 이 작가의 이전 작품들에서도 확인할 수 있다. 특히 이 작가는 사회성이 짙은 소재를 주로 다루면서 거울, 머리카락, 손톱, 벽, 곰팡이와 같은 사물을 통해 등장인물의 내면 심리를 간접적·암시적으로 드러내는 데 능한 재주를 지니고 있다. 이 작품도 예외가 아니어서 고양이를 활용한 메타포가 무척 인상적이다. 기존의 작품과는 사뭇 다른 모습에 다소 낯설게 다가오기도 하지만, 문학의 다양성 확보라는 차원에서 크게 주목해 볼 만한 가치가 있는 작품이다.

3.

이 글의 서두에서 언급한 것처럼 문학에서의 내용과 형식은 유기적으로 결합하여 하나의 작품을 만들어낸다. 따라서 문학작품으로서의 창조적 예술미를 획득하기 위해서는 그에 적합한 내용과 형식을 갖추어야 한다. 하지만 우리 동화 및 청소년소설은 물론 과거보다 양적으로나 질적으로 많이 향상되긴 했지만, 아직도 많은 부분 구태의연한 기존의 창작방식을 되풀이하고 있다. 즉, 새로운 소재와 형식에 관한 진지한 탐색과 실험보다는 이미 어디선가 보았음 직한 낯익은 내용과 형식들이 주를 이룬다.

그러나 그와 같이 서로 엇비슷한 작품만으로는 이제 독자들에게 감동을 주기 어렵다. 하루하루 새로운 읽을거리와 볼거리가 대량으로 쏟아져 나오는 현실에서 상투적인 내용과 형식으로 더는 독자의 관심과 흥미를 이끌어낼 수 없다. 따지고 보면 최근 동화가 독자들에게 외면을 받고 있는 것도 이와 무관하지 않다. 그동안 어린이를 상대로 한 출판시장의 호황으로 동화책은 쓰기만 하면 무조건 팔린다는 안일한 창작태도로 일관한 나머지 더욱 새롭고 신선한 작품이 출현하기를 애타게 기다렸던 독자들의 기대에 크게 부응하지 못한 것이 사실이다.

따라서 어린이문학의 재발견이라고 할 수 있는 2000년대의 초반 그 당시와 같은 동화문학의 전성기를 재현하기 위해서는 생활동화는 물론 판타지동화, 모험동화, 탐정동화 등 더욱 다양한 장르에 관한 관심과 논의, 새로운 내용과 형식에 관한 탐색과 실험을 모색할 필요가 있다. 예술은 곧 창조이다. 창조자의 열정이 충만한 작가만이 훌륭한 작품을 생산해 낼 수 있다. 그런 작가들을 지금보다 더 많이 만날 수 있게 되는 날 비로소 한국동화의 뿌리는 더욱 굵어질 것이다.

얼음송곳같이 날카로운 감각으로

1.

지극히 개인적인 고백이지만 이십 년 가까이 아동문학 언저리를 맴돌다 보니, 이제 어지간한 작품이 아니고는 성이 차지 않는다. 어디서 본 듯한 내용과 형식 즉, 기시감이 느껴지는 작품의 경우 좀처럼 흥미를 불러일으키지 못한다. 그럼에도 어쩔 수 없이 그러한 작품들을 읽어야 할 때가 종종 있는데, 그럴 때마다 즐거워야 할 책읽기가 지루하고도 힘든 노동으로 전락해 버린다.

그런데 그와 같은 생각이 비단 나만의 것은 아닌 듯하다. 실제로 언제부턴가 주위에서 그런 피로감을 호소하는 사람들을 심심찮게 만나게 된다. 물론 그들 가운데는 대부분이 아동문학을 창작하거나 연구하는 사람이지만, 더러는 순수하게 아동문학을 좋아해서 어느덧 고급 독자가 된 사람들도 있다. 이는 우리 아동문학의 저변이 확대되었다는 것을 말해주는 동시에, 아동문학 창작자들의 책무가 그만큼 더욱 커졌음을 의미한다.

지난여름에 발표된 동화와 청소년소설은 전반적으로 수준이 평이했

다. 그러면서도 몇몇 작품은 신선한 소재와 창작 기법으로 강한 인상을
남겼다. 김학찬의 「귀가」(『창비어린이』)와 김해등의 「301번 방」(『어린이책이
야기』), 이병승의 「레슬링 아줌마와 스파이더맨 아저씨」(『시와동화』)가 바
로 그것으로, 이들은 저마다 독특한 내용과 형식으로 관심과 흥미를 끌
었다.

2.

먼저, 김학찬의 「귀가」는 단편소설의 묘미를 잘 보여주는 작품이다.
단편소설은 짧은 분량 안에 서사를 구성하는 기본적인 요소들 즉, 행위
와 시간, 의미를 응축해서 담아내는 장르이다. 따라서 사건이 단일해야
하며 그 행위에 일관성이 있어야 한다. 그리고 인물들의 생각을 전달하
는 방식도 설명보다는 암시적이어야 하며, 독자에게 강한 인상을 남길
수 있도록 결말지어야 한다. 이 소설은 그와 같은 단편소설의 요건을 대
부분 충족하고 있다. 간결하면서도 속도감 있는 문체, 등장인물의 섬세
한 심리묘사, 암시성 짙은 결말 처리, 탄탄한 구성 등 그 완성도가 높다.

새터민이나 탈북자 두 말 모두 듣기 싫었다. 나는 고향을 탈출했다고 생각한
적이 한 번도 없었다. 엄마 때문에 어쩔 수 없이 고향을 떠나왔을 뿐이다. 엄마
가 시키는 대로 하다 보니 어느새 이곳에 와 있었다. 어디서 왔느냐고 묻는 사
람에게 고향을 대면 다들 이곳으로 오는 과정에 있었던 험난한 이야기를 원했
다. 몇 년이나 고생하다 올 수 있었는지, 무슨 짓까지 해 봤는지, 같이 오다가
죽은 사람은 없었는지, 총은 쏠 줄 아는지, 혹시 사람은 죽여 봤는지…….

인용문에서 알 수 있듯이 이 소설은 새터민의 문제를 다루고 있다. 주

인공인 '나'는 중학교 이 학년으로 학교와 가정은 물론 이 사회로부터 이중삼중의 고통을 받고 있다. "돈이 없으면 몸으로 때워야 하는 것은 고향이나 이곳이나 마찬가지다."에서 보듯이, 학교에서는 친구들에게 돈을 빼앗기고 자주 폭행을 당한다. 그리고 "아빠는 처음에는 엄마만 때리다가 나중에는 지나가는 사람하고도 싸웠다. 나도 곧 맞기 시작했다."에서 보듯이, 가정에서는 아버지의 폭력에 시달리기도 한다. 또한, "고향 말을 쓰면 이곳 사람들이 경계했고, 고향 말을 쓰지 않으면 새터민 친구들이 끼워주지 않았다."에서 보듯이, 그 어느 집단에도 끼지 못하고 이방인 취급을 받는 존재이다.

그런 점에서 이 소설의 첫 부분을 장식하고 있는 "떠나고 싶은 게 아니다. 돌아가고 싶다."라는 진술은 곧, 그와 같은 현실에서 탈출하고 싶은 주인공의 소망을 함축적으로 보여주는 표현이라고 할 수 있다. 그리고 작가가 주인공을 입을 통해 우리 사회가 공통으로 안고 있는 문제 즉, 공격적 배태성을 날카롭게 비판하고 있다고 보아도 무방하다. 이는 자신 또한 주인공의 처지와 크게 다를 바 없으면서도 주인공에게 돈을 갈취하며 폭력의 행사하는 재환이와, 같은 탈북자이면서도 말투가 다르다는 이유로 주인공을 무리에 끼워주지 않는 새터민 친구들에게서 쉽게 발견할 수 있다.

특히 이 소설에서 눈여겨볼 장면은 수학여행을 떠나는 날 아침 주인공이 고향을 떠나올 때 멨던 가방 안에 들어가 웅크리고 있는 모습과 수학여행을 포기하고 길을 걷다 엄마와 통화가 되지 않자 휴대전화 배터리를 뽑아 도로에 내팽개치는 모습이다. 이들은 주인공에게 폭력을 행사한 가해자 부모로부터 받은 합의금으로 구매한 대형 텔레비전에 빠진 아버지와 도로에 떨어진 배터리를 밟고 지나가는 차량과 중첩되어, 이 사회로부터 철저히 고립된 주인공의 비극적 현실을 암시적으로 그려내고 있다.

이 소설은 비록 소재의 참신함은 없지만 탄탄한 기본기를 바탕으로 우리 사회가 지닌 문제점을 날카롭게 파헤친 점이 돋보일 뿐만 아니라, 청소년 문학의 한계에 갇히지 않고 사실적으로 마무리한 점도 믿음직스럽다.

3.

김해등의 「301번 방」은 일종의 판타지 동화이다. 따라서 사실동화 일변도의 우리 현실을 감안할 때, 이 작품은 등장 그 자체만으로도 의미가 있다. 물론 최근 들어 작가층이 두터워지고, 다양한 장르에 관한 독자들의 요구가 거세지면서 모험동화, 공포동화, 공상과학동화 등의 출현 빈도수가 높아지고 있는 것이 사실이다. 하지만 아직 장르문학에 관한 이론적 토대 및 인식이 부족하고, 그동안 축적된 작품의 양 역시 많지 않아 기대만큼의 성과를 거두지는 못하고 있다. 그래서인지 그 나름의 사명을 갖고 우리 동화문학의 새로운 지평을 열기 위해 노력하는 작가를 만나면 그냥 반갑다.

이 동화의 주인공 도준은 9평짜리 작은 영구 임대아파트에서 엄마 없이 아빠와 살고 있는 아이다. 아빠는 양말 공장에서 밤늦게까지 일하느라 도준을 돌볼 겨를이 없다. 그런 어느 날, 도준은 반 친구들의 물건을 훔치다 걸려 담임선생님에게 추궁을 받는다. 그 과정에서 한 달 전에 화장실 옆에서 우연히 발견한 '301번 방'에서 아기 공룡 둘리를 만났으며, '내가 잘 아는 애' 눈하고 꼭 닮은 둘리가 떠나지 못하게 하려고 물건을 훔쳤다는 다소 황당한 이야기를 늘어놓는다. 이에 선생님은 사실을 확인하려고 도준 아빠에게 전화를 하고, 도준의 글에 나온 '내가 잘 아는 애'가 바로 죽은 동생 도영이며, '301번 방'은 도영이가 입원했던 병실이라는 것을 알게 된다. 그리고 함께 찾아간 집에서 선생님과 아빠는 '301번 방'과 '아기 공룡 둘리'가 실제로 존재한다는 것을 확인한다.

이처럼 김해등의 「301번 방」은 판타지적 요소를 가미해 죽은 동생과의 이별을 쉽게 수용하지 못하는 아이의 모습을 환상적이면서도 애잔하게 그려내고 있다. 이 작품 역시 앞서 언급한 김학찬의 「귀가」와 마찬가지로 소재 면에서 참신함과는 거리가 있다. 그럼에도 그 어떤 작품보다도 흡인력이 뛰어나고, 재미와 감동이 크다. 이것은 작품을 빚어내는 작가의 솜씨가 그만큼 뛰어나다는 것을 방증한다. 실제로 이 작품에는 그와 같은 작가의 역량을 확인할 수 있는 장치들이 숨어 있다. 이들은 작품 안에서 서로 긴밀하게 연결되어 주인공에게는 과거에 경험한 상처를 떠올리게 하고, 독자에게는 주인공이 처한 현실에 더욱 공감할 수 있도록 만들기도 한다.

　　"바른 대로 대답해라!"
　　담임선생님이 하얀 백지를 내밀며 말했다. 도준은 백지를 물끄러미 쳐다보다 사방을 둘러봤다. 벽이 백지처럼 온통 하얀색이었다. 도준은 하얀색이 세상에서 제일 싫었다. 매끼 먹어야만 하는 하얀 쌀밥마저도.
　　"애들이 매일 도둑맞고 있다는 거 알고 있지?"
　　"네."
　　"오늘 남기가 잃어버린 게임기가 네 가방에서 나온 거 맞니?"
　　"네."

인용문은 작품의 첫 부분으로 그 대표적인 예라고 할 수 있다. 여기에서 '도준은 하얀색이 세상에서 제일 싫었다.'는 진술은 작가가 사전에 의도적으로 설정해 놓은 복선이다. 이후, '하얀색'은 사건이 전개되면서 동생 도영이 입원해 있던 병실 '301번 방'과 '강물에 스며들며 사라져

가던 도영의 하얀색 가루의 몸'과 긴밀하게 연결된다. 이를 통해 독자는 주인공이 판타지 공간인 '301번 방'이 무엇을 뜻하는지, 주인공이 왜 그토록 둘리가 날아가지 못하게 하려는지 이해하게 된다. 또한, 이 작품에서 '301번 방'은 도준의 담임선생님에게도 과거의 아픈 경험을 떠올리게 만드는 역할을 하고 있다. 즉, 어릴 적 교통사고로 돌아가신 담임선생님의 아버지가 오랫동안 누워 있던 병실 역시 '301번 방'이다. 이처럼 작가는 '301번 방'을 공통분모로 해서 동생을 잃은 도준과 아버지를 잃은 담임선생님이 과거의 상처를 치유하는 과정을 병치함으로써, 자칫 단조로움에 빠질 수 있는 이야기에 생명력을 불어넣고 있다.

아울러 작가가 '301번 방'의 인물을 둘리를 설정한 것도 주목해 볼 만하다. 사실 이 작품에서 둘리의 등장은 가장 이해하기 어려운 부분이다. 작품 초반 도준은 둘리를 '내가 아주 잘 아는 애'를 닮은 아기 공룡이라고 표현한다. 그리고 선생님과 아빠가 '301번 방'의 문을 열었을 때만 해도 그 표현에는 변함이 없다. 하지만 아빠는 곧 둘리를 '도영'이라고 부르고, 도준도 '내 동생'이라고 말한다. 이처럼 둘리는 상황마다 다르게 호명되어 혼란스럽고, 그 실체도 분명하지 않다. 게다가 작가가 둘리를 내세운 이유도 석연치 않아, 그것이 작가의 의도인지 아니면 단순한 치기인지 파악하기가 어렵다. 그런데 오히려 그 때문에 독자는 작품에 더 몰입하게 되고, 작품은 더욱 환상적인 분위기를 자아내게 된다.

이 작품은 결국 도준이 아기 공룡 둘리 즉, 동생 도영을 하늘로 떠나보내는 것으로 끝을 맺는다. 물론 '301번 방'이라 명명된 판타지 공간 설정이 현실 세계와 비현실 세계로 뚜렷하게 구별되지 않는 점 등 독자에 따라 평가를 달리하는 요소들이 있긴 하지만, 그 내용과 형식이 독특하고 공감되는 부분이 많아 오래도록 기억에 남을 만한 작품이다.

4.

이병승의 「레슬링 아줌마와 스파이더맨 아저씨」는 그 제목부터 다분히 동화적이어서 독자들의 관심과 흥미를 끌 만한 작품이다. 또한, 분량도 많지 않아 나이가 적은 독자들도 읽는 데 전혀 부담스럽지 않다. 하지만 그 무엇보다 이 작품이 지닌 가장 큰 미덕은 '재혼'이라는 어린 독자들에게는 다소 버겁게 느껴질 만한 문제를 다루면서도, 전혀 무겁지 않게 사건을 끌어가고 있는 점이다. 그런 점에서 비슷한 소재를 다룬 기존의 작품과는 또 다른 재미를 주고 있다.

이 작품은 전직 여자 프로 레슬링 선수 출신의 엄마를 둔 아이가 주인공이다. 5년 전 아빠와 이혼한 엄마는 정수기를 팔고 사무실에 물을 배달해 주는 일을 한다. 한 손으로 20리터짜리 물통을 번쩍 들어 어깨에 짊어질 만큼 억센 모습만을 보여주던 엄마. 그런 엄마가 언젠가 조금씩 변하기 시작하면서 주인공의 갈등이 시작된다. 즉, 주인공이 방심한 사이 엄마에게 애인이 생긴 것이다. 그때부터 주인공의 고민은 깊어진다. 어릴 적 엄마와 아빠가 이혼할 무렵 아빠에게 버림받은 상처가 되살아나고, 그럴수록 새아빠가 될지도 모르는 엄마의 애인에게 부적 경계심이 생긴다. 그래서 암벽 등반이 취미고 직업이 빌딩 유리창 닦기인 아저씨와 엄마를 떼어놓으려고 애를 쓴다.

"아저씨한테 밧줄은 생명줄이야. 절대로 안 놓쳐. 그리고 이젠 엄마와 네가 아저씨의 밧줄이야. 한 번 잡으면 절대로 안 놓쳐!"

아저씨가 거듭 거듭 강조했다. 엄마는 그럴 때마다 순한 토끼 같은 눈으로 아저씨를 바라보았다. 나는 그런 엄마가 어쩐지 꼴 보기 싫었다.

하지만 아저씨가 한 말 중에 나는 한 번 잡으면 안 놓친다, 이제부턴 엄마와 내가 아저씨의 밧줄이다, 그런 말은 마음에 들었다.

그러나 엄마와 함께 아저씨가 일하는 현장에 초대받아 간 주인공은 "아저씨한테 밧줄은 생명줄이야. 절대로 안 놓쳐. 그리고 이젠 엄마와 네가 아저씨의 밧줄이야. 한 번 잡으면 절대로 안 놓쳐!"라는 말을 듣고 조금씩 마음이 흔들리기 시작한다. 그리고 엘리베이터 사고 당시 끝까지 자신의 손을 끝까지 잡고 놓지 않은 아저씨의 모습을 보고 더는 엄마의 재혼을 반대할 이유를 찾지 못한다.

이처럼 이 작품은 과거 부모의 이혼으로 상처받은 주인공이 엄마의 재혼을 반대하다가 결국엔 승낙하게 되는 과정을 그리고 있다. 짧은 분량 탓에 등장인물들 간의 갈등도 크게 나타나지 않고, 그 해소 과정도 단일한 일화로 처리하여 이야기가 다소 싱겁다는 느낌을 주기도 한다. 하지만 작가는 그러한 약점을 "네가 줄 수 있는 행복 말고 또 다른 행복도 엄만 갖고 싶어!", "이제부턴 네가 밧줄이라고 했잖아. 밧줄을 놓을 순 없잖니?"와 같은, 진중하면서도 맛깔스러운 문장으로 상쇄하고 있다. 더욱이 작가가 재혼의 문제를 아이가 아닌 엄마의 관점에서 접근하고 있는 점도 무척 인상적으로 다가온다.

5.

사실 과거처럼 읽을거리가 많지 않았던 시절에는 작품을 선택할 수 있는 폭이 그리 넓지 않았다. 그 때문에 조금 부족한 작품이라 할지라도 크게 문제가 될 것이 없었다. 하지만 오늘날처럼 읽을거리가 넘쳐나는 때에는 즉, 선택의 폭이 매우 넓어진 때에는 다른 작품과 견주어 상대적으로 재미와 감동이 덜한 작품은 이제 어지간해서는 독자들의 손에 쥐어지지 않는다. 그만큼 좋은 작품과 그렇지 못한 작품을 가려내는 독자의 눈이 매서워졌기 때문이다.

따라서 좋은 작가가 되기 위해서는 과거와 같은 안일한 태도로 창작에 임해서는 안 된다. 급변하는 시대에 적응할 수 있도록 자신의 모든 감각을 열어두어야 한다. 그리고 이전에 나온 작품은 물론 비교적 최근에 나온 다른 작가들의 작품을 많이 읽어야 한다. 그것을 통해 부단히 자신만의 감각을 단련하여 남과 구별되는 독창적인 작품세계를 창조해야만 한다. 그럼에도 아직도 과거에 머물러 있는 작가들이 많은 것 같아 안타깝다. 얼음송곳같이 날카로운 감각으로 독자들의 마음을 시원스레 꿰뚫고 나갈 수 있는 작가들이 더 많아졌으면 좋겠다.

풋풋하면서도 옹골찬 동화의 세계

제6회 푸른문학상 동화집 『조태백 탈출 사건』[1]

1.

동화의 매력에 푹 빠져 지낸 지도 어느덧 십 년이 훌쩍 넘었다. 처음 동화를 접했던 십 년 전과 지금을 비교해 보면 많은 차이가 있다. 그 사이 우리 동화는 양적으로나 질적으로 엄청난 발전을 이루었다. 동화를 바라보는 눈이 달라지면서 예전에 비해 작가 층도 두터워졌고, 형식과 내용면에서도 수준 높은 작품들이 많이 생산되었다.

누구보다 동화에 관심이 많은 독자의 한 사람으로서, 우리 동화가 나날이 발전해 나가는 모습을 지켜보는 것은 매우 기쁜 일이다. 동화를 읽는 일 자체만으로도 행복하지만, 그 가운데서도 가장 행복한 순간은 뛰어난 역량을 지닌 새로운 작가와 작품을 만날 때이다. 그들에 의해 우리 동화의 지평이 더욱 확대되고, 무한히 발전해 나갈 수 있으리라는 높은 기대감 때문이다.

---

1 푸른책들, 2008.

2.

　이 책에 실려 있는 일곱 편의 동화는 '제6회 푸른문학상'을 수상한 작가와 역대 수상자들의 작품이다. 올해로 여섯 번째를 맞은 푸른문학상은 그동안 뛰어난 문학적 재능을 지닌 작가들을 많이 배출했다. 그런 까닭에 해를 거듭할수록 도전자들이 부쩍 늘어나 문학상을 거머쥐기 위한 경쟁이 치열해지고 있다. 그러한 어려운 관문을 뚫고 문학상을 수상한 작품답게 이들 동화는 각각 독특한 분위기와 색다른 감동을 선사해 준다.

　조향미의「구경만 하기 수백 번」은 초등학교 교실에서 벌어지는 왕따 문제를 다룬 작품이다. 이 동화는 비슷한 내용의 이전 작품과는 다른 각도에서 문제에 접근하고 있다. 즉, 다른 작품들이 주로 가해자와 피해자를 중심으로 서술되고 있는 데 반해, 이 작품은 친구가 괴롭힘을 당하고 있는 걸 알면서도 그저 지켜보기만 하는 '나'의 행위에 초점을 맞추고 있다. 이를 통해 작가는 왕따가 어느 특정인의 문제가 아니라 사회구성원 모두의 책임임을 알려준다.

　공수경의「상후, 그 녀석」은 전교 상위 1%에 들 것을 요구하는 엄마와 자신의 꿈 사이에서 고민하는 상후의 이야기이다. 상후는 공부에 대한 심적 부담이 커질수록 베란다에 나와 아파트 옆 동에 사는 힙합보이의 춤을 따라하며 자신도 그처럼 되고 싶다는 열망에 사로잡힌다. 하지만 결국 그 모든 것은 스트레스로 인해 몽유병에 걸린 상후가 만들어 낸 환상이며, 옆 동의 힙합보이 역시 상후 자신이 만들어낸 가상의 존재임이 밝혀진다. 입시 경쟁에 내몰려 자신의 꿈을 빼앗겨 버린 아이의 슬픈 현실과 심리적 갈등이 잘 그려진 작품이다.

　황현진의「조태백 탈출 사건」은 초등학교 5학년인 조태백이 주인공이다. 조태백은 숙제장을 다 썼으나 무심한 부모 때문에 번번이 숙제를 못해 간다. 그러던 중에 선생님의 추궁이 있자 숙제는 했으나 집에 두고 왔다고 거짓말을 한다. 선생님은 그런 조태백에게 집에 가서 숙제장을 가져오라고 말한다. 그러자 거짓말이 들통 날까 두려운 조태백은 경찰서에 전화를 걸어 자신이 괴한에게 납치되었다가 탈출했다며 거짓신고를 한다. 이 작품은 거짓말은 또 다른 거짓말을 낳게 된다는 내용을 담고 있지만, 얼마든지 있을 법한 사건을 아주 맛깔스럽게 풀어내고 있어 읽는 재미가 크다.

김현실의 「누구 없어요?」는 독자의 마음을 짠하게 만드는 작품이다. 부모의 이혼으로 아빠와 살고 있는 주인공 '나'는 아빠의 장례식 후 혼자 텅 빈 집으로 돌아온다. 재혼한 엄마에게 가고 싶지만 엄마와 재혼한 아저씨가 반겨주지 않기 때문이다. 그리고 옆집인 306호에 사는 '멍멍이 아빠'의 형편 또한 주인공과 크게 다를 바가 없다. '멍멍이 아빠'는 아내와 자식을 외국에 보내고 혼자 외롭게 사는 기러기 아빠이다. 작가는 이야기의 말미에서 주인공과 '멍멍이 아빠'가 서로 의지하며 살게 될 것임을 암시하고 있다. 이웃과 이웃, 사람과 사람 사이의 소통이 얼마나 중요한지를 잘 보여주는 있는 작품이다.

김화순의 「엄마의 정원」은 식물인간이 되어 병원에 누워 있는 엄마를 둔 '하나'의 이야기이다. 작가는 눈 오는 날 병원 옥상을 판타지 공간으로 설정하여 따뜻하면서도 환상적인 이야기를 만들어낸다. 마치 '한밤중 톰의 정원에서'와 같은 그 판타지 공간에는 다양한 식물들이 자라고 있다. 그 식물들은 주인공의 손이 닿는 순간 사람으로 변한다. 그 신비한 마법은 현실에서 그대로 재현되어 식물인간이었던 환자가 깨어나게 된다. 아마도 그것은 엄마에 대한 주인공의 애틋한 사랑과 소망이 만들어낸 기적이 아닐까? 작품을 읽고 나서도 감동이 오래도록 사라지지 않는다.

김일옥의 「낯선 사람」은 주인공 진우가 친구인 강이 아빠를 좀도둑으로 오해해서 벌어지는 해프닝을 그린 작품이다. 사건의 발단은 강이가 진우에게 농담으로 "사실 이 보드는 어쩌면 훔친 것인지 몰라. 우리 아빠가……. 도둑이야.”하고 말한 것에서 비롯된다. 휴가철 빈집을 노리는 좀도둑의 극성이 심해질수록 진우의 상상력 또한 덩달아 부풀어 오른다. 마침내 진우는 강이 아빠를 좀도둑으로 확신하게 되고, 좀도둑이 붙잡힐 경우 강이가 처하게 될 상황을 생각하며 괴로워한다. 이 작품은 상상력이 풍부한 아이들만의 특성을 살려 아이들의 순수한 마음을 잘 포착해내고 있다.

이혜다의 「마니의 결혼」은 딸 부잣집 막내인 마니의 이야기이다. 마니는 아이들이 많은 집에서 흔히 부대끼는 자잘한 일들에 점점 지쳐가던 중 커다란 결심을 한다. 그것은 다름이 아니라 동갑이자, 엄마 친구의 아들이자, 같은 반인 성준이와 결혼을 해서 집을 떠나기로 한 것이다. 마니와 성준이는 각자 집에서 결혼을 허락받고 결혼 준비에 들어간다. 그러나 곧 둘은 생각의 차이로 결혼을 포기한다. 이 작품의 매력은 그 무엇보다도 초등학생들의 결혼이라는 그 발상에서 찾을 수 있다. 마치 소꿉놀이 같은 초등학생들의 결혼이야기를 유머러스하게 풀어놓는 작가의 솜씨가 돋보인다.

3.

옛날 중국의 이지라는 사람이 쓴 「동심설」이란 글에 “아이는 사람의 처음이요, 동심은 마음의 처음이다”라는 구절이 나온다. 그는 그 글에서 동심은 곧 참된 마음인데 사람은 자라면서 여러 가지 것을 보고 듣는 가운데 그만 동심을 잃어버린다고 말하고 있다. 그 때문인지 생기발랄한 어린이들의 세계와 달리 보통 어른들의 세계는 삭막한 것으로 이해된다.

하지만 어른들 중에는 피터팬처럼 영원히 동심의 세계를 동경하며 살아가는 사람들이 있다. 동화작가들이 바로 그런 사람들이라고 할 수 있다. 그들은 '사람의 처음'인 아이들이 '마음의 처음'인 동심을 오래도록 유지할 수 있게 되기를 바란다. 이 책에 실려 있는 일곱 편의 동화는 모두 그러한 소망이 일구어낸 풋풋하면서도 옹골찬 열매들이다. 그런 만큼 많은 사람들이 이들 작품을 통해 순수한 동심의 세계를 만끽했으면 하는 마음이다.

재미와 감동이 잘 어우러진 소중한 만남

제7회 푸른문학상 동화집 『날 좀 내버려 둬』[1]

1.

창조적인 행위가 본업인 예술가들은 대체로 일반인과 다른 눈과 감수성이 지니고 있다. 그들은 아주 예리한 눈과 섬세한 감수성을 지니고 있어 일반인이 쉽게 발견하지 못하는 사물이나 사건의 본질을 곧잘 꿰뚫어 본다. 그래서 "예술가에게 중요한 것은 탁월한 세계관이 아니라 자기가 세계를 보는 방식을 탁월하게 드러내는 작업"이라고 말한다.

이는 동화작가의 경우도 예외가 아니다. 사실 동화에서 다루는 소재혹은 주제는 생각하는 것만큼 폭넓지 않다. 하지만 비록 같은 소재 혹은 주제라 하더라도 작가가 그것을 바라보고 드러내는 방식에 따라 다양한 모습과 빛깔을 띠게 된다. 따라서 작가적 역량은 무엇을 말하느냐가 아니라 그것을 어떤 방식으로 드러내느냐에 달려 있다고 해도 과언이 아니다.

---

1 푸른책들, 2009.

2.

　이 책에 실린 9편의 동화는 제7회 푸른문학상을 수상한 작가들의 작품이다. 그런 만큼 이들 작품은 그 어디에 내놓아도 손색이 없을 정도로 높은 수준을 자랑하고 있다. 더욱이 올해는 뛰어난 재능을 지닌 작가들이 많이 응모했던 까닭에 그 어느 해보다 풍성한 결실을 거둘 수 있었다.

　박현경의 「벌레」는 탄탄한 문장 구사력과 이야기를 풀어가는 솜씨가 돋보이는 작품이다. 자기 때문에 애완견이 차에 치여 죽었다는 생각에 말문을 닫아버린 재원이와 그런 재원이의 말동무가 되기 위해 아르바이트에 나선 동식이. 이 작품은 그 둘 사이의 팽팽한 신경전과 갈등의 해소 과정이 자연스럽고, 결말 부분에서 동식이가 '벌레'로 상징되는 재원이의 죄의식을 해소해 주는 장면이 매우 인상적이다. 치밀한 짜임새와 논리적 전개 등 단편의 묘미가 무엇인지 잘 보여주고 있다.

　이병승의 「꼬마 괴물 푸슝」은 재혼 가정의 문제를 다루고 있다. 주인공 승미는 아빠의 재혼으로 함께 살게 된 새엄마를 '얼음 마녀'로 남동생인 주광이를 '꼬마 괴물'로 부를 만큼 싫어한다. 특히 전기밥통만큼이나 큰 머리에 늘 '푸슝푸슝' 하고 로봇이 무기를 발사하는 소리를 입에 달고 다니는 주광이의 모습에 늘 불만이다. 하지만 아빠의 사업 실패 후 힘겨워하는 아빠와 자신을 지켜주기 위해 애쓰는 주광이의 모습을 보고 승미는 새엄마와 주광이를 한 식구로 받아들인다. 비록 새로운 소재는 아니지만, 이 작품은 무거운 주제를 산뜻하게 풀어내는 방식이 신선할 뿐만 아니라 행복한 결말이 마음을 훈훈하게 만들어준다.

　이여원의 「지폐, 수의를 입다」는 치매 노인에 관한 이야기임에도 전혀 침울하게 다가오지 않는 것이 가장 큰 미덕이다. 그러면서도 이 작품은 치매 노인을 둔 가족의 애환을 끝까지 놓치지 않고 있는데, 이것은 작가가 사건에 매몰되지 않고 적당한 거리두기에 성공하고 있기 때문이다.

지금까지 발표된 비슷한 내용의 작품들은 주로 치매 노인을 둘러싼 가족들의 갈등과 화해를 드러내는 데 반해, 이 작품은 해학을 곁들인 전혀 새로운 접근 방식으로 주제를 풀어내고 있다. 치매에 걸린 할머니와 가족들이 돈의 행방을 둘러싸고 벌이는 해프닝이 유쾌하면서도 마음이 뭉클해지는 작품이다.

김다미의 「동생 만들기 대작전」은 동화의 특성을 잘 살려내고 있는 작품이다. 주인공 윤지는 텔레비전에서 경제적으로 어려운 아이들을 후원하고 있는 한 부부의 모습을 보고 이웃집에 사는 지우의 후원자 역할을 자처한다. 그 과정에서 윤지는 진정한 사랑은 남에게 일방적으로 베푸는 것이 아니라 서로 나누는 것임을 깨닫게 된다. 이 작품은 윤지와 지우, 이들 등장인물이 벌이는 사건도 물론 재미있지만, 일상에서 소재를 발굴하고 그것을 감동적으로 엮어낼 줄 아는 작가의 솜씨가 돋보인다.

양인자의 「날 좀 내버려 둬」는 결손가정의 아이인 채민이의 이야기이다. 엄마가 집을 나간 뒤 채민이는 자신을 바라보는 주변 사람들의 시선이 따갑게만 느껴진다. 그럴수록 세상에 대한 원망과 반항기 또한 덩달아 높아진다. 작가는 그런 채민이의 심리묘사를 통해 결손가정에 대한 우리 사회의 뿌리 깊은 편견을 여실히 보여주고 있다. 아울러 그와 같은 환경에 처해 있는 아이들을 어떻게 보듬어 주어야 하는지를 생각하게 만든다. 주인공의 심리묘사와 운동회를 배경으로 한 사건의 전개가 절묘하게 어우러져 시종일관 긴장감을 불러일으키는 작품이다.

이미현의 「다미의 굿샷」은 우선 소재부터가 신선하게 다가온다. 이 작품은 주인공 다미와 미혼모로 골프장 경기도우미인 엄마의 갈등을 그린 작품이다. 다미는 비록 공부는 못하지만 골프에는 남다른 재능을 지니고 있다. 그런 다미를 눈여겨본 타이거 오빠는 다미에게 정식으로 골프를 가르쳐 주지만, 엄마는 다미가 타이거 오빠와 어울리는 것은 물론 골프를 하는 것을 못마땅하게 생각한다. 그러나 결국 다미는 엄마를 설득하고 다시 골프를 시작한다. 이처럼 이 작품은 골프라는 흔치 않은 소재를 차용해 자신의 꿈을 개척해 가는 한 아이의 삶을 잘 형상화하고 있는데, 안정된 문장과 산뜻한 마무리가 설득력 있게 다가온다.

신지영의 「초원을 찾아서」은 최근 우리 사회에서 급격히 늘고 있는 다문화 가정에 관한 이야기이다. 성연이는 아빠가 몽골인 새엄마를 맞아들이자 낯선 상황에 매우 힘들어한다. 어느 날 성연이는 새엄마에게 해서는 안 될 말을 내뱉어 깊은 상처를 준다. 다음 날 성연이는 아빠로부터 새엄마가 당분간 몽골에 가 있을 거라는 말을 듣고 그것이 자신 때문이라고 생각한다. 그리고 막상 새엄마가 집에 없자 쓸쓸해진 성연이는 새엄마를 찾으러 간다며 가출을 시도하지만, 새엄마가 돌아왔다는 말을 듣고 다시 집으로 향한다. 외국인 새엄마와 주인공 성연이의 미묘한 갈등과 심리변화가 잘 표현된 작품이다.

문성희의 「푸른 목각 인형」은 비록 익숙한 소재이긴 하지만 건실한 문장력과 사건 전개, 주인공의 심리묘사가 뛰어난 작품이다. 오로지 시험 성적에만 집착하는 엄마와 그에 따른 심리적 압박감으로 틱 장애를 보이는 유진. 제목인 '푸른 목각 인형'은 마치 꼭두각시처럼 엄마에 의해 조종당하는 유진의 삶을 가리키는 장치인데, 이 작품은 자유를 빼앗기고 그저 시험 치는 기계로 전락해 버린 요즘 아이들의 암울한 현실을 실감나게 보여주고 있다. 이를 통해 작가는 아이들을 위한 진정한 사랑이 무엇인지 다시금 생각하게 만들어준다.

류은의 「세상에서 가장 맛있는 자장면」은 버림받은 강아지 뭉치를 둘러싼 주인공 지수와 욕쟁이 할아버지의 갈등과 화해를 통해 오늘날 소외 문제를 다루고 있다. 특히 이 작품은 욕쟁이 할아버지의 캐릭터가 아주 잘 살아 있을 뿐만 아니라 구성이 탄탄한 것이 커다란 장점이다. 비록 화려한 문장을 구사하지는 않지만 이야기를 아기자기하게 풀어내는 솜씨며, 사건을 시종일관 긴장감 있게 밀고나가는 힘이 상당한 수준에 올라있다. 게다가 작품 초반에 팽팽히 대립하던 지수와 욕쟁이 할아버지가 도둑 사건을 계기로 해서 화해로 접어드는 과정이 매우 감동적인 작품이다.

3.

이처럼 이 책에 실린 아홉 편의 동화는 모두 우리 주변에서 쉽게 목격할 수 있는 이야기들이다. 하지만 이들 작품은 우리가 일상에서 실제 경험하는 사건과는 많이 다르다. 왜냐하면 뛰어난 언어의 연금술사인 작가들에 의해 저마다 개성 있는 모습과 빛깔을 지니고 새롭게 태어났기 때문이다. 마치 꿀단지에서 꺼낸 것처럼 재미와 감동이 듬뿍 담겨서 말이다.

훌륭한 작가가 되기 위해서는 우선 자신이 말하고자 하는 바를 정확히 전달할 수 있어야 한다. 하지만 그보다 더욱 중요한 것은 그것을 날 것이 아니라 재미와 감동으로 녹여낼 줄 알아야만 한다. 아무리 좋은 내용일지라도 재미없는 이야기를 끝까지 읽어줄 독자는 그리 많지 않을 테니까. 그런 점에서 이들 작가, 이들 작품과의 만남은 동화를 사랑하는 모든 사람들에게 더없이 소중하고 값진 추억이 될 것으로 믿는다.

나와 친구들을 찾아 떠나는 소중한 시간
제12회 푸른문학상 동화집 『두 얼굴의 여친』[1]

시공간을 뛰어넘는 재미와 감동

좋은 책은 시간과 공간을 뛰어넘어 독자에게 큰 감동과 즐거움을 줍니다. '푸른문학상'은 바로 그와 같이 오래오래 곁에 두고 읽어도 조금도 싫증이 나지 않는 작품을 발굴할 목적으로 만들었습니다. 이 책에 실린 동화는 제12회 푸른문학상 수상작과 전년도 수상 작가의 초대작입니다. 그런 만큼 문학성이 뛰어날 뿐만 아니라 재미와 감동까지 아울러 갖추고 있습니다.

특히, 이들 작품에는 다양한 환경에서 제각기 다른 고민을 안고 있는 아이들이 등장합니다. 그래서 그들이 건네는 진솔한 이야기에 귀 기울이다 보면 때로는 내 일처럼 마음이 아프기도 하고, 때로는 기쁜 마음이 가슴이 요동치기도 합니다. 또한, 그 과정에서 사람마다 서로 다른 삶의 무늬를 가지고 있다는 것을 알게 되는데, 이는 그 어떤 교과서에서도 얻을 수 없는 값진 경험입니다.

---

1 푸른책들, 2014.

다양한 모양과 빛깔을 지닌 삶의 무늬

「편지가 내민 손」과 「냄새가 하는 말」은 모두 가족의 의미를 되새기게 합니다. 「편지가 내민 손」에 등장하는 지욱이는 부모님의 이혼 문제로 마음이 혼란스럽습니다. 그런 지욱에게 날아든 행운의 편지. 비록 누군가 장난으로 보낸 것이지만, 그 편지는 지욱에게 큰 위로가 되고, 부모님께 화해를 바라는 편지를 쓰게 됩니다. 그리고 「냄새가 하는 말」에 등장하는 재후는 비염을 앓고 난 뒤 냄새로 사람들의 마음 상태를 알아낼 수 있는 능력이 생깁니다. 그런 재후에게 어느 날부터 자주 신경 쓰이는 일이 발생합니다. 왜냐하면 아빠에게 이전과 다른 냄새가 느껴졌기 때문입니다. 이후, 재우는 아빠가 회사에서 해고를 당했다는 사실을 알고는 엄마와 함께 복직 투쟁에 나선 아빠를 응원하게 됩니다.

「두 얼굴의 여친」은 엄마 아빠의 재혼을 앞둔 동갑내기 새별이와 경우의 이야기입니다. 같은 반으로 전학 온 새별이를 본 순간 경우는 마음을 송두리째 빼앗깁니다. 하지만 새별이는 사사건건 트집을 잡아 경우를 괴롭힙니다. 그런데 얼마 후 경우는 그 이유를 알게 됩니다. 바로 새별이가 아빠의 재혼 상대인 아줌마의 딸이었던 것입니다. 그 뒤로 경우는 새별이의 마음을 이해하게 됩니다. 즉, 자기와 마찬가지로 새별이도 엄마의 재혼을 앞두고 심한 마음고생을 하고 있다는 것을 말입니다.

「애꾸눈 칠칠이 아저씨의 초상」은 조선 시대의 화가 최북의 삶을 재구성한 역사동화입니다. 이 작품은 주인공은 주막을 운영하는 어머니와 사는 만길이라는 아이입니다. 만길이는 주막을 찾아온 칠칠이 아저씨 즉, 최북과의 만남을 통해 자신의 삶을 주체적으로 살아가는 법을 깨닫게 됩니다. 아직 나이는 적지만 나중에 크면 칠칠이 아저씨처럼 자기가 하는 일에 자부심을 느끼며 살겠다고 다짐합니다. 이를 통해 이 작품은 우리에게 과연 진정한 행복이 무엇인지 생각하게 합니다.

「어깨 위의 그 녀석」은 판타지동화로 준우라는 아이가 주인공입니다. 준우는 월요일부터 토요일까지 빈틈없이 짜인 공부시간표에 금방이라도 몸이 펑하고 터질 것만 같습니다. 그런 준우에게 낯선 손님이 찾아듭니다. 손가락 크기의 난쟁이가 바로 그것으로, 난쟁이는 악마의 손길을 뻗어 준우를 나쁜 길로 유혹하기 시작합니다. 준우는 그런 난쟁이의 유혹에 넘어가 잠시 나쁜 행동을 일삼기도 하지만, 곧 난쟁이의 속셈을 깨닫고 본래 자기의 모습으로 되돌아옵니다.

「4B 연필을 들고」의 주인공 주은이는 한때 만화 그리기를 좋아했으나, 언니가 자기 때문에 죽었다는 생각에 그림 그리기를 중단합니다. 그리고 모범생이었던 언니를 대신해 착한 딸이 되려고 부단히 노력합니다. 그런 주은이에게 할머니는 언니의 죽음은 그 누구의 잘못도 아니며, 자신의 삶에 충실한 것이 진짜 언니를 위하는 일이라고 말합니다. 이후, 주은이는 언니에 대한 죄책감을 훌훌 털어내고, 예전의 자기 모습을 되찾게 됩니다. 그리고 그동안 중단했던 만화 그리기를 다시 시작합니다.

다른 사람에 대한 공감 능력과 자기 성찰

이처럼 이 책에 실린 여섯 편의 동화에는 각기 다른 모양과 무늬를 지닌 아이들이 등장합니다. 비록 이들은 작가가 만들어낸 허구의 인물이지만, 사실 우리 주변에서 흔히 만날 수 있는 아이들의 모습이기도 합니다. 부모님의 이혼과 재혼으로 힘들어하는 지욱, 새별, 경우와 아빠의 실직으로 어려움에 부닥친 재후, 아직 나이는 어리지만 진지하게 자신의 앞날을 준비하는 만길, 공부 스트레스에 심하게 고통받는 준우, 언니의 죽음으로 마음에 상처를 안고 살아가는 주은. 이들은 비록 이름은 다르지만, 또 다른 우리들의 모습일 수도 있습니다.

그 때문에 좋은 동화책을 읽는 것은 결국 현재 내 모습을 되돌아보는 자기 성찰의 시간이자, 다른 사람에 대한 공감 능력을 키울 수 있는 소중한 시간입니다. 또한, 자신만의 울타리를 벗어나 세상을 폭넓게 바라보고, 더욱 잘 이해하는 힘을 기르는 시간이기도 합니다. 이 책을 읽는 독자 여러분도 분명 그와 같은 경험을 하게 될 것이라고 확신합니다. 모쪼록 이 기회를 통해 나와 친구들을 찾아 떠나는 소중한 시간이 되기를 바랍니다.

나 또한 네가 띄울 무지개를

백은영 장편동화 『집이 도망쳤다』[1]

1. 판타지가 주는 즐거움

사람은 누구나 살아가면서 이런저런 문제와 부딪히게 마련이다. 여기서 문제는 부모님이나 친구와의 의견 충돌과 같은 사소한 일로부터, 자신에게 알맞은 직업과 삶의 목표를 정하는 중요한 일에 이르기까지 그 모두를 가리킨다. 따라서 사람이 살아가는 것은 곧 문제를 해결하는 과정이라고 할 수 있다. 그런데 그와 같은 문제들 가운데 어떤 것은 비교적 적은 노력에도 쉽게 해결되지만, 어떤 것은 아무리 애를 써도 좀처럼 해결되지 않는 것이 있다.

이미 충분히 겪어보아서 알겠지만 자신이 원하는 대로 문제가 잘 해결되면 기분이 매우 좋다. 하지만 그 반대일 경우에는 무척 화가 나기도 한다. 그래서 기쁨과 노여움과 슬픔과 즐거움 같은 다양한 감정들이 생겨나는 것이다. 그런데 중요한 것은 자신의 뜻대로 문제가 해결되지 않을 때 그것을 얼마나 슬기롭게 대처하느냐이다. 물론 사람마다 차이가

---

1 푸른책들, 2010.

있겠지만 지금까지 가장 널리 쓰인 방법 가운데 하나는 바로 환상의 세계를 찾아 떠나는 것이다.

다들 잘 아는 것처럼 대부분의 옛이야기는 소원을 이루는 내용이다. 가령, 주인공이 어떤 일로 몹시 힘들어하고 있을 때 갑자기 어디선가 도깨비 혹은 마법의 반지가 나타나 문제를 해결해 주곤 한다. 이것은 오랜 옛날부터 사람들이 그와 같은 이야기를 지어내 마음의 위안을 삼았다는 것을 말해준다. 만일 사람들이 환상을 만들어낼 수 없다면 과연 어떤 일이 벌어질까? 참으로 상상하기가 힘들다. 그런 점에서 환상 즉, 판타지는 우리에게 꼭 필요한 것이라고 할 수 있다.

2. 진정한 우정이란 무엇인가

백은영은 판타지 동화를 주로 쓰는 작가이다. 그는 이미 『주몽의 알을 찾아라』과 『고양이 제국사』 같은 수준 높은 판타지 작품을 통해 독자들에게 많은 사랑을 받았다. 백은영의 작품은 시간과 공간적 배경의 폭이 무척 넓다. 고대부터 현재까지, 유럽에서 아시아까지 시공간을 두루 활용하고 있다. 그래서 그의 작품은 매우 활기차고 재미있다. 또한 문장이 군더더기 없이 깔끔해서 일단 손에 잡으면 좀처럼 내려놓기 어렵다. 그 점은 이번에 펴낸 『집이 도망쳤다!』도 예외가 아니다.

이 작품에서 백은영은 원호와 재민, 범수라는 세 명의 남자아이를 등장시켜 진정한 우정이 무엇인가에 대해 말하고 있다. 이들은 각각 성격이나 외모, 집안 환경이 사뭇 다르다. 원호는 외동아들로 자라 친구들보다 용기는 적지만 마음이 착하다. 반면에 재민이는 친구들이 어려움에 빠지면 그냥 지나치지 못할 만큼 의협심이 강하다. 그리고 범수는 아버지의 폭력에 시달리던 엄마가 집을 나간 뒤 중학생 형들과 어울리며 선생님들 골머리를 썩이기로 유명한 싸움꾼이다.

그런데 자기에게 돈을 뜯어내려는 범수 일당을 피해 낡은 집에 들어간 재민이가 그 집과 함께 사라지자, 원호는 범수와 함께 길 위의 유목민인 아름드리 아줌마의 도움을 받아 재민이를 찾으러 떠난다. 그 과정에서 아줌마가 괴물 혀에게 납치당해 뾰족성에 갇히고, 엄마와 행복하게 살게 해주겠다는 왕빛나의 말에 범수가 원호를 배신하는 등의 문제가 발생한다. 하지만 원호는 모든 어려움을 극복하고 재민이와 아줌마, 집수리공 할아버지와 범수를 구하고 집으로 돌아온다.

이처럼 이 작품은 대립하고 갈등하던 세 명의 친구들이 서로를 이해하고 결국 하나가 되어가는 장면을 실감나게 보여준다. 범수를 구하려고 자기보다 덩치가 큰 형들에게 덤볐다가 발목 인대가 끊어진 재민이, 돈을 빼앗는 등 나쁜 짓을 하지만 정작 재민이가 위험에 빠지자 구하려고 나선 범수, 착한 마음으로 자신을 배신한 범수를 용서하고 구해낸 원호. 이들이 보여준 아름다운 우정은 매우 감동적이다.

3. 삶의 의미를 일깨워주는 말

그와 더불어 이 작품에서 인상 깊게 다가온 것은 아름드리 아줌마와 집수리공 할아버지가 들려준 말이다. 아줌마는 원호가 범수를 몹시 싫어하는 것을 눈치채고는 원호에게 상처 입고 추위에 떠는 새를 치료하려면 먼저 친해져야 한다며 범수를 감싸줄 것을 부탁한다. 그런데 이와 같은 아줌마의 말은 누구나 한 번쯤 귀담아들어야 할 내용이다. 왜냐하면 범수처럼 상처가 깊은 사람일수록 더이상의 상처를 받는 것이 두려워 몸에 가시를 품는 경우가 많기 때문이다. 따라서 그런 사람들에게는 질책과 비난이 아니라 오히려 따뜻한 사랑으로 감싸 안는 것이 더욱 중요하다.

또한 집수리공 할아버지의 말도 깊이 되새겨볼 필요가 있다. 할아버지는 원호가 뾰족성처럼 끔찍하고 무시무시한 괴물이랑 어떻게 싸우느냐며 두려워하자 "폭풍이 심하게 칠 땐 사방이 어두컴컴하단다. 하지만 비가 그치면 무지개가 뜨는 법이란다. 아이야, 길 위에 뜨는 무지개는 아주 아름답단다. 그리고 나 또한 네가 띄울 무지개를 기대하고 있단다." 하고 용기를 불어넣어준다. 그런데 이와 같은 할아버지의 말은 상당히 중요하다. 왜냐하면 사실 그와 같은 고통을 겪지 않고서는 정신적으로 성장하기 어렵기 때문이다.

특히 청소년기에 접어든 사람이라면 더더욱 이러한 아름드리 아줌마와 집수리공 할아버지의 말을 신중하게 되새겨 볼 가치가 있다. 청소년기가 장차 어른으로서 지녀야 할 여러 가지 덕목을 습득하는 시기라는 점에서, 아줌마와 할아버지가 들려준 그와 같은 말은 앞으로 그들이 살아가는 데 소중한 밑거름이 될 것이다. 어려운 환경이 놓여 있는 사람들을 배려하고, 어떤 어려움도 피하지 않고 당당히 맞서 싸우는 일이야말로 자신을 발전시키는 가장 큰 원동력이기 때문이다.

4. 비가 그치면 무지개가 뜨는 법

지금까지 살펴본 것처럼 백은영의 판타지 동화 『집이 도망쳤다!』는 원호와 범수, 재민이 이들 세 친구의 우정을 다룬 이야기가 중심을 이루고 있다. 그리고 그 안에 아름드리 아줌마와 왕빛나, 집수리공 할아버지를 비롯한 길 위의 유목민들의 싸움을 다룬 이야기를 포개어 놓았다. 처음부터 마지막까지 흥미진진한 모험이 계속된다. 그런데 이 작품은 현실에서 판타지 공간으로 이동하는 것이 비교적 자연스럽고, 길 위의 유목민과 움직이는 집이라는 판타지의 공간 설정도 무척 신선하다.

그 뿐만이 아니라 등장인물들이 대립하고 갈등하고 화해하는 장면마다 삶의 의미를 일깨워주는 말들이 알곡처럼 숨겨져 있다. 그래서 읽는 맛의 깊이를 더해주고 있는 점도 이 책의 커다란 장점이다. 본래 좋은 책이란 재미와 감동, 그리고 교훈이 한데 잘 어우러져 있어야 한다. 그런 점에서 이 책은 좋은 책이라고 말할 수 있다. 더욱이 판타지 동화가 턱없이 부족한 우리 현실에서, 이 작품만큼 수준 높은 판타지 동화를 찾기란 그리 흔한 일이 아니다.

이 책을 읽으면서 개인적으로 한 편의 영화로 만들어도 참 좋겠다는 생각이 들었다. 그리고 원호와 재민, 범수 이들 세 친구의 우정이 어떻게 무르익어 갔을지 자못 궁금했다. 아마도 집수리공 할아버지의 말처럼 모두들 자신 앞에 놓인 어려움을 훌륭하게 극복해낸 만큼 그들의 길 위에 뜬 무지개는 분명 아름다울 것이라고 믿는다. 이 동화를 읽는 독자들도 그 세 명의 친구들처럼 어떤 어려움이 닥치더라도 포기하지 말고 용기를 내서 꿋꿋하게 이겨내길 바란다. 그래서 자신의 길 위에 아름다운 무지개를 띄울 수 있게 되기를 기대해 본다.

꿈은 자신의 존재에 가치를 부여하는 일

이미애 장편동화 『꿈을 찾아 한 걸음씩』[1]

1. 인간은 꿈꾸는 존재

러시아의 아동문학가이자 과학소설가인 미하일 일리인은 『인간의 역사』라는 책에서 '인간이란 무엇인가?'라는 질문을 던지고 있다. 이 책의 맨 앞장에는 다음과 같은 글이 실려 있다. "지상에는 거인이 있습니다. 그에게는 기관차를 거뜬히 들어 올리는 팔이 있습니다. 그에게는 하루에 수천 킬로미터를 달릴 수 있는 발이 있습니다.(…) 이 거인은 대체 어떤 존재입니까? 이 거인은 바로 인간입니다"라는.

미하일 일리인의 말처럼 우리 인간은 거인과도 같은 존재이다. 기관차를 거뜬히 들어 올리는 팔과 하루에 수천 킬로미터를 달릴 수 있는 발을 가지고 있다. 또한 어떤 새보다도 높이 날 수 있는 날개와, 어떤 물고기보다도 자연스럽게 물속을 헤엄칠 수 있는 지느러미를 가지고 있다. 게다가 경우에 따라선 자기가 마음먹은 대로 대지를 개조하고, 숲을 만들고, 바다와 바다를 연결하고, 사막에도 물을 끌어들일 수 있는 능력을 지

---

1 푸른책들, 2009.

니고 있다.

그런 까닭에 먼 옛날 하나의 원숭이 종족에 지나지 않았던 인간은 자신들을 옭아매던 자연의 사슬을 끊고 오늘날과 같은 인류문명을 이루어낼 수 있었다. 인간의 그 작은 몸집 속에 어떻게 그처럼 어마어마한 능력이 깃들게 되었는지 참 신기할 뿐이다. 아마도 그것은 다른 동물과 달리 주어진 환경에 만족하지 않고, 지금보다 더 나은 미래를 꿈꾸어 온 인간의 간절한 바람에서 비롯된 것이 아닐까 싶다.

2. 넌, 꿈이 뭐니?

작가 이미애의 『꿈을 찾아 한 걸음씩』은 열세 살짜리 남자아이의 꿈에 대한 이야기이다. 주인공 두본이는 요리사라는 조금은 특별한 꿈을 지니고 있다. 그리고 '두루 세상의 본보기가 되라'는 뜻의 자기 이름처럼 훗날 멋진 요리사가 되겠다는 당찬 포부를 안고 있다. 하지만 두본이는 그런 자신의 꿈을 다른 사람들에게 당당히 밝히지 못한다. 남자가 요리하는 것을 탐탁지 않게 여기는 우리 사회의 뿌리 깊은 편견과, 외동아들인 두본이가 요리사가 되는 걸 싫어하는 부모님 때문이다.

어느 날 두본이는 한때 자신의 우상이었으나 지금은 백수처럼 빈둥대기만 하는 외삼촌의 방에 들어갔다가 놀라운 사실을 발견한다. 평소 "먹는다는 것은 오로지 허기를 면하기 위한 것"처럼 보였던 외삼촌이 전국 요리경연대회에서 최우수상을 수상한 꽤나 촉망받는 전직 요리사였다는 것을. 그리고 외삼촌이 자신의 요리에 대한 지나친 자부심과, 애인과의 이별에 큰 충격을 받아 무절제한 생활을 하고 그로 인해 미각을 잃고 요리사를 그만두게 된 사연을 알게 된다.

그 일을 계기로 두본이는 외삼촌의 미각을 되찾아주기 위해 손수 콩

죽을 끓이고, 채소 할머니가 가르쳐준 현미죽을 만든다. 하지만 엄마의 반응은 싸늘하기만 하다. 엄마는 외삼촌이 요리사라는 직업 때문에 불행해졌다고 생각하기 때문이다. 그렇지만 두본이는 엄마와 달리 요리는 아무도 불행하게 만들지 않으며, 모두를 행복하게 해주는 일이라고 믿는다. 그리고 외삼촌의 미각을 되찾아주는 일을 결코 포기하지 않는다.

그런 두본이에게 나경이는 든든한 응원군이다. 헤어 디자이너가 꿈인 나경이 역시 자신의 꿈을 이해하지 못하는 부모님으로 인해 두본이와 같은 아픔을 겪고 있다. 나경이는 두본이가 요리사의 꿈을 포기하지 않도록 요리와 관련된 인터넷 사이트 주소를 알려주는 등 큰 힘이 되어준다. 이 책의 제목은 나경이가 그와 같은 마음을 담아 두본이에게 선물한 다이어리, 그 첫 장에 적혀 있는 '꿈을 찾아 한 걸음씩 내딛는 거야'의 일부이다.

결국 두본이의 행동에 자극을 받은 외삼촌은 과거 자신이 근무했던 호텔식당에서 다시 일을 시작한다. 요리사에 대한 두본이의 꿈도 그만큼 더욱 확고해진다. 하지만 외삼촌의 도움으로 요리학원에 등록해 본격적으로 요리를 배우게 된 두본이는 곧 엄마에게 발각되어 또 한번 크게 상심한다. 그러나 그 과정에서 진정한 요리사가 되기 위해선 요리뿐만 아니라 다양한 지식을 쌓아야 한다는 소중한 깨달음을 얻는다.

그 뒤로 두본이는 나경이의 도움을 받아 공부에 매진한다. 누군가의 강요에 의해서가 아니라 자신의 꿈을 실현하기 위해 스스로 하는 공부인 만큼 즐거움도 큰 법이다. 그래서일까? 두본이는 시험에서 좋은 성적을 거두고, 드디어 삼촌이 미각을 되찾으면서 모처럼 집안에 생기가 돈다. 엄마와 아빠는 그런 두본이와 삼촌의 모습을 보고 마침내 아들의 꿈을 인정하고, 생일을 맞은 두본이가 맘껏 자신의 생일상을 차릴 수 있도록 부엌을 통째로 선물해 준다.

이처럼 작가는 이 책에서 우리가 미처 알지 못했던 우리나라 고유의 전통음식에 대한 다양한 정보와 함께, 요리사의 꿈을 가진 주인공이 자신의 꿈을 이루기 위해 노력하는 모습을 잔잔하면서도 훈훈하게 그려내고 있다. 그래서인지 이 책을 읽고 나면 왠지 모르게 현재 자신의 모습을 되돌아보게 된다. 마치 작가가 '넌, 꿈이 뭐니?', '그 꿈을 이루기 위해 어떤 노력을 하고 있니?' 하고 묻는 것만 같아서.

3. 꿈꾸는 자만이 행복하다

이 책의 독자들 가운데는 이미 자신만의 확고한 꿈을 간직한 친구들도 있고, 아직 자신의 꿈을 정하지 못한 친구들도 있을 것이다. 그런데 한번 눈을 감고 십년, 혹은 이십 년 뒤 자신의 모습을 찬찬히 떠올려보기 바란다. 짐작하건대 꿈을 가진 친구들이라면 자신의 소원대로 성장해 있는 모습에 마음이 흐뭇한 반면, 그렇지 못한 친구들의 경우엔 자신의 모습이 또렷이 떠오르지 않아 몹시 답답할 것이다.

그처럼 우리가 꿈을 지니고 살아가는 것과 그렇지 않은 것에는 엄청난 차이가 있다. 그래서 꿈은 자신의 존재에 가치를 부여하는 일이자, 막막한 인생의 바다에서 길을 잃지 않도록 도와주는 나침반 역할을 하기도 한다. 하지만 아직 자신의 꿈을 찾지 못했다고 해서 너무 실망하지 않았으면 좋겠다. 그 나이에는 딱히 자신에게 맞는 꿈을 찾는 것이 쉬운 일도 아니고, 설령 꿈을 정했다고 해도 수시로 바뀌는 게 자연스러운 일이니까.

하지만 일단 자신이 평생을 바쳐 이루고자 하는 꿈을 찾았다면 끝까지 최선을 다했으면 하는 바람이다. 세상 모든 일이 다 그렇듯 그 꿈을 찾아가는 과정은 결코 순탄치만은 않다. 어떤 문제들이 언제 어디에서 복병처럼 숨어 기다리고 있다가 발목을 잡아챌지는 아무도 모른다. 그럴 때면 결코 낙담하거나 회피하지 말고 자신을 믿었으면 한다. 앞서 말한 것처럼 우리 인간은 누구나 무한한 능력과 가능성을 지닌 거인과도 같은 존재이니까. 그런 다음 이렇게 크게 외치면 어떨까. "자, 이제 시작이야!"라고.

진정한 사랑이란

신여랑 장편소설 『이토록 뜨거운 파랑』[1]

1. 청소년소설과 작가 신여랑

너무도 당연한 말이지만 청소년소설의 주된 독자층은 청소년들이다. 따라서 청소년소설이라면 마땅히 청소년 독자들이 향유하기에 적당한 양식을 지녀야 한다. 즉, 이야기의 뼈대를 이루는 인물, 사건, 배경의 주체가 청소년이어야 할 뿐만 아니라, 청소년 독자들로 하여금 자신은 물론 자신이 몸담고 있는 현실에 대해 진지하게 성찰해 볼 수 있는 기회를 제공해야 한다. 그러나 지금까지 출간된 청소년소설 가운데 그와 같은 조건을 갖춘 작품들은 그리 많지 않았다. 청소년소설이라는 이름이 붙긴 했지만 정작 청소년들의 삶을 제대로 담아내지 못하고, 어떤 이념이나 도덕적 가치를 부여하는 데 급급한 작품들이 많은 수를 차지하고 있다.

하지만 최근 청소년소설의 급성장과 함께 새로운 작가들이 유입되면서 그와 같은 문제점이 점차 해소되고 있다. 실제로 근래에 출간되고 있는 작품들을 보면 이전 청소년소설과 여러 면에서 차이가 있음을 발견

---

1 창비, 2010.

할 수 있다. 우선 젊은 작가들이 대거 가세하면서 소재와 내용, 형식 등이 새로워졌고, 외국의 우수한 청소년소설들이 널리 보급되면서 창작기법에 있어서도 이전보다 훨씬 다양해졌다. 또한 그동안 우리 청소년소설의 가장 큰 약점으로 지적되어 온 당대성 문제를 극복하고, 오늘날 청소년들의 삶을 주목하는 작가들이 늘면서 독자들과의 소통도 한결 나아진 모습이다. 그 결과 요즘 들어 청소년소설을 찾는 독자들이 꾸준히 증가하고 있는 추세이다.

신여랑은 그와 같은 최근 우리 청소년소설의 흐름을 주도하고 있는 대표적인 작가 가운데 하나이다. 그는 비보이들의 꿈과 열정을 그린 『몽구스 크루』(사계절, 2006)로 '제4회 사계절문학상'을 수상하며 문단에 나온 이래로, 줄곧 오늘날 청소년들의 모습을 그려내는 데 주력해 왔다. 그는 자신의 과거 체험에 기대지 않고 직접 청소년들의 삶의 현장을 찾아다니며 그들의 목소리를 생생하게 작품 속에 녹여냄으로써 신선한 충격을 주었다. 그러한 작업은 이후에 출간된 그의 또 다른 작품 『자전거 말고 바이크』(낮은산, 2008)에도 고스란히 이어지는데, 이를 통해 그는 본격적인 '청소년소설 작가'로서의 자신의 입지를 착실히 다져나가고 있다.

2. 진정한 사랑은 아픔을 함께 나누는 것

신여랑의 세 번째 청소년소설 『이토록 뜨거운 파랑』은 만화동아리를 운영하고 있는 여중생들에 관한 이야기이다. 먼저 전체적인 구성을 보면 이 작품의 경우 서술자의 위치에 따라 크게 세 부분으로 이루어져 있다. 이야기의 시작과 마무리에 해당하는 프롤로그와 에필로그는 전지적 작가시점에 의해 서술되고 있고, 이야기의 중심에 해당하는 부분은 유리와 지오에 의해 각각 1인칭 시점으로 서술되고 있다. 그런데 이러한 구성은 다른 작품에서는 쉽게 찾아볼 수 없는 매우 독특한 방식이다. 아마도 이것은 작가의 개입을 최소화하고, 다양하게 변화하는 작중인물들의 내면심리를 보다 자세히 보여주기 위한 작가의 전략이 아닌가 싶다. 작품에 등장하는 중심인물은 지오와 유리이다. 지오와 유리는 같은 학교에 다니는 동급생으로 만화동아리 '파랑'의 회원이다. '토마토'와 '까만콩'이라는 동아리 카페의 닉네임처럼 이 둘은 친구이면서도 외모와 성격이 사뭇 다르다. 지오는 적당히 큰 키에 보호 본능을 자극할 만큼 마르고 피부가 하얗다. 게다가 "사실, 나는 처음에 지오가 '오타쿠'인 줄 알았다."(23쪽)는 유리의 말처럼, 사회성이 조금 부족한 편이다. 반면에 유리는 키가 작고 얼굴도 까맣다. 그리고 조금 덜렁거리는 편이긴 하지만 자신보다 남을 먼저 배려하는 마음 씀씀이가 큰 편이다. 그런데 이처럼 전혀 어울릴 것 같지 않은 이들이 친구가 될 수 있었던 까닭은 만화 그리기를 좋아한다는 공통점이 있었기 때문이다.

이야기는 중학교 3학년 새 학기가 시작된 어느 날 저녁 지오가 엄마에게 한동안 잊고 지냈던 혜성이의 소식을 전해 듣는 것으로 시작된다. 혜성이는 먼저 살던 동네에서 알고 지내던 동생으로, 지오는 혜성이가 등산로 입구에서 뺑소니 사고로 죽었다는 말을 듣고 극심한 죄책감에 시달린다. "엄마는 모른다. 혜성이는 사고를 당한 게 아니다."(11쪽)라는 말에서 보듯이, 지오에게는 과거 혜성과의 사이에 두 번 다시 떠올리고 싶지 않은 비밀이 있기 때문이다. 하지만 지오는 매일 밤 악몽에 시달리면서도 그 누구에게도 자신의 비밀을 털어놓지 못한다. 고작 친구인 유리에게 '나는 정말 나쁜 아이야' 하고 문자를 보내는 것으로 자신의 고통을 호소할 뿐이다.

그렇지만 유리는 지오가 보낸 문자를 보고도 대수롭지 않게 생각한다. 부쩍 말이 줄어들고 자주 혼자 있고 싶다는 지오의 말에 전혀 걱정이 없었던 것은 아니지만. 그러던 어느 날 유리는 '파랑' 회원들과 '서코'(서울

코믹월드)에 갔다가 만난 준호로부터 지오와 혜성이의 관계를 알게 된다. 또한 과거 지오가 등산로 입구의 숲에서 동네 양아치들을 만났을 때 혜성이만 남겨둔 채 저 혼자 도망쳐 나온 일로 지금 엄청난 죄의식에 시달리고 있다는 말을 듣고 충격을 받는다. 그리고 "내가 웃고 있을 때 지오는 혼자 울고 있었다."(152쪽)에서처럼, 자신이 그토록 좋아했던 지오가 매우 어려운 상황에 처해 있는데도 아무런 도움을 주지 못한 것에 대해 죄책감을 느낀다.

그런 유리에게 엄마는 "엄마가 아는 한 상처란 것들은 그래. 고약하고, 치명적일수록 뜨거워. 가슴 깊숙이 불덩이를 품고 있는 거랑 비슷하지. 곁에 있는 사람이 그걸 알아주길 바랐다가도 그걸 알까 봐, 무섭고, 두렵고 그래."(161쪽)라는 말을 들려주며, 지오한테 힘이 되어주고 싶으면 도망가지 말고 지금처럼 곁에 있어 줄 것을 당부한다. 그게 진정한 사랑이라며. 결국 이 이야기는 유리와 만나기로 한 지오가 약속시간이 훨씬 지났는데도 나타나지 않자 갑자기 불길한 예감이 든 유리가 준호와 함께 혜성이가 죽은 등산로 입구의 숲 즉, 지오가 동네 양아치들에게 혜성이만 남겨두고 혼자 도망쳐 나왔던 곳으로 가서 지오를 데리고 나오는 것으로 마무리된다.

이처럼 이 작품은 지오와 혜성, 지오와 유리 사이에서 벌어진 일련의 사건을 통해 진정한 사랑이 무엇인지를 생각하게 만든다. 물론 작품 속의 상황만으로 사랑이 딱히 어떤 것이라고 규정하기는 어려울 것이다. 하지만 이 작품에서 작가가 말하고 싶었던 것이 무엇인지 찾아내는 일은 그다지 어렵지 않다. "그러니까 너도 도망가지 말고 지오 곁에 있어 줘. 웃어줘. 그게 사랑이야."(163쪽)와 같은 유리 엄마의 말이나 "지오 니 잘못은 숲에다 혜성이 버리고 온 게 아니라 그다음에 혜성이 생깐 거야. 생까지 않는 거, 그게 진심이라는 거다."(178쪽)라는 준호의 말에서 알 수 있듯이, 진정한 사랑은 상대방이 어려움에 처했을 때 회피하지 말고 함께 고통을 나누어야 한다는 것을.

3. 절반의 성공과 나머지 절반의 숙제

오늘날 청소년들의 진솔한 모습을 담아내기 위해 많은 노력을 기울여
온 작가답게 작가 신여랑의 작품은 그 소재나 형식면에서 새롭다는 인
상을 준다. 여기에 작가 자신이 직접 청소년들의 삶의 현장을 발로 누비
며 취재한 내용을 바탕으로 창작하고 있어 그만큼 믿음이 간다. 겉보기
엔 다소 거칠고 엉뚱해 보이지만 알고 보면 속내가 깊은 아이들, 솔직
담백한 문체, 잠시도 쉴 틈을 주지 않고 빠르게 전개되는 이야기 등이
적절하게 조화를 이루고 있는 탓에, 그의 작품은 대체로 잘 읽힌다는 장
점이 있다. 이 점은 『이토록 뜨거운 파랑』도 예외는 아니다. 더욱이 이
작품은 요즘 청소년들 사이에서 유행하는 만화 혹은 코스프레를 소재로
취하고 있어 청소년 독자들의 흥미를 끌 수 있을 것으로 생각된다.

그럼에도 이 작품은 몇 가지 점에서 한계를 보이고 있다. 먼저 소재와
형식에 비해 그 내용은 그다지 신선하지 않다는 점이다. 왕따, 장애, 이
혼 등 그동안 빈번이 다루어졌던 다른 내용들로 그 자리를 대신 채운다
해도 별반 차이를 못 느낄 만큼, 그 내용이 익숙해서 상대적으로 감동이
줄어든다는 약점이 있다. 그리고 작가의 의도가 지나치게 앞서다 보니
주제가 너무 쉽게 드러나 자칫 독자들에게 교시적인 이야기로 받아들여
질 수도 있겠다는 생각이 든다. 게다가 첫 번째 작품인 『몽구스 크루』와
마찬가지로 이 작품 역시 특정한 분야의 청소년들을 등장시키고 있어,
작가가 소재를 운용하는 폭이 너무 좁은 게 아닌가 하는 의심을 하게 만
든다.

그런 점에서 『이토록 뜨거운 파랑』은 절반의 성공을 거두고 있는 한편

나머지 절반의 숙제를 안고 있다고 생각된다. 이제 세 번째 작품집을 출간한 터에 작가의 능력 및 작품세계를 논하는 것은 적절하지 않지만, 개인적으로는 청소년소설 작가로서 신여랑이 지닌 열정과 잠재력을 높이 평가하고 싶다. 왜냐하면 이제까지 발표한 세 권의 작품집을 통해 그가 보여준 청소년들에 대한 뜨거운 애정을 믿기 때문이다. 다만 이 작가에게 바라는 점이 있다면 지금보다 한 걸음 더 이 땅의 청소년들에게 다가가 그들의 목소리에 귀를 기울이고, 그 어디선가 지오처럼 혼자 고통에 신음하고 있을 친구들의 곁에 오래도록 머물러 있었으면 좋겠다. 그것이야말로 독자들에 대한 작가의 진정한 사랑일 테니까 말이다.

익숙한 소재, 참신한 기법
이금이 장편소설 『우리 반 인터넷 소설가』[1]

　그동안 우리 청소년소설의 문제점 및 나아갈 방향에 대한 논의는 여러 지면에서 다양하게 이루어졌다. 그 결과 최근 출간되는 작품들을 보면 이전보다 확실히 발전된 모습을 보여주고 있다. 하지만 평론가 오세란(「사랑을 빌어와 금기와 마주하다」, 『어린이책이야기』, 2010년 여름호, 288쪽.)의 지적처럼, 아직도 많은 청소년소설이 소재 및 주제, 서술방식 등에서 스스로 그 범위를 만들고 시선을 가두려는 경향을 떨쳐버리지 못하고 있는 점은 여전히 아쉬운 대목이다.

　그런 점에서 이금이의 신작 『우리 반 인터넷 소설가』는 한 번쯤 눈여겨볼 만하다. 작가 이금이는 1984년 문단에 데뷔한 이래 지금까지 서른 권이 넘는 작품집을 출간했을 뿐만 아니라, 지금도 매년 작품집을 발표할 만큼 왕성한 필력을 자랑하고 있다. 하지만 무엇보다도 이금이의 가장 큰 매력은 비록 같은 소재라 할지라도 그것을 풀어내는 방식이 남들과는 다르다는 점이다. 이는 기본적으로 작가의 성실성에서 기인하지만 현실에 안주하지 않고 끊임없이 새로움을 추구하고자 하는 투철한 작가

---

1 푸른책들, 2010.

정신의 산물이다.

이번에 출간된『우리 반 인터넷 소설가』의 경우도 소재나 내용 면에서는 그다지 새로울 것이 없다. 이 작품은 뚱뚱하고 못생긴 여고생인 봄이의 사랑 이야기와 그것에 흥미를 보이면서도 정작 봄이를 인터넷 소설가 즉, '뺑쟁이'로 몰아가는 반 친구들의 모습을 그리고 있다. 그 때문에 이 작품은 전형적인 하이틴 로맨스 소설에 왕따, 외모 지상주의와 같은 사회적 문제를 서로 얽어놓은 것처럼 보인다. 하지만 작가 이금이는 그와 같은 익숙한 소재를 전혀 새로운 기법으로 작품 속에 녹여냄으로써 상투성을 해소해 버리는 데에 탁월한 능력을 소유하고 있다.

독특한 서술방식과 틀을 깨는 새로운 시도

우선 이 작품에서 가장 먼저 눈에 띄는 점은 서술자의 존재이다. 지금까지 발표된 청소년소설은 대부분 작가나 청소년 주인공에 의해 이야기되는 서술방식을 취해 왔다. 그런데 이 작품은 "봄이가 결석한 지 나흘째다. 결석 첫날 봄이네 집으로 전화를 할 때까지만 해도 나는 봄이가 무단결석을 할 아이라고는 꿈에도 생각하지 않았다"와 같이 봄이의 담임선생님인 '나'가 서술자로 등장하고 있다. 즉, 작품의 처음과 마지막 부분은 1인칭 주인공 시점, 그리고 중간 부분은 1인칭 관찰자 시점이라는 독특한 서술방식으로 이루어져 있다.

이를 통해 작가는 독자들로 하여금 봄이와 반 친구들 사이의 갈등을 보다 객관적으로 바라보게 하고, 추리기법을 도입해 서술자인 '나'의 책상 위에 놓인 글을 쓴 사람이 과연 누구일까 하는 강한 호기심을 불러일으킴과 동시에 시종일관 팽팽한 긴장감을 유지하고 있다. 또한 '나'와 사건의 중심인물인 '봄'이의 사랑 이야기를 거의 같은 비중으로 병치함으로써, 청소년소설은 곧 성장소설이라는 기존의 공식을 뛰어넘고 있다. 그만큼 이 작품은 그 구성과 기법이 매우 참신하다.

그러나 무엇보다도 이 작품의 가장 큰 장점은 문제 상황을 보는 작가의 남다른 시선에서 찾을 수 있다. 이미 앞서 말한 것처럼 이 작품은 뚱뚱하고 못생긴 여고생 봄이의 사랑 이야기를 둘러싸고 벌어지는 봄이와 반 친구들의 갈등이 주된 내용을 이루고 있다. 그 때문에 크게 보면 왕따 이야기의 범주에 속하지만, 여느 작품들과는 다른 접근 방식을 보여주고 있다.

가령, 이 작품에서 봄이는 분명히 반 친구들에 의해 왕따를 당하는 피해자이다. 하지만 봄이의 경우는 보통 피해자들과는 다르다. 그 어떤 동정심을 유발시키지 않을 뿐만 아니라, 어찌 보면 피해자가 아니라 오히려 가해자처럼 생각되기도 한다. 앞에서는 자신의 이야기에 관심과 흥미를 보이면서도 뒤에서는 그것을 얼토당토않은 이야기로 치부해 버리는 반 친구들의 위선적인 모습을 하나하나 까발리고는 당당히 학교를 떠나는 봄이를 보면 더욱 그런 생각이 들기도 한다.

봄이는 세상이 만들어 놓은 틀 안에 갇혀 오로지 공부만 하기를 강요받으며 사는 아이들 대신 그들이 꿈꾸는 것을 실현했고, 이 애가 들려주는 이야기는 아이들의 숨통을 트이게 해 주었다. 봄이의 이야기를 더 이상 듣지 못하게 된 아이들의 상실감은 봄이의 상처 못지않게 검고 깊은 아가리를 벌릴 것이다. 그제서야 아이들은 자신이 봄이에게 무슨 짓을 했는지 깨닫게 될 것이다. 더 많이 깨닫는 아이일수록 검고 깊은 아가리가 공포로 다가올 것이다. (127쪽)

위 인용문은 사건의 전모가 밝혀진 직후 '나'가 자신의 심정을 진술하고 있는 내용이다. "봄이는 세상이 만들어 놓은 틀 안에 갇혀 오로지 공부만 하기를 강요받으며 사는 아이들 대신 그들이 꿈꾸는 것을 실현했고"라는 말처럼, 표면적으로는 봄이가 왕따의 피해자인 것처럼 보이지만 실상은 남들이 갖지 못한 것을 소유하고 있는 부러움의 대상이라는 점에서 이미 승리자인 셈이다. 그리고 '뻥쟁이'라며 자기의 이야기를 믿지 않는 반 친구들의 위선적 행동을 낱낱이 까발리고는 자발적으로 그들의 곁을 떠날 만큼 주체적이고 의지적인 인물로 묘사되고 있다.

익숙한 소재를 새로운 구성과 다양한 문학적 기법으로 상쇄

작가 이금이는 '작가의 말'에서 이 작품에서 자신이 이야기하고 싶었던 것은 '진실'이었다고 말하고 있다. 그리고 그러한 진실을 볼 수 있는 눈과 마음을 가리는 것은 오랜 시간에 걸쳐 축적돼 사회적 통념으로 굳어진 편견과 고정관념이라고 이야기한다. 그런데 그것은 비단 이 작품에 등장하는 인물들 즉, '나'와 '반 친구들'의 행위에만 국한 것이 아니라, 문학 양식에도 그대로 적용된다. 물론 문학의 각 장르마다 어떤 일정한 규칙이 존재하는 것은 분명하다. 하지만 그러한 틀 안에만 안주하다 보면 늘 고만고만한 작품들을 생산하게 되고 발전할 수가 없다.

사실 따지고 보면 오늘날 우리 문학의 위기 역시 그 원인을 그와 같은 고정화된 장르적 편견 및 고정관념에서 찾을 수 있다. 물론 독자들이 받아들일 수 없을 만큼 현학적이어서도 안 되지만, 문학적 새로움이 없이 재생산하는 것으로는 결코 독자들의 허기를 달랠 수가 없다. 많은 독자들이 우리 작가들이 쓴 작품을 외면하고 외국 작가들의 작품에 더욱 열광하는 것을 무조건 비판할 것이 아니라, 그 이유가 어디에 있는지를 보다 면밀히 검토해 볼 필요가 있다. 그런 점에서 이금이의『우리 반 인터넷 소설가』는 앞으로 우리 청소년소설이 나아갈 방향을 어느 정도 제시하고 있다고 생각된다.

그렇다고 해서 이 작품이 모든 면에서 완전무결하다는 것은 아니다. 앞서 언급한 바와 같이 이 작품은 뚱뚱하고 못생긴 여고생인 봄이와 잘생기고 똑똑한 대학생인 남자친구와의 사랑 이야기라는 상황 설정 자체가 로맨스 소설을 연상시킬 정도로 조금은 진부하면서도 지나치게 낭만적으로 다가오기도 한다. 그럼에도 이 작품이 매력적인 것은 그러한 약점을 새로운 구성과 다양한 문학적 기법으로 충분히 상쇄함으로써 신선함을 주고 있기 때문이다. 늘 현실에 안주하지 않고 끊임없이 새로움을 추구하고자 하는 투철한 작가 정신, 바로 그것이 이금이가 오랫동안 많은 독자들로부터 사랑받는 이유가 아닐까 싶다.

물 밖으로 던져진 조개

조준호 장편소설 『반딧불이 핑퐁』[1]

1. 기억과 정체성

언젠가 어느 책에서 '기억은 인간을 사람으로 만든다'는 말을 접한 적이 있다. 지금으로선 그 말이 어떤 맥락에서 사용된 것인지 정확히 알수는 없지만, 아마도 한 개인의 정체성과 관련된 내용이었던 걸로 생각된다. 타인과 구별되는 그 사람만의 정체성은 곧 그의 내면에 아로새겨진 기억에 의해 구성된다는. 만약 그 말이 사실이라면 개인의 삶에 있어서 나쁜 기억보다 가급적 좋은 기억을 많이 보유하는 것이야말로 중요한 문제라고 할 수 있다. 왜냐하면 어떤 기억을 지니고 있느냐에 따라 삶의 질이 달라질 것이기 때문이다.

하지만 삶은 생각처럼 그리 만만한 것이 아니다. 제아무리 심지가 굳고 의지가 강하다 해도 모든 일이 뜻대로 풀리지 않는 것이 바로 삶이다. 살다 보면 어느 순간 자신의 뜻과는 무관하게 기쁨과 노여움, 슬픔과 즐거움을 경험하게 되는 일이 허다하다. 비록 예기치 않은 일이라 하더

---

1 시공사, 2010.

라도 그것이 좋은 일이라면 그나마 다행이지만 만일 그렇지 못한 경우라면 마음에 큰 상처를 입는다. 그리고 그와 같은 상처가 거듭되면 세상을 불신하게 되고 급기야 타인에 대한 적개심을 갖게 된다.

그런 점에서 이제 막 가족의 울타리를 벗어나 타인과의 교감을 통해 세상을 배워가는 청소년기에는 좋은 경험을 많이 갖는 것이 중요하다. 더욱이 이 시기의 아이들은 그 어느 때보다 감정적으로 예민해서 특별히 관심을 기울이지 않으면 언제 터질지 모르는 시한폭탄과도 같이 위험한 존재들이다. 무심코 던지는 작은 말 한마디에도 쉽게 일희일비하는 까닭에 자칫 방심을 했다가는 돌이킬 수 없는 결과를 불러올 수도 있다. 때문에 청소년기에 접어든 자녀를 둔 부모라면 자녀들의 올바른 정체성 확립을 위해서 한시도 긴장의 끈을 놓아서는 안 된다.

2. 스스로 마음의 문을 닫아버린 아이

조준호의 청소년소설 『반딧불이 평퐁』은 열네 살 소년 순민이의 이야기이다. 중학교 일학년인 주인공 순민이는 아직 어린 나이임에도 불구하고 모든 일에 상당히 냉소적이다. 그것은 "내게 가족은 외가의 조부모와 멀리 떠난 아버지뿐이다. 어머니는 내가 다섯 살 무렵에 돌아가셨다"에서 보는 바와 같이 기본적으로는 가정 결핍이 주된 원인이지만, 초등학교 때 친구들로부터 왕따 당한 아픈 기억도 크게 한몫 하고 있다.

그런 순민이는 아버지가 도시에서 살던 집의 전세금을 빼서 목재 사업을 한다며 베트남으로 떠나면서 외가가 있는 설마리에서 지내고 있다. 그래서인지 순민이는 현실에 적응하지 못하고 매사에 부정적이다. 또한 다른 아이들과도 잘 섞이지 못한다. 그럴수록 세상에 대한 순민이의 반감은 더욱 커져만 간다.

설마리에 온 뒤로 나는 삐딱하게 행동했다. 될 대로 되라는 자포자기심정이었다. 반항인지 냉소인지 모를 마음이 앞서곤 했다. 아버지가 망해서 돌아오는 모습을 상상하기도 했다. 이런 생각을 하는데도 죄책감이 들지 않았다. 오히려 이런 차가운 마음 때문에 그나마 버텨온 게 아닌가 싶었다. (12쪽)

위 인용문에는 그와 같은 순민이의 심사가 고스란히 담겨 있다. 부모의 관심과 사랑을 먹고 자랄 나이는 아니지만 그렇다고 홀로서기에는 아직 미흡한 순민이의 처지를 생각하면 그 마음이 어땠을지 충분히 짐작되고도 남는다. 작품의 첫머리를 장식하고 있는 "설마. 설마. 설마리. 나는 수없이 되뇌어 보았다. 세상의 많은 이름들 중에 왜 하필 설마리일까"에서의 예감처럼, 순민이는 자신이 후미지고 막다른 동네에 버려졌다는 생각을 쉽게 떨쳐내지 못하고 더욱 깊은 절망 속으로 빠져들기 시작한다.

게다가 한 반 친구인 우랑이의 생일 파티에 참석했다가 친구들에 의해 포도주 저장고로 쓰이는 동굴에 혼자 남겨진 일을 겪은 뒤로는 스스로 마음의 문을 걸어 닫는다. 그러고는 지속적으로 자신을 따돌리는 친구들과의 마찰로 인해 학교에 다니는 일조차 재미를 느끼지 못한다. 그럴수록 순민이는 담임선생님의 말처럼 그야말로 '물 밖으로 던져진 조개'와 같은 존재가 된다.

3. 내면의 성찰을 통한 상처의 치유 과정

그만큼 순민이의 반항기는 시간이 흐를수록 더욱 거세진다. 이제 더이상 그 어느 곳에도 마음을 둘 수 없게 된 순민이는 학교를 그만둘 생각을 한다. 그래서 인터넷 포털 사이트에 "어른들과 싸우지 않고 학교를 그만두는 방법이 있을까요? 학교에 안 가도 되는 근사한 이유가 필요해요"와 같은 글을 올리기도 한다. 하지만 담임선생님과 할머니, 그리고 베트남에서 전화를 걸어온 아버지의 만류로 그 뜻을 이루지는 못한다.

그러던 중 순민이는 할머니의 성화에 이끌려 참가하게 된 수련회를 통해 그동안 굳건히 닫아두었던 마음의 문을 조금씩 열기 시작한다. 겉으로는 무뚝뚝해 보이지만 늘 순민에게서 눈길을 떼지 않았던 담임선생님은 수련회에서 아이들에게 '자연과의 대화'라는 주제로 글짓기를 시킨다. 그런데 순민이는 마침 그곳에서 마치 자신처럼 느껴지는 바위를 발견하고는 시간이 가는 줄도 모르고 글을 쓴다.

아이들이 웃고 떠드는 소리가 들렸다. 그곳에서도 나는 혼자였다. 폭포 아래쪽으로 가는데 바위 하나가 눈에 띄었다. 가장 못나게 생긴 바위였다. 검붉은 색에 울퉁불퉁하고 모서리가 많아 험상궂었다. 채석장에서 캐내어 던져진 바위 같았다. 아니, 우주에서 떨어진 운석일지도 모른다는 생각이 들었다. (56쪽)

"가장 못나게 생긴 바위", "채석장에서 캐내어 던져진 바위", "우주에서 떨어진 운석"과도 같은 그 바위에서 어떤 동질감을 느끼게 된 순민이는 그제야 비로소 자신의 모습을 보다 객관적으로 바라보게 된다. 그리고 할머니와 함께 참가한 템플 스테이에서의 경험을 통해 정신적으로 부쩍 성장하게 한다. 또한 방학 기간 중에 급격히 가까워진 벼리 또한 어려서부터 엄마 없이 자랐다는 말을 듣고는, 올챙이도 아니고 개구리도 아닌 중간 단계인 '사춘기개구리'로서의 자신의 존재를 자각하기에 이른다.

4. 반딧불이와 자기 안의 왕국 건설

그러나 사춘기개구리는 말 그대로 사춘기개구리일 뿐이다. 여전히 아이도 어른도 아닌 그 틈새에서 순민이의 갈등은 계속된다. 벼리의 생일에서 마주친 우랑이나 예정보다 한 달이나 빨리 귀국한 아버지와의 대면에서 순민이는 아직도 지난날의 좋지 않은 기억을 털어내지는 못한다. 하지만 지난 반년 동안 베트남 밀림에서 어렵게 일을 하고도 돈을 떼이는 바람에 빈손으로 돌아온 아버지를 위해 외할아버지가 산에서 잡아온 뱀에 우랑이가 물리면서 이들의 관계는 반전을 이루게 된다.

순민이는 우랑이가 뱀에 물리자 자전거에 태우고 보건소로 행한다. 그러다가 맞은편에서 달려오던 덤프트럭을 피하다 그만 함께 언덕 아래로 구르는 사고를 당한다. 그것을 계기로 순민이는 우랑이와 생사고락을 함께 나눈 친구로서 그동안의 앙금을 떨쳐버리고 친해진다. 그와 더불어 아버지의 마음을 이해하는 등 정신적으로 더욱 성숙한 모습을 보여주는 것으로 이야기가 마무리된다.

이처럼 이 작품은 열네 살인 순민이를 주인공 삼아 아직 정신적으로 미성숙한 청소년기의 방황과 그것을 극복하는 과정을 그리고 있다. 이를 통해 작가는 '반딧불이 핑퐁'이라는 제목에서 보듯이 아무리 동굴처럼 어두컴컴한 현실이라 할지라도 함께 고통을 나눌 누군가가 옆에 있다면, 자신의 내부에 희망을 빛을 간직하고 있다면 세상은 그런대로 견딜 만하다는 것을 전해주고 있다. 아울러 누구나 자기 안에 왕국을 갖고 있으며, 본인이 그것을 어떻게 다스리느냐에 따라 천국도 되고 지옥도 될 수 있음을 알려주고 있다.

하지만 그게 그리 쉬운 일은 아니다. 어른들도 막상 예기치 않은 상황에 직면하게 되면 곧잘 이성을 잃기가 십상이다. 그런 마당에 어른에 비해 상대적으로 경험이 부족한 청소년들이 스스로 자신의 마음을 다스리기란 오늘날과 같은 척박한 현실에서는 너무도 힘겨운 일이다. 물론 앞으로 주체적인 삶을 꾸려가야 할 청소년들의 자발적인 노력도 필요하겠지만 그보다는 청소년들이 '물 밖으로 던져진 조개'와 같이 되지 않도록 어른들이 먼저 나서서 좋은 환경을 만들어 주어야 하지 않을까 생각된다.

끝으로 지금 이 순간에도 어디선가 혼자 외롭게 자신과 혹은 세상과 맞서 싸우고 있을 우리 청소년들에게 다음의 글귀를 전하며 글을 맺을까 한다. 부디 힘내시길!

"인생이란 지그재그 산길 같은 거야. 곧바로 올라가면 빠르겠지만 무리하지 않고 완만하게 올라가는 것도 나쁘지 않아"(161쪽)

원문 출처

제1부_언어를 섬기는 시인

1930년대 강소천 동시 세계와 문학사적 의의:『아동청소년문학연구』 11호, 2012년.

목일신 동시 연구:『한국아동문학학회』 제23호, 2012년.

권태응 동시의 특성과 의의:『딩아돌하』, 2012년 겨울호.

송완순 동요의 특성과 의의:『작가마당』, 2015 하반기.

시적 감동과 창조적 정신:『시와동화』, 2010년 가을호.

언어를 섬기는 시인:『열린아동문학』, 2014년 봄호.

제2부_직관과 비유의 힘

청소년시의 현재와 미래:『작가마당』, 2011년 상반기호.

동시, 그 시의성에 대한 문제:『어린이책이야기』, 2011년 겨울호.

소통과 개성, 삶에 대한 통찰:『어린이와 문학』, 2016.6.

상생의 미학:『어린이책이야기』, 2011년 봄호.

자연 속에 깃든 동심의 세계:『어린이책이야기』, 2011년 가을호.

세상을 향한 긍정의 힘:『어린이책이야기』, 2012년 봄호.

동시, 그 깊은 어린이들의 마음 세계:『충북작가』, 2011년 하반기호.

연륜과 패기, 그리고 진정성:『어린이책이야기』, 2013년 겨울호.

겨울 초입에서 만난 두 권의 동시집: 웹진『푸른작가』, 2013년.

직관과 비유의 힘:『어린이책이야기』, 2014년 여름호.

김장독이 되고 싶은 시인:『어린이책이야기』, 2014년 가을호.

밥값, 시값 잘하는 시인:『어린이책이야기』, 2015년 여름호.

탁월한 시적 재능과 문학적 감수성:『하느님은 힘이 세다』해설, 청개구리, 2015.

세상에서 가장 향기롭고, 고마운 향수:『어린이와 문학』, 2016.2.

제3부_동화문학의 정치성

최근 청소년문학의 흐름과 전망:『어린이와 문학』, 2008년 4월호.

이금이 문학의 새로운 도전과 가능성: 『시와동화』, 2008년 봄호.

기독교적 세계관에 입각한 삶과 문학: 『이현주 동화선집』 해설, 지식을만드는지식, 2013
년.

윤기현 동화의 문학적 가치와 의의: 『윤기현 동화선집』 해설, 지식을만드는지식, 2013년.

생태동화의 길찾기: 『어린이책이야기』, 2014년 봄호.

동화문학의 정치성에 관한 탐색: 『아동문학평론』, 2013년 봄호.

창조적 열정과 다양성 모색: 『아동문학평론』, 2013년 여름호.

얼음송곳같이 날카로운 감각으로: 『아동문학평론』, 2013년 겨울호.

제4부_풋풋하면서도 옹골찬

풋풋하면서도 옹골찬 동화의 세계: 『조태백 탈출 사건』 해설, 푸른책들, 2008년.

재미와 감동이 잘 어우러진 소중한 만남: 『날 좀 내버려 둬』 해설, 푸른책들, 2009년.

나와 친구들을 찾아 떠나는 소중한 시간: 『두 얼굴의 여친』 해설, 푸른책들, 2014년.

나 또한 네가 띄울 무지개: 『집이 도망쳤다!』 해설, 푸른책들, 2010년.

꿈은 자신의 존재에 가치를 부여하는 일: 『꿈을 찾아 한 걸음씩』 해설, 푸른책들, 2009년.

진정한 사랑이란: 『도서관이야기』, 2010년 4월호.

익숙한 소재, 참신한 기법: 『도서관이야기』, 2010년 7~8월호.

물 밖으로 던져진 조개: 『도서관이야기』, 2010년 11월호.

찾아보기